KB077080

더 좋은 세상을 꿈꾸는 군인의 이야기

보통장군
전인범

前 특전사령관

전인범 지음

길찾기

더 좋은 세상을 꿈꾸는 군인의 이야기

보통장군 전인범

2024년 7월 30일 초판 2쇄 발행

저　　자　전인범

편　　집　정성학
디 자 인　김애린
마 케 팅　이수빈

발 행 인　원종우
발　　행　㈜블루픽
주　　소　(13814)경기도 과천시 뒷골로 26, 그레이스 26, 2층
전　　화　02-6447-9000
팩　　스　02-6447-9009
이 메 일　edit@bluepic.kr

가　　격　24,000원
I S B N　979-11-6769-273-3 03810

보통장군
전인범

더 좋은 세상을 꿈꾸는
군인의 이야기

前 특전사령관
전인범 지음

길찾기

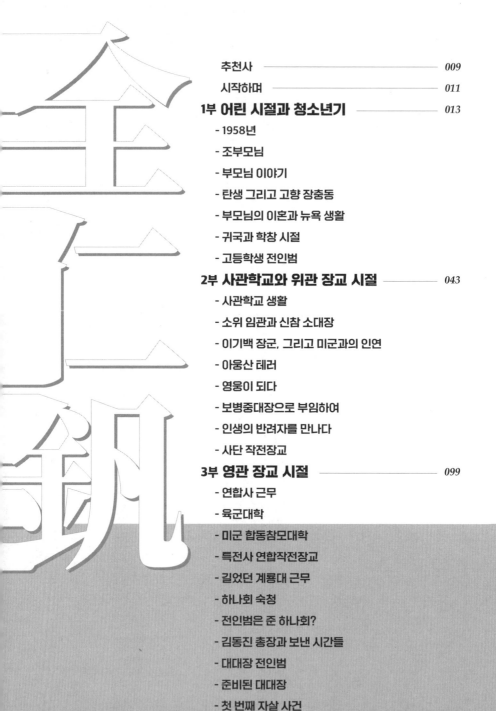

목차

NEMO VIR EST QUI MUNDUM NON REDDAT MELIOREM

세상을 좋게 만들지 않는 남자가 어찌 남자이겠는가

추천사

박충암 _ 유격군 전우회 총회장

전인범 장군님은 우리 유격군 전우들에게는 잊을 수 없는 분입니다. 홀대받던 저희에게 말 그대로 물심양면으로 여러 번 지원해 주셨습니다. 〈한국전쟁의 유격전사〉를 대거 복사하여 모든 내무반에 비치해 유격군이 특전사의 원류라는 사실을 확실하게 해 주신 것이 가장 기억에 남습니다. 전 장군님께서 특전사에 계실 때 저희 회원들의 자부심이 그전보다 두세 배는 올라갔습니다. 자서전 발간 축하드립니다.

오원석 _ 상사

전 장군님 주변에는 쟁쟁한 장성과 고관들도 많이 계실 텐데 저 같은 일개 부사관에게 추천사를 써 달라 말씀하셔서 놀랐습니다. 장군님답다는 생각이 저절로 들었습니다. 개인적으로는 불우하게 자란 저에게 장군님은 아버지 같은 분이기도 합니다. 하지만 개인적 인연을 떠나 장군님의 경험을 담은 이 책은 장군님 개인의 삶을 정리한다는 차원을 넘어 반드시 우리 군에 큰 도움이 될 것이라 확신합니다.

박상근 _ 중상이용사회 상임부회장

우리 용사회가 핸드사이클 미국 종주를 추진하는 과정에서 관계자들이 예산과 규정을 따지는 동안 장군님께서 보여주신 추진력과 따뜻한 배려는 정말 놀라웠고, 마치 기적과도 같다는 생각이 들 정도였습니다. 덕분에 저희는 '한국전쟁 정전 60주년 핸드사이클 미국 종주단'를 구성하여 12일 간의 대장정을 무사히 마칠 수 있었고, 한미 우호에도 한몫했다는 자부심을 가지게 되었습니다. 전 장군님의 책이 두루 읽혀 군의 발전에 도움이 되기를 소망합니다.

시작하며

성경에 따르면 하나님은 천지를 창조하시고 하나님의 형상대로 사람을 창조하시되 동방의 에덴에 동산을 창설하시고 동산 가운데에는 선악을 알게 하는 나무를 두었다. 그리고 인간에게 선악과를 먹지 말라고 하셨다. 선과 악을 구분하는 능력을 주는 과일을 먹지 못하게 하신 이유는 무엇일까? 아마도 모든 사람이 선과 악에 대한 의견이 같지 않기 때문에 싸움이 일어날 것을 알고 있었기 때문일 것이다.

나의 이야기는 다른 사람의 이야기와 마찬가지로, 내 제2의 은퇴 인생이 시작되기 직전까지의 이야기이다. 군복을 입고 군인으로 지낸 시절을 되새겨 보고 후배 군인들과 관심 있는 사람들과 나의 경험을 공유하고자 한다.

내 이야기가 혹 자랑을 하려는 인상을 주지는 않을까 걱정스러웠다. 우리는 운명과 우연 사이에서 인생을 살며 그 사이에 선택을 할 뿐이다. 나는 내 인생의 선택을 공유하여 같은 실수를 예방하고 어려운 길을 가는 이들에게 힘이 되고자 이 글을 시작하게 되었다. 나의 선택이 대단한 것도 아니고 더군다나 완벽한 것은 더욱 아니다. 따라서 반성이 많다. 그러나 최선을 다했기에 후회는 없다.

키가 작고 운동 신경도 둔한 내가 국군의 중장까지 진급하고 당당하게 살 수 있었던 것이 기적이라고 생각한다. 나를 잘 아는 후배들이 "선배님 같은 분은 중령에서 끝나는 게 맞는데 중장까지 되신 것이 기적입니다."라고 한 말에 동의한다.

나는 그 '기적'을 하나님의 은혜라고 생각한다.

1부 ——————— 어린 시절과 청소년기

1958년

내가 태어난 1958년은 미국이 한반도에 핵무기를 배치하고 북한에서는 중공군이 철수한 해이다. 우리나라 사람들은 미군부대에서 잔반으로 처리한 음식물 쓰레기를 모아 끓인 후에 되팔아 먹었다. 꿀꿀이죽이라고 불렀던 이 음식에서는 담배꽁초와 휴지, 단추 그리고 이쑤시개가 나오기도 했다. 이것을 먹고 살아야 할 정도로 어려운 시기였다. 게다가 북한의 김일성은 군사력을 키워 한반도를 다시 공산화하려는 목표를 세우고 있었다. 가난한 나라는 부정부패가 들끓기 마련이고, 가난한 대한민국은 춥고 배고픈 취약한 사회였다. 이렇게 취약한 사회는 공산화되기 좋은 먹잇감이었다. 하지만 한편으로 민의원 선거(국회의원 선거)도 치르고, 6·25 와중 인도교가 무너진 뒤 부교로 건너야 했던 한강에 인도교가 정식으로 수리를 마치고 재개통된 해이기도 했다.

미국의 경제 원조가 아니었으면 살기 힘든 상황이었지만, 1957년에 미국이 불황을 겪은 영향으로 한국에 대한 무상 원조가 삭감되고 차관 형식의 경제 지원으로 바뀌던 시기였다. 가난한 사람은 굶어 죽고 있었지만, 돈 있는 집 아이들은 자가용을 타고 등하교를 했다. 실업자가 420만 명이나 되었으니 당시의 고달팠던 삶을 지금 우리가 이해하기는 쉽지 않을 것이다.

경제를 살리기 위하여 국산품 이용 운동을 전개하고 있었고, 글을 못 읽는 사람들이 100만 명이나 되어 한글 가르치기 운동을 펼쳤던 시절이다. 대도시의 간판을 한자 간판에서 한글 간판으로 바꾸자는 운동도 이때 전개되었다. 또한 우리나라에서 필터가 있는 국산 담배가 처음 나왔고 외국 담배를 피우지 못하게 하는 법까지 있었으니, 지금과 비교하면 이름만 같을 뿐, 완전히 다른 대한민국이었다.

당시 모기에 의해 전염되는 뇌염이 널리 퍼지는 바람에 7,000명에 가까운 사람이 감염되었고 이중 1,500명 이상이 사망하였다는데, 대부분은 어린이들이었다. 가난한 나라는 슬픔을 달고 살아야 한다. 그럼에도 우리나라 국민은 즐거움을 찾고 희망을 꿈꾸었다. 겨울에는 스케이트를 타고 여름에는 강과 바다에서 수영을 즐겼다. 1958년에는 미국에서 훌라후프가 들어와서 크게 유행하기도 했다. 이 당시의 미국은 우리나라를 비롯한 대부분의 세계 국가에게 신과 같은 존재나 마찬가지였다.

조부모님

내 이야기를 하기 전에 나의 뿌리, 즉 할아버지 전항섭 이야기부터 해야 할 것이다. 할아버지는 황해도 평산에서 증조할아버지 전병순의 아들로 태어나 "초창기 유한양행을 발전시킨 슈퍼 세일즈맨 출신의 실업가."로서 2008년에 자랑스런 중앙인 수상자로 선정되시기

유한양행 신문로 사옥 앞에서. 첫째 줄 가장 왼쪽이 할아버지

도 하신 능력자이시다. 할아버지는 중앙고 17회 졸업생이신데, 자랑
스런 중앙인상을 받은 인물은 인촌 김성수, 현상윤 초대 고려대 총장,
고하 송진우, 일석 이희승, 소설가 채만식, 민족시인 이상화, 조홍제
효성그룹 창업자, 김찬국 교수 등 그야말로 쟁쟁한 인물들이다.

　일제 강점기였던 만큼 할아버지께서는 일본어는 기본으로 익
히셨고, YMCA에서 영어와 중국어를 공부하셔서 여러 언어에 능통
하셨다고 한다. 서울에서 용무를 마치고 평산으로 돌아오시려 기차
로 남천역(현 평산역)까지 가시던 할아버지는 역시 기차를 타고 평양
으로 향하던 유한양행 설립자 유일한 선생을 만나셨다. 유일한 선생
은 영어와 중국어에 능통한 할아버지를 눈여겨보셨다. 이내 두 분은
의기투합하셨고, 유한양행이 상하이에 새로이 연 지점의 대표로 부
임하며 할아버지는 실업가로서의 길을 시작하셨다. 일제 강점기 당
시 유한양행 건물은 지금 돈의문 박물관 마을에 복원되어 시민들의
사랑을 받고 있다.

할아버지는 여러 외국어에 능통하셨기에 유일한 선생을 대신하여 해외 출장도 자주 다녀오셨다. 약간 과장이겠지만 출장을 다녀오신 후에는 매출이 두세 배씩 뛰었을 정도로 회사의 성장에 큰 기여를 하셨고, 결국 전무를 거쳐 사장까지 오르시기에 이른다. 유한양행의 대표 약제였던 네오톤(감기약)의 사진 광고는 최고라는 의미의 엄지척인데, 이 엄지는 할아버지의 엄지였다. 1941년 12월 일본이 진주만을 기습하며 태평양 전쟁이 벌어질 당시 유일한 선생은 미국 하와이에 계셨는데, 전쟁이 터지자 한국으로 돌아오지 못하고 미국에 머무르며 전쟁 기간 동안 독립운동을 하셨다. 그동안 할아버지는 유일한 선생의 동생 유특한 선생과 함께 유한양행의 경영을 책임지시기도 했다.

유한양행은 전쟁 기간에도 성장하여 민족 회사로서 일본 회사와 경쟁하였다. 이에 일본 경쟁사들이 할아버지를 회유하여 회사를 나와 자기들과 일하자고 하면서 백지 수표를 건넸다고 한다. 할아버지는 고맙지만 내가 사고 싶은 게 있긴 한데 그것의 가격을 몰라서 얼마를 써야 할지 모르겠으니 수락할 수 없다고 하셨다고 한다. 일본 사람들이 그 물건이 뭐냐고 묻자 "당신들의 나라 일본이요!" 라고 외치고 나오셨다고 한다. 할아버지는 자신의 뿌리를 잊지 않으셨던 것이다. 할아버지께서 고등학생이던 시절에는 이런 일도 있었다. 어느 날 할아버지가 철도를 걸어서 건너가시는 모습을 순사가 보았다. 순사는 "빠가야로! 어서 빨리 다시 넘어와라!" 라고 외쳤지만, 할아버지는 "다시 넘어가면 두 번 법을 어기는 거 아니겠습니까? 죄송하지만 그냥 가겠습니다." 라고 답하시고는 갈 길을 가셨다고 한다. 일본 순사의 권위와 횡포가 서슬 푸르던 시절의 이야기다. 할아버지께서 아들 모두를 일본의 국립 학교인 경기고등학교가 아닌 중앙고등학교(전주화/42회, 전주서/44회, 전주형/47회, 전주일/48회)를 보낸 이유도 한국인

1949 방미 사절단. 상단 가장 왼쪽이 할아버지, 하단 왼쪽에서 두번째가 서양화가 고희동 님

의 자존심 때문이었다고 한다. 다만, 전혜성 고모님은 경기여고를 졸업하셨다.

할아버지는 해방 후 유한양행을 그만두시고 전신양행을 설립하면서 자신의 길을 가기 시작하셨다. 1949년에는 한국 최초의 서양화가인 고희동 님, 당시 국내 최대 규모의 기업이었던 경성방직의 이세현 회장 등과 함께 특별 사절단으로 미국에 가서 미국 General Motors의 한국 프랜차이즈를 가지고 오시기도 했다. 한국전쟁 시기에는 영어 실력을 살려 부산에서 전신양행과 더불어 전신운수라는 미군 물자 하역 업체를 운영하셨는데, 직원과 인부가 5,000명이 넘었고, 당시에는 드문 트럭도 여러 대 굴릴 정도의 규모였다고 한다. 휴전 협정 이후 미군은 전쟁 중 사용하였던 상륙함 LST를 미국으로 가져가지 않고 폐기하려고 했다. LST는 큰 바다를 건널 수 없었기 때문인데, 이 LST를 80척이나 구매하여 한국의 물류를 독점하셨다고 한다. 서울에 본사가, 부산과 군산에는 지사가 있었고 군산 지사만도 직원이 200명에 달했을 정도였다. 우리 집안과 미군의 인연은 이렇게 시작되었다고 볼 수 있다. 군 생활에서 나의 가장 큰 '밑천'이 되었던 영어는 할아버지께서 물려주신 유전자 덕분일지도 모른다는 생각이 들기도 한다. 이런 인연 때문인지 할아버지는 당신의 장남인 내 아버지 전주화와 고모 전혜성을 비롯한 4남 1녀를 전부 미국으로 유학을 보내셨다. 서울에 몇 대 안 되던 승용차도 소유하셨는데, 1950년 6월 28일 서울 함락 당시 승용차에 '비상'이라고 쓴 종이를 붙이고 한강을 건너는 데 성공하실 정도로 담력과 기지를 두루 갖추신 분이기도 했다.

할아버지께서는 1958년에 세상을 떠나셨는데, 아쉽게도 장손인 나의 탄생을 보지 못하셨다. 아마 십 년 정도만 더 사셨더라면 우리 집안은 물론 나의 운명도 많이 바뀌었을 것이다. 몇 달 후에 내가 청량리 위생병원에서 태어났는데, 이렇게 나는 그 유명한 58년 개띠의 일원이 되었다. 영어 유전자와 집안 환경 외에 개인적으로 할아버지께 감사드릴 것이 또 하나 있다. 그것은 바로 실향민 출신이어서 서울 외의 다른 지역에 별다른 연고를 남기지 않으셨다는 것이다. 덕분에 나는 군에서 지역별로 모여 이전투구하던 파벌 싸움에서 멀리 떨어질 수 있었다. 물론 할아버지의 의사와는 전혀 무관한 것이었지만 말이다….

하지만 우리 집안의 부끄러운 면도 있다. 할아버지는 아버지는 물론 작은아버지들, 즉 아들 중 누구도 현역 복무를 시키지 않으셨다. 중학생 시절 나는 수시로 아버지에게 "아버지는 왜 군 복무를 안 하셨어요?" 라고 물었다. 하도 물었더니 어느 날 아버지는 내 뒤통수를 치시며 "우리 때는 다 그랬어!" 라 하셨다. 나는 아버지에게 "말도 안 되는 말씀!"이라고 하고는 아버지와 작은아버지 세 분이 복무하셨어

조부모님과 아버지 전주화(상단 우측), 작은아버지 전주서, 전주형, 전주일

야 할 기간을 합쳐 12년에 내 3년까지 해서 15년 동안 군 생활을 하겠
다고 답했다.

　　어느 집안이나 마찬가지겠지만, 유전자나 집안 환경은 좋은 것
만 물려주지는 않는다. 부계 유전에서 가장 '시원치 않은 것'이라면
운동 신경일 것이다. 앞으로 이야기하겠지만 변변찮은 운동 신경은
군대 생활에 적지 않은 어려움을 주었고, 지금도 상당한 콤플렉스로
남아 있다. 아쉽게도 할아버지의 '좋은 유전적 특질'이라 할 큰 키는
물려받지 못했다. 좋은 것인지 나쁜 것인지 모르겠지만 나는 직업 군
인치고는 술이 약한 편인데, 이것도 부계 유전 때문인 듯하다.

　　그러나 할아버지께 가장 감사한 것은 할머니와의 결혼이었다.
나의 할머니 김남선 님은 해주에서 태어나 그 당시 여자로는 드물게
중학교까지 다니셨다. 그런 배경보다도 훨씬 중요한 그분의 면모는
지혜로운 분이셨다는 것이다. 그리고 할아버지께서 돈을 버시고 인

생을 즐기시는 동안 4남 1녀를 키우셨다. 전혜성 고모가 비교문화 연구로 세계적으로 인정받아 우리나라 여성의 대표성을 가질 정도의 지위에 오르시게 된 것도 할머니의 지혜 덕분이라고 생각한다. 똑똑한 어머니는 못다 한 공부를 마치러 미국으로 가셨기 때문에, 어린 나를 지극정성으로 키우신 분도 할머니셨다. 자신을 드러내지 못하던 시절에 가정을 지키고 자손들을 지켰던, 당시 우리나라 여성의 표상이셨던 것이다.

외가는 대지주까지는 아니어도 제법 땅이 있는 지주 집안이었다. 외할아버지 홍순문 님은 조상의 재산을 바탕으로 넉넉한 삶을 살면서 당시로는 드문 직업인 광고 그림을 그리셨는데, 지금으로 치면 일러스트레이터인 셈이다. 육십대 중반이 된 내가 지금까지 즐기는 취미 중 하나가 모형 제작인데, 이 취미를 가지게 된 이유도 여기에 기인한 것이라는 생각도 든다. 친할아버지와는 달리 외할아버지는 중 2때까지 살아 계셨기에 기억에 남아 있다.

부모님 이야기

부모님 이야기를 하면 보통 아버지 이야기를 먼저 하지만, 내 입장에서는 어머니 이야기를 먼저 하지 않을 수 없다. 마마보이라 할 이도 있겠지만, 그런 유형의 모자 관계는 아니었다. 사실 마마보이라면 유약하게 자란다는 생각은 선입견에 불과하다. 알렉산더 대왕, 카이사르, 칭기즈 칸, 나폴레옹처럼 인류사 최고의 영웅으로 꼽히는 사람들도 아버지보다는 압도적으로 어머니의 영향을 받고 자라났기 때문이다. 우리 부모님은 미국 유학 중 만나서 미국에서 결혼했다. 전혜성 고모는 "숙자는 야망이 있는 여자라서 집안을 지키지 못할 것."이라고 아버지에게 이야기하셨다지만, 아버지는 고모님의 말씀을 가슴에 담지 않으셨다.

　　나의 외할머니 김부해 님은 겨우 16세에 시집을 왔다고 한다. 공부도 하고 세상도 보고 싶었지만 당시의 항례대로 얼굴 한 번 보지 못했던 남편을 만났고, 며느리로서의 '의무'는 아들 낳기였다. 그러나 김부해 할머니는 그 의무를 잘 해내지 못하셨고, 시어머님에게 엄청 구박을 받아야 했다. 심지어 외할아버지는 첩을 들이라는 제안까지 받았다고 한다. 그런 상황에서 7년 만에 겨우 낳은 자식이 나의 어머니였다. 외할머니는 자신의 어려움을 원망하며 어머니를 미워했다고 한다. 구박을 받으며 자란 소녀 홍숙자는 공부만이 자신이 보여줄 수 있는 전부라고 생각하고 모질게 공부에 매달렸다. 하지만 외할머니는 계집애가 무슨 공부냐며 좋게 보지 않으셨다. 상류층의 금지옥엽들이 많이 다니는 경기여중에 진학하여 공부하실 때는 스트레스도 많이 받으셨다고 한다. '다행히도' 외할머니는 어머니를 낳으시고 7년 뒤 외삼촌을 낳아 '의무'를 다하고 압박에서 해방될 수 있었다. 어머니는 서울대에 입학하려 하셨지만 6.25 전쟁이 터지면서 학기를 놓쳐 버리셨고, 부산에서 동국대 정치학과 여성 1호 학생으로 입학하였다.

　　어머니는 고등학교 시절 당시 국회 외무위원장이던 황성수 의원의 특강을 듣고 외교관이 되기로 결심하셨다. 훗날 국회부의장까지 역임하게 되는 황 의원은 목사이자 변호사이기도 한 다재다능한 능력자였는데, 이후 어머니의 든든한 후원자가 되어 주셨다. 어머니는 서울로 올라오신 후 인사동 승동교회에서 일주일에 한 번 모이는 기독학생동지회에 가입해 열심히 활동하셨다. 그리고 1955년 동국대학교를 졸업하시자 바로 이화여대 대학원에 1호로 입학하여 1957

년 정치학 석사 학위를 받으신 후 보스턴 유학을 떠나셨다. 당시 미국 유학은 공부만 잘하고 열심히 한다고 되는 것이 아니라 운도 많이 따라야 했다. 그런데 그 운이 어머니를 찾아왔다. 황 의원의 초청으로 한국을 방문한 엘빈 라이트 박사(Dr. J. Elwin Wright)의 안내를 어머니께서 맡았던 것이다. 사실 라이트 박사의 방한 목적 중 하나는 황 의원의 제자를 미국에 보내는 문제를 논의하기 위해서였다. 그분은 출장을 마치고 귀국 만찬장에서 이렇게 말씀하셨다.

Sookja, wouldn't you like to go too?
숙자, 너도 가고 싶지 않니?

이 말로 꿈에 그리던 어머니의 미국 유학길이 열렸다. 훗날 어머니는 "내가 이유 없이 남을 돕는 이유는 그분에 대한 기억과 고마움 때문이다."라는 말씀을 하셨다.

나를 임신하신 어머니는 찬물에 발을 담가 가며 공부하여 보스턴 대학교에서 석사 학위를 마쳤다. 졸업식 때에는 너무 배가 나와서 식장 계단을 오르기 힘드실 정도였다고 들었다. 한 학기 더 유학 생활을 해야 하는 아버지를 남겨 두고 어머니는 졸업하자마자 임신 7개월의 몸으로 한국으로 향했다. 항공사에는 임신 5개월이라고 거짓말을 하면서까지 비행기를 탄 이유는 자식을 한국 사람으로 태어나게 하겠다는 생각 때문이셨다고 한다. 그 당시 절대다수의 한국 사람들은 거꾸로 어떻게든 미국에서 애를 낳으려던 시절에 우리 어머니는 정말 특이한 분이셨다. 어쨌든 나는 이렇게 한국인으로 태어날 수 있었던 것이다. 이제 와 생각해 보면 1958년에 미국이 아닌 한국에서 내가 태어난 일과 할아버지께서 돌아가셨던 일은 내 인생에 엄청난 영

부모님의 결혼 1주년 사진

향을 준 셈이다. 당시 본가는 중구 장충동 경동교회 근처에 있었는데, 대지 500평에 건평 200평의 2층 집으로 지금 기준으로도 상류층이라 할 수 있다.

아버지 전주화 님은 호기심 많은 개구쟁이 같은 성격을 가지셨지만 장남이라는 책임감을 언제나 지고 계셨고, 여러 면에서 당신보다 뛰어나셨던 누님의 그늘에서 사셨다. 부유한 할아버지는 사냥개를 비롯하여 여러 마리의 개를 키우셨고, 아버지도 개와 함께 잠자리에 드실 정도의 애견가셨다. 당시에는 상상도 못할 일이었다. 나도 대단한 애견인이라고 자부하는데, 이 성향은 아버지의 유전자 덕분인 듯하다. 아버지는 연세대를 다니셨는데, 아끼던 개가 죽자 뼈를 모아서 철사로 이은 다음 방에 두셨다고 한다. 나는 그 이야기를 들을 때마다 아버지는 외로운 분이셨구나, 하는 생각이 든다. 아버지는 미국 펜실베이니아 디킨슨 대학교 의과대학에 진학하셨지만, 할아버지께서 돌아가시자 졸업 후 귀국하여 사업을 이으셨다. 그러나 이는 일생일대의 실수였다. 아버지는 선하고 좋은 분이셨지만 사람 보는 눈은 부족한 분이셨기 때문이다. 가정보다는 자아실현이 먼저인 사람과 결혼하셨고 사업 파트너도 잘못 선택했기 때문에 사업이 실패했고 이혼까지 이어졌다. 그러나 아버지는 내게 선한 본성을 물려주셨다. 나이가 들어 생각해 보니 하나님께서는 아버지의 가슴과 어머니의 눈을 나에게 주셨던 것이다.

탄생 그리고 고향 장충동

당시 장충동 본가에는 할머니와 막내 삼촌이 살고 계셨다. 내가 태어난 날은 9월 6일, 장소는 청량리 위생병원으로 당시로는 최고의 병원 중 하나였다. 물론 나야 알 수 없었지만 어머니의 손이 부르틀 정도로 상당히 난산이었다고 하셨다.

당연히 나는 장충동 4가 7번지 본가에서 자랐지만 이 집에서의 삶은 그리 오래가지는 못했는데, 그 이야기는 조금 뒤에 이야기하도록 하겠다. 아이러니하지만 앞서 말했듯 당시 우리 친가에는 군 복무를 한 사람이 없었다. 외가의 두 삼촌은 병사로 다녀왔지만 속된 말로 군에서 고생하고 두들겨 맞은 이야기밖에 하지 않았고, 군에 대해 증오심을 품고 계셨다. 내가 군인이 되겠다고 하자 어머니는 너무 좋아하셨지만 아버지와 외삼촌들은 모두 반대하셨다. 어쨌든 선망하던 군에 대한 정보는 가족 남자들을 통해서는 거의 알 수 없었다. 어릴 적 가족 모임 자리에서 아버지와 삼촌들 몫까지 군 생활을 하겠다고 했는데, 육사 생도 시절까지 합하면 나의 군 생활은 40년 가까이 된다. 결국 내 호언장담이 맞아 떨어진 셈이다. 40년 동안 어머니는 내

장충동 거주 시절 창경원(현 창경궁)에서 아버지, 여동생 전경진과 함께

게 좋은 군인, 나라를 사랑하는 애국자가 되라고 하셨다. 하지만 '장군'이 되라는 말씀은 단 한 번도 하신 적이 없었다.

이렇게 핏줄로는 군과는 몇 광년 차이가 나는 환경이었지만, 나중에 생각해 보니 태어난 공간만은 군과 관련이 있었다. 지금도 사는 곳이 약수동이고 출생지와 그리 멀지 않지만, 장충동은 군과 깊은 인연이 있는 곳이다. 장충동(奬忠洞)이라는 한자 이름 자체가 충성(忠)을 장려(奬)한다는 의미로 고종 때 을미사변에서 희생된 홍계훈 등을 모신 근대적 현충시설 장충단에서 유래하기 때문이다. 동작동 국립묘지가 생기기 전에는 장충동 일대가 국립묘지였다. 육사 37기 동기인 박지만도 멀지 않은 신당동에서 태어나 자랐다는 것도 인연이라면 인연이다. 즉 같은 동네에서 자란 셈인데, 물론 그때는 전혀 모르는 사이였다. 그와 관련된 이야기는 조금 있다 다루기로 하겠다.

내가 태어난 지 백일이 될 무렵, 그러니까 58년 12월 무렵인데,

어머니는 조정환 외무부 장관의 보좌관으로 특채되어 여성 외교관 1
호가 되셨다. 몇 년 뒤의 일이지만, 어머니께서 외교부에 재직하며 하
셨던 일 중 하나가 육영수 여사의 통역이었다. 다음 해인 1959년 10월
2일 여동생 경진이 태어났다.

　　내가 대여섯 살 때 어머니 눈에는 나밖에 없었다고 한다. 퇴근
하셔서 집 대문에 들어 오시면 첫마디가 "인범이 어디 있어?" 였다고
한다. 당시 우리가 살던 장충동 집은 대문을 열고 들어오면 마당이 있
고, 마당을 중심으로 방이 있는 전형적인 한옥이었다. 나는 두 삼촌과
같이 지냈는데, 하루는 마루에서 자고 있는 작은 삼촌의 발을 간지럽
혔다고 한다. 삼촌은 그만하라고 했지만 내 장난은 계속되었고, 잠결
에 삼촌이 발로 밀자 마루 아래로 떨어져 입술이 찢어지는 바람에 피
가 나 울음을 터뜨렸다고 한다. 하필 그 순간 어머니가 대문을 열고
들어오시는 바람에 작은 삼촌이 대경실색했는데, "인범아, 왜 그래?"
라는 어머니의 질문에 나는 "마루에서 놀다가 떨어졌어"라고 했단
다. 그 이후로 작은 삼촌(홍성호)는 늘 나에게 관대하셨고, 나에 대한
기대가 크셨다.

　　이때 살았던 장충동 집에 대한 기억은 거의 남아 있지 않다. 앞
서 이야기했지만 내가 젖먹이 시절에 아버지는 사업에 손을 대셨다
가 실패하시고 말았다. 할아버지의 사업 감각이나 배짱은 거의 물려
받지 못하셨던 것이다. 결국 일곱 살 무렵 장충동 집도 넘어가고 말았
다. 내 기억이 남기에는 너무 어릴 적의 일이었다.

　　1965년에는 베트남전이 확전 일로에 있었다. 미국에서는 인종
문제가 사회적 충돌로 가시화되었다. 한국에서는 도량형의 통일을
공식화하는 미터법이 제정되었다. 지금과는 정반대로 인구가 너무
많이 느는 일을 고민하던 시절이었기에 가족계획이 전개되어 "둘만

낳아 잘 기르자."는 캠페인이 펼쳐졌다. 또한 1965년 한일협정이 맺어진 이후 그 후유증이 계속되고 있었다. 이를 한일협정 조인 비준 반대 투쟁이라고 하는데, 전국적으로 번진 반일 운동은 결국 위수령이 발동되어 군인들이 대학에 진입해서야 일단락되었고, 결국 한-일 국교 정상화가 이루어졌다.

그 해부터 우리나라 군인들이 본격적으로 베트남에 파병되기 시작했다. 우리나라는 그 후 7년 넘게 베트남에서 북베트남군과 베트콩을 대상으로 전투를 벌였다. 연인원으로는 50만 명에 가까운 전투병이 파병되었고, 부상자 2만여 명을 비롯하여 5,000여 명이 전사하였다. 우리나라는 베트남 전쟁에 미국의 그 어떤 동맹국보다도 큰 기여를 했다. 참고로 1965년의 우리나라 수출액은 200만 달러였다. 이때 내 신변에 큰 변화가 생겨 미국으로 떠나게 되었다.

부모님의 이혼과 뉴욕 생활

7살 무렵, 당시로는 참 드물게 부모님이 이혼하셨다. 사회인으로서의 두 분은 훌륭한 분이셨고, 나는 두 분이 내 부모님이라는 사실에 대해 지금도 하나님께 감사드리고 있다. 하지만 여장부인 어머니와 그리 강한 성격이 아닌 아버지는 기질적으로 맞지 않는 부부인 것만은 확실했다. 물론 아버지의 사업 실패도 큰 원인이었음은 분명하다. 당시는 어린 나이여서 몰랐지만 철이 들어 모든 정황을 종합해 보니 아버지는 심장외과 전문의 공부를 계속하시는 편이 훨씬 좋았을 것이라는 결론을 내릴 수밖에 없었다. 아버지가 입으셔야 했던 '사장'이라는 직함은 당신께 맞지 않은 옷이었던 셈이다. 그렇다고 어머니의 책임이 없다고 할 수는 없다. 사업을 권한 분 중 하나가 어머니셨기 때문이다. 어머니는 1965년에 유엔 대표부 부영사로 발령받아 뉴욕으로 떠나야 했다.

어쨌든 나는 어머니와 함께 살아야 했기에 뉴욕에서 4년 정도 지냈다. 여동생 경진도 함께였다. 덕수국민학교를 한 학기 다녔기에 미국에서는 2학년으로 편입했다. 당시에는 영어를 한 마디도 못했음에도 수녀님들이 운영하는 가톨릭계 초등학교에 입학했다. 어머니께서 보기에는 유엔 직원의 자녀들이 많이 다니는 학교여서 넣어 주신 것 같았는데, 나로서는 지옥이 따로 없었다. 화장실을 가고 싶다는 말을 할 수 없어서 몇 시간을 참다가 집에 와서야 용변을 본 기억이 아직도 날 정도다. 더구나 다른 학생들에게 한국이라는 나라는 존재감이 거의 없는 변방 후진국에다 유엔 회원국도 아니었으니 굳이 나에게 관심을 가질 이유도 없었다. 더구나 아버지도 없고 키마저 작은 동양 아이는 미국 아이들에게는 경멸의 대상이었다. 모여서 하는 놀이에 끼지도 못했고 부르지도 않았다.

이런 상황이니 학교에서는 외톨이 신세였다. 가뜩이나 부모님의 불화로 내성적일 수밖에 없었는데, 학교의 상황은 그런 성격을 더 짙게 만든 것이다. 따라서 나가서 할 일도 없었고, 만날 친구도 없었다. 그러니 집에서 시간을 보내며 TV를 보는 것이 유일한 낙이었는데, 영어 실력도 변변치 않아 처음에는 영상을 보면서 대충 줄거리를 이해해야 했다. 그러다가 6개월 정도 지나자 갑자기 신기하게도 귀가 뻥 뚫리면서 영어가 들리기 시작했다.

그 시절 내가 푹 빠졌던 드라마는 〈컴뱃!(Combat!)〉과 〈스타 트렉(Star Trek)〉이었다. 우리나라에서는 '전투'라고 소개된 드라마 컴뱃의 주인공 손더스 중사가 기관단총을 들고 싸우는 멋진 모습에 나는 푹 빠졌다. 손더스 중사 역의 빅 모로(Vic Morrow)가 53세라는 아까운 나이에 불의의 사고를 당해 세상을 떠났을 때 소년 시절의 소중한 기억

드라마 Combat!의 주연 손더스 중사(오른쪽) / ABC Television, Public Domain

하나가 사라졌다는 느낌을 지울 수가 없었다. 어쨌든 이때 본격적으로 군인이 되고 싶다는 생각을 했다.

　　스타 트렉에서는 제임스 커크 선장이 참으로 인상적이었다. 손더스 중사는 그 액션에 반했다면 커크 선장은 저런 리더가 되어야 하겠다는 생각을 처음으로 들게 만든 존재라 할 수 있을 것이다. 미국에서 보지는 않았지만 귀국 후 중학교 2학년 때 보았던 찰턴 헤스턴 주연의 영화 〈엘 시드〉도 엄청난 감동을 주었고, 역시 저런 리더가 되겠다는 꿈을 꾸게 만든 영화였다. 지금 집에 엘 시드의 피규어가 두 개나 있을 정도로 나는 그에게 매료되었다. 스타 트렉의 주역 부대인 '스타플릿'이 군대는 아니라지만, 커크 선장은 군인 정신을 지닌 선장이었으니 어린 시절 나에게 강한 인상을 준 세 캐릭터가 모두 군인인 셈이다. 참고로 나는 스타워즈도 좋아했고, 그 모형도 여럿 가지고 있다. 그런데 스타 트렉의 팬과 스타워즈의 팬들은 거의 겹치지 않는다고 하니 내 취향도 유별난 셈이다.

전주서(Case Institute 졸업 후 사업) 와 전주형(Jacksonville University 졸업 후 사업) 두 작은아버지는 미국에 터를 잡고 살고 계셨다. 두 분께서 어머니와 나를 찾아오셔서 한국에 가지 말고 미국에서 같이 살자고 하신 적이 있었다. 로봇도 사 주셨던 기억이 난다. 하지만 어머니는 앞서도 언급했지만 당시 미국에 머무를 수 있던 사람들이 어떻게 해서든 미국에서 아이를 낳아 자녀에게 미국 시민권을 주려 하던 시절 굳이 임신 7개월의 몸으로 한국행 비행기에 올라 나를 낳으셨던 분이다. 두 작은아버지의 제의에 어머니께선 "한국 사람이 애국가도 못 부르고 한국말도 못 하면 안 된다. 일단 돌아가서 살고 나중에 미국에 가고 싶으면 보내 주겠다." 라고 답하셨다.

이렇게 뉴욕에서 지내던 1968년, 그야말로 충격적인 사건이 대한민국을 뒤흔들었다. 바로 김신조 사건으로 불리는 북한 특수부대의 공격이었다. 이 소식을 접한 어머니는 어린 나에게 "얼마 후 우리도 귀국할 텐데 혹시 공비가 나를 포로로 잡고 협박하는 일이 있다면 나(어머니)를 희생하더라도 굴복하면 안 된다!" 라고 말씀하셨는데, 무척 무서워했던 기억이 아직도 생생하다. 어머니는 전혀 '여자답지 않게' 남자는 나라를 위해 싸우다 죽을 수 있어야 한다고 여기시는 분이었다. 미국에서 살던 사이에 아버지는 재혼하셨다.

이때 미국 해군 정보함 푸에블로호가 공해상에서 북한에게 납북되어 승무원 80여 명이 끌려가는 사건이 벌어졌다. 북한은 미군을 고문하고 협박하여 간첩 활동 중이었다는 자백을 받아냈고 지금도 대동강에 푸에블로호를 전시하고 있다. 이러한 일들로 인해 향토예비군이 창설되고 광화문에는 이순신 장군의 동상이 세워졌다. 이렇듯 우리나라는 안보적으로 불안했고 북한의 위협은 일상적이었다.

밀리터리 모형 제작은 지금까지도 좋은 취미가 되어 주었다

김신조 사건이 일어난 1968년 10월에는 울진·삼척 지역에 무장 공비가 100여 명이나 침투하여 나라를 어지럽게 만들기도 하였다. 중학교 입시가 없어진 것도 이때였는데, 적어도 나에게는 다행이었다. 입시가 있었으면 공부에 취미가 없던 내가 자유로운 생각을 하기 힘들었을 테니 지금의 내가 있을 수 없었으리라.

귀국과 학창 시절

4년을 미국에서 보낸 후 나는 어머니를 따라 귀국했다. 남성 중심 조직 문화의 편견과 부정부패를 참지 못하신 어머니께서 외무부를 사직하셨기 때문이었다. 그리고 박사 학위를 마치기 위해 미국으로 떠나시게 되자 우리 남매를 아버지에게 맡기셨다. 어린이 동화책에 나오는 '계모의 구박' 같은 것은 당하지 않았지만, 적어도 딸린 자식은 없는 것으로 알고 결혼하셨던 새어머니의 입장은 편할 리 없었으리라. 물론 나도 마찬가지였다. 나는 리라국민학교에 5학년으로 입학했다. 잘 알려진 바대로, 그리고 지금도 리라는 우리나라 최고의 사립초등학교로 돈이 꽤 있는 집안의 애들이나 다니는 학교였다. 그러니 5년 전이면 몰라도 당시의 집안 형편으로는 다닐 수 있을 만한 학교가 아니었다. 하지만 최고의 학교를 보내야 한다는 어머니의 고집으로 들어가게 된 것이다. 리라국민학교 생활은 미국보다 더 잔인했다. 선생님들도 잘못 만났고 친구도 없었다. 오로지 이진봉이라는 친구 하나만이 나에게 친절했다. 나는 친구 대신 고독과 친구를 맺는 법을 깨달았으며, 지금까지도 큰 힘이 되었다. 그럼에도 하나님의 은혜는 항상 내 곁에 있었기에 버틸 수 있었다.

앞서 외할아버지 이야기를 하면서 60대 중반인 지금까지 모형 제작 취미를 즐기고 있다고 했는데, 그 시작이 이 무렵이었다. 첫 작품은 독일군 4호 전차였는데, 아카데미 사에서 일본 타미야의 제품을 카피한 프라모델이었다. 미국에서는 전쟁을 1차원적인 지면과 2차원적인 영상만으로 접했지만 3차원이라 할 수 있는 프라모델을 만들면서 전쟁에 대해 더 입체적으로 알게 된 셈이다. 꼭 전차나 군함, 전투기 같은 무기류가 아니더라도 모형 제작은 이과 쪽으로 가든 문과 쪽으로 가든 어린 소년 소녀에게 아주 바람직한 취미라고 생각한다. 이과 쪽으로 보면 손재주가 좋아지는 것은 기본이고 좀 더 나아가면 엔지니어링에 대해 친숙해지기 때문이다. 문과 쪽으로 보아도 모형의 역사적 배경에 대해 관심을 가질 수밖에 없기 때문이다. 나부터가 그렇게 흥미를 가지게 되었기 때문인데, 모형 이야기는 뒷 지면에서 다른 분이 이야기해 주실 것이다.

최고의 학교에 보내기만 고집하던 어머니는 놀랍게도 정작 내 성적에는 관심이 없으셨다. 하지만 영어만은 예외였다. 내가 영어를 잊지 않도록 한국에서 AFKN을 시청하게 하고 저녁식사 때는 영어로만 대화하게 했다. AFKN에서 방영하는 미국 전쟁 영화와 다큐멘터리는 나에게 강한 인상으로 다가왔다. 특히 장군들을 주인공으로 한 다큐멘터리는 군인의 길을 선택하게 하는 데 큰 영향을 미쳤다. 어머니는 AFKN에게 만족하지 않고 '리더스 다이제스트', '뉴스위크', '타임' 등을 구해 하나하나 읽게 해 주셨다. 1973년 10월에 터진 이스라엘과 주변국이 대격전을 벌인 욤 키푸르 전쟁은 말 그대로 전 세계를 뒤흔들었는데, 이때 군과 전쟁에 대한 내 관심은 더욱 불이 붙었다.

그 시절 영어는 군대에 대한 내 관심을 더욱 강하게 해 준 도구이기도 했다. 서울 용산의 삼각지에는 미군 부대 도서관에서 흘러나온 군사 서적과 잡지들을 파는 헌책방이 있었다. 서점 주인은 내가 '주문하는 것'까지 구해다 주었는데, 지금 생각하면 참 의아한 일이었다. 어떻게 구했을까? 책에 미8군 재산이라는 스탬프가 찍혀 있었던 것으로 보아 미8군 도서관에서 슬쩍한 듯싶다. 당시 구했던 책 중에는 지금도 가지고 있는 것도 있는데 언젠가는 돌려줘야겠다. 어쨌든 이 책들을 통해 군에 대한 열망은 더욱 강해졌다. 이렇게 미래에 미국통 군인으로서 가장 중요한 무기가 되어 주었던 영어 실력은 이때부터 기초가 다져진 셈이었다.

대경중학교 시절로 기억하는데, 외삼촌과 함께 10월 1일 국군의 날 행진을 보았다. 이 때 외삼촌이 '군인이 되려면 육사에 가야 한다'고 하셨고, 당시 나는 장교가 무엇이고 부사관은 또 무엇인지 전혀 몰랐다. 그러니 ROTC나 갑종으로 장교가 될 수도 있다는 것도 알 리 없었다. 어쨌든 그때부터 막연하지만 반드시 육사를 가야 되겠다고 결심했다.

1973년은 포항제철이 고로에 첫 불을 넣은 해였다. 이 해 김대중 전 대통령이 일본에서 납치되었으며, 박정희 대통령의 유신 체제에 대한 반대 집회가 열렸던 일이 기억난다. 그러나 중학생이었던 내게는 이해할 수 없는 세상의 얘기였다. 다만, 하루는 집으로 오는데 시내 곳곳에 내가 좋아하는 탱크가 서 있어 한참 구경을 했던 기억이 난다. 하지만 어머니께서는 독재가 시작되었다고 울고 계셨다. 다음 해인 1974년 8월 15일 재일교포 문세광이 박정희 대통령을 저격하려다가 육영수 여사께서 서거하시는 사건이 벌어졌다. 어린 중학생에 불과했지만 북한은 나쁜 집단이라는 생각을 굳게 했다. 육 여사의 죽음은 나는 물론 국민적으로도 큰 슬픔이었다. 같은 해에는 북한이 파고 내려온 땅굴이 발견되었다.

유감스럽게도 한국에서 학교를 다닐 적에 내게 존경심을 불러일으키는 선생님은 거의 없었다. 당시 초등학교 선생들은 촌지를 받는 사람들이 많았고, 중학교 때는 학생들을 마구잡이로 때리는 광경을 수없이 보았다. 그런데 중학교 때 김성수 선생님을 만났다. 김 선생님은 성적이 형편없던 나에게 고등학교는 가야 하니 공부 좀 하자고 하셨다. 김 선생님의 믿음과 과외 수업의 도움으로 연합고사를 통과했는데, 마침 고등학교 입시가 없어져서 소위 '뺑뺑이'로 고등학교에 들어갔다. 그런데 내가 진학한 학교는 경기고등학교였다. 대경중학교에서는 나까지 두 명이 경기고등학교로 배정받았는데, 어떤 선생님이 나를 두고 "공부 실력은 없어도 착한 학생이라 좋은 고등학교에 간다."고 평하셨던 기억이 난다.

고등학생 전인범

고교 평준화가 된 상황이어서 '뺑뺑이'로 입학했지만, 경기고등 학교는 경기고등학교였다. 학교에서 연 영어 경진 대회에서 2등을 했는데, 영어교사이자 담임이었던 강송식 선생님이 영어 실력이 훌 륭하지만 시험을 보는 요령은 부족하다며 '족집게 지도'를 해 주셨 다. 덕분에 이후에 본 영어 관련 시험은 거의 만점을 받을 수 있었다. 지금도 강 선생님께 감사의 마음을 가지고 있다. 강 선생님은 사회를 "똥."이라고 하시면서 학생들에게 '너희는 장래에 이 나라의 똥을 치 우라'고 하셨을 정도로 사회 문제에 대해서도 의식이 강했고 돈보다 학생을 생각하는 분이었다.

이 당시 나에게 큰 힘이 되신 분이 있었다. 그분은 내가 고민을 논하고 인간을 이해하는 데 도움을 주셨다. 우리는 수 시간 동안 세상 에 대해 얘기하곤 했다. 그런데 그분은 항상 "사람은 아메바와 같다." 는 말로 얘기를 끝맺곤 하셨다. 무슨 뜻이냐고 물어보자 "인간이 아 무리 훌륭해도 먹고 자고 배설하는 것을 안 할 수 없다." 고 하셨는데 그 뜻을 이해하는 데에는 많은 세월이 필요했다. 그분과 나눴던 죽음 과 삶에 대한 얘기는 끝이 없었다.

궤변에 대한 경고도 기억에 남는다. 궤변도 사실을 근거로 한다 고 했다. "변소는 똥으로 가득 차 있다. 똥은 더럽고 냄새나고 구더기 가 꼬인다. 그런데 변소는 집에 있다. 그래서 우리는 집을 뛰쳐나가야 한다." 라는 말이 기억이 난다. 궤변을 늘어놓는 사람은 사실을 근거 로 사람을 유혹한 이후 논리를 비약시켜 엉뚱한 곳으로 가게 한다는 것이다. 또 하나는 포로를 잡았다가 후퇴하게 되면 어떻게 해야 하는 가의 이야기였다. 죽여야 하나, 풀어 줘야 하나 아니면 부상을 입혀서 못 싸우게 하고 놔 주어야 하나 등이었다. 결국 부질없는 논쟁이라고

경기고 재학 시절 친구들과 함께

말하면서 내가 이야기를 끝내려고 하자, 살면서 닥칠 수 있는 경우가 있을지 없을지 모르지만, 어떤 경우든 이런 고민을 하는 사람과 고민을 하지 않는 사람의 행동은 같을 수 없다고 말씀하셨다. 나는 중요한 결정을 할 때면 이 말을 떠올리곤 한다.

하필이면 3학년 때 학교가 화동을 떠나 현재의 삼성동으로 이전했다. 삼성동은 지금은 한국에서 가장 땅값이 비싼 곳 중 하나지만, 당시에는 그야말로 아무것도 없는 허허벌판이었다. 지금 생각해 보면 나에게는 역마살이 있는지, 일곱 살 때 미국 생활을 시작으로 참으로 많은 공간에서 살거나 근무했다. 장충동, 약수동, 뉴욕, 불암산 육사 캠퍼스, 광주 상무대, 대구 2군 사령부, 연희동, 분당, 용산, 거여동 특전사령부, 고성, 일산, 화천, 고양, 파주, 계룡대, 원주, 서울대학교, 버지니아, 펜실베이니아, 애틀랜타, 아프가니스탄, 이라크, 도쿄….

나는 성격상 한 번 마음을 먹으면 바꾸지를 않는다. 중학교 2학년 때 군인이 되겠다고 결심했는데 그때도 내가 아는 군인은 손더스 중사가 전부였다. 고등학교에서도 육군사관학교 입학이라는 목표를 세웠지만, 어머니를 빼고는 아무도 믿지 않았다. 사실 내 성적이 전교 중간 정도에 불과했던 데다가 키도 작고 체력도 허접하여 누가 봐도 웃기는 얘기였다. 내 분수를 몰랐던 것이다. 하지만 이 결심도 딱 한 번 흔들렸던 적이 있다. 과외를 하던 곳 옆방에 여학생들이 공부하고 있었는데 한 아이가 너무 예뻤다. 그냥 지나칠 수 없어서 말을 걸었더니 다음날 그 여학생의 친구라고 하며 남학생 서너 명이 왔다. 한 녀석이 팔을 걷어붙이는데 칼자국이 여러 군데에 있었다. 그 녀석이 "난 이런 사람인데, 쟤는 내 거니까 넌 꺼져." 라고 나를 윽박질렀다. 나는 겁이 나서 사과하고 도망쳤다. 그 이후 그때의 비겁함은 나를 괴롭혔다. 나 같은 겁쟁이가 어떻게 군인이 될 수 있겠는가? 그러던 중 동생이 펜팔로 교류하던 외국인이 편지를 보냈는데 그 편지 내용에 미국의 용장 조지 S. 패튼의 "만약 용감한 사람이 겁이 없는 사람이라면 나는 용감한 사람을 본 적이 없다. 머리가 좋은 사람일수록 겁이 많다. 용기라는 것은 그 두려움을 이겨내고 자신의 갈 길을 가는 것이다." 라는 말이 있었다. 나는 내가 그 자리에서 겁먹은 일이 비겁한 게 아니라 포기한 것이 비겁하다는 사실을 깨달았다. 지금까지도 나는 두려워할망정 포기는 하지 않는다.

1975년 남베트남이 북베트남에게 패하고 미국이 남베트남을 버리는 모습을 보자 큰 충격을 받았다. 하지만 나는 군인이 되어 나라를 지켜야 하겠다는 생각을 더욱 강하게 가졌다. 그 뒤로 공산 치하를 탈출한 보트 피플이 겪는 온갖 고초[1]와 캄보디아에서 크메르 루주가 자행한 잔학 행위를 보면서 싸우면 반드시 이겨야 하고 믿을 수 있는

---

1 | 당시의 보트 피플이 대부분 화교였다는 사실은 한참 후에야 알았다.

것은 자신뿐이라는 생각을 굳혀 갔다.

내가 고등학교 3학년이던 이듬해에는 판문점 공동경비구역에서 북한이 미군 장교 2명을 도끼로 살해하는 사건이 일어났다. 흔히 미루나무 사건, 또는 판문점 도끼 만행 사건이라고 하는 이 사건은 시야를 확보하기 위하여 통상적인 가지치기 작업을 수행하던 남쪽 인부들과 이들을 감독하던 경비병들을 북한 군인들이 예고 없이 공격한 사건이었다. 북한 경비병들은 남쪽에서 사용하던 도끼로 미군 장교들만 골라 그들을 살해했다. 군인이 되겠다는 의지를 더욱 굳히게 하는 사건이었다.

또한 이 당시만 해도 먹거리를 가지고 범죄를 저지르는 일이 흔했다. 잘못 만든 식품 때문에 어른과 어린이들이 죽는 경우도 적지 않았다. 당시의 대한민국에는 가난도 북한만큼이나 큰 위협이었던 셈이다. 그럼에도 1977년 우리나라는 100억 달러를 수출했다.

고등학교 3학년이 되어 대학 진학을 결정해야 될 때가 되었다. 나는 당연히 육사에 지원하겠다고 했는데, 여장부인 어머니를 제외한 모든 가족들이 반대했다. 내가 군인이 되겠다고 그렇게 자주 말했는데도 다들 심각하게 여기지 않으셨던 것이다. 당시 어머니는 3등 서기관을 마지막으로 외무부를 나오신 뒤 모교인 동국대 장충동 캠퍼스에서 교편생활과 여성 권리 향상 운동을 하셨다. 그러고 보면 장충동과 나의 인연도 꽤 질긴 셈이다.

어쨌든 육사 시험에 응시했다. 육사는 자체 입학시험이 있었는데, 국어, 영어, 사회, 수학 네 과목이었다. 만점에 가깝게 받은 영어 성적 덕분에 다른 과목이 부진했음에도 불구하고 합격할 수 있었지만 문제는 예비고사였다. 시험을 보다 보니 합격선에 들을 만한 성적이 나올지 장담할 수 없었다. 그런데 점심시간과 간간이 쉬는 시간에 다

1977년도 육군사관학교 수험표. 서울 지역의 1차 시험일은 10월 9일이었다.

른 학생들이 무슨 무슨 문제가 나올 것 같다고 이야기하는 것이 아닌가? 그 틈에 해당 문제들을 확인해 보았고, 그중 세 문제 정도가 나와 다 맞출 수 있었다. 놀랍게도 내 성적은 커트라인에서 딱 한 점 위였다. 만약 그 시간에 딴 짓을 했다면 아마 낙방했을 것이다. 이때 나는 끝까지 최선을 다해야 한다는 정말 귀중한 교훈을 얻었다.

　　내가 육사에 응시한 해에 박지만도 육사를 지원했고, 사관학교 출신 대위 전역자를 5급 사무관으로 채용하는 소위 유신사무관 제도가 발표되는 바람에 1977년의 육사 경쟁률은 55:1에 달했다.[2] 이전에 우리 집에 육사 교수인 이동희 대령님과 최창윤 중령님이 놀러 오셨던 적이 있었다. 나는 1차 시험 결과 발표 이후 육사 인물고사(면접) 당일에 제2 정문에서 예의상 이 대령님께 전화했다. 이 대령님은 깜짝 놀라며 사무실로 나를 불렀다. 이 대령님은 자기에게 입시를 부탁한

---

2 ｜　이 때문에 행정고시를 거친 관료들은 자신을 '정통 관료'라고 부르는 웃지 못할 상황이 일어났다.

사람이 9명인데 모두 1차 시험에서 떨어졌고 어머니가 연락을 안 하시기에 내가 육사를 포기한 줄 알았다고 하셨다. 그러시면서 자네처럼 청탁 없이 자기 실력으로 여기까지 온 사람이 육사에 와야 한다고 하셨다. 하지만 나의 성적을 알아보시고는 금세 얼굴이 굳어지셨다. 아마도 인물고사에서 평범한 점수를 받는다면 최종 성적이 합격권 밖이었기 때문일 것이다. 정확하게 알 수는 없지만, 이 대령님은 내가 인물고사 점수를 잘 받도록 도와주셨던 것이 분명하다.

다음은 체격 측정과 체력 시험이었다. 아침 일찍 도착하니 다른 아이들은 덩치가 컸다. 그중에는 내가 봐도 체격이 멋있는 학생들도 있었다. 그런데 하필이면 나는 평소에 입지 않던 노란 팬티 속옷을 입고 있었다. 특별한 이유는 없었고 그날 눈에 들어와서 입었는데 팬티만 입고 맨발로 돌아다녀야 하는 줄은 상상도 하지 못했다. 여기저기서 "노란 팬티."로 불렸고, 하루 종일 창피를 당하고 말았다. 체력이 허접하고 체중 미달 때문에 조건부로 통과했다. 이런 우여곡절 끝에 나는 37기로 육사에 입학하였고, 40년 가까이 이어질 군 생활을 시작하였다.

과정이야 어쨌든 경기고등학교 73회에서 육사에 합격한 사람은 두 명뿐이었다. 성적도 좋지 않았고 존재감도 없었던 내가 육사에 합격했다는 사실을 주변 사람들은 이해하기 힘들었을 것이다. 경기고의 어느 선생님은 "전인범이가 육사에 합격한 것은 일관성이 있었기 때문이다." 라고 하셨다. 최고의 찬사였다. "쥐구멍에도 볕 들 날이 있다." 와 "영원한 꼴찌도, 영원한 1등도 없다." 는 속담은 적어도 이때만은 나를 위해 만들어진 말이었다.

2부 ———— 사관학교와 위관 장교 시절

사관학교 생활

육사 입학 후 첫 관문은 4주간 이어지는 기초군사훈련이다. 입학생은 370명이였고 한 중대에 20명 정도였는데, 기초군사훈련 과정에서 각 중대마다 최하위 2명을 퇴교시킨다는 소문이 돌았다. 동기들은 상당히 충격을 받았고, 두려워 우는 친구들도 있었다. 하지만 나는 그 친구들을 이해할 수 없었다. 사관학교에 들어온다는 것은 직업 군인이 되겠다는 뜻이고, 군인은 언제 죽을지 모르는 직업인데, 퇴교가 무서워서 눈물을 흘린다? 설사 그렇다 해도 죽는 것보다는 낫지 않는가? 그런데 알고 보니 동기애를 키우기 위한 퍼포먼스였다는 것이었다. 이것이 군에서 겪은 첫 번째 불쾌한 경험이기도 했다.

육사 내에도 일반 대학처럼 동아리가 있다. 축구, 럭비, 응원, 육상 등 운동부와 영어반이 있는데, 나 같은 '몸치'를 운동부에서 받아줄 리가 없었다. 갈 곳은 영어반 밖에 없었는데, 전 학년을 통틀어 20명 정도에 불과했다. 이는 인맥을 만들 수 있는 모임과는 거리가 멀었다는 의미이기도 하다. 어쨌든 이곳에서는 인정을 받을 수밖에 없었다. 이렇게 영어 성적은 톱이었지만 워낙 운동도 못하고 공에 대한 겁도 많은 편이어서 체육에서는 C, D 정도밖에 못 받았고, 특히 이과 과목, 즉 수학과 물리 그리고 화학 성적이 좋지 않았다. 지금 생각해 보면 교관들이나 고등학교 선생님들이 화학을 배우면 폭약을 만들고 물리를 배우면 탄도를 계산하는 데 기본이 된다고 설명만 해 주셨더라면 좋았을 것이다. 아마 그랬다면 더 잘했을 것이라는 생각이 든다. 다만 관물 정리나 총기 청소 등 손재주가 필요한 일과 비누나 치약 배급이나 옷 세탁 같은 총무일은 동기들 중 최고 수준이었다. 그 덕분에 선배들의 귀여움과 동기들의 인정을 받을 수 있었다. 지금 생각해 보면 모형 제작이 이런 종류의 일을 잘 할 수 있도록 도움이 되었던 듯하다.

1977년 입교한 육사 37기는 박정희 전 대통령의 아들인 박지만이 입학한 기수로 유명하다. 선배들이 입교 첫날에 "너희들 중 육사가기 싫은데 온 사람은 당장 손들어!" 했을 때 유일하게 손을 들었던 생도가 바로 박지만이었다고 한다. 하지만 박지만 역시 꼭 억지로 들어온 것만은 아니었다. 그가 한 말 중 가장 기억에 남는 것은 "군인이될 생각은 없었지만 자유를 얻기 위해 육사에 입학했다." 였다. 당연히 잘 이해가 되지 않았는데, "늘 경호원들이 따라다녔기에 자유란 없었다." 는 말이 이어지자 비로소 무슨 의미인지 알아들었고, 왠지 모를 연민의 감정이 일어났다. 박정희 전 대통령과 같은 시대를 보낸 3김씨의 아들들도 행복한 삶과는 거리가 멀어 보이니 거인의 아들로 태어난다는 것은 자연인으로서는 불행한 일이 아닐 수 없다. 나는 박지만과 친할 이유도 싫어할 이유도 없었다. 그의 주변에는 항상 사람들이 많았기에 내가 낄 이유도 없었지만, 어머니가 육영수 여사의 통역을 하시면서 받은 인연 때문에 늘 지만이에게 잘해 달라는 당부를

육사 37기 입학 기념사진. 가운데 줄 왼쪽에서 두 번째가 필자이다.

마음 한 구석에 두었을 뿐이었다. 물론 동기이니만큼 아예 모를 수는 없었으나, 내가 볼 때 규정 밖의 존재인 박지만은 불행한 군인이 아니었다.

　육사 37기가 박근혜 대통령 재임 당시 잘 나간다는 풍문이 있었다. 하지만 박지만은 불행하게 유명을 달리한 이재수 전 기무사령관을 제외하면 동기 중 그다지 친분 깊은 사람이 없었고, 이재수 장군은 능력이 있는 친구였다. 굳이 따지면 통상 한 기수에 중장은 6~8명(32기 7명/33기 6명/34기 7명/35기 8명/36기 6명) 정도 진급한다. 37기는 8명이 진급하였기에 타 기수에 비해 중장 진급자가 많은 것은 사실이지만, 특출난 진급률이라고는 할 수 없는 수준이다.

　육사는 동기생 20명씩으로 중대를 구성하는데, 박지만은 자신이 소속되었던 6중대 사람들의 모임에는 거의 매년 참석한다고 한다. 하지만 나는 6중대원이 아니었다. 더구나 박지만은 그야말로 나는 새도 떨어뜨리는 권력자의 아들로 정승화 교장이 직접 챙겨 주는 특별한 생도이자 그와 친해져 보려고 입학한 장성의 아들이 10명에 달하는 상황이어서 나처럼 꼴찌에 가깝게 입학한 생도는 가까이 갈래야 갈 수도 없었다. 결국 박지만은 생도 시절 박정희 대통령이 불행하게 세상을 떠난 이후 임관 5년차이던 대위 때 제대하고 만다.

생도 시절, 박지만 때문에 여러 일이 있었다. 나는 생도 규정을 생명처럼 지켰다. 복장과 두발 등 기본 군기 때문에 지적을 받는 것은 수치스러운 일이라고 생각했다. 반면 박지만에게는 규정이 중요하지 않아 보였다. 그런데도 학교 당국은 규정을 바꿔 가면서까지 그를 보호했고, 상급 생도들은 그 분풀이를 우리에게 했다. 한번은 박 생도가 군기 위반으로 벌을 서고는 동료들과 총을 휴대한 상태에서 학교 밖으로 무단으로 나갔다. 이를 본 철도원들이 경찰에 신고해 학교가 발칵 뒤집히고 말았다. 우리는 영문도 모른 채 소집을 당해 상급생들에게 교육(기합)을 받았다.

1977년의 육사 1학년 생활은 생지옥에 가까웠다. 쌀을 증기로 찐 떡밥에 김치는 없고 염장무와 된장국, 그리고 반찬 한두 가지가 식사의 전부였다. 그러나 이것은 참을 수 있었다. 문제는 상급생들의 구타와 소위 얼차려 교육이었다. 상급생들은 시도 때도 없이 시비를 걸며 권위를 내세워 후배들을 억압하였다. 하지만 나는 눈치가 빠르고 잽싼 행동으로 선배들의 눈에 들었기에 예외가 될 수 있었다. 문제는 동기생들이었다. 육사에서는 2학년이 1학년을 교육할 책임이 있다.

2학년 선배 중 동기생들을 때릴 때 그중에서도 뺨을 때리는 선배들이 있었다. 나는 중대 동기생들을 모아서 맞는 것은 그렇다 하더라도 뺨은 때리지 말도록 건의하자고 했다. 나는 2학년 선임에게 얘기하자고 했는데, 나보다 선임인 동기생의 주도로 4학년에게 찾아가 건의하는 바람에 마치 4학년에게 2학년을 고자질한 모양새가 되고

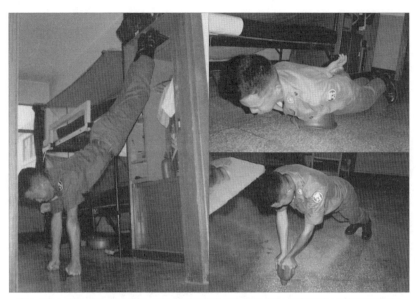
생도 1학년 때 받았던 얼차려들. 상급생을 배신한 주모자로 찍혀 학기 내내 고통받아야 했다.

말았다. 다음날 2학년들이 집합을 시키고 잔뜩 겁을 준 후 눈을 감으라고 하고 4학년에게 찾아간 생도들은 거수하라고 했다. 간 사람은 7명이었는데 손을 든 사람은 나밖에 없었다. 치사한 놈들이었다.

나는 순식간에 눈치 빠르고 쓸 만한 1학년에서 상급생을 배신한 의리 없는 생도로 전락하고 말았다. 이후 겪은 고통은 말로 표현할 수 없다. 매일 불려 다니며 얼차려를 받았다. 주먹 쥐고 엎드리고 깍지 끼고 기합을 받고 일명 원산폭격은 몇 시간씩 했다. 시험 기간에는 자습 시간 중간마다 불려가 기합을 받았다. 몇 시간씩 단체 기합을 받고 5분만 참으면 된다고 해 놓고 5분이 지나면 "전인범, 자세가 그거밖에 안 돼?" 라며 시간을 연장했다. 동기생은 나보고 좀 잘 하라고 했다. 하지만 '내가 이 지경이 된 것이 누구 때문인데?'라는 생각을 지울수 없었다. 이런 행태는 한 학기 내내 지속되었다. 그 선망하던 육사가 증오의 기관이 되었지만 포기하지는 않았다. 나의 선택이므로 참고 버티겠다고 결심했다.

면회를 오신 어머니와 육사 교정에서. 사진 왼쪽은 4학년 최명곤(육34) 선배.
최명곤 선배는 어려움을 겪던 1학년 시절 필자를 보살피고 많은 도움을 주셨다.

　그 당시에는 1학기에는 외출이 없었고, 어머니는 매주 토요일이
나 일요일에 면회를 오셨다. 면회 방문은 방송으로 전파되었는데, 내
가족이 면회를 왔다는 방송이 나오면 상급생들은 나를 불러 기합을
주곤 했다. 때문에 어머니는 한두 시간씩 기다리기 일쑤였다. 나는 기
합을 받아 손이 까지는 등 상처가 났지만 어머니가 보시지 못하도록
손을 숨기곤 했다.

　2학기가 되어서 외출도 가능해지고 어느 정도 여유가 생겼지만
고통은 이어졌다. 그러던 중 나를 몇 달 동안 괴롭히던 2학년 선배 생
도와 화장실 청소 불량으로 같이 기합을 받게 되었다. 그런데 나는
단련이 되어 몇 시간이고 기합을 견뎌낼 수 있는 저력이 생긴 반면,
나를 유독 괴롭히던 그 2학년 선배는 5분도 안 되어 부르르 떨며 쓰러
졌다. 나에게 6개월 동안 단 하루도 안 빼고 괴롭히며 고상한 얘기는
다 하던 상급생의 그런 모습은 큰 충격이었다. 주변에 그 선배에 대

해 물어보았더니 그 선배는 1학년 때 피아노를 잘 쳐서 상급생들의 귀여움을 받으며 생활했다는 것이다. 나는 그때 '하급생 때 고생을 안 하면 저런 비인간이 되는구나' 라고 생각했다. 그리고 결심했다. 내가 2학년이 되면 내 밑에 있는 1학년에게는 편견 없이 골고루 고통을 가하여 저런 비인간이 되는 일을 예방하겠다고….

1학년을 마치고 용케 2학년이 되었다. 나는 공부에는 관심이 없었지만 책을 많이 읽고 규정을 잘 지켰다. 다른 생도들은 담배도 피우고 술도 몰래 먹었지만 나는 그렇게 해 본 적이 없다. 나는 후배 1학년들에게는 무서운 존재가 되었다. 육사를 다니면서는 한 번도 웃은 적이 없다고 해도 과언이 아니었다. 하급생들의 복장과 걸음걸이를 보면 지적 사항이 끝이 없었다. 이런 '달란트'가 나에게 있을 거라고는 상상도 하지 못했지만, 나는 1학년 후배들의 이름을 적어 놓고 30분을 기준으로 正자로 표시해 가며 골고루 기합을 주었다. 많이 때리지는 않았지만 때려야겠다고 마음을 먹으면 모두가 오랫동안 기억에 남도록 했다. 그래도 뺨은 때린 적은 없었다. 내가 얼차려를 많이 받았던 일이 사람의 심리를 이해하는 데 크게 도움이 되었다. 사실 나는 공부는 그저 그랬지만 고등학교 졸업할 때까지 규정을 잘 지키는 모범생이었기에 선생님에게 혼난 적이 없었다. 그런데 사관학교에 들어오자 문제 생도가 된 나는 육체의 고통과 심리적 고통으로 힘든 과정을 겪었지만 결국은 내 자신을 발견하는 계기가 되었고, 그 이후에는 남을 보는 눈도 생겼던 것이다. 후배들은 나에게 '잔인범(殘忍犯)' 이라는 별명을 붙여 주었다.

3학년으로 진학하면서 전공을 선택해야 하는 시기가 되었다. 공부하기가 싫어서 영어과를 지망했으나 떨어졌다. 영어과에 낙방 이

재학 중에도 영어 공부는 게을리하지 않았다. 오히려 그때문에 원하는 전공 지원에 떨어졌다.

유를 따지러 갔지만 '너에게 가르칠 게 없다'는 답변이 돌아오니 할 말이 없었다. 대신 2지망인 전사과(戰史科)를 갔는데 너무 적성에 맞았다. 전사과는 나에게 전화위복이 되었다. 다른 생도들은 한글로만 된 전쟁사를 읽었지만 나는 부교재와 부도로 나눠 준 영어책과 도서관에 있던 영어책을 모두 읽을 수 있었기 때문이었다. 훨씬 지식의 폭이 넓어질 수밖에 없었던 것이다. 또한 그동안 학교 공부를 덜 하고 만들던 전차와 항공기, 그리고 전함 모형에서 얻은 지식이 보다 고차원적으로 진화했다. 전쟁사 시험이 오히려 재미있을 지경이었다. 당시 읽은 책 중 가장 기억에 남는 것은 존 키건(John Keegan)의 〈The Face of Battle(1976년. 한국에는 2005년 출간되었으며 발간명은 '전쟁의 얼굴')〉이었다. 이 책을 통해 아무리 무기가 발전해도 전쟁은 사람이 하는 것이라는 점을 알게 되면서 전쟁을 보는 시각이 바뀌었다. 큰 깨달음이었다. 이런 변화는 성적과도 이어졌다. 육군사관학교는 4년간의 성적을 평균 낸 다음 그 순서로 군번을 부여한다. 거의 꼴찌로 들어왔고 1학년

1980년 국군의 날 호국 퍼레이드 중. 80년의 시가행진은 시청 및 광화문 일대에서 진행되었다.

시기는 힘들었지만 결국 3학년과 4학년 성적이 좋아져서 중간 등수로 졸업할 수 있었다. 인생은 성적순이 아니라는 말의 살아 있는 증거가 전인범이다.

4학년으로 진학하기 직전인 79년 10월에 박정희 대통령께서 피격을 당해 세상을 떠났다. 공부만 하고 있던 신분이었기에 개인적으로는 큰 영향은 없었지만, 그런 상황에서도 야당 정치인들이 단합하기는커녕 차기 집권을 위하여 서로 싸우는 모습이 역겨웠다. 이런 틈을 타서 12·12가 일어났고 5·18이라는 비극까지 이어졌다. 나는 전후 사정을 떠나 군인이 국민들과 싸운다는 것이 이해되지 않았다.

병과를 선택해야 할 시기가 되었다. 기갑병과도 고민했지만 결국 나의 선택은 보병이었다. 전투 경험이 풍부한 미군의 경우 보병은 전체 병력은 25%밖에 되지 않지만 사상자의 70%가 보병이었다. 나는 이런 것이 멋있었다. 남이 하기 싫어하는 일이야말로 자랑스러운 일이 아닌가? 육군의 수많은 병과, 아니 육해공군의 모든 병력과 장비들은 결국 보병을 지원하기 위해 존재하는 것이 아니겠는가? 이런 생각으로 보병 병과를 지원하였다.

육사 시절을 정리하면서 이야기해야 할 것이 하나 있다. 나는 육사 생도 시절 가장 모범적인 생도가 되려고 노력했다. 모든 규정을 철저히 지키고 총과 단화, 그리고 군복 버클은 항상 반짝거렸다. 4학년이 되어서도 사소한 규정부터 지켰다. 대부분의 4학년들은 단화를 손질하는 것이 중요하지 않다고 생각했지만, 나는 졸업하는 순간까지 단화와 총이 항상 깔끔했다. 사관생도 신조는 군 생활 동안은 물론 예편 이후에도 나의 인생 신조가 되었다.[1]

소위 임관과 신참 소대장

340명의 입학생 중 졸업하고 임관한 동기는 298명이었다. 나머지는 중도 퇴교했다. 그중 약 150명이 보병 병과를 선택했고, 전부 소위 계급장을 달고 병과 교육을 받기 위해 보병학교가 있는 광주 상무대로 향했다. 이때부터는 사관학교 때와는 달리 담배를 피우고 술을 마실 수 있다. 사관학교 4년 동안 금주, 금연이 교칙이었지만 몰래 술과 담배를 즐기는 생도들은 꽤 있었다. 하지만 나는 4년 동안 술을 단 한 방울도 마시지 않았다. 물론 술을 많이 마실 수 없는 체질이기도 했지만 말이다…. 그런데 보병학교의 현실은 충격적이었다. 4년 동안의 금욕 생활에 대한 반작용이라고 하겠지만, 지나치게 술을 마셨다.

---

1 | 하나, 우리는 국가와 민족을 위하여 생명을 바친다. 둘, 우리는 언제나 명예와 신의 속에서 산다. 셋, 우리는 안일한 불의의 길보다 험난한 정의의 길을 택한다.

1981년 4월 3일. 이 날 육사를 졸업하고 대한민국 육군 소위로 임관했다.

어떤 소위는 침대 시트를 몸에 두른 채로 슬리퍼를 신고 술집에 가는 일반인도 하기 어려운 행동을 벌이는 모습을 목격하기도 했다. 이는 절제를 가르친 게 아니라 절제를 강요한 결과였다.

내가 초임지로 배치받은 부대는 제30사단이었다. 제30사단은 이후 막강한 기계화보병사단으로 변모했고, 지금은 독립 기갑여단이 되었지만 당시는 수도 서울의 서쪽을 지키는 보병사단이었다. 교육 중 제30사단에서 중대장을 마치고 고등군사반을 다니고 있었던 선배와 만나는 시간을 가졌다. 고등군사반은 현재는 보통 중대장 보직 이전에 거치는 과정이지만, 그 당시에는 중대장을 다 끝낸 장교들이 고등군사반을 가는 경우가 많았다. 그 선배는 우리에게 제30사단의 별명이 토큰 사단인데 서울에서 버스 토큰 하나로 부대까지 갈 수 있는 유일한 사단이기 때문이라는 것이다. 또한 예비사단이라 훈련이 없으니 작업복(전투복)은 가져가지 말고 군화도 필요 없고 근무복만 가져가고 서류 가방에는 속옷만 가져가라고 가르쳐 주었다.

사실, 생도 시절 제11사단과 제7사단에서 각각 실습 소대장을 2주씩 했기에 부대 생활의 끔찍한 현실을 알고 있었다. 제11사단의 내무반은 페치카로 난방하고 있었는데, 페치카와의 거리는 당연히 고참순이었고 페치카와 먼 곳은 겨울이면 냉장고나 다름없는 상황이었다. 병사들은 모포 2장으로 추위를 견디면서 생활했다. 매트리스가 부족하여 기회만 되면 옆 중대에 가서 훔쳐 오기 일쑤였다. 이런 짓은 주로 햇빛에 매트리스를 말릴 때 경비병이 졸거나 한눈을 파는 사이에 '감행'되었다. 소대마다 비밀 보관소가 있었는데, 내무반 침상 아래나 창고 어딘가를 정하고 그곳에 대검이나 방독면처럼 잃어버리기 쉬운 물건을 '짱'박아 두고 있었다. 훈련은 행군과 사격 외에는 없었다. 밥은 떡밥이었지만 대대장은 자율 배식을 한다고 자랑하는 실정이었다.

제7사단에서는 GOP 소대장을 체험했다. 대대 BOQ 건물에는 나무판자로 급조한 방들이 있었는데, 개집이나 마찬가지였다. 소대로 가 보니 물이 없어 씻지 못해 다들 새까맸다. 하루에 분대 하나가 돌아가면서 산 아래로 물을 길러 가야 했는데, 가는 데 세 시간, 오는 데 네 시간이 걸렸다. 물을 가져올 때면 부식도 들고 왔다. 내려간 병사들은 거기서 빨래를 했고 가져온 물로 밥을 해 먹고 소대장은 얼굴을 씻었다. 그들 중 부잣집 병사는 없었다.

나는 당시 이런 곳으로 갈 줄 알았는데 군복이 필요 없는 행정부대라고 하니 실망스럽기도 했지만 다행이라는 생각도 들었다. 우리는 선배가 가르쳐 준 대로 근무복을 입고 휴대용 가방에 속옷만 넣고 사단 인사처로 갔다. 사단 인사장교는 우리의 준비 상태를 보자 "미친놈들…" 이라고 말했다. 상무대에서 만난 선배는 앞으로 우리가 고생할 테니 상무대에 있는 동안만이라도 재미있게 지내라고 거짓말을 했던 것이다. 우리에게는 전부 집으로 가서 군복 일체 등 모든 준비를 해 가지고 오라며 이틀간의 휴가가 주어졌다. 나는 그 당시 연희동에 살고 있었다.

이렇게 상무대에서 초등군사반 교육을 마치고 동기 15명과 함께 수색에 있던 제30사단에 들어갔다. 소대 배치는 성적순이었기에 나는 맨 꼴찌로 배치를 받았다. 제90보병연대 15중대 3소대였다. 배치를 받기 전 사단장과의 면담이 있었다. 사단장은 15명의 신임 소위 앞에서 이렇게 물었다.

"육사를 졸업할 정도라면 남다른 각오가 있었을 텐데, 그것에
대해 말해 보라."

그러자 다들 국가와 민족, 멸사봉공 등 온갖 좋은 말들을 늘어놓았다. 물론 이것도 군번 순서대로 앉아서 꼴찌로 말해야 하는 처지였기에 좋은 말은 바닥난 상황이었다. 이럴 때는 내 생각대로 말하는 것이 답이라는 생각이 들었다. 나의 대답은 이러했다.

"저는 남들이 하기 싫어하는 일을 앞장서서 하는 것이 진정한
육사의 정신이라고 생각합니다. 저는 그런 장교가 되겠습니다."

사단에서 제90연대 본부로 가자 내가 보직을 받은 3대대가 훈련 중이라 부대에 가지 말고 연대본부에서 며칠 보내고 금요일에 가라고 하는 것이었다. 휴가 3일이 또 생긴 셈이었다. 와우~~야호! 하며 좋아했지만 그렇게 되지는 않았다. 연대장에게 신고하니 연대장이 "전쟁이 나면 현지 임관도 하는데, 훈련장으로 보내." 라고 하는 것이

었다. 총과 장구류가 없다고 하자 연대장은 한 세트 빌려주라고 해서 남의 총과 탄띠, 철모 등을 받아 어디인지도 모르는 곳으로 갔다. 남의 군장을 메고 서 있는 내 모습은 처량 그 자체였다. 얼마간의 시간이 지나자 누군가가 "따라와." 라고 나를 불렀다. 'XX, 누군데 보자마자 반말이야?'라고 속으로 생각했지만 입 밖에 내지는 않고 일단 따라 나갔다. 나중에야 알았지만 그는 우리 중대장이었다.

중대장에게 정식으로 인사를 드렸더니 키가 작은데다가 축구를 못하는 놈이 온 데 대해 노골적으로 실망을 드러냈다. 그날 저녁, 중대장이 인사계(지금은 행정보급관)와 하는 대화를 들었다. "축구 잘하는 소대장을 받기 위해 자리를 3개월이나 비워 뒀는데 어디서 학도병처럼 생긴 놈이 하나 왔다." 는 내용이었다. 나는 속으로 'XX, 누구는 학도병처럼 태어나고 싶어 태어났나?'라고 생각했다. 다음날 새벽 2시에 일어나서는 어딘지 모르는 곳으로, 왜 가는지도 모르고 끌려 다녔다.

서로 첫인상이 나빠서였는지 중대장하고는 잘 지내지 못했다. 하지만 소대원들이 불쌍했기에 그들과는 잘 지냈다. 몸이 아픈 병사가 있어 약국이 있는 곳까지 두 시간을 같이 걸어가 약을 사 준 기억도 난다. 대대장은 나에게 취사장 감독관을 맡겼는데, 말은 식사의 질을 체크하라는 것이었지만 실제로는 일종의 식당 군기반장이었다. 하지만 밥 먹는 자리에서까지 쓸데없는 군기를 잡고 싶지는 않아 사실상 방치하다시피 했다.

초급장교 시절에는 힐 스트리트 블루스〈Hill Street Blues〉라는 미국의 어느 대도시 경찰서를 그린 드라마를 통하여 많은 감명을 받고 리더에 대한 생각을 하게 되었다. 경찰서장인 퍼릴로(Captain Furillo/대니얼 트라반티Daniel J. Travanti분)는 인간적인 사람이었고, 높은 자리에 있었지만 권위적이지 않았다. 부하들의 고민을 이해했고 그들의 실

30사단 90연대에서 처음으로 지휘자 생활을 시작했다. 다행히 소대원들은 잘 따라 주었다.

수를 감싸 안는 리더였다. 위법 행위는 법대로 처리했지만 범법자를
미워하는 경우는 거의 없었다. 나는 그에게서 좋은 사람이 좋은 리더
라는 것을 배웠다.

　당시 분대장은 하사들이 맡았는데, 하사는 대부분 상병에서 선
발하여 몇 주간의 교육 후 하사를 달고 자기가 있던 중대로 왔다. 다
시 말해 몇 주 전에는 같은 중대 병장의 후임이 졸지에 계급으로는
상관이 되어서 오는 셈이었다. 그래서 갈등이 말도 못할 정도로 심했
다. 이들 하사들은 담합하여 병장을 집단 구타하며 자기 위치를 확보
하려 했고, 병장들도 뭉쳐서 하사들을 곤란에 빠뜨리는 일이 비일비
재했다. 소대장이 이 두 집단을 어떻게 관리하는가가 중요했는데, 많
은 소대장들은 모르쇠로 일관하거나 이 갈등을 역이용하는 경우도
있었다. 그런 게 리더십이라고 생각했던 모양이다. 나는 원칙대로 계
급이 우선하지만 올바른 지시만 따르라고 했다. 그럼에도 소대장을
하는 동안 갈등은 계속되었다.

소대장으로 가자마자 대원들과 함께 한 달간 5분 대기조를 맡았다. 원래는 2주에 한 번씩 순환해야 하지만, 당시에는 이게 관행이었다. 다만 소대원들에게는 미안했다. 5분 대기 소대장이 끝나자 이번에는 당직 근무를 한 달간 연속으로 시켰다. 부대 적응을 목적으로 한다고 했지만 불합리의 극치였다. 당직을 연속으로 서니 졸지 않을 수 없고, 결국 야간에 취약점이 발생할 수밖에 없었다. 어느 날 사단에서 대대별 저격수 대회가 발표되었다. 대대에서는 육사 출신이고 제일 말단 소대장인 나에게 아무것도 알려 주지 않고 임무만 하달했다. 나는 선임 소대장에게 가서 어떻게 해야 하냐고 물었더니 탄약고에 가서 실탄 가져다가 많이 쏘라는 식의 답이 돌아왔다. 나는 대대에서 선발해 준 11명을 데리고 수천 발씩 가져가서 쐈다. 그러나 당일에 대회장에 갔더니 표적을 400미터에 놓고 원형 표적에 서서쏴, 쪼그려쏴, 엎드려쏴 등 여러 자세로 쏘는 것이 아닌가. 우리는 250미터에서 F표적만 놓고 엎드려쏴만 했으니 당연히 꼴찌였다. 나는 일을 시작하기 전에 상황 파악부터 해야 한다는 교훈을 얻었다.

　　이렇게 되는 일이 없는 시절이었지만 소대원들과의 관계는 확고했다. 내가 덩치는 작아도 건드리면 죽는다는 것을 소대원들이 알고 있었기 때문이었다. 그 시절에는 소대장들에게 복싱을 시켰는데 체급에 맞게 상대를 정하는 것이 아니라 무작위였다. 당시 내 몸무게는 55Kg이었는데, 상대는 75kg의 건장한 선임 소대장이었다. 소대원들은 내가 맞아 죽을 거라고 보았다. 나는 소대원들에게 "내가 질 게 뻔하다. 하지만 지더라도 어떻게 져야 하는지 보여 줄 테니까 잘 봐 둬라." 라고 했다. 나는 거의 죽을 뻔할 정도로 맞았지만 모든 사람들을 놀라게 했다. 그 뒤로 나를 건드리는 사람은 없었다.

　　사단에서 불시에 사격 실력 점검을 나온 적이 있었는데, 하필이면 내 소대가 걸리고 말았다. 상급부대에서는 다른 소대의 잘 쏘는 병사로 바꾸라고 했지만 나는 못 들은 척하고 그대로 하려 했다. 하지만 자기들이 알아서 바꾸었는데, 검열관에게 들키고 말았다. 그러자 그들은 "새로 부임한 소위가 너무 의욕이 넘쳐서 벌인 일이니 이해해 달라."는, 사실상 나에게 책임을 뒤집어씌우는 해명을 했다. 직업 군인이 된 이후 계속해서 이러한 '부조리'를 당하고 말았다. 당연하지만 점검 결과는 좋지 않았다. 소대원들은 소대장한테 맞아 죽겠구나… 하며 긴장했지만, 나는 최선을 다한 것이니 되었다며 그냥 넘어갔다. 어쨌든 중대장과 대대장은 물론 연대장의 눈에도 한심한 소대장으로 보일 수밖에 없었다. 되는 일이라곤 없던 시절이었다.

우리 중대에는 학군 출신 소대장 2명과 3사관학교 출신 1명, 그리고 내가 있었다. 선임 소대장은 손봉영(학18)과 최영재(학18) 중위였는데 이들과 BOQ에서 삼겹살을 구워 먹던 일이 그 시절의 유일한 추억이다. 당시에는 봉투에 현금을 담아 봉급으로 받았는데, 우리는 광탄의 젓가락 집에 가서 밥을 먹었다. 나는 술을 먹지는 않았지만 술잔을 받고 몰래 버리는 방법을 배웠다. 너무나 힘든 인생이었다. 남들은 인정을 받아 상을 타는데 나는 하는 일마다 되는 게 없었다. 차가운 BOQ에서 누워 있다 보면 "나는 군대가 맞지 않는가 봐." 라는 생각이 들면서 절망감을 느꼈지만, 순간 "아니야, 이러다 보면 좋은 일이 있겠지." 라며 잠든 기억이 있다.

이러던 중 시간이 흘러 겨울이 오자 동계훈련을 해야 했다. 중대장은 내가 별 성과는 없지만 부대 장악력은 있다고 보았는지 독립소대를 맡겼다. 당시 훈련은 낮에는 자고 밤에 훈련하는 방식이었다. 훈련은 2주간 이어졌다. 당시에는 분침호를 파서 거기서 잠을 잤다. 땅을 3~4미터 정도 파고 위를 나무와 비닐 그리고 흙으로 덮어서 만드는 분침호는 보온을 하면 영하 20~30도에도 사람이 살 수 있었다. 불을 피우는 것은 절대 금지였고, 특히 분침호 안에서는 더욱 안 되는 짓이었다. 훈련은 해가 떨어지면 7시부터 시작해서 다음날 새벽 2~3시까지 진행하며, 한 시간을 이동하면 숙영지에 도착한다. 사실 이 훈련은 추위에 떠는 것이 전부나 마찬가지였다. 하루는 너무 추워서 나와 전령이 쓰던 분침호에서 절대 하지 말아야 할 불을 피웠고, 결국 불똥이 벽에 바른 짚에 옮겨 큰 불이 나고 말았다. 김명환 일병이 "소대장님, 밖으로 나가십시오!" 하며 나를 밖으로 던져 버렸다. 지금도 그의 이름을 기억할 정도니 내 군 생활 40년 중 일어난 첫 사고가 얼마나 강렬하게 기억에 남았는지 짐작할 수 있을 것이다.

다행히 다친 사람은 없이 불은 껐지만 정말 창피했다. 소대장이 규정을 어겼으니 소대원들에게 뭐라고 이야기할 건가? 미안하다고 해야 하나? 뻔뻔스럽게 나가야 하나? 하지만 일단 잠부터 자기로 했다. 일어나 보니 7시쯤 되었다. 나와 전령의 총과 무전기, 통신전자운용지시(CEOI) 그리고 암호문은 다행히도 타지 않았지만 방독면과 대검, 지도와 군장류 일체가 타 버렸다. 일단 인사계에게 연락했다. 인사계는 보고하지 말고 처리하자고 하는 것이었다. 마음에 내키지는 않았지만 일단은 그의 말대로 하기로 했다.

소대원들에겐 어떻게 해야 하나? 말하면 죽인다고 해야 할까? 결국 사실대로 말하기로 결심했다. 나는 소대원들을 모아 놓고 "미안하다. 내가 불을 내서 미안하지만, 너희들을 고생시켜서 더 미안하다. 그리고 너희들에게 해 줄 게 없어서 더욱 더 미안하다." 라고 하였다. 나는 김명환 일병을 시켜 마을로 내려가 담배를 몇 보루 사 오라고 한 다음 소대원들에게 두 갑씩 주었다. 어쨌든 소대원들은 아무도 이 사고를 외부에 얘기하지 않았다.

부대 복귀 후 대부분의 장비는 채워 넣었고, 없는 것은 동대문

시장에서 사면 되었다. 그런데 당시 제30사단은 신형 배낭을 받았는데, 지금도 우리 군이 쓰고 있는 Sack형 신형 군장이다. 총과 무전기, 지도가 무사한 것이 그나마 다행이었지만 이 최신형 배낭은 구할 길이 없어 가장 비슷한 미군 배낭을 사야만 했다. 그런데 이 구매가 전화위복이 될 거라고는 상상도 하지 못했다.

얼마 후 사단 교관 경연대회라는 것이 열리고 내가 또 나가게 되었다. 선임인 손봉영 중위에게 물었더니 별거 아니니 M16 교안을 갖고 가서 하면 된다는 대답을 받았다. 하지만 이번에는 손 중위 말대로 하지 않고 사단이 수도 서울을 지키는 방패이니만큼 대전차 전술을 보여주기로 결심했다. 마침 대대장이 막 부임한 상황이었는데, 새로 온 대대장은 이기영 중령(육26)이었다. 내가 짠 교육안의 내용에는 LAW대전차 로켓이나 3.5인치 바주카포 같은 편제 화기도 있었지만, 화염병이나 즉석 네이팜탄 같은 급조 무기도 포함시켰다. 소이수류탄을 전차의 방열판에 던지는 전술과 내가 모형을 만들면서 터득한 전차에 대한 취약점과 강약점을 소개했다. 다른 출전자 20명 중 15명은 M16을 들고 왔다. 결국 좋은 평가를 받아 1등을 차지하는 쾌거를 이루었다. 신임 대대장이 무척 기뻐했음은 물론이었다.

다시 얼마 후 사단에서 신형 군장 사용 강평회가 열렸는데, 우리 소대가 신형 군장을 사용했기에 내가 나가게 되었다. 앞서 화재 사건으로 구입했던 미군 배낭을 들고 가 우리 군의 배낭과의 차이점을 설명했는데, 사단장이 "어떻게 임무를 준 지 하루도 안 되었는데 미군 배낭을 구해 비교 평가를 하느냐." 며 나를 대단히 높이 평가하셨다. 물론 그 이유를 설명하지는 않았지만 사람 일은 어찌 될지 모른다는 교훈을 준 사건이기도 했다. 덕분에 차기 사단장 부관에 내정되는 '영광'도 따라왔다. 그 사이에 나는 중위로 승진했는데, 그 해인 1982년은 나에게는 참 많은 일이 있었던 해였다.

이 당시 우리나라에도 많은 변화가 일어나고 있었다. 우선 1981년에 해외여행이 부분적으로나마 자유화되었으며 1982년에 야간 통행 금지가 해제되었다. 다음해에 교복 자율화가 이루어졌다. 당시 군대에서는 병장이 3,900원을 받았고 소위는 13만 원 정도의 봉급을 받았다. 당시의 환율이 1달러당 700원 정도였으니까, 월 180 달러 정도를 받는 셈이었다. 나는 이 중에서 4만 원은 적금에 넣고 5만 원은 용돈으로, 그리고 4만 원은 소대원들을 위하여 썼다. 술과 담배는 하지 않았다. 이렇게 월급을 쓰는 비율은 대체적으로 대령 때까지 이어졌다.

당시 가장 고통스러웠던 사건은 고등학교 2학년 때부터 6년 동안 사귄 여자 친구의 이별 통보였다. 이유는 부모님의 반대라지만 결국은 사랑이 식어서 일어난 일이었다. 나는 부대를 탈영하여 여자 친구의 부모님을 만나러 김천까지 갔으나 소용이 없었다. 부대에 돌아갔더니 중대장에게 두들겨 맞았다. 맞을 짓을 저질렀으니 당연했지만, 그렇다고 덜 아프지는 않았다. 나는 7층 건물에 올라가서 죽을까도 생각했을 정도로 괴로웠지만, 그럴 용기도 없었다. 이 아픔 때문에 나는 지휘관을 하는 동안 여자 친구가 변심해서 휴가를 보내 달라는 요청이 있으면 무조건 보내 주었다.

이기백 장군, 그리고 미군과의 인연

다시 시간이 지나 우리 사단이 속한 제1군단은 미군과 합동으로 기동훈련을 실시하였다. 나는 당시 군단 작전장교인 박찬규 중령(육27)을 보좌하는 통역장교로 선발되어 제1군단장인 이기백 장군 휘하로 잠시 배속되었다. 앞으로 수십 년간 이어질 이 장군과의 인연은 물론 미군과의 인연도 시작되는 순간이었지만, 당시에는 그런 미래가 있으리라곤 전혀 알 수가 없었다. 훈련 준비와 실시까지 한 달이 걸렸는데, 온갖 문서를 번역하느라 힘들었지만 대신 많은 것을 배울 수 있었다. 한번은 준비 회의에서 내가 통역을 맡았다. 그런데 자꾸 끼어드는 한 대령 때문에 짜증이 났다. 나는 참다못해 "죄송하지만 제 말이 끝날 때까지 좀 기다려 주십시오." 라고 쏘아붙였다. 당시에는 몰랐지만 그는 육사 19기로 나보다 18년 선배인 서완수 대령이었고, 주위에서는 실세인 서 대령에게 말대꾸를 했으니 전 중위는 큰일 났다고 걱정까지 해 주었다. 당시에는 그러거나 말거나 했지만 서완수 대령과의 악연은 인연으로 이어진다.

　　실제 훈련이 시작되자 미군과 우리 군의 차이가 너무 눈에 들어와서 민망할 정도였다. 장비의 후진성이야 그렇다 쳐도 우리 군 영관장교들은 틈만 나면 고스톱을 쳤다. 이해할 수 없는 모습이었다. 나는 지금까지도 이런 도박을 해 본 적이 없다. 훈련이 끝나고 사후 강평을 한국군과 미군이 함께하기로 되었다. 영어로 하고 우리말로 통역할 것인가 아니면 우리말로 하고 영어로 통역할 것인가를 놓고 토의하다가 피곤해지니 중위인 내가 영어로 한미 장군들 앞에서 보고하는 방식으로 결정되었다. 큰 텐트가 마련되었고, 그곳에서 한미야전사 사령관인 보트 중장(James B. Vaught)이 참석하는 브리핑이 진행될 예정이었다. 이기백 장군님은 제 시간에 도착했지만 궂은 날씨 때문에 헬기가 뜨지 못해 보트 장군은 15분 정도 늦게 도착했다.

　　그 사이 군단장과 함께 있는 것이 불편했던 장교들은 보트 장군 마중을 핑계로 모두 그쪽으로 몰려갔고, 큰 텐트 내에 이 장군과 브리핑 통역을 맡은 나만 덩그러니 남게 되었다. 이 장군님은 생뚱맞게 "ROTC출신이야?" 라고 내게 물으셨는데, 나는 육사 출신이었으므로 기분이 나빴다. 육사 출신이라고 답하자 아무 반응이 없으셨다. 브리핑은 무사히 잘 끝났고, 칭찬 한 마디 없이 모두 나갔다. 마침 주말이라 하루 쉬고 월요일에 출근했는데, 군단 참모장이 호출을 하였다. 달려가 보니 참모장이 "군단장님이 전 중위를 마음에 들어 하셔서 부관으로 쓰려고 하신다. 어떠하냐?" 라고 물어보는 것이었다. 나는 "영광이지만, 사단장님 부관으로 갈 예정이라 받아들일 수 없습니다." 라고 대답하였다. 그러자 참모장의 반응이 걸작이었다. "야! 너는 의리도 있구나!"

소대로 복귀한 며칠 뒤, 대대장이 부르더니 어쩔 수 없이 군단으로 가야 한다고 알려 주셨다. 바로 짐을 싸 군단으로 떠났다. 그 당시 군단장 전속부관은 보통 고참 대위가 맡는 보직이었다. 중위로 승진한 지 한 달밖에 안 된 내가 그 자리에 간다는 것은 엄청난 파격이 아닐 수 없었다. 이기영 대대장은 소통이 중요하다고 나에게 말씀하셨고, 그 외에도 내게 큰 가르침을 주셨던 분이다. 앞서 사이가 좋지 않았다고 한 중대장은 육사 33기 최선만 대위였는데, 미운 정이 더 무서운지 나와의 관계는 오래 지속되어 결국 좋은 인연으로 남았다.

소대장을 할 때 부대에서 서울로 가려면 삼송리 검문소를 통과해야 한다. 그때마다 헌병 근무자가 나를 검문했다. 헌병 하사가 소초장이었는데 어그적거리는 태도에다가 싸가지도 없어 기분을 상하게 했다. 그런데 내가 군단장 부관이 된 것이다. 준비를 위해 서울로 가는데 또 헌병이 무시하는 불량한 목소리로 "잠시 검문하겠습니다. 휴가증이나 외출증 좀 보여 주십시오." 라고 하는 것이었다. 나는 "소초장 오라고 해." 라고 짧게 말했다. 그러자 버스 안이 술렁거렸고, 곧 하사가 나타났다. "무슨 일이세요?" "나 군단장 부관인데…" 이 말이 끝나기가 무섭게 태도가 싹 바뀌었다. 솔직히 통쾌했다.

나의 전임자인 이기백 장군님의 부관은 육사 32기 엄의섭 대위로 나보다 무려 5기수나 선배였다. 엄 선배는 중대장까지 마쳤지만 아직 고등군사반을 이수하지 못하고 있어서 고민이 컸다. 그런 와중에 서너 명의 부관 후보가 퇴짜를 맞아 고등군사반 입교가 불투명해지는 바람에 난감해하던 상황에서 내가 나타난 것이었다. 엄 선배는 나를 만난 다음날 고등군사반에 입교해야 했으므로 나와의 인수인계 시간은 딱 반나절 정도밖에 없었다. 그가 남긴 말이 아직도 기억에 남는다. "이 장군님은 말씀이 없으신 분이기에 눈치껏 심기를 잘 파악해야 한다. 그리고 일을 할 때는 배구 선수처럼 옆으로 토스하지 말고 럭비 선수처럼 들고 뛰어야 한다." 그리고 수첩 하나를 건네주었다. 주머니에 들어갈 만한 크기의 수첩에는 이름과 연락처가 적혀 있었고 이름마다 ○ △ × 표시가 되어 있었다. ○는 무조건 연결, △는 상황을 봐서 연결, 그리고 ×는 절대 연결하면 안 되지만 냉정하게 끊으면 안 되고 이 핑계 저 핑계를 대라고 했다. 이 말까지 들으니 정말 내가 할 수 있을까? 라는 생각이 들면서 부담을 많이 가질 수밖에 없었다. 솔직히 말하면 하기 싫어졌지만, 군인이기에 어쩔 수 없이 받아들였다. 엄 대위는 마지막으로 이런 말을 했다. 장군님 명의로 격려금을 준비할 때 3만 원이면 되겠다고 판단되면 장군님에게는 "2만 원 준비하겠습니다." 라고 보고해서 장군님이 "아니야, 3만 원 준비해." 라고 말씀하시도록 해야지, 자신이 "5만 원 준비하겠습니다." 라고 했는데 장군님이 "아니야, 3만 원만 준비해." 라는 식이 되면 안 된다고 충고해 주었다. 생각해 보면 엄 대위는 참 지혜로운 분이셨다.

　　저녁식사를 마치자 이 장군님이 들어오셨다. 안 하겠다고 말하고 싶었는데, 그 당시 이 장군의 전투모에 달린 세 개의 별이 엄청나게 커 보였다. 물론 중장을 직접 본 것은 처음이었고, 나도 나중에 거기까지 승진하리라고는 당시에는 상상도 할 수 없었다. 장군님은 나를 보자마자 "평양 감사도 자기가 싫으면 그만이라는데, 어떻게 할 테야?" 라고 물으셨다. 나는 "열심히 하겠습니다." 외에는 답할 말이 없었다. 여기까지만 해도 정신없이 돌아가고 있었는데, 1주 뒤 장군님께서 육군 참모차장으로 보임되었고, 나도 따라서 용산 육군본부(이하 육본)로 들어가게 되었다. 전부 합치면 10년이 넘는 용산과의 인연도 이렇게 시작되었다. 육군참모차장 부관은 원래 소령급이 맡는 자리였고, 나는 졸지에 육본에서 가장 어린 장교가 되었다. 이 소식을 들은 여군 하사들이 내 얼굴을 보러 찾아왔을 정도로 유명해졌다.

육본에서의 생활은 신세계였다. 당시 황영시 장군이 육군참모총장이었는데 이 장군님보다 상급자로서는 유일한 존재로, 무시무시한 분이었다. 점심은 장군 식당에서 해결해야 했는데 총장 부관과 함께 먹었다. 총장 부관은 육사 31기의 이진우 선배였는데 황 장군만큼이나 무서운 분이었지만 나에게만은 한없이 좋으셨다. "야, 전인범! 너는 언젠가는 크게 될 거야!" 라고 수시로 격려해 주셨던 것이다. 그렇게 무서운 이진우 선배가 왜 그랬는지 지금도 모르겠지만, 나에게는 큰 힘이 되는 분이었다.

그 당시 장군들은 수요일 오후와 토요일 오후 그리고 일요일에 골프를 쳤다. 부관은 장군들의 옷과 양말을 준비하고 대기하는 역할이었다. 나는 이해할 수 없었다. 장교가 무슨 옷이나 정리하나 싶어 운전병에게 맡겼다. 하루는 누군가가 이기백 장군님에게 부관이 왜 옷들을 챙기지 않냐고 묻자 이 장군님은 "전인범이는 그런 거 할 줄 몰라." 라고 감싸 주셨다. 장군들이 골프를 치러 가면 다른 부관들은 테니스를 치거나 실내에서 자기들도 골프 연습을 했다. 나는 군인들이 분수에 맞지 않고 너무 많은 시간을 쓰는 고급 운동인 골프를 치는 것이 못마땅했다. 또한 캐디들이 젊은 여자들이고 이들이 무거운

참모총장 부관 이진우 선배(오른쪽에서 두 번째)는 나를 많이 격려해 주셨다.

골프백을 들고 다니는 것도 싫었다. 그래서 나는 차 안에서 책만 읽었다. 그러다가 비상이 갑자기 걸려 골프가 중단되었는데, 차 안에 대기하고 있던 부관은 나밖에 없었다. 하루는 무서운 황 장군이 우리 차를 타고 육본으로 들어가는데 이기백 장군님에게 "부관이 머리를 깨끗하게 깎았구면." 이라고 칭찬하셨다. 꼭 그때의 기억 때문만은 아니지만, 나는 지금까지도 골프를 치지 않는다.

당시 군대의 전화는 감청 대상이었고 장군들의 동향 보고도 매일 이뤄졌다. 보안부대에서는 매일같이 사무실로 와서 장군님에 대해 물었다. 엄 대위는 나에게 아무 말도 해 주지 말라고 했지만, 가만히 살펴보니 보안부대원들도 묻고 싶어서가 아니라 그저 일이기 때문에 물어본다는 점을 이해할 수 있었다. 나는 우리 사무실 담당 소령에게 다음부터는 어렵게 물어보지 마시고 내가 잘 말해 주겠지만, 내가 먼저 말해 줄 거라는 기대는 하지 말라고 했다.

그러던 어느 날, 정책과장이었던 김동신 대령(육21)이 〈롬멜 보병전술)을 주면서 200자 원고지 석 장으로 요약해 보라고 하는 것이었다. 이 일로 무려 두 달 동안이나 고민했다. 번역이 어렵고 내용이 너무 난해했기 때문이었다. 몇 번이나 읽었지만 이해가 되지 않았다. 나는 롬멜이 명령을 자의적으로 해석한 뒤 독단 행동을 취해 너무 빨리 진출하는 바람에 아군의 포격을 받는 곤란한 지경에 빠졌지만, 진취적인 행동으로 그 모든 실패를 만회하는 결과를 가져왔다는 사실을 문득 깨달았다. 돌격! 돌격!! 돌격!!!

이기백 장군님에게는 늦둥이 딸 이보영이 있었다. 이보영은 그 당시 초등학생이었는데 당번병들이 보영이 방학 숙제를 하느라 이리저리 뛰어다녔다. 나는 말도 안 되는 일이라고 생각하고 중단시켰더니 보영이가 밤에 찾아와 "아저씨가 부관을 처음 해 보셔서 그러는 거 같은데, 이런 거 원래 다 하는 거예요." 라고 했다. 나는 "야, 이 녀석아. 네 엄마한테 가서 얘기해." 라고 혼냈다. 며칠 후 보영이는 자기 사진을 가져왔다. 사진은 꽃이 활짝 핀 장미나무 앞에 자신이 서 있는 사진이었는데, 꽃 중에 꽃, 이보영 꽃'이라고 쓰여 있었다. 정말 귀여운 국민학생이었지만, 그래도 숙제는 해 주지 않았다. 그럼에도 사모님께서는 나를 예뻐하셨다. 이렇게 참모차장 부관으로 10개월을 모시다가 이 장군님이 대장으로 승진하여 대구의 제2군 사령관으로 임명되면서 대구로 내려갔다.

보통 본부대장이나 본부사령은 지휘관을 과도하게 모실수록 인정받는 자리이다. 본부대장은 소령이고 본부사령은 대령이다. 하루는 사령부 참모장이 본부대장에게 "사령관님 관사에 토끼를 좀 키우라." 고 지시했다. 본부대장은 토끼장을 만들고 온갖 종류의 토끼를 가져다 놓았다. 아무리 보아도 군인이 할 일이 아니었다. 그랬더니 참모장이 칭찬은커녕 "공관에 풀이 너무 자라서 풀 좀 깎으라는 뜻에서 토끼를 키우라고 했더니 미련한 놈이 진짜로 토끼를 키웠다." 며고 본부대장에게 면박을 주었다. 나는 참모장이 잔인하다고 생각했다. 내 계급이 중위에 불과했지만 장군들의 모든 대화를 듣는 자리에 있었기에 내가 들은 말을 해 주고 안 해 주고가 어떤 이에게는 진급의 당락이 결정되었다. 나는 참모장에게 필요한 정보를 주지 않았다.

사령관 전속부관이 겨우 중위이다 보니 우습게 보는 사람들이 있기 마련이다. 본부대장 밑에는 경비중대장이 있었는데 육사 선배였다. 그 선배는 나에게 잔소리가 많았다. 자기 분수를 모른다고 생각했다. 이기백 장군님은 공관장을 따로 두지 않으셨기에 내가 공관 관리를 같이 해야 하는 입장이었다. 공관에는 당번병을 비롯해서 10여 명이 있어서 쉬운 일이 아니었다. 육본에서 데리고 간 병사들은 내가 어떤 사람이라는 것을 잘 알고 있었다. 하지만 군사령부에서 합류한 병사들은 아직 나를 잘 모르는 상태에서 장군님과 출장을 다녀왔는데, 그새 몇 명이 몰래 나가서 술을 먹고 들어온 일을 경비중대장이 알고 나에게 핀잔을 주었던 것이다. 나는 당사자 4명을 불러 "사실이냐?" 고 물었다. 이들은 태연하게 "그렇다." 고 답했지만, 반성의 빛은 보이지도 않았다. 나는 "너희는 나와의 믿음을 깼다. 맞을 짓을 했지?" 라고 물었다. 그러자 그들은 용서를 구하지도 않고 맞을 짓을 했다고 반성 없이 답변했다. 나는 여기서 물러설 수 없다고 생각했다. "얼마나 맞을래?" 라고 물으니 "때리는 대로 맞겠다." 고 태연히 대꾸하는 것이었다. "그럼 300대씩 맞자." 나는 진짜로 1,200대를 때렸다. 그야말로 팔이 빠질 지경이었다. 다음날 새벽까지 계속된 구타로 이들은 일어나지 못했다. 뒤처리는 경비중대장이 알아서 하라고 했다. 오후가 되자 본부사령이 달려오더니 "전 중위, 사람을 때려도 어떻게 그렇게까지 때리나?" 라고 했다. 나는 죄송하지만 반성하지 않는 태도를 그냥 둘 수는 없었다고 답했다. 본부사령은 네 마음은 알겠지만,

사령관 부관이 규정을 어겼으니 큰일이라고 했다. 나는 그때서야 나의 행동이 나 개인이 아닌 이기백 장군님께도 누가 될 수 있다는 사실을 깨달았다. 수석부관이었던 김현수 대령(육23)의 적극적인 보호로 위기를 모면했지만, 이후에는 사람을 때리는 일은 자제하게 되는 계기가 되었다.

이기백 장군님은 정말 말씀이 없으셨다. 무언가 마음에 들지 않으시면 큰기침 한번, 아주 마음에 안 드신다면 큰기침 두 번이었다. 처음에는 잔소리가 없어 좋았지만 이 정도면 솔직히 미칠 지경이었다. 힘이 장사셔서 소대장 때는 쌀 한 가마니를 메고 보급을 추진하셨다고 하는데, 나도 한 번 해 보려고 취사장에서 80Kg짜리 쌀을 가져와서 사령부에서 공관까지 메고 가다가 죽을 뻔하기도 했다. 하지만 대구 생활은 반년 만에 끝나고 말았다. 당시 합동참모본부(이하 합참) 의장이던 김윤호 장군이 청사 화재 등 여러 사건으로 물러나게 되면서 이기백 장군님이 그 자리를 맡게 되었기 때문이었다.

장군님은 부관이 여러 명이었지만 1년 이상 간 사람이 없었다. 육본에서 대구로 내려 올 때는 나에게 같이 가겠느냐고 물어보셨지만 대구에서 서울로 갈 때는 물어보지 않고 같이 가자고 하셨다. 이기백 장군님을 모시면서 기회가 닿을 때마다 주변 사람들을 많이 도와주었다. 나는 장군님을 매일 뵙지만 어쩌다 마주치는 사람들은 한 번의 해프닝에 죽고 사는 문제가 걸리던 시절이었기 때문이다. 그렇기에 웬만한 일은 내가 욕을 먹는 선에서 끝내 버렸다.

합참의장실에 여비서가 있었는데 내가 오자마자 "저는 의장님 비서이지 부관님 비서가 아니라는 사실을 알고 계시면 좋겠다." 고 얘기했다. 나는 맹랑하다고 생각했다. 우리 어머니가 남자들의 편견과 폄하로 고생하셨기에 직장 여성들의 입장을 누구보다 이해하고 있었지만, 보자마자 이런 얘기를 하는 일은 괘씸했기 때문이었다. 세월이 지나면서 이 여비서는 매일같이 나에게 혼나고 살았다. 이곳 병사들도 전방과는 달라서 말대답하고 따지곤 했다. 병사가 교만하면 반드시 패한다는 말, 즉 교병필패(驕兵必敗)라는 교훈은 시대를 초월한다. 나는 그 똑똑한 병사를 8층 옥상으로 데리고 올라가서 손잡고 같이 뛰어내리자고 했다. 아마 부잣집 아들이라 죽고 싶지는 않았을 것이다. 어찌 되었건 그 뒤부터 말을 잘 들었다.

나는 이미 부관을 한 지 1년이 넘어가면서 하루 일과를 꿰뚫어 보는 능력이 생겼다. 그 당시 합참의장은 대간첩대책본부장을 겸하고 있었는데 기간 중에 임월교 침투 사건(1983. 6. 파주), 월성 침투 사건(1983. 8. 경주), 중국 민항기 불시착 사건(1983. 5. 춘천) 등이 일어났다. 임월교 사건은 북한 간첩이 문산에 있는 임월교 아래로 침투하다가 일망타진된 사건이었다. 새벽 4시에 상황실에서 전화가 왔다. 상황실장은 "부관, 문산 임월교 다리 밑에서 소리가 나서 초병들이 총을 쏘고 수류탄을 던졌다는데 참고해!" 라고 알려 주고 전화를 끊었다. 나는 A4지를 반으로 잘라 육하원칙으로 메모를 하고 심상치 않아서 장관 부관에게 전화했다. "글쎄, 나도 보고는 받았는데 내용이 애매해서 다음 보고를 기다리고 있어." 라는 답이 돌아왔다. 나는 전화를 끊고 옷을 입고 대기했다. 다시 상황실에서 전화가 왔다. "압축공기통 1개, 소총과 기타 무기류가 발견되었다."는 내용이었다. 군사적 사건이 발생했음이 명백했다. 나는 다시 장관 부관에게 전화를 걸어 어떻게 할 것인지 물었다. 그는 "글쎄, 상황이 끝난 거니까. 장관님이 5시 30분이면 일어나시기 때문에 그때 보고하려고 한다." 고 대답했다.

새벽 5시에 메모 보고를 다시 쓰고 기다리는데 장관 부관의 전화가 왔다. "전 중위, 청와대에서 전화가 왔으니까 빨리 가서 의장님께 보고드려." 즉시 의장님을 깨우고 보고드리는 순간 청와대 직통 전화가 울렸다. 나는 이 장군님이 뛰어가시는 모습을 처음 보았다. 나도 뛰어 내려가서 당번병에게는 군복을 준비하도록 하고 운전병에게는 차를 준비하라고 지시했다. 몇 분 뒤 의장님을 모시고 합참에 들어가는데 의장님께서 "너 몇 시에 보고를 받았냐?" 라고 물으셨다. "4시에 받았습니다." 라고 답하자 "그 동안 뭐 한 거야?" 라고 질책하셨다. 나는 구차하게 변명하지 않고 "상황을 파악하고 있었습니다." 라고 답했다. 상황실장이 대령이었는데 나에게 엄청나게 고마워했다.

시간이 얼마간 지난 뒤 또 새벽에 전화가 왔다. 경북 월성 앞바다에 미확인 인원이 나타나 해병들이 사격을 가했고, 아무것도 보이지 않지만 우리 경비정이 확인하려고 접근 중이라는 것이다. 나는 의장님을 즉시 깨우고 본부의 지하 벙커로 들어갔다. 들어가자마자 아군 경비정이 적선의 공격을 받아 침몰했다는 보고가 들어왔다. 이어서 새벽이 되자 도주하지 못하고 고무배에 매달려 있는 적 침투 요원이 보인다는 보고도 들어왔다. 해안에 있는 해병과 육군 부대에서는 사거리가 안 되지만 서로 공을 세우려고 미친 듯 총을 쏘고 있었다. 날이 밝고 도주의 희망이 사라지자 이들은 수류탄으로 자폭하고 말았다. 그날 현장에서 그들의 시신을 보면서 "죽는 게 별것 아니구나." 라는 생각이 들었다. 이번에는 적시에 보고가 되어 다른 장군들은 모두 사태 발생을 몰랐지만 우리 의장님만 정위치한 결과가 나왔다.

아웅산 테러

전두환 전 대통령은 집권 과정부터 논란의 중심에 있었지만, 업적이 없었던 것은 아니다. 그중 하나는 외교 다변화를 위한 해외 순방이었는데, 사실 박정희 전 대통령은 장기 집권을 했지만 해외 방문은 미국, 독일, 동남아 등 몇 번 되지 않았다. 그러니 대통령의 해외 순방이 자주 그리고 다양화된 것은 전 전 대통령의 공적이라 할 수 있을 것이다. 이때부터 관례화된 것이 합참의장의 수행이었다. 그 시작은 김윤호 장군부터였는데, 혼자 가다 보니 애로 사항이 많았다고 한다. 그래서 이 장군님부터는 수행원 1명을 데리고 가는 것으로 바뀌었다. 처음에는 대령급을 지명했지만 영어에 능통한 수행원 적임자가 없었다. 그래서 중령 중에서 찾다가 역시 못 찾았고 결국 나까지 순서가 내려와 모시고 가게 된 것이었다. 합참에서는 나에게 비밀 문건을 잘 챙기고 사진을 많이 찍어 오라고 주문했다. 그리고 그 당시에 막 나오기 시작한 자동카메라를 구매해 주었다.

집을 싸서 하루 전에 경호실로 가져갔다. 출발 당일 1시간 전에 도착하여 항공기에 들어가자 누군가가 "넌 여기 앉아." 라고 했다. '어떤 ××가 보자마자 반말이야?' 라며 울컥했지만 일단 참았다. 버마[2]에 착륙했는데 날씨가 무더웠다. 의전 차량 중에는 고장난 차도 있었다. 카메라가 작동하지 않았는데, 건전지가 갑작스런 온도 변화로 인해 방전된 것이었다. 호텔에 도착해서도 건전지를 구할 수 없었다. 다음 날 행사 준비는 장군님의 복장과 일정 확인이었다. 의전 상황실에 전화해서 확인 전화를 하니 비행기에서 반말했던 사람이 "바빠 죽겠는데 왜 전화했어?" 라며 또 반말을 하는 것이었다. 기분이 나빴지만 임무가 우선이었다. 원래 아웅산 묘소 참배는 간단해서 수행원 없이 하는 행사였다. 그렇지만 나는 경호실로 전화해서 "모시고 가도 되겠느냐?" 고 물었고 괜찮다는 답을 들었다. 사실, 나는 그 시간에 건전지를 구하러 갈까도 생각했지만 장군님께 "저는 계획에 없지만 수행해

---

2 | 현 미얀마 연방공화국의 당시 국명이다. 버마는 아웅산 묘소 테러 사건으로부터 6년 뒤인 1989년 현재의 국명인 미얀마로 변경했다.

도 된다고 합니다. 모시고 가겠습니다." 라고 보고했더니 "그래, 너도 여기까지 왔는데 구경해라." 라고 참석을 허락하셨다.

1983년 10월 9일이었다. 호텔에서 아웅산 묘소까지는 20분 거리에 불과했지만, 양곤(당시 한국 언론은 '랑군'이라는 표기를 사용했다)은 버마의 수도인데도 흙길이었다. 개들은 말라깽이였지만 사람들은 착하고 순진해 보였다. 아웅산 묘소에 도착해서 행사 순서와 일정을 소개받고 대통령을 기다리는 중이었는데, 통상 이런 때에는 경호실에서 수행원들을 차량으로 이동시켜 대기하라고 통제하지만 그날은 전혀 그런 움직임이 없었다. 나는 옆에 있던 경호관에게 "이제 차로 가야겠죠?" 라고 물었다. 그런데 경호관이 "아니요. 계셔도 됩니다." 라고 답했다. 당시 전 전 대통령과 이기백 장군님이 같이 찍은 사진은 전부 장군님이 차렷 자세였기 때문에 부관으로서 좀 더 자연스러운 사진을 찍고 싶은 욕심이 생겼다.

나는 겨우 구해 두었던 예비 건전지를 가지러 차량이 있는 곳으로 갔다. 참고로 아웅산 묘역은 축구장 두 개 정도의 크기였고, 타고 온 차량은 묘역에서 300미터 가량 떨어진 부지 외부의 주차장에 있었다. 반쯤 지났는데 경호를 받으며 두 대의 차량이 들어왔다. 나는 전두환 전 대통령이라고 생각하고 경례를 붙인 후 차량에 도착했다. 이제 들어가기는 틀렸다고 생각하며 잠시 기다리고 있자 나팔 소리가 들렸고, 나는 행사장 쪽을 바라보았다. 그때 갑자기 "꽈아아앙!" 하는 폭음과 함께 지붕 전체가 날아갔다. 나는 본능적으로 그쪽으로 뛰어가기 시작했다. 중간쯤 지나가는데 화약 냄새가 나고 경호관들의 무전 소리가 들렸다. 'A지점 폭발! 폭발!!' 조금 더 가니까 피범벅이 된 사람들이 나오기 시작했다. 그들은 모두 내가 가는 방향과는 반대 방향으로 움직였다. 순간 겁이 나기 시작하고 다리에 힘이 빠졌다.

당시의 기록 영상 중. 정복 상의로 의장님의 간이 베개를 만들었기에 셔츠 차림이다.

또 뭔가가 터질 것 같았기 때문이었다. 나는 있을지도 모르는 두 번째 폭발이 무서웠다. 솔직히 이기백 장군이 살아 계실 것이라는 생각도 들지 않았다. 하지만 현장으로 달려 나갔다. 건물에 가까워지자 들어갈까 말까 다시 고민이 되었다. 그 순간 나를 칭찬해 주었던 이진우 대위의 모습과 내가 그동안 후배들에게 기합을 주면서 했던 수많은 고상한 얘기들이 끊긴 필름처럼 지나갔다. 그리고 1년 전에 헤어진 여자 친구도 생각이 났다. "난 여기서 죽는가 보다." 싶었지만 "에라, 모르겠다." 라고 생각하고 들어갔다. 지금 생각하면 인간 전인범은 폭발을 두려워했지만 군인 전인범은 현장으로 뛰어갔던 것인데, 훈련된 정신과 육체가 본능을 이긴 셈이다. 나는 이후 훈련의 중요성을 뼈저리게 깨달았고, 이후 군 생활의 기본이 되었다.

　　나는 폐허 더미를 헤집고 다가가 장군님을 찾았다. 당시의 영상이 있는데, 내가 "의장님, 괜찮으십니까?" 라고 외치는 목소리를 들을 수 있다. 이 장군님은 머리 부분에 상처가 벌어진 채 피를 흘리면서 쓰러져 계셨는데, 머리카락이 길어서 피와 머리카락이 엉켜 굳는 바람에 정확한 상처 부위를 찾기 어려웠다. 이때의 경험 때문에 대대장 때부터 머리를 짧게 깎았고 이기자 부대, 즉 제27사단장이 되고 나서는 "전시 혹은 훈련 중에 두부에 상처가 생기면 두발이 짧아야 상흔을 쉽게 찾을 수 있어 빠른 치료가 가능하다." 며 사단 전 장병에게 마치 모히칸족과도 같은 짧은 헤어스타일을 지시했다. 그 이야기는 뒷지면에서 다루는 것이 좋을 것이다.

일단 정복 상의를 벗어 간이 베개를 만들었다. 이기백 장군님이 들것을 가져다 달라고 하셔서 떨어진 금속판으로 들것을 만들었다. 이 장군님은 국가 원수가 참석한 행사이니만큼 앰뷸런스가 와 있을 것이라고 생각하셨던 것이다. 나는 이 장군님을 폐허 더미에서 빼내어 놓고 "여기 좀 도와줘요!" 라고 외치며 주위에 도움을 요청했다.

그들의 도움을 받아 주변에 있던 차를 붙잡아 타고는 피를 흘리는 장군님을 병원으로 모시고 갔다. 폭발은 얼굴과 손 등 모든 노출 부위에 화상을 입혔다. 고막이 손상되었고, 파편이 왼쪽 어깨를 중심으로 여러 군데 박혀 있었다. 처음에 운전기사가 잘못된 곳으로 가서 당황했지만 의장님께는 괜찮다고 말씀드렸다. 다행히 의장님의 호흡에는 문제가 없었지만 차 바닥에 피가 흐르고 있어서 어딘가에 큰 상처가 있다고 생각했지만 눈으로는 확인할 수 없었다. 도착한 병원은 시설이 낙후된 데다가 설상가상으로 테러 당일이 일요일이어서 당직자밖에 없었기에 응급실도 문을 열지 않았다. 아비규환이었다. 일단 갖고 있던 커터칼로 장군님의 군복을 잘랐다. 그제서야 양 발등에 500원짜리 동전보다 더 큰 구멍이 났고, 그곳에서 주로 출혈이 있다는 사실을 알았다.[3] 우선 붕대로 틀어막아 응급처치를 했다. 장군

---

3 | 당시에는 500원짜리 동전이 없었다. 크기가 그 정도였다는 의미이다.

님은 의식을 찾았다가 잃다가 하셨다. 부상자들이 몰려들기 시작했는데, 몸이 성하며 우리말을 하는 사람은 나밖에 없다 보니 여기저기서 살려 달라고 아우성이었다.

어떤 사람이 "의장님은 말도 하실 정도이니 자기 친구부터 좀 봐 달라."고 애원했다. 나는 침묵으로 거절했는데, 그분은 곧 숨을 거두고 말았다. 조금 있으니 영어를 곧잘 하는 버마 장교가 와서 이 사람이 누구냐고 물었다. 나는 한국의 합참의장으로 군 서열 1위이다. 이분이 돌아가시면 당신들이 온전하지 못할 거라고 답했다. 그러자 곧바로 X-ray실로 옮겨졌다. 그들은 즉시 수술하겠다고 했지만, 나는 이들을 믿을 수 없었다. "한국에서는 장군이 수술실에 들어가면 부관이 따라 들어간다." 며 거짓말까지 했다. 그들은 안 된다고 했지만 나는 그러면 수술할 수 없다고 버텼다. 조금 있으니까 같이 들어가자고 말이 바뀌었다. 이때쯤 되니 병원의 경비가 삼엄해졌다. 버마 장교는 이번 사건은 버마인의 소행이 아니라고 했다. 나는 속으로 "미친 놈! 그럼, 남한의 반정부 세력이 여기까지 왔겠냐?" 라고 생각했다. 그만큼 북한의 소행이라고는 이때까지도 생각하지 못하고 있었던 것이다. 나는 그에게 물었다. 어째서 버마 사람 소행이 아니라고 생각하느냐? 그러자 그는 아웅산 장군은 민족의 영웅이기 때문에 그 어떤 버마인도 아웅산 묘소에서는 그런 짓을 벌이지 않는다고 답했다. 나는 당시에는 버마 군사 정권에 불만을 품고 있던 반체제 세력이나 소수민족의 소행이라고 생각하며 그의 말을 믿지 않았다. 수술실에는 부상자가 너무 많아 나한테까지 도와 달라고 하여 졸지에 수술 보조원이 되었다. 정말 많은 것들을 보았다. 그날은 죽고 사는 일이 아무것도 아니었다.

이 장군님은 4시간 동안 온몸에 박힌 파편을 제거하는 수술을 받았다. 알고 보니 두 다리도 골절된 상태였다. 당연하겠지만 화상이 심했고, 안구도 손상되었다고 한다. 수술실을 나온 뒤에야 시계를 보았는데, 오후 5시였다. 대통령은 이미 비행기를 타고 귀국하는 중이었고, 피곤이 내 온 몸에 밀려들었다. 이 장군님은 붕대로 칭칭 감겨 미이라나 다름없는 상태였지만, 몇 시간 후에 의식이 돌아왔다. 나는 입을 귀에 대고 큰 소리로 외쳤다. "전 중위입니다." 그러자 첫 말씀은 "각하는 괜찮으시냐?" 였다. 나는 괜찮으시고 귀국중이시라고 말씀드렸다. 그랬더니 "지금 몇 시냐?" 라고 물으시기에 "7시입니다." 라고 답했다. 그러자 장군님께서 잠시 생각하시더니 "너, 밥은 먹었냐?" 라고 물으셨다. 놀랍게도 장군님은 자신의 상태가 어떠한지는 묻지 않으셨던 것이다. 눈물이 핑 돌았다. 이때 극한의 상황 속에서도 상관과 부하를 먼저 챙기고 위하는 사람이 진짜 군인이라는 것을 뼈저리게 느꼈다. 장군님의 당부에도 불구하고 그날 밤은 거의 먹지도 못하고 잠도 오지 않았다. 우리는 에어컨이 있는 큰 방에서 밤을 새웠다.

다음날 새벽 C-9 나이팅게일이란 이름의 미군 응급 수송기가 도착해 이기백 장군과 이기욱 재무부 차관을 수송기에 태워 필리핀 클라크 공군 기지로 이송하였는데, 물론 나도 당연히 동행했다. 도착해 보니 클라크 기지의 의료 시설은 버마와는 하늘과 땅 차이였다. 미군에서는 호텔방을 배정해 주었지만 나는 한 달 동안 거의 의자에서 자는 쪽을 선택했다. 장군님은 시도 때도 없이 나를 불렀고, 당연히 통역을 해야 했다. 가장 기억나는 질문은 "간지러운 것을 영어로 뭐라 하냐?"였다. 사모님과도 여러 번 통화를 했는데, 처음에는 생명에는 지장이 없다는 사실을 믿지 않으셨다. 내가 왜 금방 드러날 거짓말을 하겠냐며 반론을 제기하자 믿으셨는데, 며칠 후 사모님께서 필리핀으로 날아오셨다. 그때서야 내 '부담'이 조금 줄어들었다. 사모님은 이전부터 나를 무척 아껴 주셨지만, 이 사건을 계기로 관계가 더욱 친

테러 사건 이후의 이기백 장군님과 함께. 염색을 할 수 없어 이후에는 백발로 다니셨다.

밀해질 수밖에 없었다.

이기백 장군님은 이후에도 몇 달 동안 병원 신세를 지셔야 했다. 여담이지만 퇴원하실 때에는 머리가 백발이셔서 사람들은 폭발의 충격으로 장군님의 머리가 백발이 되었다고 믿었다. 사실은 원래 백발이셨는데 염색을 하셨던 것이었다. 다만 폭발 이후 머리 부상으로 피부가 손상되어 염색약을 쓰면 안 된다고 하여 백발로 다니실 수밖에 없게 되었는데, 사람들은 다른 상상을 한 것이었다.

우리와 같이 간 이기욱 차관은 부종이 생기며 상태가 악화되었고 결국 다음날 돌아가시고 말았다. 클라크 도착 다음날 버마에서 테러범들을 잡았고, 범인은 북한 공작원이라는 발표가 나왔다. 기가 막힌다는 말은 이럴 때 써야 하리라. 나는 이 사건 이후 북한은 우리와 같은 잣대로 이해할 수 없는 국가라고 생각할 수밖에 없었다.

간호는 정말 힘들었다. 비록 한국에서 간호사와 간호장교가 왔지만 언어 문제 때문에 항상 같이 있을 수밖에 없는 상황이었다. 한국으로 매일 보고를 했는데, 상황장교에게 푸념을 늘어놓았다. 상황장교는 "조금만 참아. 우리가 너 다 봤어. 너 훈장 줄 거야." 라고 나를 위로했다. 그때는 무슨 말인지 몰랐다. 나중에야 행사장에 있던 카메라 기자가 현장을 찍고 있다가 폭발이 일어나자 카메라를 끄지 않아 나의 행동 대부분이 녹화되었다는 사실을 알게 되었다.

어느 정도 회복이 된 후 이 장군은 서울로 옮겨져 등촌동 통합병원에 입원하게 되었는데, 버마보다는 상당히 나았지만 클라크 기지의 병원과 비교하면 기초적인 위생 상태부터 엄청난 차이가 났다. 우리나라는 군인이 다쳐도 이렇게밖에 치료받지 못한다는 배신감이 들 정도였다. 그 뒤로 지휘관 생활을 하면서 군 의료 시설에 많은 관심을 가지게 되었는데, 그 이야기는 뒤에 따로 이야기하도록 하겠다.

여기서 어머니 이야기를 하지 않을 수 없다. 어머니는 택시에서 테러가 일어났다는 소식을 들었다고 한다. 어머니께선 그분답게, 그리고 대한민국 1호 여성 외교관답게 행동하셨다. 내가 가장 계급이 낮았기에 사망자 발표 명단에 가장 늦게 나올 것으로 예상하고 침착하게 방송을 끝까지 듣고 이름이 없다는 것을 확인하시고는 하나님께 감사 기도를 드리셨던 것이다. 귀국하고도 한동안 어머니를 뵙지 못했다. 하루는 사모님이 "전 중위 어머님은 아들이 보고 싶을 텐데도 연락 한 번 안 하시는 대단한 분이시구나." 라고 하시면서 가서 뵙고 오라고 하셨다. 그제서야 나는 어머니를 2시간 정도 뵐 수 있었다.

영웅이 되다

아웅산 테러 사건이 북한의 소행으로 밝혀지자 정부와 군은 전

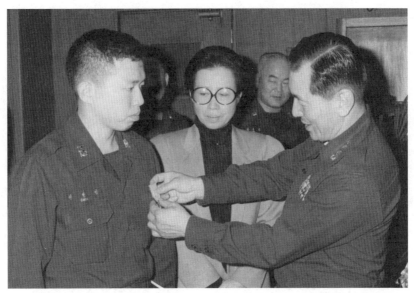

보국훈장 광복장 수훈식. 군 생활 동안 수훈한 훈장 중 가장 자랑스러운 훈장이다.

쟁 준비까지 착수했다. 그러나 전두환 대통령이 절대로 북한에 보복하지 말도록 강력하게 명령했기 때문에 충성 경쟁 중이던 군부는 전쟁을 일으키지 않았다. 게다가 미국도 말렸기에 전쟁까지는 가지 않았으리라 생각한다. 400명의 장군이 육군본부 대회의실에 모였고, MBC 기자가 찍은 영상을 단체 관람했다. 영상이 끝나고 불이 들어오자 쥐 죽은 듯 조용했다. 그때 황영시 참모총장이 단상에 올라 "보시오! 민간인들은 다 도망갔지만 군인은 현장으로 뛰어들지 않소!" 라고 나를 띄워 주었다. 물론 전두환 대통령도 그 영상을 보았다. 그리고는 "저놈 덕분에 이기백이 살았구만. 누구야?!" 라고 말했다고 한다. "부관입니다." 라고 하자 "저 녀석, 훈장 줘." 라고 하여 나는 동기생 중 처음으로 훈장을 받았다. 이렇게 되어 중위로서는 받기 어려운 보국훈장 광복장을 수여받았다. 이후 군 생활 동안 11개의 훈장을 받았는데, 이때 받은 광복장이 내가 수훈한 첫 번째 훈장이자 가장 애착이 가는 훈장이다.

분위기가 이랬으니 나는 완전히 영웅이 되었다. 수많은 선배들의 인사를 받았는데, 갑자기 구름 위에 있는 것 같은 존재가 되었지만 이럴 때일수록 겸손해야 하는 법이기에 몸을 낮췄다. 나는 이 분위기가 영원히 이어지리라곤 생각하지 않았다. 아웅산 사건이 일단락된 이후에도 정신없이 바빴고, 정말 딱 하루 쉴 수 있었다. 바로 그날이 앞서 언급한 어머니를 뵐 수 있던 날이다. 이 장군은 4개월 동안 병원에 계셨고, 휠체어 신세를 지기도 하셨다.

입원 기간 중 이기백 장군님을 병문안하는 분들이 많았는데, 그분들은 나를 칭찬했다. 어느 날은 새벽 1시에 정보사령관에게서 전화가 와 합참의장님이 주무시냐고 물었다. 주무신다고 했더니 "독수리를 잡았다." 고 말씀드리라고 했다. 나는 주무시는 의장님을 깨우고 말씀드렸더니 "알았다." 고 하셨다. 나중에 알았지만 다대포에서 침투하던 간첩을 생포했던 것이다(1983년 12월 다대포 무장간첩 침투 사건).

의장님께서 치료를 받으시는 동안 나도 국군 통합병원에 머물렀는데, 버마의 병원 및 미군 병원을 우리 병원과 견주어 볼 수 있었다. 나는 우리 군인들이 나라를 지키다 다쳐도 제대로 치료를 못 받고 병원 시설도 뒤떨어지는 현실에 비참한 기분이 들었다. 군 생활을 하는 동안 내가 지휘하는 부대의 의료 여건을 개선하고 사단장 시절에는 병원 시설을 모범적으로 운영했던 이유도 이 경험이 바탕이 되었다.

이기백 장군님의 부관 생활은 3년 동안 계속되었다. 그동안 거의 쉬지 못했기에 부관 생활을 마치자 무려 45일간의 휴가를 얻었고, 그 덕분에 '운기조식'할 시간을 가질 수 있었다. 45일은 정말 쏜살같이 지나갔다. 광주에 있는 상무대 고등군사반에 입교하자 나는 영관 장교들이 쓰는 BOQ와 전화기를 배정받았다. 휴대전화도 없던 시절이라 독방에 전화기 설치는 파격이었다. 주변에서는 내가 이기백 장군의 부관을 하고 훈장 수훈자이기 때문이라고 생각했지만, 사실은 그동안 내가 몇 번 도와주었던 합참 상황실장이 상무대 학생연대장 (대령)으로 가 있었기 때문이었다. 출퇴근도 너무 재미있었고 데이트 신청도 많았다.

당시의 나는 아무도 건드릴 수 없는 존재였다. 3년 전만 해도 장군은 언감생심이었지만, 장군들의 세계를 보게 되면서 '나도 충분히 할 수 있겠다'는 생각이 들기 시작했다. 당시 나는 숀 코너리 주연의 〈바람과 라이온〉이라는 영화에 심취하여 수업이 끝나면 매일 보러 갔었다. 멋있게 사는 것. 그래, 멋있게 살자고 되뇌곤 했다.

나는 출세하고 싶었고 장군이 되고 싶었다. 나는 육해공군 참모 총장과 합참의장 등 대한민국의 4성 장군들을 전부 찾아갔다. "어떻게 해야 출세할 수 있습니까?" 그분들 중 반은 말없이 웃으면서 용돈을 줬고 나머지 반은 "열심히 해." 라고 답해 주었다. 나는 속으로 "제길, 그걸 누가 몰라?" 라고 투덜거렸다. 내가 알고 싶었던 것은 지름 길이었지만, 답을 구하지 못했다. 그러나 40년이 지난 지금 생각해 보니 그분들의 말이 맞았다. 열심히 하는 것이 출세의 지름길이었다. 나는 고등군사반 150명 중 7등으로 졸업했다.

이제 대위가 되었고, 중대장을 맡을 시기가 되었다. 7~8개 사단에서 오라는 제의가 있었지만, 내 선택은 미운 정 고운 정이 든 제30 사단이었다. 용산에 오래 근무했고 영어에 자신 있다 보니 미군 장교들과 친해질 수밖에 없었다. 제30사단으로 돌아가기 직전 주한미군 사령관 리브시 장군(William J. Livsey)에게 조언을 구하자 이런 대답이 돌아왔다.

"Take care of your man, and they will take care you."

나는 이후 30년 동안 '내가 부하들을 잘 보살피면 부하들 역시 나를 잘 보살필 것이라'는 그 말을 잊지 않고 병사들을 잘 먹이고 잘 재우고 잘 입히고 좋은 장비를 주기 위해 최선을 다했다고 자부한다.

보병중대장으로 부임하여

내가 중대장으로 배치받은 부대는 제30사단 제90보병연대 2대대 7중대였다. 사실 대대장은(박현옥 중령/3사 2기) 걱정을 많이 했다. 내가 몸도 약해 보이고 부관을 오래 하다가 왔으니 야전에는 어울려 보이지 않았기 때문이었다. 하지만 이런 생각은 기우에 불과했다.

결정적인 계기는 200킬로 행군이었다. 200킬로 행군은 일종의 극기훈련으로, 2박 3일 동안 걷는다. 장거리 행군은 첨병 중대가 유리하기에 모든 중대장들은 첨병 중대장을 하고 싶어 한다. 그래서 통상 네다섯 시간마다 역할을 교대한다. 그런데 내 7중대는 계속 첨병 중대를 할 수 있는 행운을 누렸다. 이상한 일이었다. 임무를 교대하자는 중대장들이 없었는데, 나중에야 알았지만 다른 중대장들은 병사들을 버리고 구급차나 민간 버스를 탔던 것이다. 중대장이 그러니 소대장들도 이리 빠지고 저리 빠져서 결국 불쌍한 병사들만 행군하고 있었기 때문에 아무도 내게 임무를 교대하자고 하지 않았던 것이었다. 나는 이를 악물고 걸었다. 일단 도착하면 사흘 동안 실사격 기동훈련이 있었지만 복귀할 걱정이 더 컸다. 왕복 400킬로의 행군을 마치자 대대장님은 "너를 믿을 수 있다." 고 하셨다.

나는 항상 기초와 기본을 강조했다. 신병이 오면 총기수여식을 하고 병력과 항상 같이했다. 축구는 못했지만 퇴근하지 않고 중대장실에서 침식을 해결했다. 특히 중대에서 병사 간에 구타를 하지 못하

중대와 함께 왕복 200킬로 행군을 마치며 박현옥(3사 2기)대대장으로부터 믿음을 얻었다.

도록 최선을 다했는데, 내 허락 없이 때렸다가는 용서가 없었다. 내 총은 직접 닦았다.

　　중대장 생활은 너무나 재미있었다. 인접 중대에 탈영병이 생겨서 붙잡혀 오면 영창을 갔다 온 후 대부분 본부중대로 보내 달라고 요구한다. 하지만 안 된다고 하면 우리 중대로 보내 달라고 요구했을 정도로 분위기가 좋았다. 18개월 동안 부하들도 잘 따랐고 신나게 사격을 하고 상부의 평가도 좋았던 즐거운 시절이었다. 사용하지 않은 실탄을 땅에 묻어 은폐하는 짓 따위는 하지 않았고 오히려 경험을 살려 3.5인치 로켓으로 급조 무기를 만들어 사격하다가 큰 사고가 날 뻔한 적도 있었다. 중대장 생활을 마치고 이임할 때 중대원들이 환송 앨범을 만들어 주었다. 그 앨범은 아직도 내게 있는데, 거기 담긴 부대원들의 진심 어린 격려와 응원은 내 정성에 대한 진실한 보답이라 여기며 마음이 뿌듯해지곤 한다. 중대장을 잘하면 사단장도 잘할 수 있

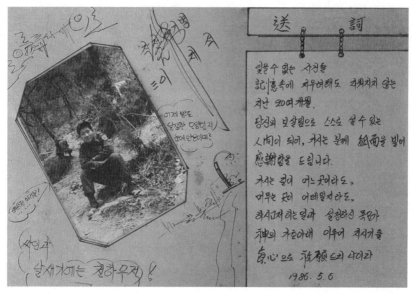

7중대원들이 만든 환송 앨범이 여전히 집에 있다. 이들의 응원은 필자에게 힘이 되었다.

다는 말이 있는데, 확실히 근거가 있는 이야기였다. 중대장 시절의 중대원들과는 지금까지도 모임을 갖고 있다. 모두 소중한 전우이지만 김수교 중대선임하사, 박민순, 김현창, 이희정 등 소대장 그리고 홍철우와 황인기 등은 좋은 인연들이다. 특히 전교상 예비역 병장은 끊임없이 그리고 꾸준하게 나를 도와 주었다. 전우란 이런 것이다.

반면 중대장 근무 중 가장 고통스러웠던 일은 투표였다. 1985년 국회의원 선거가 있었는데, 제30사단은 충정사단[4]이었기에 집권당에 대한 투표가 중요했던 것이다. 보안부대에서 수시로 중대원들의 성향을 분석하고 집권당에 대한 찬성 비율 100%가 나와야 한다고 하는 것이었다. 대대장과 연대장도 수시로 들렀지만 강요하는 말은 기억이 나지 않는다. 중대장이 보는 앞에서 부재자 투표를 기표토록 하라는 '방법론'까지 알려주었지만 나는 차마 그렇게 할 수는 없었다.

---

4 | 쿠데타나 소요 사태 등 국가 전복 시도가 발생할 경우 수도권에 투입되어 작전하는 임무를 받은 정예 부대로, 임무 특성상 높은 충성도를 필요로 했다.

결국 투표 당일에는 중대원들이 알아서 찍으라고 했다. 투표가 끝나고 며칠 뒤에 100%가 나오지 않았다는 뒷말을 들었지만 다행스럽게도 질책이나 직접적인 불이익으로 이어지지는 않았다. 나는 더 이상이런 일이 없는 나라로 발전한 대한민국이 자랑스럽다. 그 선거는 김영삼과 김대중이 이끄는 신한민주당의 돌풍으로 끝났고, 결국 5공화국의 몰락으로 이어졌다.

당시에는 평가가 좋은 중대장은 사단에 그대로 남아 신병교육대 중대장을 맡는 제도가 있었다. 그래서 나도 신병교육대 중대, 정확하게 말하면 같은 연대의 10중대를 맡게 되었다. 기간병은 약 30명이었고 모두 선발된 조교 요원이었다. 훈련병은 한 기수에 약 200명을 웃도는 정도가 입소했다. 6주 동안의 기본 훈련은 체력단련, 태권도, 사격, 화생방, 주특기 교육 등이었다. 그런데 당시에는 거의 60분에 걸쳐 집총 16개 동작, 군무, 국군도수체조, 태권도 기본 품세, 분열 등으로 구성된 신병 수료식이 있었다. 임석 상관은 사단장이었다. 그러다 보니 훈련보다는 틈만 나면 수료식 준비만 하게 된다. 예컨대, 훈련의 하이라이트는 100킬로미터 행군이라 할 수 있다. 전임자들은 반만 행군하고 나머지는 수료식 연습을 시키는 등 꼼수를 썼지만 나는 그렇게 하지 않았다. 그러다 보니 나를 제외하면 아무도 100킬로 행군을 제대로 해 본 사람이 없었다. 이런 상황에서 100킬로 행군을 시켰다가는 사고가 나기 마련이다. 나는 기간병을 세 집단으로 나눠 8시간씩 교대를 시키는 대신 나는 전 코스를 두 다리로 완주했다. 두 달에 한 번, 총 아홉 번의 행군을 수행했다. 나는 비몽사몽이 될 정도로 피곤했지만 기간병과 소대장들은 교대로 투입된 덕분에 활력이 넘쳐 사고를 방지할 수 있었다.

반면 예비군에 실망하는 일도 있었다. 연대전투단 평가(RCT)를 하게 되었는데 예비군을 동원하여 완편 중대를 만들어 1주일 동안 야외 훈련을 하는 것이다. 그러나 예비군들은 동기 부여도 부족했고 훈련을 기피할 목적으로 온갖 핑계를 댔다. 누구를 위하여 나라를 지키는 것인지 알 수가 없었다. 박격포나 기관총 사수 보직을 받은 예비군 중에는 총을 버리고 탈영하는 사람도 있었다. 나는 도저히 이해할 수도 용납할 수도 없었다. 죽기 살기로 이들을 끌고 다녔다. 훈련 마지막 날 목표를 점령하자 빨리 내려가자고 졸라대기에 나도 마음이 약해져서 하산했는데, 훈련을 통제하던 부군단장이 헬기를 타고 가다가 많은 부대들이 목표 지역에서 내려온 것을 보고 다시 올라가라고 지시했다. 나는 한 번도 어려운데 두 번 올라가자고 할 수 없어 중대원을 모아 놓고 "나와 현역들은 다시 올라갈 테니 뜻 있는 예비군은 따라와라." 라고 했다. 나는 그래도 반은 따라올 줄 알았지만 15% 정도만 따라왔다. 이것은 나에게 큰 충격이었다.

2차 중대장을 하는 동안 큰 사건이 두 번 있어났다. 한번은 연대에서 재물조사를 하는데 우리 대대의 총, 즉 M16 한 정이 없어졌던 것이다. 게다가 우리 부대는 수도권에 인접한 부대였으므로 더 부담이 되었다. 며칠을 찾아도 나오지 않자 대대장은 나에게 직접 실셈을 해 보라고 했다. 나는 각 중대를 돌아다니며 일일이 세면서 확인을 했다. 우리 중대에도 병기계와 함께 총을 확인했다. 현재 있는 총기의 숫자, 후송/복귀/퇴교자 인원 등의 총기를 세어 갔고 이상 없다는 보고를 받았다. 하지만 다음날 병기계가 찾아와 총기가 한 정 남는다고 보고했다. 후송을 간 병사의 총을 계산하지 못했다가 어제 나와 실셈을 하면서 발견했다는 것이다. 어쨌든 결국 찾긴 찾은 것이다. 나는 즉시 대대에 보고했지만 입장이 난처해졌다.

조사가 시작되었다. 따지고 보면 단순한 행정 착오였지만 별의 별 억측이 나왔다. 심지어는 우리 중대 병기계가 하루 전날 총기를 발견하고 연대에 보고했는데 연대에서는 내가 제대로 보고하는지의 여부를 지켜보고 있었다는 말까지 나왔다. 결국 사단 직할 보안반장 (대위 안광수/육36)이 "전인범이가 발견 사실을 숨기고 산에다 묻어도 그만이었지만 솔직하게 보고했는데 뭐가 문제냐? 오히려 상을 줘야 한다."고 하여 분위기가 반전되었다. 솔직함이 최선의 길이라는 단순한 진리를 확인한 순간이었다.

하지만 다른 사건에서는 큰 망신을 당했다. 내 중대는 소총 중대였기 때문에 81mm 박격포와 90mm 무반동총이 없었다. 그러나 81mm 박격포와 90mm 무반동총 주특기 병력이 들어오면 이들에게 기초 교육을 시켜야 한다. 따라서 두 장비를 가진 12중대에서 장비와 인원을 지원 받아 교육을 한다. 그런데 교육 말미에 실사격을 실시하고 복귀하는데 12중대 인솔자가 90mm 무반동총의 조준경이 없다고 보고하는 것이었다. 당시에는 사격장까지 왕복 40km 거리를 걸어 다녔다. 힘들어 죽겠는데 정말 짜증나는 보고였다. 찾아 보라고 지시하고 복귀했는데 결국 나오지 않았다. 다음날 나는 대대 회의 시간에 이를 보고하고, 12중대의 장비이니 그 쪽의 관리 책임이라 잊어버리고 있었다.

그런데 12중대장은 아무런 조치를 하지 않고 시간을 보내면서 나만 쳐다보고 있었다. 그러던 중 12중대 인사계가 찾아와서 20만 원만 주면 자기네 중대 돈을 합쳐 군수사에 가서 사 오겠다고 했다. 내키지 않았지만 사비 20만 원을 내주었다. 그는 이 돈으로 조준경을 구해 왔다. 문제는 몇 개월 뒤에 일어났다. 12중대 인사계가 외도를 하고 있었는데 내연녀와 싸우고 그녀가 헌병대에 진술하는 과정에 "어느 날은 군 장비를 사려고 돈뭉치를 갖고 있었다."고 진술했던 것이다. 나도 피해자인 셈이었지만 지저분한 일에 이름이 거론되는 자체가 창피했다. 사단에서는 이런 일은 중대장들이 손망실 제도에 대해 잘못된 인식을 가졌기 때문이라는 취지 아래 한 달에 걸쳐 사단의 모든 중대장과 인사계를 불러 놓고 교육을 실시했는데, 나와 이 사건이 교본이 되었다. 나는 이때 겉보기에 지름길로 보였던 길은 사실 죽음으로 가는 길이라는 교훈을 얻었고, 이런 길은 가지 않는 인생을 살기로 결심했다.

인생의 반려자를 만나다

신병 수료식에는 신병의 가족들이 오는데 거의 천 명에 달한다. 집총 16개 동작, 군무, 총검술, 태권도 기본 동작 등 60분에 걸쳐 실시되는 수료식은 보기 좋은 쇼이기도 했다. 이 행사의 하이라이트는 벽돌 격파였는데, 다른 사단이나 전임자는 벽돌을 미리 망치로 두들겨 금을 가게 해 두는 짓을 많이 했지만 나는 이런 꼼수는 부리지 않았다. 두 번의 격파 기회를 주는데 이를 격파하지 못하면 유급한다. 유급하면 일주일 대기하다가 배치받을 뿐인데도 신병들은 세뇌가 되어 유급하면 장가도 못 간다고 생각하고 있었다. 그래서 아무리 말려도 많은 신병들이 이마로 벽돌을 깨려 들다 피가 나는 경우가 많았는데, 이를 보는 가족들은 기절하기 일보 직전이 될 정도로 놀라기 마련이다. 군대 간 아들 걱정이 컸고 오랜만에 보는데 다 똑같은 군복을 입고 있고 비슷하게 생겼다 보니 격파에 실패하는 신병이 자기 아들처럼 보였기 때문이다. 격파하지 못한 신병이 자기 아들이 아님을 확인하는 가족이나 자기 아들임을 확인한 가족이 뒤섞인 상황이 만들어지는 셈인데, 저절로 안보 교육이 되는 효과까지 거둔다.

당시 나의 고민거리는 어려운 부대 사정이었다. 워낙 예산이 부족해 내 책상에 서랍이 달려 있지 않았을 정도였다. 궁리 끝에 어머니께 위문을 한 번 주선해 달라고 부탁드렸다. 어머니께선 알겠다고 하셨는데, 얼마 후 새여성회라는 모임에서 위문을 갈 것이라고 연락을 주셨다. 자선 행위가 아닌 이상 받는 게 있으면 조금이라도 줄 게 있어야 하는 법이다. 그래서 신병 수료식을 보여드리기로 하고 그날로 위문 행사를 잡았다.

수료식 날이 되어 연병장에 병사들을 모아놓고 있는데, 정문 쪽에서 예닐곱 정도 되는 여자분들이 들어오는 것이었다. 나는 위문단이라고 생각하고 그중 가장 나이가 들어 보이는 분께 "회장님 감사합니다." 라고 인사를 드렸다. 그러자 그분은 "저는 회장이 아니고 이 분입니다." 라고 하면서, 진짜 회장을 소개시켜 주었는데 그 회장은 거의 내 또래밖에 안 되는 아담하고 젊은 여성이었던 것이다. 대학에서 학생들을 가르친다는데, 세상에 이런 일도 있냐는 생각까지 들었다. 알고 보니 '회장님'이 나보다 두 살 많아 누님으로 모시겠다고 했다.

어쨌든 수료식을 잘 끝내고, 중대로 초청하여 브리핑을 했다. 위문품이 푸짐했는데 탈수기만도 무려 15대나 되었고, 위문편지와 떡, 그리고 내 책상도 있었다. 나는 탈수기는 5대만 있으면 되므로 나머지는 대대에 보내 다른 중대와 나눠 가졌다. 대대장이 감사패는 대대에서 준비하겠다고 해서 받아 보니 너무 창피하게도 오탈자가 있는 것이었다. 그래서 사진만 그날 찍고 다시 제작해서 드리겠다고 하고 2주 후에 찾아갔다.

제대로 된 감사패를 전하고 저녁식사를 한 다음 택시를 타고 댁으로 바래다주는데 회장님 집이 우리 집과 너무 가까운 것이었다. 그래서 물었더니 홍숙자 박사님처럼 훌륭한 분과 가까이 지내라고 돌아가신 아버님께서 마련해 주신 집이라고 했다. 그리고는 언젠가 집에 초대해서 식사를 대접하겠다고까지 하는 게 아닌가…. 어머니는 사회적으로는 훌륭하신 분이긴 해도 집안에서는 계란프라이도 못

부치는 분이셨다. 이런 경험 때문에 이 누님이 무슨 요리를 할까? 라는 생각을 할 수밖에 없었다. 그리고 몇 달이 지나 식사 초대에 응해 누님 댁을 방문했다. 그날 먹은 음식은 내 인생 최고의 만찬이었다.

어디서 요리를 배우셨냐고 물었는데, 누님은 대학 이사장이셨던 아버님께서 본인에게 언젠가는 학교를 물려받을 운명이니 결혼하지 말라 하셨다는 것이었다. 그녀는 아버님의 비서처럼 지냈고, 미팅도 금지였다. 아버님께서는 막내딸이 지어 주는 밥을 좋아하셨기에 요리를 배웠다고 했다. 이쯤 되면 나를 조금이라도 아는 독자라면 이 누님이 현재 배우자인 심화진이라는 사실을 눈치 챘을 것이다.

심화진과의 만남은 내 인생의 또 다른 전환점이 되었다. 그녀를 만나기 이전에는 결혼을 할 생각이 없었다. 한 여자에게 묶여 사는 것도 싫었고 나의 부모님이 이혼하여 사는 모습도 닮고 싶지 않았다. 무엇보다 가장 큰 이유는 군인으로서 궁핍하고 절제된 생활을 하며 언제든 국가와 국민을 위해서 죽을 각오를 하는 것이 나의 운명이라고 생각했기 때문이다. 나는 아웅산 이후 늘 죽음을 생각하고 살았다. 그날은 잘했지만 만약 내가 겁을 먹고 안 들어갔으면 이 장군님은 어떻게 되셨을 것이며 나는 어떻게 되었을까? 같은 상황이면 또 들어갈 수 있을까? 솔직히 또 들어간다는 자신이 없었다. 다만, 나는 내 책임을 다하고 최선을 다할 자신은 있었다. 그러면 그때는 죽을 것이었다. 이렇게 사랑하는 여자를 과부로 만드는 것이 군인의 숙명이라 믿었다. 이 모든 것을 감수하며 기꺼이 군인의 아내가 되려는 배우자를 찾기란 어렵기에 결혼을 포기하고 독신으로 살려고 했다.

그런데 심화진을 만났다. 능력이 있고 예의 바르고 사랑스러우며 내가 국가와 국민을 위하여 목숨을 내던지더라도 이해할 수 있는 여성이었다. 그녀는 나보다 나이가 두 살이 많았지만 보기에는 어려보였다. 나는 선배, 동료 그리고 후배들에게 그녀를 소개하고 인상을

·아내와 사랑스러운 두 아들과 함께. 심화진은 완벽한 반려가 되어 주었다.

물었는데 이구동성으로 "너보다 낫다." 고 입을 모았다. 나는 한 달 봉급을 털어 양식집에 초대하여 그녀의 앉는 모습, 주문하는 태도와 직원에게 대하는 태도를 세심히 보았는데, 나무랄 데 없는 매너를 보였다. 또한 내가 언제 죽더라도 아이들을 키울 것이고, 어머니를 저버릴 사람이 아니었다. 가난한 나라의 군인은 나라에 기댈 수 없었다. 나는 그녀에게 "나는 육군과 결혼했고 당신은 두 번째이니 그래도 괜찮냐." 고 했다. 그랬더니 "나도 학교와 결혼했고 당신은 두 번째이니 걱정 말라." 고 응수하는 것이었다. 나에게는 지금이나 그때나 어머니가 내 인생의 중심이다. 그러나 우리 어머니는 변덕이 심하고 자기중심적인 분이다. 내가 심화진과 결혼하겠다고 하자 좋다고 하셨는데 다음날에는 마음을 바꾸셨다. 몸이 작아서 애도 못 낳고 자주 아플 것이며 부잣집 딸이라 낭비가 심할 것이라는 이유였다.

　나는 지금 물러선다면 심화진을 영원히 놓치지만, 부모 자식의 인연은 무슨 일이 있어도 끊어지지 않는다고 순간 생각했다. 거기다

이미 한 여성에게 약속을 하지 않았던가? 나는 어머니에게 "이미 화진이와 약속을 했고 이미 허락하셨던 바가 있으니 결혼을 강행하겠다."고 선포했다. 어머니는 뺨까지 때리시며 소리를 지르셨지만 나는 물러서지 않았고 결국 심화진과 결혼했다. 그 뒤로 두 아들을 낳고 내조에도 부족함이 없었다.

무엇보다도 그녀는 경우에 어긋남이 없었고 사람을 차별하지 않았다. 하루는 동네 정비소에 차량을 맡겼는데 그 당시에는 정비가 끝나면 정비소 사람이 집까지 차를 가져다주기도 했다. 차를 몰고 온 정비소 직원은 어린 사람이었는데 기름때가 묻은 정비복을 입은 채 차를 몰고 왔다. 아내가 차를 몰고 온 청년을 집으로 들여 전날 '귀한 손님'들에게 대접했던 것과 똑같은 음식과 차를 내오는 모습을 보고 '저 사람은 걱정을 안 해도 되겠다'고 생각했다. 이렇게 나의 배우자 심화진은 내조만이 아니라 성품 역시 부족함이 없었지만 어머니의 태도는 변함이 없었다.

당시 결혼 휴가는 2주였는데 부대에서는 일주일만 가라고 했지만 나는 싫다고 했다. 결국 타협을 보아 열흘을 갔는데, 그 이후 나는 내 부하들이 결혼 휴가를 신청하면 신청한 날수보다 하루를 더 보태서 보내주었다.

사단 작전장교

이후 나는 신교대 중대장을 마치고 사단 작전장교 보직을 받았다. 사단 작전장교는 모든 장교들의 선망을 받는 보직이었다. 나는 군 생활 처음으로 참모 실무를 하게 되었는데, 쓸데없는 일이 너무 많았다. 그리고 다른 장교들의 근무 태도도 문제였다. 아침 상황 보고를 마치면 신문을 보거나 이발소에 가서 오전 내내 이발과 면도를 하고, 오후에는 사무실에서 자다가 퇴근 직전에 임무를 받으면 저녁을 먹고 밤새도록 일하는 행태는 정말 이해할 수 없었다. 나는 다른 사람들을 사무실에 두고 퇴근해 버렸다. 작전보좌관(소령)은 나를 마음에 들어 하지 않았지만 주어진 일을 해내는 만큼 먼저 퇴근한다는 점 외에는 나를 건드리지 못했다. 지금 생각하면 작전보좌관 역시 고마운 분이셨다. 작전보좌관은 육사 34기 박노홍 소령이었다. 그는 나에게 참모 업무, 특히 일을 쉽게 하는 방법을 가르쳐 주었다. 당시 박 소령의 어린 아들이 부대 근처에서 놀다가 엉성하게 덮어 두었던 물탱크 입구에 빠져 목숨을 잃는 참사가 일어났다. 나는 박 소령이 아들의 장례식을 마치고 곧바로 출근하는 모습을 보고 아웅산에서의 나의 행동보다 더 용기 있다고 생각했다.

당시 한국 사회는 민주화를 위한 목소리가 커지고 있던 시기였다. 나는 중대장 직무를 수행하던 시절 시위 진압을 위한 소위 '충정훈련'을 했고 담당 대학을 정찰하기도 했다. 그 대학은 내 부대, 그리고 집과 가까운 연세대학교였다. 하지만 나라를 지키려고 군인이 된 것이지 학생들을 때려잡으려 군인이 된 것은 아니었다. 출동하면 어떻게 해야 하나? 명령은 절대복종해야 한다고 배웠지만 고민이 컸다. 중대장은 중대 대형 뒤에 위치하여 진압 작전을 하도록 되어 있었다. 나는 만약 출동하게 되면 뒤에 위치하지 않고 앞에 설 생각이었다. 비겁하지만 가장 먼저 죽는 것이 최선의 방법이라고 생각했다. 중대장 근무가 끝난 것은 너무 아쉬웠지만, 충정 임무를 벗어난 것은 천만다행이었다.

이후 사단 작전장교를 할 때 사단 전체에 충정작전 출동 준비 명령이 떨어졌던 적이 있었다. 모든 준비는 완료되었고 부대 연병장에는 차량이 집결했다. 출동 명령만 떨어지면 서울의 모든 대학을 점령할 준비가 된 것이다. 온갖 잡생각이 들며 고민에 빠졌는데 해제 명령이 내려졌다. 만약 출동했다면 지금의 미얀마처럼 되었을 것이다. 미국의 압력으로 뜻을 꺾었다는 이야기가 있지만, 어쨌든 권력을 가진 대통령이 스스로 포기한 것이다. 김일성은 하지 못했던 일을 그나마 전두환 대통령은 한 셈이다.

나는 작전장교 근무 중에 소령으로 승진하였다. 사단 작전장교 임무를 1년 채우고 나자 더 이상 비효율적인 생활은 하고 싶지 않았다. 그러던 중 한미연합사령부(이하 연합사)에서 오라는 제의를 받고 수락했다. 기획참모부 우발계획장교라는 보직을 받았는데, 연합사는 워낙 계급 구조가 높은 조직이라 나는 막내 중에 막내였다. 그동안 이기백 장군님을 모시면서 미군과의 인연이 이미 시작되었지만, 이제는 본격화된 셈이었다.

고향인 서울로 왔지만 집이 없었다. 당시 서울에는 군인 아파트가 있긴 했지만 슬럼이나 마찬가지였다. 그것마저도 턱없이 부족했다. 장교에 대한 낮은 대우에 외국 군인들이 "한국이 군사독재 국가가 맞냐."고 묻기까지 할 정도였다. 아내는 35평 아파트를 사자고 했지만, 나는 대위의 분수에 맞게 살아야 하니 35평은 안 된다고 했다. 이후 아파트 값이 천정부지로 상승하여 내 집을 갖는 데 10년이 더 걸렸다. 나에게는 경제를 읽는 능력이 없었으므로 그 뒤로는 집 문제에 대해서는 별로 할 말이 없다.

3부 ——————— 영관 장교 시절

연합사 근무

연합사의 분위기는 사단과는 180도 달랐다. 미군들은 여유 있게 근무했고 쓸데없는 일은 하지 않았다. 나는 여기서 김점철 중령(육30)를 만났다. 정말 능력이 뛰어나고 성품도 좋으신 분이었다. 김 중령님은 하나회가 아니었고 고향이 전라도였기에 남보다 더 많이 노력하셨다. 나는 전라도 사람들에 대한 주변의 편견을 들으면서 참으로 한심하다고 생각했고, 이런 편견을 가진 사람들을 절대 신뢰하지 않았다.

나의 영어 실력이 알려지자 사방에서 번역 의뢰가 들어왔다. 내일은 아니었지만 이것도 공부라고 생각하고 열심히 번역했다. 공병이나 군수, 통신 등 모르는 분야가 많았지만 의뢰인들에게 물어보면 세세한 설명을 들을 수 있어 군사 지식의 습득 범위를 넓힐 수 있었다. 모형을 만들면서, 그리고 역사를 공부하면서 배운 군사 지식이 더욱 완성되는 계기가 되었던 것이다. 이렇게 재미있게 생활하는데 갑자기 연합사 부사령관 부관을 하라는 명령이 내려왔다. 나는 더 이상

비서 일은 하기 싫어 거절했으나 명령은 명령이었다. 그 당시 부사령관님은 정진태 장군(육13)이셨는데 배짱이 대단한 분이셨고, 사모님은 반대로 천사에 가까운 분이라고 생각했다. 아무튼 장군의 세계로 또다시 들어가게 된 것이다.

부관 업무는 비서 일보다는 통역이 중심이었다. 나는 연합사에서 열리는 모든 회의의 통역사 노릇을 했다. 피곤하고 바빴지만 군사 지식을 넓히는 좋은 기회이기도 했다. 미군들은 전문성이 높고 군인 다웠지만, 그들에게 한국은 어디까지나 남의 나라였다. 미국만 믿고 나라의 안전을 맡기는 것이 위험하다는 생각은 이때부터 생겼다. 어째서 미국의 어머니가 우리나라를 위해서 자기 아들을 희생해야 하는가? 미국은 거인이지만 모든 힘을 쓰지는 않는 거인이다. 깡패가 아니라서 믿을 수 있지만, 역으로 깡패가 아니기에 쉽게 이길 수 있는 적과도 힘겹게 싸우기도 한다. 이런 신사적인 모습은 우방의 입장에서는 불안한 것이다.

여기서 당시 미군과의 일화를 두 개 소개할까 한다. 휴대전화가 없던 시절이라 공중전화를 썼는데 앞에 있던 미군이 "Fucking Koreans!" 라고 소리를 지르며 전화를 끊는 것이었다. 나는 "Excuse me, 너 뭐라 했어?" 라고 묻자 오히려 나에게 대들었다. 그에게 계급과 이름을 물어보자 당당하게 대답하는 것이었다. 나는 사무실로 복귀해서 해당 병사의 중대장에게 항의했지만 사실 별 기대는 하지 않았다. 일주일이 지나 다 잊어버리고 있었는데, 해당 중대장이 그 병사를 데리고 사무실로 왔다. 병사의 손에는 반성문이 들려 있었고, 중대장은 징계 서류를 가지고 있었다. 미군에 대한 나의 신뢰는 여기서 시작되었다.

또 하나는 미군부대 출입 문제였다. 한국군 가족들이 한미연합

합참의장 전속부관 시절 연합사를 방문해서. 계급은 중위지만 직책상 중앙에 서 있었다.

사에 들어오려면 절차가 복잡했다. 미군 부인과 가족들은 출입이 쉬운데 왜 우리나라 군인들의 가족들은 어렵냐고 따졌더니 정책을 변경해서 한국군 배우자에게도 출입증이 발급되었다. 그 일 이후, 미군은 요구가 합리적이라면 들어 준다는 믿음을 가졌다. 오히려 미군부대에 근무하는 한국 사람들이 위세를 떠는 경우가 있었는데, 내 손에 닿는 한도 내에서는 가차 없이 응징했다. 나중에 알았지만 이들을 이렇게 만든 데에는 한국인들이 알아서 기는 저자세와 뇌물이 중심에 있었다. 역겨운 한국 사회의 현실이었다.

육군대학

그 당시에는 육군대학에 참모과정과 정규과정이 있었다. 참모과정은 6개월, 정규과정은 1년 과정이었는데 모두들 정규과정을 지원했다. 그렇기에 어떤 이유에서든 정규과정에 들어가지 못한 장교들은 굉장한 좌절감을 느꼈다. 영관급 장교가 됐으면 전부 똑같은 과정을 시키면 될 텐데 교육 시설이 부족하다는 이유와 야전 부대에서 실무를 맡는 소령들이 1년씩이나 빠져나가면 부대 운영에도 문제가 생기기 때문에 그런 기형적인 제도를 운영한 것이다. 하지만 결과적으로 장교들의 사기를 꺾는 첫 번째 관문이 된다는 부작용을 낳았다. 영관 장교가 되기도 쉬운 일이 아닌데 말이다.

나는 다행히 정규과정 학생이 되었다. 주변에서는 영어가 되니 미국에 있는 미육군지휘참모대학(US Army Command & General Staff Collage)도 가라고 권유했다. 한국의 정규과정과 미국 육군지휘참모대학 과정을 나오면 최고의 커리어라고 이야기하는 것이었다. 그러나 당시에는 정규과정을 못 가고 참모과정을 나온 사람이라도 외국의 대학, 특히 미국 육군지휘참모대학을 가면 한국의 정규과정을 졸업한 것과 마찬가지로 평가해 주었다. 따라서 내가 육대 정규과정을 마치고 미국 육군지휘참모대학 과정까지 마치겠다고 하면 이기적인 장교라는 평가를 받게 될 우려가 있었다. 하지만 잘못된 일은 아니었다.

그래도 동기생 1명에게 기회를 주는 것이 맞다고 생각했기에 미국 육군지휘참모대학 대신 6개월 과정인 미국 합동참모대학(US Joint Forces Staff College)에 응시했다. 또한 어차피 미래는 합동군으로 가야 한다고 생각했기에 육군과 해군, 공군, 해병대가 함께 공부하고 합동 작전을 배울 수 있는 합동참모대학이 훨씬 더 맞다고 생각했다. 그래서 나는 한국 육대 정규과정과 미국의 합동참모대학을 나오게 된 것이었다.

육군대학에 큰 포부를 갖고 들어갔지만 실망하고 말았다. 우선 학습 과정이 암기식이었다. 통제도 자율과는 거리가 멀었다. 자연스 럽게 군의 부조리에 대한 '이해도'도 높아만 갔다. 가장 눈에 거슬렸 던 것은 패거리, 즉 마피아 문화였다. 영호남 등 출신 지역에 따른 마 피아, 육사 운동부, 수도경비사령부(현 수도방위사령부) 등이 마피아를 이뤄 서로 밀어주고 끌어올리는 문화가 정착되어 있었다. 육사 37기 에는 하나회가 없었지만 나중에 밝혀진 알자회가 있었다. 당시에는 알자회의 존재를 몰랐지만, 뭔가 석연치 않았다. 소위 스터디 그룹을 만들어서 공부한다고 했지만 결국은 아는 놈끼리의 모임이었다. 내 게 오라고 하는 모임이야 많았다. 사실 따지고 보면 나야말로 인맥이 막강하였기에 연결이 안 되는 곳이 없었다. 교관들 중에는 시험 문제 를 미리 알려주는 사람들도 있었고, 과제를 대충 내도 A를 받는 게 어 려운 일도 아니었다.

전술 시험 문제도 객관성을 유지한다는 명목으로 투명도의 도 식 부분 중 목표 지역에 원을 그리면 맞고 타원을 그리면 틀리는 식 에다가 자기들도 미안하니까 점수 차이가 0.1점이었다. 사람을 소수 점 이하로 분별하는 대한민국 사회가 그대로 반영되는 곳이었다. 너 무 지엽적인 부분에 매달려 있었다. 또한 교관들이 지인들에게는 점 수를 후하게 주는 불공정도 상당히 심각했다. 육군대학에서 이런 부 조리를 겪으면서 나는 이런 '게임'에는 참가하지 않겠다고 결심했다.

나는 스터디 그룹에 참가도 하지 않고 책이나 읽었다. 주말에는 서울에 가서 가족도 보고 사람들을 만났다. 사이사이 파견도 나가 재 미있게 지냈다. 육군대학은 성적을 상, 중상, 중 그리고 하 4등급으로 나눈다. 상을 못 받으면 진급이 어렵다는 게 암묵적인 공식이다. 그러 거나 말거나 나는 애 취급을 받아들일 생각이 없었다. 결국 나는 중상 성적을 받았다. 그러나 막상 중상을 받고 보니 "앞으로 신경 좀 쓰이게 되겠구나." 라는 생각이 들었다. 한국의 영관 장교 교육 제도는 전우애를 죽이고 제로섬 게임의 경쟁 구도를 만든다.

미군 합동참모대학

나는 한국의 육군대학 졸업식에는 참석하지 못하고 1989년에 미국 합동참모대학에 입학하였다. 11살 때 한국에 돌아온 뒤로는 처음으로, 다시 말해서 성인이 되어서 처음으로 미국 땅을 밟게 된 것이다. 합동참모대학은 미국이 각 군의 합동성 강화를 위해서 세운 학교이다. 처음에는 몇 주 안 되는 과정이었지만 내가 도착했을 무렵에는 6개월 동안 미국 장교는 물론 관련 국무성, 국방성, 해안경비대 등 모든 유관 부서에서 함께 공부하는 과정으로 발전했다. 한 반에는 약 15명이 있었는데 반이라고 하지 않고 '세미나' 라고 했다.

교육 과정 첫 달은 육해공군 소개를 하고 두 번째 달은 미국 시각에서 전 세계를 개관하는 과정이었으며 3개월차부터 5개월차까지는 전술적 결정을 수립하는 절차를 공부하고 임의의 작전 계획을 만들었다. 그리고 마지막 6개월차에는 이 모든 것을 종합하여 워 게임을 해 보는 것으로서 과정이 완료되었다. 각 세미나마다 교관이 3명 있었는데, 현역 중령 2명과 예비역이 1명씩이었다. 예비역은 나이가 많았는데, 이분은 그동안 쌓은 자신의 경험을 토대로 많은 것을 가르쳐 주었다.

수업은 자율적이라서 미리 예습을 한 다음에 학생들 스스로 발표를 하고 그 발표 내용에 대해서 교관이 나름대로 평가하는 방식이었다. 시험은 주기적으로 있었는데 자율적으로 감독관 없이 치렀고 선택형 문제만 있었다. 암기식은 일절 없었다. 그런데 미국이라고 해서 불미스러운 일이 없었던 것은 아니다. 한번은 학생들 400명 중에 200명이 부정행위를 하다 걸리는 큰 스캔들이 일어났다. 당시 시험은 시험을 보고 나서 옆 교실에다가 시험지를 갖다 놓는 형식이었는데, 시험지를 갖다 놓는 과정에서 다른 사람들이 쓴 답을 베꼈던 것이다. 나는 규정이 철저한 미군이 이 일을 어떻게 처리하나 궁금했다. 200명을 다 퇴교시킬 것인가? 아닌가? 결국은 아니었다. 적당한 선에서 처리하는 모습을 보고 "아, 결국 미국도 우리와 똑같구나…" 하는 생각을 했다. 하지만 지금 생각해 보면 단순히 원칙을 지키는 것이 중요한 게 아니라 언제 원칙을 상황에 맞게 적용할 것인가를 아는 것이 중요하다는 생각이 든다. 그러나 이런 판단을 하기 위해서는 먼저 원칙을 잘 알아야 한다.

합동참모대학은 6개월 동안 공부만 시키지는 않았다. 사이사이 스포츠 대회도 열고 마라톤 등 행사가 많았지만 형식이 아닌 재미가 위주였다. 석차를 내는 게 목표가 아니라 팀워크와 전우애를 키웠다. 우리나라와는 정반대였다. 이러한 행사도 자율적으로 참여하도록 구성되어 있었다. 재미있도록 만들어서 본인들이 스스로 참여하도록 유도했다. 또 인상적이었던 것은 그해에 〈붉은 10월〉이라는 영화가 개봉했는데, 수업 시간에 이 영화에 대해서 많은 논의가 있었다. 그리고는 그 영화가 개봉하는 날에는 학교의 모든 학생들이 세미나별로 극장에 가서 영화를 보고 다음날 학교에 와서 그 영화에 대해서 자기 세미나에 있는 학생 장교 중 해군이 강평하는 시간을 가졌다. 결국은 융통성과 자율적인 사고를 느끼게 하는 교육 과정이었던 것이다.

미국 체류는 골프를 배울 수 있는 아주 좋은 기회이기도 했다. 5달러만 내면 되는 공용 골프장이 있어 얼마든지 칠 수 있었지만 나는 정말 재미를 느낄 수 없었다. 그래서 한두 번 나갔다가 그만뒀다. 대신에 노퍽에 있는 맥아더 장군의 기념관에서 살다시피 했다. 6.25 전쟁에 대한 많은 자료들을 읽을 수 있었고, 평화는 거저 주어지는 것이 아니라는 점을 새삼 느낄 수 있는 곳이었다.

노퍽에서의 생활은 정말 즐거웠다. 나는 진짜 어른이 된 기분을 만끽했다. 공부도 억지로 하는 것이 아니다 보니 너무나 재미있었다. 나는 이미 정규 과정을 마쳤으므로 전술적 결심 수립 절차에 대해서는 완벽하게 이해하고 있었다. 그래서 더 재미있었는지도 모른다. 나는 미국 합동참모대학을 다니면서 두 가지를 깨달았다.

미군들은 두 번째 달에 전 세계를 지역별로 개관하면서 동북아 지역에 대한 지역 공부를 하였다. 그런데 영어도 비교적 잘하고 또 동북아에서 평생을 살아 온 내가 있는데도 내게는 묻지 않았다. 대신 오산 비행장에서 1년 동안 F-16 전투기를 몰다 온 조종사를 동북아 전문가 취급하며 발표를 주도하도록 하는 것이었다. 나는 경악했다. "아니, 저 친구가 우리나라에 대해서 뭘 안다고?"

이때까지만 해도 나는 우리 육군대학 과정을 거치면서 "아, 우리나라 군대는 정말 희망이 없다."고 많이 생각했다. 그래서 내가 과연 군에서 어떤 역할을 해야 될까? 소용이 있을까? 하는 고민을 하던 차에 이러한 미국 사람들의 모습을 보고 나니 "아하, 내가 우리 군과 국가를 위해서 할 일은 저 '무식한' 미국 사람들에게 우리나라를 정확하게 소개하는 일이로구나." 하는 생각을 하게 되었다. 그러나 과연 미국 사람들에게 어떻게 우리를 소개할 것인가? 우리보다 부자이고 잘난 미국 사람들에게 말이다. 나는 진실을 바탕으로 절대로 거짓말하지 않고 그 대신 미국 사람들이 나를 좋아할 수 있도록 해야 한다고 생각했다. 그래서 미군들을 자주 집에 초대해 불고기와 만두, 잡

미국 합동참모대학을 다니며 만나 평생 지기가 되어 준 미 공군의 에드 스미스

채 같은 한식 요리들을 많이 해 먹였다. 음식 솜씨가 좋은 아내 덕분에 조금 거창하게 표현하자면 '군사 외교'를 잘 할 수 있었던 것이다.

다음으로는 워게임을 할 때의 일이다. 전술적 결정을 수립하는 절차를 교육할 때 나는 작전 참모 역할을 하게 되었다. 나는 사전에 임무를 분석하고 방책을 수립하여 학생들에게 제시했다. 학생들은 눈이 휘둥그레지면서 어떻게 저걸 다 알까? 하는 눈치였다. 나는 한국군 장교의 우수성을 대외적으로 알리는 기회를 얻었다고 생각했다. 미국 교관들도 극찬했다. 반면 다른 조의 작전참모는 흰 종이 한 장을 걸어 놓고 임무 분석과 방책 발전 그리고 비교와 건의를 하는 것이었다. 마치 장님이 장님들을 이끄는 듯 한 모습이었다. 그러다 보니 우리 조는 두 시간 만에 끝낸 과제를 다른 조는 하루 반이나 걸려 마쳤다. 우리 조원들은 자유시간이 생겨서 엄청 좋아했다. 나는 저런 미국이 강대국이라는 것을 이해하기 힘들었다.

그런데 막상 워게임 도중 문제가 생겼다. 부대 전개 순서를 망친 것이었다. 우리 군이었더라면 난리가 났을 테고, 아무도 수습할 자신이 없어 작전참모를 깨우고 결국 지휘관에게 박살이 날 것이다. 그런데 미군들은 서로 헤매면서 작전 계획을 짜는 과정에서 모두가 개념을 이해하게 되었기에 큰 무리 없이 해결했다. 앞서의 혼란을 뒤집는 모습에 나는 미군을 다시 보게 되었다.

또한 교육 과정 중에 좋은 미군들을 많이 만났는데, 평생 친구이기도 한 미 공군의 포레스트 "에드" 스미스(Forrest "Ed" Smith)를 그때 만났다. 안타깝게도 에드는 2019년에 세상을 떠났지만, 그때까지도 나의 절친한 친구였으며 이 세상에 착한 사람도 있다는 사실을 일깨운 인물이다. 나는 지금도 에드가 보고 싶다.

그러나 모두가 좋은 사람만은 아니었다. 상당수는 교양 있고 고상한 척했지만, 교만과 우월감을 감추지 못했다. 어릴 때 나에게 행패를 부렸던 미국인들이 성인이 되어 이제는 위선이라는 무기를 들고 나타난 셈이었다.

특전사 연합작전장교

6개월은 정말 빨리 지나갔다. 이제 귀국할 때가 되었는데, 나는 전방 작전과장을 하고 싶었다. 나는 이때만 해도 보직을 받는 데 큰 어려움이 없을 정도로 인맥이 구축되어 있었기에 비교적 쉽게 내가 원하는 곳으로 갈 수 있을 거라고 생각했다. 처음에는 보직 배정에 문제없을 거라는 답을 들었는데, 막판에 한미연합사로 분류가 되었다는 연락을 받았다. 나는 다시 전방으로 보내 달라고 요청했다. 그러나 인사운영감이 직접 지시한 사항이라 아무도 바꿀 수가 없다는 것이다. 대체 인사운영감이 누구냐고 물었더니 서완수 장군이라는 답이

특전사와 처음으로 인연을 맺은 작전처 요원들과 함께. 특전사는 미군과의 연합훈련이 많았다.

돌아왔다. 내가 중위 시절 대들었던 바로 그 서완수 장군이었다.

나는 재수 옴 붙었다는 생각이 들었다. 그래도 어떻게든 해야 한다는 생각에 귀국할 때까지는 보직을 정하지 말아 달라고 부탁했다. 그런데 귀국해 보니 이미 서완수 장군은 인사운영감 보직을 마치고 특전사령관으로 자리를 옮긴 상황이었다. 이기백 장군님이나 정진태 장군님에게 부탁해 보라는 사람들도 있었으나, 그런 반칙을 할 생각은 없었다.

결국 전방에 가고 싶으면 서완수 장군한테 직접 가서 허락을 받아야 하는 상황이었다. 나는 용기를 내서 서 장군을 찾아갔다. 서 장군은 나를 보고 "나는 자네를 생각해서 한미연합사에 보직을 주려고 했는데 굳이 전방에 가겠다면 그렇게 하라." 고 했다. 그러면서 말미에 "사실은 자네 같은 사람이 우리 특전사에 필요한데 말이야." 라고 하는 것이었다.

사실 당시의 나는 특전사에 가고 싶지 않았다. 단순 무식한 사람들만 가는 곳이 특전사라는 편견을 가지고 있었기 때문이었다. 그래서 일단 면담을 마치고 나서 육군본부에 얘기가 잘 되었으니 전방 연대 중 하나를 골라 달라고 했다. 또한 특전사령관이 특전사로 발령 내는 문제를 얘기하면 못 들은 척해 달라고도 전했다. 모든 것이 순조롭게 되었다고 생각했는데, 막상 떨어진 명령을 보니 특전사 근무로 분류되어 있었다. 그리고 이번에는 특전사령관의 지시라는 것이었다.

나중에 안 사실이지만, 서 장군의 지시는 아니었고 밑에 있던 인사 실무자들의 장난이었다. 인사 직렬의 사람들은 사람 장사를 업으로 삼은 사람들이어서 그런지 사람을 물건으로 취급하는 경향이 있다. 그러나 특전사에 근무하면서 나는 서 사령관의 각별한 사랑을 받았다. 내가 중위 때 서완수 대령에게 대들었던 날, 서완수 대령은 부인에게 "오늘 아주 똑똑한 중위를 만났다."고 했다고 한다. 서 장군님의 그릇을 알 수 있는 일화이다. 어쨌든, 나와 특전사와의 인연은 이렇게 시작되었다.

내 보직은 특전사 작전처 연합작전계획장교였다. 그런데 이 자리는 그야말로 나에게 맞춤옷처럼 딱 맞았다. 특전사는 부대 특성상 미군과의 연합작전이 석 달마다 있을 정도로 잦았기에 사실상 미니 연합사나 마찬가지인 부대였다. 따라서 나의 영어 능력과 연합사 부사령관 부관을 하던 시절 문서 번역을 하면서 높아진 타 병과에 대한 이해도, 그리고 작전계획에 대한 지식이 빛을 발휘하는 자리였던 것이다. 당시 한미연합사령관이었던 리스카시(Robert W. RisCassi) 장군은 내 통역 실력에 깊은 인상을 받으셔서 모든 4성 장군 이상이 참석하는 회의에는 나를 꼭 불러 통역을 맡기셨다. 리스카시 장군은 이후 국군과 미군의 연합작전 수행 협조의 공로로 미국 육군표창훈장을 수훈할 수 있도록 추천해 주었다. 한미연합사에서 파견 요청이 올 때마

연합작전 유공 미 육군표창훈장을 수여하는 리스카시 사령관. 첫 해외 훈장 수훈이었다.

다 당연히 서완수 장군의 허락을 얻어야 했는데, 물론 거절하신 적은
없었다. 언젠가 서 장군이 "내가 군 생활을 하면서 평생 미군에게 아
쉬운 말만 했는데, 전 소령 덕분에 이제는 미군이 나에게 부탁도 하게
되었네." 라는 농담 아닌 농담을 하신 적이 있었다. 나는 가난한 나라
의 군인이 겪어야 했던 고통과 슬픔을 그 날 느꼈다.

　　특전사 장교 생활은 18개월 동안 계속되었는데, 즐거운 시절이
었다. 사령관이 귀여워하니 나를 건드리는 사람도 없었다. 그런데 어
느 일요일, 제5특전여단 작전참모가 면담을 신청했다. 여단 작전참모
가 사령부 작전장교를 휴일에 보자고 불러내니 대체 무슨 일일까 궁
금했다. 사무실에 가서 만났더니 5여단 작전참모는 자신에게 1개 특
전대대를 이끌고 걸프전이 한창인 이라크로 가라는 내용의 준비 명
령이 떨어졌다고 말하는 것이었다. 그리고 나에게 부대대장을 하면
어떻겠냐고 물었다. 그는 정승조 선배(육32)였다. 나는 바로 가겠다고

답했다. 그랬더니 정 중령은 집에 가서 상의해 봐야 하지 않겠냐고 되물었다. 어째서 가족에게 물어봐야 하냐고 말했더니 자기 아내는 그 소식을 듣고 울었다고 답하는 것이었다. 집에 가서 파병 이야기를 했더니 아내는 잘 다녀오라고 의연하게 나를 격려했다. 결국은 파견 규모가 대대에서 소대로 축소되면서 나의 파병은 무산되었지만, 나는 13년 후에 운명처럼 이라크에 가게 된다.

서완수 장군은 임기를 마치고 떠나셨지만 내 입지는 변함이 없었다. 36/35기 선배들과 같이 근무했지만 잘못하면 가만 두지 않았다. 이제는 후배들에게 '잔인범'이 아니라 선배들에게 '살인범'이 된 셈이었다. 나는 통역 실력과 인맥으로 당시 현역 장군의 45%에게 전화를 걸 수 있었기 때문이었다. 연하장을 2,000장 정도 보내고 3,000장을 받았다. 주소를 확인하고 주고받는 데 두세 달이 걸렸을 정도였다.
하지만 육본에서 계룡대로 내려와 근무하라는 명령이 나왔다. 특전사에서는 나를 내주기 싫어 한 달을 버텼지만 별수 없었고, 참모총장 비서실 정책과 정책장교로 계룡대 생활을 시작하게 되었다. 태어나서 충청도 거주는 이번이 처음이었고, 그 생활을 5년이나 이어가게 될 거라고는 전혀 상상하지도 못했다. 당시의 총장은 김진영 장군이고 비서실 정책보좌관은 이상학(육26) 대령이었다. 이상학 대령은 무서운 게 없고 행동에도 거침없는 대단한 분이었다. 그때는 몰랐지만 이 대령은 하나회 회원이었다. 그동안 특전사에서 귀족처럼 지냈는데 이상학 대령 같은 실력자 밑에 가서 찍힌다면 여태까지 만든 인맥이 위협받을 수 있었기에 나는 굳이 계룡대로 갈 필요가 없다고 생각했었다.
그러나 육본으로 가게 되어 이상학 대령과의 인연이 시작되었다. 나는 그 누가 부르더라도 걸어 다녔지만 이상학 대령이 호출하면 뛰어갔다. 이 대령은 다른 사람들에게는 무서웠지만 나에게만은 항상 관대했는데 지금도 이유를 알 수 없다. 내 주요 업무는 군사 외교와 정책 수립 보좌로 그중 가장 우선적인 업무는 외국군 총장의 방한, 육군참모총장의 외국 방문, 그리고 외빈의 총장 방문 일정을 챙기는 것이었다. 그 다음이 해외 정세 분석이었다. 나는 총장께 올라가는 모든 보고서를 읽을 수 있었다. 특히 사건/사고 보고를 수시로 보고받았다. 나는 이렇게 올라오는 보고들을 보며 사고란 참 어처구니없이 일어난다는 사실을 깨달았다. 또한 사고가 났을 때 거짓말을 하면 안 된다는 신념이 더 굳어졌다. 나의 임무 특성상 새벽 4시에 출근했고 퇴근은 내 마음대로였다. 이를 위해서 200만 원을 주고 모토로라 휴대전화를 구매했다. 나는 여기 있는 동안 진급이 어떻게 이뤄지는지를 알아야 하겠다고 마음먹었다. 진급과에는 동기인 이재수 소령이 근무하고 있었다.

길었던 계룡대 근무

정책보좌관 이상학 대령은 총장실 바로 앞에 방이 따로 있었고 나와 소령 1명, 그리고 중령 2명은 같은 방을 썼다. 소령은 후배였는데 나에게 꼼짝 못하는 신세였고 두 중령도 나를 함부로 하지 못하는 상황이니 천국이 따로 없었다. 육사 32/33/34기 등 나보다 선배일지라도 군번줄을 착용하지 않거나 규정된 양말을 신지 않으면 지적하곤 했다. 장교는 통상 한 보직에서 1~2년 근무하면 다른 곳으로 발령받는 법인데 나는 3년 동안이나 사무실을 지켜 고참이 되었고, 그 사이에 이상학 대령은 준장으로 진급하며 총장 비서실장으로 자리를 옮겼다. 이상학 대령이 영전한 뒤 나는 이상학 대령이 사용하던 독방을 쓰게 되었다.

이상학 대령은 대령 중의 대령, 실세 중의 실세였다. 총장에게 보고하기 전에는 반드시 이상학 대령을 거쳐서 보고해야 했다. 따라서 장군들도 이 대령에게 함부로 하지 않았다. 대령들은 말할 것도 없었고 심지어는 동기생들조차도 "비서실장님, 비서실장님." 했을 정도였다. 그런데 단 한 사람, 황규식 대령만은 예외였다. 이 대령과 동기이기는 했지만 이 대령 방에 들어와서 "야, 담배 한 대 줘." 라고 말할 정도로 태연히 대했고, 이 대령에게 기죽지 않았다. 황 대령은 나에게는 고등학교 선배이기도 했다. 술을 좋아하시고, 내 생각에는 잘 부르지는 못하셨지만 노래하기를 즐기셨다. 나는 황규식 대령을 철없는 사람이라고 생각했다. 그러나 몇 안 되는 선배였기에 찾아가서 "같은 동기생이지만 모두가 다 예우해 주는데 조금 조심하시는 게 좋지 않겠습니까?" 라고 말씀드렸다. 황 대령은 "알았어." 라고 답했다. 그 후 진급에서 떨어진 황 대령을 위로할 겸 내 말이 맞았다는 것을 확인도 할 겸 찾아갔다. "좀 어떠십니까?" 라고 물었더니 황 대령은 "뭐, 할 수 없지." 라고 아주 태연히 답하셨다. 나는 진급에서 떨어진 사람들이 우는 모습도 봤기 때문에 초연한 황 대령의 모습을 보니 정말 존경스러웠다.

이상학 대령이 정책보과관으로 근무하던 시절, 우리 사무실에 소령을 선발할 때가 되었다. 나는 38기 중 최적임자는 위승호 소령(육38)이라고 판단하고 그를 천거했다. 이런 과정에는 반드시 본인의 의사를 묻게 되는데, 위 소령도 좋다고 했고 아무 문제가 없었다. 그런데 막판에 다른 사람을 쓰겠다고 같은 사무실 중령이 끼어들었다. 이미 결정된 것을 번복하려면 이유가 정당해야 하는데, 그 중령이 왜 갑자기 끼어들려 하는지 이유를 알 수가 없었다. 결국 다른 사람을 밀어

붙이기에 "그 친구는 사조직 관련자라고 하던데." 라고 대꾸했고, 결국은 난리가 났다. 사람들이 위 소령을 비토한 이유가 전라도 출신이었기 때문이라는 사실을 안 나는 분개하여 이 대령에게 인구 비율을 보더라도 총장실에 전라도 사람이 없다는 것은 잘못이라고 말씀드렸다. 그러자 이 대령은 차차 고쳐 나가자고 답했다. 나는 이 문제가 생각보다 심각하며 이러다가 신문에 나면 곤란할 것이라고 말했는데, 과연 며칠 뒤에 '알자회' 사건이 터지면서 현실화되고 말았다.

알자회 사건은 마녀사냥의 성격도 충분히 띠고 있었다. 육사 출신들은 서로 반목했고, 어제의 동기생이 오늘은 밀고자가 되었다. 나는 총장실에 근무하고 있었던 데다가 모두가 나를 다혈질이라고 여겼기에 사람들은 내가 선두에 서서 우리 동기생 중 알자회를 다 잡아 족치기를 원하고 기대했다. 그러나 나는 군인이지 쓰러진 사람에게 발길질하는 자가 되고 싶지는 않았다. 예수님도 죄 없는 자부터 돌을 먼저 던지라고 하셨다. 또한 내가 만약에 생도 시절 이런 제안을 받았다면 과연 거절했을까?

인사부장 최승우 장군(육21)은 내가 언론 문제를 제일 먼저 거론하고 주의를 모았기 때문에 나에게 많은 조언을 구하셨다. 최승우 장군은 겸손하고 마음이 선한 분으로 덕장이셨다. 나를 각별히 예뻐하셨는데 때로는 너무 착하셔서 다른 사람들이 장군을 이용하려 드는 것이 안타까웠다. 최승우 장군은 하나회였다.

알자회 문제는 육사 출신 사이의 문제로 한정되고 동기회별로 제명 등이 이어졌다. 나는 이것이 육사 전체에 미칠 영향이 걱정되었다. 육군사관학교가 내세우는 가치가 환상이라 할지라도 안보를 위해서는 반드시 필요하다고 믿고 있었건만, 이제 민낯이 세상에 드러나기 시작했다. 밝혀진 알자회원들은 중령에서 소령급이었기에 외형적으로는 큰 영향이 없는 듯했지만 내부적으로는 군의 영혼이 멍들고 말았던 것이다.

이상학 대령과 함께 참모총장을 모시고 해외 출장을 갈 일이 여러 번 있었다. 한번은 뭔가 일들이 잘 안 풀려서 나와 전속부관 등이 이상학 대령에게 불려갔다. 이상학 대령은 말귀도 못 알아듣는 놈들이라고 야단을 쳤다. 나는 이상학 대령에게 "저희 네 명이 다 못 알아들었으면 말씀하시는 실장님께 문제가 있는 거 아니겠습니까?" 라고 반론했다. 이상학 대령은 침묵하시더니 돌아가라고 하시는 것이었다. 다음날 우리는 이런저런 시비가 걸려 하루 종일 고생했다. 그러나 이상학 대령은 나를 더 좋아하게 된 듯한 눈치가 보였다.

또 한번은 김진영 총장(육17)을 모시고 인도네시아를 방문했을 때가 기억에 남는다. 주 인도네시아 대사가 환영 만찬을 열어 주었는데, 과일의 제왕이라고 할 정도로 맛은 좋지만 악취로 악명이 높은 두리안이 놓여 있었다. 대사는 나에게 두리안을 권했지만 입이 짧은 편인 나는 거절했다. 거기서 끝났으면 좋았을 텐데 대사는 포기하지 않고 김 총장에게 "총장님, 전 소령에게 한번 먹어 보라고 하시지요." 라고 재차 이야기했다. 김 총장도 두리안을 먹으라고 권했지만 나는 "안 먹겠습니다." 라고 했다. 그러자 대사는 "일개 소령이 참모총장의 지시도 듣지 않는단 말입니까?" 라고 묻는 것이었다. 그러자 김 총장님은 "대사님, 이게 민주 군대의 장교입니다. 따라야만 할 명령과 따르지 않아도 되는 명령을 구분할 줄 아는 겁니다." 라고 하셨다. 김진영 총장도 하나회원이었기에 이런저런 편견이 있을 수밖에 없겠지만, 이런 면모를 지닌 진짜 장군이셨다. 김영삼 대통령은 하나회를 없애면서 이런 분들도 같이 내친 것이다.

김진영 총장님과. 김 총장님은 하나회 숙청에 반발 없이 군인 본연의 자세를 지키며 떠나셨다.

하나회 숙청

　　김진영 총장은 노태우 정부 말기에 임명되어 문민정부 극초기까지 직무를 수행했는데, 결국 올 것이 오고 말았다. 1993년 3월 8일, 오전 일찍 서울에 볼 일이 있다고 하시면서 올라가시더니, 11시경에 그날 오후 2시에 이취임식 준비를 하라는 청천벽력 같은 지시가 내려왔다. 소위 말하는 '하나회 대숙청'의 시작이었다. 김진영 총장은 덤덤한 표정으로 계룡대로 내려오시더니 하사부터 장교까지 스물댓 명의 모든 비서실 직원들과 일일이 기념사진을 찍고 20만 원을 넣은 봉투를 하나씩 주시고는 조용히 사라지셨다. 어찌 보면 패장인 셈이었지만, 나에게 군인은 패장이라도 할 일은 다하고 멋있게 사라져야 한다는 교훈을 남겨 주신 것이다. 같은 날 서완수 보안사령관도 옷을 벗었다. 4월에는 수방사령관, 특전사령관, 야전군사령관 등이 사실상 강제 전역을 당했다. 서완수 보안사령관은 챙기려 들면 챙길 수도 있는 수억 원이나 되는 활동비를 고스란히 두고 가셨다고 한다.

하나회에 대한 숙청, 그리고 그 후에 벌어진 모습은 정말 가관이었다. 어제까지는 꼼짝도 못하던 비 하나회 육사출신들이 하나회 회원들을 대놓고 무시했다. 그래도 무서운지 앞에서는 별말 하지 못했지만, 뒤에서는 집요하게 공격했다. 이런 자들이 군인인가? 나는 하나회를 모두 전역시키는 것이 군의 단결을 위하여 필요한 조치라고 생각했지만, 사조직 구성 자체는 범법 행위가 아니었기에 전원의 강제 전역 조치는 무리가 있었다. 그래서 정부는 그 대신 스스로 그만두도록 말려 죽이는 정책을 세워 그들을 하찮은 보직으로 좌천시켰다. 이들은 거기서도 무시당했지만 그 상황에도 조직 발전에 기여한 사람들도 많았다.

전인범은 준 하나회?

나보고 "너는 왜 하나회를 좋아하느냐? 너도 준 하나회가 아니냐?" 라고 말하는 사람들이 있다. 내가 군생활에서 모시고 존경했던 분들은 대부분 하나회와 관련이 없었다. 하지만 사건이 터지자 앞서 언급한 김진영 총장님이나 서완수, 최승우, 이상학 장군처럼 나를 아껴 주시던 분들 중에도 하나회원이 있음이 알려졌다. 당시 하나회는 장군부터 소령까지 있었으나 육사 37기에는 없었다. 이들은 이미 해체 지시를 받았기 때문에 공식 활동을 멈춘 상태였기 때문이다. 그럼에도 알고 지내던 사람들이 계속 돕고 지낸 것은 사실일 것이다.

나는 육대 재학 시절 학생장교 사이에서 사조직의 존재를 어슴푸레하게 느꼈고, 육본에서 근무할 때 알자회 사건이 터지는 모습을 보며 서로 밀어 주고 끌어 주는 '마피아 문화'의 폐해에 눈살을 찌푸렸다. 그랬기에 어제까지 함께 식사하고 나를 격려했던 대부분의 선배들이 하나회라는 사실에 놀라지는 않았지만 실망은 컸다. 하지만, 서로 물어뜯으며 공격하는 의리 없는 모습에도 환멸을 느꼈다. 그동안 좋아하고 존경했던 분들이 하나회 명단에 이름이 올라가서 고생하는 모습을 보는 것은 괴로운 일이었다. 특히 이들을 비난하는 사람들의 대다수가 엊그제까지만 해도 꼼짝도 못하던 비겁한 사람들이라는 인상은 더욱 나의 생각을 굳히게 했다.

당시 하나회 회원들은 두 부류였다. 한 쪽은 남자답게 인정하고 변명도 없었다. 또 한 쪽은 살아남기 위해 인맥을 동원하고 (하나회) 동료를 배신했다. 결국 구제(?)를 받은 쪽은 어디일까는 뻔한 결과였다. 다만, "진주는 진흙에 묻혀도 보석이지만 먼지는 하늘에 올라도 티끌에 불과하다." 는 말을 이때 배웠는데, 정말 명언이 아닐 수 없다. 하나회 멤버 여부를 떠나서 옥과도 같은 분께는 여전한 존경을 보내고, 돌과도 같은 사람이라면 하나회였든 하나회가 아니든 존경하지 않을 뿐이다.

'하나회 척결' 이후 또 다른 부작용은 사고 발생 시 책임 회피가 앞서게 된 것이라고 생각한다. 90년대만 해도 한국 사회는 인명 경시와 안전 불감증이 만연했다. 물론 군에서도 사고가 많았다. 노태우 정부 시절까지만 해도 사고가 나면 축소와 은폐가 가능했기에 억울한 죽음이 많았던 것은 부인할 수 없다. 그러면서도 안전사고에 대한 근본적인 대책 수립은 미흡했다. 그러니 안전사고는 끊이지 않았고 군에 대한 불신이 커질 수밖에 없었다.

김영삼 정부가 들어서고 하나회가 없어지면서 사고 은폐를 위한 군인들의 암묵적인 협조가 없어진 것은 긍정적인 일이었다. 그러나 안전사고를 보완하려는 노력 대신 책임 회피와 현장 지휘관에 대한 지휘책임을 무조건 묻는 풍조가 시작되었던 것이다. 훈련을 하면 크고 작은 사고가 나는 것은 불가피한 일인데, 사회적 불신과 군의 노력 부족 그리고 본연의 임무에 대한 책임 결여로 실전적인 훈련은 점점 어려워지고 만 것이다.

과연 의리도 없고 제대로 된 훈련도 할 수 없는 군대에 계속 남아야 하나? 지금 군을 나와서 민간인으로 지내는 것이 더 나은 인생이 아닐까 하는 고민에 빠져 있던 중 하루는 아파트 주차장에서 친구를 기다리고 있는데 어떤 노인이 어린 손녀딸과 아파트에서 나오고 있었다.

그들 손에는 검은 비닐 봉지와 나무젓가락이 있었다. 왠지 이들의 행동에 눈길이 계속 갔다. 그 둘은 주차장을 돌며 담배꽁초를 줍고 있었다. 나는 그 순간 내가 군 복무를 계속하는 이유는 저 두 사람과 같이 세상을 깨끗하게 만드는 사람들을 위해서라는 생각이 들었다. 그리고 눈치 안 보고 소신껏 군 생활을 하다가 쫓겨나는 것을 목표로 세웠다. 이 목표는 별 세 개를 달고 나서야 이뤄졌다.

김동진 총장과 보낸 시간들

후임 총장은 한미연합사 부사령관인 김동진 장군(육17)이었다. 당연하겠지만 비서실에도 인사 태풍이 불었다. 그것도 비서실을 구성하는 스물댓 명 중 나와 여군 하사만 빼고는 모두 교체될 정도로 엄청난 규모였다. 나와 김동진 장군님과의 인연은 그 누구보다도 깊었다. 이기백 장군님께서 합참의장으로 계시고 내가 부관이었던 시절 김동진 장군께서 국방부 장관 보좌관을 하고 있었기 때문이었다. 그때도 김 장군은 나를 각별히 예뻐해 주셨다. 다른 부관들은 떠들면

합참의장 부관 시절 국방부 장관 보좌관으로 근무하시던 김동진 장군과.

혼을 내셨지만 나는 얌전했을 뿐만 아니라 수시로 불러서 군인으로서의 자세와 장교로서의 덕목을 설명해 주시곤 했다. 굉장히 무서운 분이셨지만 나에게는 너무나도 좋은 분이셨다.

총장이 교체되고 하나회를 청산하는 일이 군에 미칠 영향을 생각하는 사람들이 과연 있었는지는 잘 모르겠다. 좌절한 군인, 기회를 보는 군인들이 이합집산하는 과정은 어지럽기 짝이 없었다. 이렇다 보니 분위기는 당연히 뒤숭숭해졌다. 김동진 장군께서는 갑작스럽게 참모총장 임무를 받으셔서 많은 부담을 느끼셨던 것은 확실하다. 그러다 보니 말동무가 필요하셨는지 나를 수시로 불러 대화를 하곤 했다. 이런 이유로 나는 두 달에 세 번 정도 총장과 독대를 하면서 안팎의 상황을 전달하는 역할까지 맡게 되었다. 권력의 중심은 위험한 곳이기에 이런 독대는 굉장히 위험했다. 나는 총장이 불러도 뛰어가지는 않았다.

하루는 육사 동기 이재수 소령과 얘기를 나누는데 "인범아, 너는 총장하고 독대한다는데 가서 지금의 실태를 좀 말씀드려라." 고 하는 것이었다. 나는 알았다고 답했다. 그리고 며칠 뒤 총장께서 나를 불렀다. "그래, 요즘 어떠냐?" 라고 물으시자 나는 "귀한 시간에 저를 부르셨는데, 오늘은 가감 없이 얘기 좀 하겠습니다." 라고 했다. 대화 는 두 시간을 넘길 정도로 길어졌다. 비서실 사람들은 감히 들어오지 도 못했다. 시간이 너무 지나 총장께서 같이 퇴근하자고 하셨다.

다음날 비서실장이 나를 불러 "너, 어제 총장께 무슨 말을 했 냐?" 라고 채근했다. 나는 독대 시 드린 말씀을 대충 이야기했다. "너, '총장님이 술 많이 먹고 사람 때리고 다닌다'는 얘기도 했냐?" 그렇다 고 하자 누구에게 들었냐고 물었다, 내가 "말씀드릴 수 없다." 고 하자 "그럼 네가 지어낸 얘기일 수도 있잖아?" 라고 하는 것이었다. 나는 죽을 때가 왔다고 생각했다. 비서실장은 총장님 지시로 조사를 시작 할 테니 그리 알라고 했다.

조금 있으니 비서실장이 다시 불렀다. 사복을 입은 사람이 기다 리고 있었다. 나보고 따라가라고 하여 나는 생전 처음으로 육군본부 범죄수사단에 가게 되었다. 범죄수사단장이 직접 나를 조사했다. 나 는 수사단장에게 자초지종을 말했지만 누구로부터 들었는지는 말하 지 않았다. 그랬더니 갑자기 "너 윤종성이한테 들은 얘기지?" 라고 하 는 것이었다. 윤종성(육37)은 내 동기로, 헌병 병과였다. 나는 "윤종성 은 내 동기생이지만 잘 모르는 사이입니다." 고 답했다. 그랬더니 나 보고 그러지 말고 가서 한 번 만나 보라고 했다. 윤 소령에게 갔더니 그는 나보고 사실대로 전부 말씀드리라고 하였다.

다시 수사단장에게 가서 처음에는 하지 않았던 얘기, 즉 내가 장 군들에 대한 평가를 했다는 것을 말했다. 수사단장은 얘기를 다 듣고 나자 내 진술이 지닌 폭발력을 이해하는 듯했다. 내게는 더 이상 묻지 못하고 누구한테 들었냐고도 묻지 않았다. 그리고 귀가하라고 했다.

자신도 예
후 합참의
·진의 겄만
오히려 문
에게 걸었
인들의 아
· 겄같다.

총장시절인 93년의 일이다. 군내에서 자신에 대한 갖가지 말들이 나돌자 그는 본부에 근무하던 J소령(육사 37기, 현재 중령)을 불렀다. 그는 실력을 갖춘데다 소신이 뚜렷한 것으로 동기와 선후배간에 평이 나있었기 때문에 총장에게 불려갔던 것이다.

오히려 야단치시더라도 칭찬도 꼭 해주시면 좋겠습니다.

둘째는 술을 좀 절제하십시오. 말씀드리기 뭣하지만 약주 드시고 실수한 얘기들을 병사들까지 하고 다닙니다. 그리고…"

가만히 듣고 있던 김 총장의 얼굴이 어느새 벌겋게 달아올랐다. 더이상 얘기는

령이 사꾜
제로 전역
참모차장
다.
그 얼ㅁ
일이다. ㄱ
들은 모두

41년 최장기 장교 근무 직선적 성격으로 갖가지 에피소드

타일을 많
없이' 재임

이 부하지
우리 군내
다. 일부
런 현실을

그대로 보

"J소령, 나에 관한 말들이 많은 모양인데 글쎄 내가 무얼 고치면 될까? 솔직하게 얘기해주게"

처음 주춤거리던 J소령이 이내 입을 뗐다. "총장님, 말씀드리기 송구스럽습니다만 세가지는 꼭 고쳐주시면 좋겠습니다. 그러시면 존경받으실…"

"그래 뭔가 말해보게"

"첫째 부하들에게 화를 내지 마십시오. 우리 육군은 모두가 총장님 부하입니다.

듣는둥 마는둥.

며칠 뒤 육군지휘부가 발칵 뒤집혔다. "누가 총장에 대해 이런 말을 하고 다니는지 잡아내라. 그리고 J소령이 그런 말을 어떤 X한테 들었는지 밝혀내라" 김 총장의 불호령이 헌병대에 떨어졌다.

직언을 한 J소령이 불려다니며 조사를 받는 일까지 벌어졌다. "나는 누구한테 들었는지 절대 말할 수 없다. 이런 군대라면 차라리 내가 군복을 벗겠다"며 이번엔 J소

되던 시기
뒤 군내에
보도에 ㄷ
들은 헌병
야야 했ㄷ
기무사ㅡ
지공문을
것도 바로
론과과 군
대목이다.

총장님께 올린 직언으로 고초를 겪었지만, 결과적으로는 신뢰를 얻었다. / ©일요신문

나는 집에 도착하자마자 아내에게 오늘 있었던 일을 이야기했다. 아내는 내 얘기를 듣더니 "당신이 잘못한 게 없네요. 소신껏 하세요." 라고 했다. 역시 심화진이었다. 나는 즉시 전역지원서부터 썼다.

다음날 헌병감이 나를 불렀다. 헌병감은 마치 깡패 같았다. 책상을 치면서 나에게 "이 새끼야, 누군지 사실대로 말해!" 라고 을러댔다. 나는 "헌병감님, 왜 저한테 욕하십니까? 여기 전역지원서 써 왔으니까 받으십시오." 라고 응수했다. 그러자 헌병감은 "총장님이 물어보면 어떻게 할래?" 라고 물었다. 나는 "총장님께도 누구에게 들었는지를 얘기할 수 없는 이유를 말씀드리고, 그래도 말하라 그러시면 누구로부터 들었는지를 불고 전역하겠습니다." 라고 답했다. 결국 헌병감은 나를 돌려보냈다.

주변에서도 누구한테 들었냐고 묻는 사람들이 많았는데, 대부분이 속 좁은 기회주의자들이었다. 이런 답답한 상황이 열흘 정도 지속되었다. 육군본부에는 소문이 돌기 시작했다. 전인범이가 총장한

테 말을 잘못해서 조사를 받고 있다는 것이었다. 그러다가 육군참모차장이 총장님께 "전인범이를 열흘간 조사했는데, 누구한테 들었는지 입을 열지 않습니다." 라고 보고했다고 한다. 이에 총장님은 "걔는 원래 의리 있어. 알았어. 그만해." 라고 하셨다는 이야기를 들었다. 이렇게 사태는 일단락되었다.

그 뒤가 문제였다. 당시의 나는 총장이 불러도 곤란하고 안 불러도 곤란한 상황에 빠져 있었는데 며칠이 지나도 조용했다. 그러다 드디어 김 총장이 나를 부르셨다. "나 때문에 고생 많았지?" 라고 하시는 것이었다. 이때 나는 준비된 멘트를 날렸다. "총장님을 위해서라면 목숨도 아깝지 않은데, 이 정도가 뭔 대수겠습니까?" 총장은 쓴웃음을 지으시더니 금일봉과 보고서 하나를 내미셨다. 그 보고서는 모 기관이 작성하였는데, 내가 전해 드렸던 본인에 대한 소문들을 문서화한 것이었다. 총장은 자신에 대한 근거 없는 음해로 생각하셨지만, 정보 출처를 보호하기 위하여 말하지 못하고 계시다가 내가 독대하면서 이야기한 것을 근거로 경각심 차원에서 조사를 지시하셨다고 털어놓으셨다. 이렇게 그 일은 해피엔딩으로 끝났고, 나는 총장의 총애를 받으면서 육본 생활을 잘 마무리할 수 있었다. 그러나 적도 많이 만들고 말았다. 하지만 나는 신경 쓰지 않았다.

영관장교가 되면서부터는 위관장교 시절의 순수함보다는 눈치와 인간관계가 중요해지는 듯했다. 선배들은 적을 만들면 안 된다고 했다. 다른 사람과 어울리고 진급에 관한 얘기나 각종 소문을 나누는 것이 대화의 주가 되고, 이러한 잡담을 이끌어 가기 위해 각종 루머를 알고 있어야 하며, 이런 것들이 모여 힘이 된다. 나는 총장실에서 근무했기에 정보의 중심에 있었지만 이런 일에 관여하고 싶지 않았다. 남들에게는 잘난척하는 것으로 보이고 선배들로부터는 건방지다고 보였을 것이다. 그러나 나는 군인의 본질에 충실하고 싶었고, 나의 운명은 하나님께서 주재하시리라 믿었다. 그러면서도 현실은 녹록치 않을 것을 알고 있었기에 우리 군의 현실상 대령도 되기 어려울 것이라고 생각했다.

또 하나의 고민은 선물이었다. 사관학교에서도 '아부는 충성심의 발로'라는 농담을 생도들이 교내에서 자연스럽게 나누고들 했다. 하지만 나는 이런 게 딱 질색이었다. 그러나 현실은 "주고받는 뇌물 속에 정이 쌓이는 사회."였다. 미군조차도 선물이 오갔다. 사람은 다 똑같다는 것을 알 수 있었다. 나는 아무리 이해관계에 있어도 선물을 할 생각이 없었다. 다만 내가 진정으로 존경하는 분들과 후배들에게는 분수에 맞는 한에서 정성을 다하려고 했다. 이것이 나의 기준이 되었다.

이즈음부터 육사 선배들 간에도 알력이 존재한다는 것을 알게 되었다. 그전까지만 해도 육사는 절차탁마와 일률적인 선후배 관계가 존재한다고 믿었다. 그러나 하나회와 알자회 사건을 처리하는 과정에서 결국 진급을 위해서 동료를 공격하고 물어뜯는 현실을 봤다. 알자회와 하나회는 없어졌지만, 그럼에도 여기저기 줄이 생기는 것이었다. 이것은 육사 내에서만의 얘기가 아니었다. 육사에 눌려 있던 비육사 출신들은 기회가 없었을 뿐이지 마찬가지로 의리 없는 군대였다. 나는 어떻게 해야 하나? 나도 나름의 줄을 만들어야 하나? 내가 이렇게 하려고 마음먹었더라면 나 역시 할 수 있었다. 그러나 군은 망가지고 나의 영혼은 죽었을 것이다.

그렇다면 과연 어느 줄에 서야 하는가? 나는 나를 가장 먼저 찾는 사람에게 가기로 마음먹었다. 그것이 나에게 유리하던 불리하던 나라를 위하고 국민을 위하는 길이라면 그 길을 가겠다고 마음먹었다. 바보 같은 생각이었고 가족들에게는 미안했지만 이 또한 나의 인생 기준이 되었다.

나는 불의를 보거나 마음에 안 들면 가만히 있지 않았다. 한번은 과장(대령)이 공금을 가지고 자기 동기들의 대령 계급장을 구매하여 선물로 주었다. 한 달에 20만원밖에 안 되는 사무실 운영비로 동기의 진급 선물을 사는 것이었다. 나는 과장에게 "충언을 한 말씀 드리는데, 공금으로 그러시면 안 됩니다." 라고 했다. 과장은 미안하다며 돈을 돌려주었지만 그해의 내 근무평정은 "중상"을 받았다. 그리고 우리 과장은 준장이 되었다. 이런 상황에서 황규식 대령이 준장으로 진급하셨고, 육군본부에서 가장 중요한 인사관리처장이 되었다. 인사관리처장은 진급 업무를 주관하는 장군이다.

황규식 장군은 나에게 정말 파격적인 대우를 해 주셨다. 진급 심사 중에는 위원 외 인물이 심사장에 절대로 들어가지 못하는데, 나는 마음대로 들락거릴 수가 있었다. 실시간으로 진급 여부를 물어볼 수도 있었기에 진급과에 근무하던 동기인 이재수조차도 깜짝 놀랐다. 황 장군이 나에게 보여준 신뢰는 어마어마했다. 나는 최선을 다해서 올바른 사람들이 진급되도록 노력했다.

육군은 뒤숭숭했다. 내부의 얘기가 밖으로 새어 나갔고, 조직의 단결이 약해졌다. 하지만 이것은 나쁜 일만은 아니었다. 비리와 부정부패를 숨기기 어려워졌기 때문이었다. 그럼에도 힘 있는 사람들은 여전히 빠져나갔고 점점 살살이들이 요직을 맡게 되었다. 한번은 어떤 회의에서 우리 군이 어떻게 개혁할 수 있겠냐는 주제로 열띤 토론이 벌어졌는데, 나는 이렇게 말했다. "다시 전쟁이 나서 지기 일보 직전까지 몰리면, 그때야 개혁이 가능할 것 같습니다."

이런 군내 분위기 때문에 군에 대한 나의 열정은 빠르게 식어 갔다. 우리 육군은 싸우는 조직이 아니라 총을 든 행정 조직에 불과하다는 결론까지 내릴 정도였다. 그래도 나는 직업 군인이 되었으니 마지막으로 전방 대대장은 한 번 하고 옷을 벗자는 심정으로 군 생활을 했다.

그 사이에 중령으로 승진하여 대대장을 맡을 자격이 생겼다. 이번에는 7년 전에 이루지 못한 최전방 부임을 반드시 하고 싶었고, 가장 힘들다는 포천의 제15사단에 지원했다. 하지만 발령이 난 곳은 고성의 제22사단이었다. 노크 귀순으로 유명해졌으며 사단장의 무덤으로 악명이 높은 부대이다. 총장님은 굳이 그런 곳으로 갈 필요가 있겠느냐, 기계화보병 대대장 정도가 어떠냐고 제의하셨다. 하지만 "저도 남들처럼 전방에서 고생해 보고 싶습니다." 라고 하니 허락하셨다. 맡은 대대는 제22사단 중에서도 가장 오지에 있는 제55연대 3대대, 일명 '건봉산 대대'였다. 이때가 1995년이었는데, 사관학교 시절을 포함하면 이른바 군 짬밥이 20년 가까이 되어 가는 시기였다.

대대장 전인범

내 속내야 어쨌든 총장 비서실에서 5년이나 근무하다가 내려오는 대대장이었으니, 사단 입장에서는 긴장할 수밖에 없었던 모양이다. 사단에 가자 제56연대가 좀 더 편하니 거기로 가라고 권유했지만 듣지 않았다. 알고 보니 제55연대 3대대의 별명이 '어둠의 자식들' 이었다. 부모가 조금이라도 힘이 있는 병사들은 사단 본부나 포병, 하다못해 제53연대나 제56연대로 갔고 아무것도 없는 아이들만 모였기 때문이었다.

사단장은 나와의 면담에서 "야전을 떠난 지 5년이 되었구먼." 이라고 하셨다. 내가 야전성이 없다고 빗대는 것이었다. 나는 뻔뻔스럽게 "아닙니다. 8년 되었습니다." 라고 답했다. 사단장은 깜짝 놀라며

"8년?"이라고 되물었다. 나는 "네, 교육 기간까지 합치면 8년입니다."라고 했다. 나를 야전성이 없는 장교로 낙인찍는 것에 대한 응수였다.

제55연대 3대대는 사단의 선봉대대였다. 나름대로 사단에서는 인정받는 대대라고 했다. 나는 새벽에 길을 물어물어 차를 몰고 부대에 도착했다. 머리가 짧아 부대원들은 스님이 온 줄로 여겼다고 한다. 대대는 냉철리라는 곳에 있었고, 한 달 뒤 GOP 경계 부대로 투입될 예정이었다. 연대장은 내가 GOP 경험이 전무하다는 것에 대해서 큰 걱정을 하고 있었다. 하지만 나는 걱정하지 않았다.

대대는 외형적으로는 튼튼해 보였지만 속은 그렇지 못했다. 나는 사람을 파악하는 데 귀신같은 능력이 있었다. 우선 부대 차원에서 단결이 되어 있지 않았다. 부사관들은 장교를 싫어했고 장교들은 부사관을 무시했다. 전임 대대장으로부터 인정받았던 장교들은 아주 똑똑했지만 그 똑똑함이 과연 군과 부대에 유익할지는 알 수 없었다. 전투에서는 미련한 사람들이 오히려 더 잘 싸운다는 것이 나의 철학이다.

나는 회계부터 살펴보았다. 회계 장부를 병기관이 관리하고 있었는데, 이것은 분명히 잘못된 일이었다. 먼저 병기관에게 회계 장부 좀 보자고 하니 이미 없앴다고 대답하는 것이었다. 병기관은 준사관이었는데, 자기도 살기 위해서 한 짓이라는 것을 알았기에 탓하지는 않았다. 나는 병기관의 손을 잡으며 "고생했어요. 이제 나하고 일 좀 합시다." 라고 위로해 주었다. 그리고 탄약고에 갔더니 말끔히 정리되어 있었다. '그래! 병기관은 이거만 잘 관리하면 되지'라고 생각했다. 부대 재정을 어떻게 운용했는지도 살폈다. 대대본부에서 중대로 줘야 되는 운영비를 주지 않고 대대에서 갖고 있다가 나중에 후불로 지급하는 방식을 취하고 있었다. 엄연한 불법이었다. 중대에서 1만

3대대 주임원사 최동수 원사와 함께. 정직한 분으로 대대장을 잘 보좌해 주었다.

원을 주고 못 1kg을 구매하면 너무 많이 샀다고 1000원만 지급하는 방식으로 착복하고 있었다. 또한 대대에 복사기가 한 대 있었는데 부대 밖에서는 복사 한 장에 10원밖에 안 하지만 대대에서는 30원을 받았다. 게다가 50장을 복사하면 파지가 생겼다는 이유로 70장 값을 받는 등 치사한 방식으로 돈을 모으고 있었다.

전임 대대장은 이렇게 돈을 모아 토요일과 일요일에 연대 간부들과 테니스를 치고, 저녁에는 회식을 하고 고스톱을 쳤다. 대대장은 기독교 신자였는데 일요일만 되면 교회를 채우라고 지시하여 병사들을 강제로 교회로 보냈고, 대대장 부인은 이렇게 모은 돈으로 커피와 부침개를 만들어 저녁마다 근무병들을 위문하였다고 한다. 하지만 중대장 부인들이 동원되어 갓난아이를 업고 추운 날씨에 '봉사'를 해야 하는 실상이었다. 부끄럽지만 이게 당시의 대한민국 군대였다.

대대장들은 대대별로 돌아가며 테니스를 치고 회식을 하고 고스톱을 쳤다. 나는 고스톱을 못한다고 했더니 누군가가 가르쳐 주겠다고 했다. 하지만 광 파는 정도까지가 끝이었다. 나는 앉아서 구경만 하다가 누웠고, 누웠다가 자 버렸더니 다음부터는 오지 말라고 했다. 한 달 운영비가 50만 원 정도였는데 상급자 생일이라고 50만 원을 걷고 동료 대대장이 전출 간다고 100만 원씩 거뒀다. 나는 공금인 운영비를 이런 경조사에 쓰는 것을 반대하여 내 봉급에서 내면서 잘못된 일이라고 했다. 하지만 선임 대대장은 "당신이 선임이 되면 고치시오." 라고만 하는 것이었다. 내가 선임 대대장이 되었을 때는 모두 없애 버렸다.

주임원사는 최동수라는 분이었는데 착한 사람이었다. 내가 도착하자 내 가방을 들어 줬다. 나는 다시는 그런 짓 하지 말라고 했다. 눈치도 없고 말도 어눌했지만 나에게 거짓말을 하지 않을 정직한 사람임을 느꼈다. 전임 대대장은 최동수 원사를 무능한 사람이라고 무시했지만 나하고는 잘 지냈다.

준비된 대대장

육군본부 생활을 5년 하면서 알고 싶었던 것은 두 가지였다. 하나는 "진급이 과연 어떤 방식으로 이루어지는가? 진급의 비밀은 대체 무엇인가?"였고 두 번째는 "어떻게 하면 좋은 대대장이 될 수 있을까?"였다. 좋은 대대장이란 과연 무엇일까 하는 생각들로 5년을 보냈다고 해도 과언이 아니다. 첫 번째로 진급에 관련된 것은 나름대로 그 비밀을 알아냈다고 생각한다. 진급도 결국 사람이 하는 일이다. 그러니 완벽할 수가 없다. 그 불완전함 속에서 완벽함을 추구하는 과정이 진급인데, 억울한 사람들이 생기거나 제도를 악용하는 사람들이 있을 수밖에 없는 것이 현실이다. 결국 좋은 사람들이 진급 업무를 하

냉철리의 대대 주둔지 설경. 3대대는 22사단에서도 가장 오지에 있는 부대였다.

도록 뽑아 놓는 것이 답이었다.

중대장은 병사들과 같이 뒹굴면서 재미있게 지내면 되지만, 대대장은 말 그대로 큰 부대의 지휘관이다. 물론 병과별로 차이가 있지만, 대대는 보통 병력이 500명 이상이고 구성원들도 장교와 부사관, 병으로 다양하다. 장교 중에서도 초급 간부와 장단기 근무자와 중견 장교의 입장이 다르며 부사관들도 마찬가지였다. 기혼자과 미혼자, 장기 복무자와 단기 복무자 그리고 초급 부사관과 중견 부사관의 입장은 다를 수밖에 없다. 병사들도 마찬가지이다. 새로 들어온 신병과 전역을 앞두고 앞으로의 인생을 어떻게 살아가야 하는지 고민하는 고참 등 모두가 입장이 다른 것이 대부대의 속성이다. 여러 사람들의 입장이 혼재되어 있는 조직인 것이다.

물론 대대장이 모든 것을 챙길 수 없기에 조직을 잘 활용해야 한다. 많은 사람들은 조직이 약해서 힘들다고 하나 사실은 자신의 조직력이 부족하고 부하들이 성장할 기회를 주지 않기 때문에 조직이 경직되고 본인도 항상 피곤한 것이다. 이러한 조직을 운영하는 좋은 지휘관은 어떤 지휘관인가? 과연 훌륭한 대대장이라는 것은 무엇인가? 전투력 측정에서 1등을 하면 훌륭한 대대장인가? 나는 퇴근할 때는 가벼운 마음으로 집에 가고 출근할 때는 즐거운 마음으로 들어오는 부대로 만들고 싶었다.

이때 황규식 장군으로부터 들은 말이 큰 힘이 되었다. 황 장군님은 기본적으로 믿음을 중심으로 부대를 지휘함이 가장 바람직하다고 여겼다. 상관으로부터 신임을 받는 것은 일을 믿고 맡길 수 있는 사람이 된다는 의미이며 또 부하들로부터 신뢰받는다는 것은 믿고 따를 수 있는 상관이 된다는 뜻이었다. 아울러 동료들에게는 신의를 지키는 사람이 지휘관이며, 이런 믿음을 중심으로 하는 것이 황규식 장군의 지휘철학이었다. 오랜 시간 꼼꼼히 생각해 황 장군의 생각이 옳다는 결론을 내렸다. 나의 생각과 황 장군의 생각이 만나고 섞여서 나의 지휘철학이 만들어졌다.

처음 대대에 도착했을 때는 무엇부터 해야 할지 알 수 없었다. 사실 정신없이 시간이 지나갔다. 대대는 GOP 투입을 한 달 앞두고 있었는데, 부담도 크고 상급부대 점검도 받고 투입 준비도 해야 하는 상황이라서 일단 그 흐름대로 따라갈 수밖에 없었다. GOP 투입날 부식 차량이 뒤집혀서 큰 사고가 날 뻔했는데 다행히도 다친 사람은 없었다. 물론 기분이 좋을 리야 없었다.

제22사단 건봉산 대대의 GOP 근무는 너무나 어려웠다. 지형이 너무 험준하고 도로도 험했다. 기후도 장난이 아니어서 여름에는 비가 많이 와 사람이 떠내려가고 겨울에는 너무 추워서 전봇대가 부러질 정도이며 바람도 강하게 불어서 아차 하는 순간 지프차가 넘어지곤 했다. 민통선으로부터 북쪽으로 1시간 넘게 산을 타야 근무지가 나왔다. 소대에는 TV도 나오지 않고 물론 전화도 없었다. 일반 세상

최전방에서 임무를 수행하는 부대원을 위해 발벗고 뛰며 애로사항 해결에 노력했다.

과 완전히 단절된 근무지였던 것이다. 당시에는 대대가 6개월씩 교대하며 근무했는데, 6개월을 마치면 민통선 남방으로 이동하여 18개월을 주둔하다가 다시 GOP에 투입되어 근무하는 방식이었다.

　쌀은 반년 분량을 가져다 놓았지만 부식은 2~3일에 한 번씩 추진하는 방식이다. 근무는 하루 3교대가 기본이다. 새벽 6시부터 오후 6시(주간근무), 오후 6시부터 자정(전반야 야간근무), 그리고 자정부터 다음날 새벽 6시(후반야 야간근무)의 방식이다. 병사들은 실탄 75발과 수류탄을 휴대하고 근무하도록 되어 있었지만, 사고 위험 때문에 규정과는 달리 수류탄을 지급하지 않고 실탄도 봉인되어 있었다. 하지만 나는 규정대로 실탄과 수류탄을 지급하고 휴대시켰다.

　지휘철학은 대대급부터 시작된다고 한다. 하지만 당시 주임원사를 제외한 대대의 장교들과 부사관들은 도둑놈이 떠나니 잔인범이 왔다며 신세 한탄을 하고 있었다. 나는 부하들로부터는 신뢰를 받고 상관으로부터는 신임을 얻고 동료에게는 신의를 지키는 지휘관이 되어야 한다는 존경하는 황규식 장군의 충고를 떠올리며 모든 말과 행동을 통해 믿음을 쌓고 유지하는 것이 중요함을 마음에 새겼다. 약속을 함부로 하지 않되 약속을 하면 지켰고, 못 지키면 사과하고 이유를 설명했다.

최전방의 대대 섹터에는 소초가 15개 있었다. 이들에게 비누와 칫솔, 치약 등 기본적인 보급품이 전달되는 날은 매달 30일이었다. 그런데 보급품 전달에는 사흘 정도가 필요했다. 즉 27일에는 출발해야 일정대로 보급할 수 있다는 의미였고, 물자는 그 전에 확보해 둬야 했다. 나는 "최전방 우선"이라는 구호를 말로만 하지 말라고 사단 보급장교들에게 어필했고, 늦을 것 같으면 자정이고 새벽 4시고 전화하면서까지 달달 볶아 보급품을 확보했다. 이전에는 일주일이 넘게 걸리던 편지 배달도 이틀 정도에 도착할 수 있도록 모든 조치를 강구했다. 이렇게 보급품과 편지가 제때 도착하자 병사들은 나를 신뢰하기 시작했고, 자연스럽게 사기도 올라갔다. 하지만 대대 지원장교는 고생이 많았다.

그동안 나에게 신세를 졌던 보급장교들을 통해 물자를 확보해 부대에서 필요한 시멘트와 목재 등 다양한 자재를 제공받았다. 이외에도 부대에서 필요하다고 하면 수단과 방법을 가리지 않고 구해 부하들에게 보급했다. 부하들의 먹고 자고 입는 문제는 항상 내 지휘의 중심에 있었고, 깨끗하고 정리정돈이 잘 된 부대와 분위기를 만들고자 했다. 그러나 여건은 너무나도 열악했고 6개월마다 교대하다 보니 어느 부대든 주인 의식이 생길 리 없었다. 그러나 나는 이런 악순환이 일어나는 고리의 일부분이 될 생각이 전혀 없었다.

하지만 이런 노력에 찬물을 퍼붓는 엄청난 사고가 터지고 말았다. 대대장이 된 지 한 달이 조금 넘은 1995년 8월 28일 자정 무렵 22

초소에서 유 모 이병이 수류탄으로 자살하는 사건이 발생했기 때문이었다.

첫 번째 자살 사건

나는 그날도 평소처럼 야간 순찰을 위해 오후 9시쯤 잠자리에 들었고, 자기 전 하나님께 기도했다. 그런데 11시 30분쯤 10중대장으로부터 전화가 왔다. 22소초에서 유 모 이병이 사라졌고, 폭발음이 들렸다는 내용이었다. 나는 전화를 끊고 연대본부에 그대로 보고했다. 연대 당직사령은 "이거 어떻게 보고하나?" 고 물었다. 나는 "잠깐 기다려." 라 답하고 22소초에 전화했다. 중대 행정관(상사)이 받았는데 똑같은 내용이었다. 나는 연대장에게 전화를 걸어 "연대장님, 11시 15분경에 22소초에서 유 모 이병이 자폭했습니다." 라고 보고했다. 연대장은 현장에 빨리 가 보라고 했다.

나는 상황실로 갔다. 근무자들은 아무도 이런 상황을 모르고 있었다. 중대장은 나에게 지휘보고만 했고 상황보고 계통으로는 보고를 안 했기 때문이었다. 나는 이제부터 상황실에 작전과장과 상황장교가 위치하고 통신 교환대에는 통신소대장과 통신대 선임하사가 위치하라고 명령했다. 그리고 앞으로 상급부대에서 전화가 많이 올 것이고 22소초에 직접 연결하라고 하면 무조건 "죄송하지만 현재 통화중입니다. 지휘통제실로 연결하겠습니다." 라고 응대하고 바로 상황실로 연결하라고 명령했다. 그리고 확인되고 공식적인 사실만 전파하라고 단단히 일렀다. 이 덕분에 불필요한 혼란을 크게 줄일 수 있었다. 참모총장실에서 말 그대로 수백 번의 사고 보고를 받았던 경험을 통해 '최초 보고는 항상 틀리다'는 것을 알고 있었기에 이런 조치를 한 것이다.

22소초는 대대본부에서 약 40분 거리였다. 늦여름이었지만 GOP 선상은 상당히 추웠다. 지프는 커버가 벗겨져서 찬바람에 그대로 노출되었다. 소초까지 가는 도중 보이는 밤하늘의 철책은 아이러니하게도 아름답게 보였다. 그러나 '내 군 생활은 여기서 끝나는구나…. 대대장을 한 달밖에 못 했는데 이렇게 되는구나'라는 생각이 들었다. 그러다 번뜩 얼마 전에 어머니가 해 주신 얘기가 생각났다. 어떤 아이가 금지된 폐 광산에 들어갔다가 길을 잃고 사흘 만에 구조되어 아버지한테 "나는 하나님한테 기도도 열심히 하고 착하게 살았는데 왜 이런 일이 일어났을까요?" 라고 했단다. 그러자 아버지는 "야, 이놈아! 광산에 빠진 건 너고 구해 준 게 하나님이야!" 라고 야단을 쳤다는 내용이었다. 나는 직감적으로 이번 일도 잘 해결되리라 믿었다.

초소에 도착했지만 그때까지도 그 병사가 자살했는지 월북했는지가 명확하지 않았다. 그러나 초소에 도착하자 지프차 헤드라이트 불빛으로 여기저기에 살점이 묻어 있는 모습이 보였다. "아, 죽었구나…." 라는 생각이 들면서 자살이라는 확신을 가졌다. 소초에는 소초원들이 이미 다 집결해 있었다. 나는 소초원들에게 "유 이병을 때린 적 있어?" 라고 물어보았다. 없다는 답변이 돌아왔다. 또다시 물었다. 똑같은 답변이었다. 나는 다시 물었다. 나는 "마지막 기회를 주겠다. 만약에 사실대로 말하면 용서하지만, 그렇지 않다면 용서는 없다." 고 경고했다. 모두 때린 적이 없다고 답했다. 나는 부대원들에게 만약 거짓을 말하면 반드시 조사 과정에서 나올 수밖에 없기 때문에 절대로 거짓말은 하지 말라고 강조하였다.

자초지종은 이러했다. 전입한 지 얼마 되지 않은 유 이병은 규정대로 근무에 투입되는 대신 부소초장(중사)과 동행 순찰을 돌았다. 그의 임무 중 하나는 후임 근무자의 총기를 꺼내 놓는 것이었는데, 총기함 열쇠와 탄약고 열쇠가 한자리에 있었다. 열쇠를 여러 개 모아서 소초장이 갖고 있었는데, 소초장이 취침하는 사이에 주고받다 보니 잠결에 열쇠의 이상 유무를 제대로 확인하지 않고 받는다는 것을 유 이병이 알았다. 그는 탄약고 열쇠를 끊어내 갖고 있다가 화장실에 가겠다고 말한 다음 수류탄 세 발을 절취한 후 뒷동산에 올라가 자폭했던 것이다.

연대장에게 이 사실을 보고하자 연대장은 열쇠에 대한 얘기는 가급적 하지 말라고 했다. 나는 비밀은 있을 수 없으니 그렇게 할 수 없다고 보았고 부대원들에게 거짓말을 하지 말라고 다시 엄명했다.

얼마 후 하반신만 남은 시신이 발견되었다. 그리고 당연하지만 상급부대에서 조사가 들어왔는데, 조사 강도가 상당히 높았다. 직접적인 원인은 가정 환경 비관과 복무부적응이었지만, 경계근무를 나갔다가 복귀할 때 탄약 수불 규정을 지키지 않았던 잘못도 드러났다. 나도 무척 고생했지만 솔직하게 말하고 사후 조치가 정확했기에 징계는 받지 않았다. 하지만 소대장과 중대장은 징계를 받고 병사 2명은 영창을 가기에 이르렀다. 나는 소대장과 중대장에게 항소하라고 지시했고, 결국 징계는 경감되었다. 두 병사도 형사처벌까지 받지는 않았다.

솔직하게 말하면 당시의 나는 자살한 병사가 미웠다. 자살은 인간이 범하는 가장 큰 죄인데다가 부대에 큰 폐를 끼쳤다고 생각했기 때문이다. 연대장은 병사의 관에 태극기를 덮어 주라고 했지만 나는 자살한 사람에게 절대로 태극기를 덮어 주지 못하겠다고 버텼다. 주변에서는 잘 처리하라고 했음에도 어떻게 하는 것이 "잘 처리하는 것."인지를 알려주는 이는 아무도 없었다. 지휘관은 멋있지만 고독한 자리이기도 했다. 나는 주임원사에게 고사를 지내 보면 어떻겠냐고 물었다. 불자인 주임원사는 기독교인인 내가 고사 얘기를 꺼내자 놀란 듯했지만 부대의 사기를 유지하기 위해서는 모든 수단과 방법을 동원해야 한다. 고사는 희망자만 참석하라 했지만 나중에 보니 전원이 참석했다. 또한 전 소초원을 후방으로 보내 뜨거운 물에 목욕을 시켰다. 고사가 정신적인 씻김이라면 육체적으로도 씻김이 필요했기 때문이었다.

사실 나는 그때까지 이런 사고는 무능하거나 게으른 지휘관의 부대에서만 나는 것이라는 자만에 빠져 있었다. 하지만 내 부대에서도 이런 사고가 나니 정신이 번쩍 들었고, 더 노력해야겠다고 결심했다. 신병이 오면 면담을 더 늘렸고 소대장들도 자주 만나서 애로 사항을 많이 들었다. 사실 최전방에 있으면 휴가를 나가기가 굉장히 어려웠다. 병사들도 그렇지만 소대장들도 마찬가지였다. 소대장들의 휴가도 최대한 확보해 주도록 노력했다. 물론 적시 보급은 계속해서 이루어졌다. 그러자 부대가 어느 정도 안정되었다. 우리 대대는 이 사고를 제외하면 근무 상태도 좋고 사단 검열도 있어 GOP 근무가 1개월 연장되었다. 일곱 달 만에 고성군 간성읍 쪽으로 내려와 훈련 중심의 부대 임무가 주어졌다.

대대원 복지 향상에 노력하다

일단 자리를 잡고 나자 공중전화 앞에 늘어선 줄이 눈에 거슬렸다. 부대원은 500명인데 쓸 수 있는 공중전화는 한 대뿐이었다. 더구나 일과시간에는 쓸 수 없으니 오후 5시부터 8시 사이에 500명이 몰려들게 되는 것은 당연한 결과였다. 줄도 줄이지만, 고참들은 오래 쓰고 간혹 후임병의 전화 카드를 '빌리는' 구조가 되었기에 이렇게 두

대대원의 삶의 질을 향상시키는 것을 목표로 부대 곳곳을 돌며 소통을 위해 노력했다.

면 안 되겠다는 결심을 했다.

우선 전화기 숫자부터 늘릴 필요가 있었다. 한국통신에 5대를 요청하니 그쪽에서는 몇 명당 한 대씩 놓도록 돼 있다고 하는 것이었다. 또 정보처에서는 보안을 이유로 곤란하다는 답이 돌아왔다. 안 된다는 선택지는 내겐 없었기에 나에게 신세진 사람들에게 연락했다. 나는 내 자신을 위해서는 '빽'을 쓰지 않았지만 부하들을 위해서는 무슨 짓이든 했다. 이렇게 포기하지 않고 매달려 공중전화를 5대로 늘리는 데 성공했다. 그리고 한 대는 PX 앞에, 한 대는 보일러실 앞에 놓고 나머지는 중대 곳곳에 분산시켜 두었다. 사실 보일러실은 고참들이 신참들을 때리는 장소이기도 했는데, 공중전화가 들어오자 그런 짓을 하지 못하게 되는 가외의 효과도 얻었다. 어쨌든 소소한 것이지만 삶의 질이 좋아졌다.

대대 정도 되면 병력을 한군데로 모으기도 쉽지 않다. 그래서 궁리 끝에 매주 한 번 내지 두 번 〈대대장의 생각〉이라는 간단한 문서를 만들어 소대마다 복사해서 소대원들이 읽도록 했다. 부대원들에게 대대장의 생각을 전파하여 공감대를 이루려 한 것이다. 그 다음에 병사들을 모아 놓고 질문을 하면 휴가를 보내 주겠다고 했다. 그러니 질문이 빗발칠 수밖에 없었다. 질문 내용 중에는 당장 답변이 필요한 것이 많았다. 예를 들면 PX 이용 시간이 일과가 끝나고 8시까지라 실질적으로는 하루 2시간밖에 사용할 수 없으므로 사용 시간을 늘려 달라는 요청이 있었다. 그러면 PX 관리병을 일으켜 세워 답하도록 했다. PX병은 자기들이 결산을 봐야 하기 때문에 시간에 제한을 둘 수밖에 없다고 답변했다. 그러면서 "결산을 빨리 해서 30분 정도 늘려 보겠습니다." 라고 제안했다. 나는 일단 30분을 늘리고 문제가 있으면 개선해 보자고 했다. 이렇게 즉석에서 문제를 해결하며 병사들을 이해시켰다. 질문을 하면 휴가증을 주도록 한 것은 병사들이 활발하게 질문을 던질 수 있도록 유도하기 위해서였지만, 배경 없고 특별한 능력도 없어 휴가에서 소외되는 병사들에게 기회를 주기 위해서이기도 했다.

나는 부하들이 세 가지 특이한 능력을 갖고 있다고 생각한다. 첫째는 거짓말을 잘하는 능력, 두 번째는 질투심을 쉽게 품는 능력, 세 번째는 '고통을 창출해 내는' 이상한 능력이다. 거짓말을 잘하는 특징이 있다고 했지만, 이유를 보면 처음부터 상관을 속이기 위해서 하는 사례는 그렇게 많지 않다. 얼떨결에 대답했거나 잘못 알고 보고하는 경우가 대부분이다. 상관에게 "지난번에 제가 잘못 말씀 드렸습니다." 라고 자연스럽게 정정할 수 있는 분위기를 조성해 주지 못했기 때문에 부하들은 거짓말에 다시 거짓을 더하게 되는 것이라고 믿는다. 그런 경직된 분위기를 만든 사람은 다름 아닌 지휘관이기에 결국은 상관의 책임이 될 수밖에 없다는 결론이다.

두 번째, 질투도 마찬가지다. 부하들은 상관이 누구를 예뻐하는 것처럼 보이면 거기에 신경을 쓰게 될 수밖에 없다. 많은 이들은 아랫 사람들 사이에 충성 경쟁을 붙이는 것이 좋은 리더십이라고 착각하는데, 절대로 그렇지 않다. 부하들은 서로 협조하고 소통할 때 시너지가 일어나는 것이지 서로 애정 싸움을 시키는 것은 조직을 위해서가 아니라 상관 자리에 앉은 사람이 자기 편하자고 하는 꼼수이자 나쁜 버릇이다.

'고통을 창출하는 이상한 능력'도 마찬가지이다. 명확하지 않은 상관의 지침은 결국 부하들의 고통으로 이어진다. 예를 들어 우리 대대 식당에는 150명이 들어갈 수 있었다. 그래서 3교대로 먹어야 했는데, 1개 중대가 밖에서 비를 맞으며 기다리는 모습을 보았다. "야. 시간 좀 나눠서 교대로 밥을 좀 먹이자." 라고 지시했다. 물론 부하들이 더 잘 먹을 수 있도록 하려는 의도였다. 그런데 어느날엔가 병력이 연병장을 구보로 돌고 있는 모습을 보았다. 무슨 일이냐고 물었더니 식사 시간을 안 지켰기 때문에 기합을 주는 중이라고 했다. 부하들에게 편하게 밥을 먹이려던 내 의도가 기합이라는 결과로 돌아왔던 것이다. 이것은 결국 내 잘못인 것이다. 나는 고민 끝에 아무래도 점심시간은 빡빡할 수밖에 없으니 오후 일정을 조금 어기더라도 편하게 먹이자는 방침으로 바꾸었다. 결국 훈련 시간은 10분이나 15분 지각할지 모르지만 점심을 잘 먹었으니 효율은 더 올라갔다.

결론은 이러하다. 올바른 리더십의 출발은 리더가 자기 부하들의 입장에서 생각할 수 있는 능력, 즉 공감 능력을 갖는 것이다.

대대원들은 나를 잘 따랐다. 나는 대대원들의 믿음을 얻기 위해서 말과 행동을 조심했고, 약속을 지키려 부단히 노력했다. 특히 내가 가까이 있는 사람들과 맺는 약속부터 실천에 옮겼다. 당번병, 무전병,

통신장교 남권우, 군의관 박성환 중위와. 박 중위는 군의관에 대한 안 좋은 편견을 깨는 참군인이었다.

운전병 등과 내가 매일 접촉하는 중대장들, 중대 행정관, 참모부 간부와 특히 병기관이나 군의관처럼 한 명밖에 없는 보직을 가진 사람들이 외롭지 않도록 했다. 특히 당시 군의관은 박성환 중위였는데 대대원들을 잘 보살폈다. 그때까지만 해도 군의관에 대한 내 인상은 나쁜 편이었다. 소대장 때 군의관은 매일 술만 마셨고, 중대장 때의 군의관은 군기라는 것이 아예 없었다. 앞서 이야기했던 낙후된 통합병원의 실정도 이 편견에 큰 몫을 차지했다. 그런데 박 중위는 책임감이 강하고 인품이 훌륭한 의사였다. 그는 지금 부산에서 산부인과 의사로 일하고 있다. 나는 이렇게 좋은 부하들과의 소통과 공감을 위하여 부단히 노력했다. 특히, 이들이 가장이며 집을 책임지는 사람들이라는 사실을 명심하고 가족과 생활할 수 있는 시간을 최대한 배려했다. 가족들이 좋아하면 부대에 더 신경을 쓸 수 있는 간부들이 되기 때문이다.

그러한 노력들이 자연스럽게 부대에 퍼질 수 있도록 하는 것이 내 목적이었다. 분위기는 점점 좋아졌고 어느 순간부터 우리 부대원

분위기가 좋아지고, 대대장을 위해 무언가 하고 싶다고 부대원들이 물었을 때 고마움을 느꼈다.

들은 나에게 무엇을 해드리면 좋겠냐고 물어 왔다. 정말 기특한 질문이었다. 나의 대답은 항상 똑같았다. "담배꽁초 버리지 말고, 꽁초를 보면 주우라." 는 것이었다. 도덕적이고 올바른 생각과 가장 기본적인 것부터 잘 지켜 나가면 큰 문제들은 자연스럽게 해결된다는 생각에서였다. 군인은 제복을 입은 시민이라는 말이 있는데, 다시 말해 좋은 사회인이 되어야 좋은 군인도 되는 법이다.

상벌점 제도도 만들었다. 부대에는 작업이 많았다. 후임은 매일 작업하고 고참이나 되어야 자유 시간이 생긴다. 나는 우선 휴일은 물론 매일 조금이나마 자유 시간을 확보하도록 노력했다. 그러나 부대 관리는 누가 하나? 잡초 제거, 도로 정리, 쓰레기장 관리 등 온갖 잡무들이 부대에 있다. 간부들에게 마치 교통순경이 교통 위반자들을 적발하듯이 할당량을 주었다. 부작용이 있을 수 있기에 벌점과 상점을 주도록 하여 간부가 할당량을 채우려고 벌점을 집중적으로 주지 않도록 했다. 벌점 1점은 자유 시간 30분에 해당한다. 또한 주말은 물론 평일에도 외출과 외박을 허용했다. 개인별 외출과 외박보다는 분대 단위 또는 조 단위로 내보내 주었다. 너무 많이 나가서 상급부대에서는 부담스러워할 정도였지만 나는 개의치 않았다. 내가 머리를 짧게 깎았기 때문에 대대원 전부 머리가 짧아 간성 지역에서는 우리 대대원들이 눈에 잘 띄었다. 부대원들이 속초보다는 간성읍에 많이 나갔기 때문에 간성 상인들은 우리 부대를 좋아할 수밖에 없었다.

하루는 우리 대대원들이 버스를 기다리는데 동네 건달이 시비를 걸어 폭행하는 사건이 있었다. 나는 맞붙어 싸우지 않고 참은 대대원들이 고마웠지만 너무 미안했다. 나는 폭행으로 고소하고 합의를 거부했다. 민간인이 관련된 일이라 대대원들이 경찰서에서 조서를 꾸며야 한다고 하기에 보내 주고 점심시간이 되어 들러 보았다. 그런데 대대원들이 쭈그려 앉아서 조사를 받고 있기에 "대체 누가 피해자고 누가 가해자냐!!" 라고 고함쳤다. 경찰서의 사과를 받고 부대원들을 데리고 돌아와 밥을 먹었다. 대대 전체에는 대대장이 경찰서를 폭파시켰다는 소문이 돌았다. 결국 가해 민간인들이 벌금형을 받았지만, 그놈들이 우리 대대로 동원훈련을 받으러 들어오는 재미있는 해프닝이 벌어지기도 했다.

나는 총을 잘 닦으라고 지시했다. 놀랍게도 총기 손질을 소홀히 하는 경우가 많았다. 총을 닦을 시간도 주고 도구도 확보해 줘야 되는데 의외로 잘 되지 않았다. 총기 손질을 잘하고 있냐고 물어보면 잘하고 있다는 답변이야 돌아오지만, 실제로 손질용 기름의 소모량을 체크해 보면 어떤 부대는 정상적으로 소모하고 있었지만 어떤 부대는 창고에 그냥 묵혀 두고 있었기 때문이다. 부하들을 질타하는 것보다는 그들의 양심에 호소하는 것이 더 효과적이다. 시대가 변했고 부대의 규모도 변했기 때문이다. 나는 화를 조절하지 못하는 사람처럼 보였겠지만, 실제로는 그렇지 않다고 생각한다. 부하들에게 욕해 본 적은 많지 않다. 허공에 대고 욕을 할지언정 사람에 대해 욕을 한 적은 없다. 부대는 구석구석까지 깨끗해졌다. 특히 담배꽁초가 보이지 않았다. 보이는 담배꽁초는 나부터 주웠기 때문이다. 이러한 모습은 자연스럽게 전파되었고 특히 좋은 사람들부터 따라오기 시작했다.

좋은 지휘관은 부하들과 동고동락한다고 가르치고 배웠지만 현실은 달랐다. 특히 식사가 그랬다. 그 당시에는 장교와 부사관들을 위해 간부 식당을 따로 운용했다. 운영비는 간부들이 함께 비용을 갹출한다고 하지만 형식에 불과했고, 실제로는 초급 간부에게 비용을 전가하면서도 정작 계급이 높은 사람 위주로 운용하는 경우가 대부분이었다. 이렇게 식사부터도 동고동락과는 거리가 멀었다.

간부 식당은 주로 대대 단위로 운영되었는데, 나는 대대장으로 부임하자 대대 간부 식당을 없애고 부대 식당에서 부대원들과 식사를 같이 했다. 취사장에도 자주 들렀다. 일주일에 한 번씩은 가서 취사병들을 격려하며 그들의 애로 사항을 눈으로 확인했고, 수시로 직접 배식을 하기도 했다. 병사들의 모습을 보고 내가 할 수 있는 일은 밥이라도 퍼주는 것이 아니겠는가?

아내는 2주에 한 번 정도 여덟 살과 다섯 살 된 두 아들을 데리고 직접 네 시간 이상 운전해서 왔다. 다른 가족들처럼 "내조"를 하지 못하는 것을 너무나 미안해했지만, 괜한 우려였다. 부인들끼리 몰려다니며 쓸데없는 말이나 하고 다니느니 조용히 있는 게 내조라고 생각했다. 그 대신 우리 대대 가족들을 편하게 대하고 애로 사항을 수렴하여 내게 전해 주었기에 고마움을 느꼈다.

한편으로 군인 가족들이 정작 군인의 삶을 너무 모른다는 점이 걱정스러웠다. 기껏해야 보안 교육이나 하는 정도지만 솔직히 말하면 하나마나한 짓이었다. 나는 대신 한겨울에 가족들을 방문하게 하여 부대를 구경시키고 총도 쏘고 전투식량도 먹도록 하고 PT 교육도

군인 가족을 부대로 초청해 군 생활의 어려움을 체험시키고, 상호 이해를 높이려 했다.

시켰다. 남편들이 육체적으로 얼마나 힘든 상황인지를 조금이나마
체험시키고 부부간의 이해를 높이기 위해서였다.

　우리 부대의 훈련은 사격을 위주로 했고 체력 단련은 뜀걸음 위
주로 했다. 소총은 수시로 쏠 수 있도록 했다. 특히 위험성 교탄, 즉 90
㎜ 무반동총이나 박격포, 기관총 사격은 기회가 닿는 대로 쏘았다. 그
래서 항상 탄약이 부족했다. 이런 훈련은 내가 직접 교관을 맡았다.
소이 연막 수류탄을 연막탄으로 아는 경우가 있어서 인마 살상용이
라고 내가 직접 가르쳤다. 특히 위험한 교탄을 사용하려고 드는 장교
들이 없다 보니 내가 쓰겠다고 하면 상급 부대에서는 얼른 쓰라고 가
져다주는 경우가 많았다.
　위장과 같은 전술의 기본도 신경을 많이 썼다. 폐전투복을 잘라
개인 철모 위장을 했는데, 당시만 해도 주변에서 "왜 거지처럼 하고
다니냐."고 했지만, 지금은 보편화된 철모 위장술이다. 군장을 결속

폐전투복을 활용한 철모 위장. 지저분해 보인다는 뒷말이 있었지만 효과는 탁월했고, 현재는 보편적인 철모 위장술이 되었다.

할 때도 소형 휴대낭이 없어서 부대에서 자체 제작하기도 했다. 또한 쌍안경이 부족하여 민수품을 부산에서 구매했다. 당시 부산에서는 러시아에서 들어오는 민수용 쌍안경이 있었는데 성능이 굉장히 좋았다. 러시아는 광학 기술이 강한 나라다. 군용은 90만 원이었지만 러시아제 쌍안경은 3만 원에도 미치지 않았다. 분대장들에게 1개씩 주고는 보고하는 훈련을 계속 시켰다.

　　부대원들을 잘 먹이고 입히는 일은 계속 신경을 썼다. 남들은 유류를 절약했다고 상을 받았지만 나는 내 부하들이 따뜻한 물로 씻을 수 있도록 하는 것이 더 중요했다. 최전방에 있을 때는 GOP 우선이라는 명분으로 보급품을 확보했지만, 이제 후방으로 내려온 만큼 쉽지는 않았다. 그래서 나는 트럭을 몰고 직접 사단 보급수송대 창고로 자주 갔다. 창고 문을 열라고 하고 남는 물건들, 특히 안 쓰는 물건들을 싹쓸이해 갔다. 그중에서도 군화와 군복은 보이는 대로 확보했다.

하루는 연대장이 우리 부대에 와서 3대대는 병사들의 군복도 깨끗하고 군화도 깨끗하다고 칭찬했는데, 나는 속으로 웃었다.

부대별 측정에는 별 신경을 쓰지 않았다. 부대 측정이라는 것이 다 그렇고 그런 것인데 고생해서 1등을 한들 무슨 의미가 있겠는가? 특히 태권도 심사가 가관이었다. 태권도 심사관이 준사관이었는데 건방지기 짝이 없었다. 자기가 어떻게 말하느냐에 따라 태권도 유단률이 올라가고 내려가니 이런 막강한 권한을 빌미로 허세가 대단했다. 특히 어떤 부대는 태권도 우수 부대 표창을 받으려 온갖 부정을 저지르기도 했다. 나는 그러거나 말거나 신경 쓰지 않았으니 당연히 부대원들의 태권도 승단률은 낮았다.

언젠가 황규식 장군에게 안부 전화를 했는데 황 장군이 부대지휘를 잘하고 있냐고 물었다. 나는 믿음을 중심으로 지휘한다고 했다. 황 장군은 "그래, 누가 알아주던?"이라고 물었고, 나는 "쥐뿔, 누가 알아줍니까? 군 생활은 이것으로 끝입니다." 라고 답했다. 놀랍게도 다음날 황규식 장군이 제22사단장으로 발령이 났다. 며칠 뒤 사단장으로 부임한 황 장군은 나에게 부대 사정을 물었고, 나는 부대의 부조리를 낱낱이 얘기했다. 황 장군은 이런 행위를 금지시켰고 대대장들이 소신껏 지휘하라고 명령을 내렸다.

전투력 측정은 6개월에 한 번씩 하는데 우리 대대가 3회 연속 1등을 했다. 참 고맙기도 했지만 한편으로는 다른 부대에 미안함도 들었다. 측정관들에게 이번에는 우리가 양보하겠다고 했더니 부대원들이 "우리에게 잘해 주시는 대대장님께 보답할 길이 뭐냐? 사격 잘해라." 라고 병장들이 사선에 올라가는 후임병들에게 당부하면서 측정에 임했다고 한다. 그러니 1등을 안 줄 수가 없다고 했다. 10년 전 주한미군사령관이 내게 했던 조언, "Take care of your men and they will take care of you." 는 실로 맞는 이야기였다.

결국 우리 대대는 모든 측정과 시험에서 1등을 했고, 결국 그해에 사단 선봉대대가 되었다. 그 과정에서 우리 대대가 사단 전체가 써야 할 수류탄을 거의 독차지하는 등 위험성 교탄을 싹쓸이한 사실이 밝혀지기도 했다.

대대에는 보름에 한 번 꼴로 신병이 전입을 왔다. 서울 소재 학교 출신 신병은 25명에 하나 정도 있을까 말까였다. 대부분 집안이 어려운 병사들이었다. 나는 사회가 공정하지 못하고 특히 병무 제도가 잘못되었다고 생각했다. 많이 배우고 잘사는 집 아들들이 최전방으로 오는 것이 맞지 않나? 나는 이런 부하들을 볼수록 불쌍하다는 생각이 들었기에 사고를 치면 최대한 관대하게 처리했다.

'어둠의 자식들'이라는 별명답게 대대원들 중에는 사정이 딱한 친구들이 많았다. 그중에서도 기억나는 친구가 둘 있다. 여동생과 둘이서만 사는 병사가 있었는데, 여동생이 부탄가스를 친구들과 흡입하다가 담뱃불을 켜서 화상을 심하게 입었던 것이다. 부모도 없고 돌볼 이는 오빠밖에 없는 상황이었다. 또 한 명은 부대에 오기 얼마 전 아버지가 교통사고로 돌아가셨는데 어머니에게 새 남자가 생겨서 남동생을 돌보지 않는다는 절박한 처지에 몰려 있었다.

이들에게 줄 수 있는 것은 기껏해야 열흘 남짓의 청원 휴가 정도였지만, 나는 이들을 위해서 규정을 어겼다. 언제든지 요청하면 휴가를 주었던 것이다. 만약에 심각한 사정이 생겨서 복귀하지 않는다면 내가 책임을 져야 했지만 그냥 둘 수는 없었다. 결국 한 병사는 누이를 돌볼 수 있었고 다른 병사는 변호사를 구해서 문제를 해결했다.

'탈영 사건'도 있었다. 이등병 두 명이 부대 앞까지 왔다가 복귀하지 않고 도망간 사건이었다. 다음날 두 병사의 형님들(이들은 폭력조직원이었다)에게서 전화가 왔다. 부산에 있으니 데리고 들어오겠다는 것이었다. 휴대전화가 없던 시절이라 막연히 기다려야만 하는 상황이었다. 헌병대장은 법대로 하자고 했지만 나는 시간을 주자고 했다. 만약 늦으면 그때부터는 고스란히 내 책임이 된다. 초조하게 기다리고 있자 그들은 형님들 손에 이끌려 돌아왔고 며칠 동안 영창을 보냈다. 병사들이 영창을 싫어하는 이유는 입창 기간만큼 복무 기간이 늘어나기 때문이지만, 그럼에도 경범죄에 해당할 위규 사항을 범죄 기록 없이 처벌하는 수단이기 때문에 유용한 면도 있다. 만약 내가 이들을 법대로 신고했다면 기소 여부를 떠나 변호사 비용이 들었을 것이고, 만약 기소가 되어 유죄를 받으면 전과 기록이 남게 되는 것이다.

황규식 장군은 사람 중심의 지휘를 하였다. 지나가는 병사를 보면 사단장 차에 태워 주고 전방에 가면 병사들과 팔씨름을 하여 사단장을 이기면 휴가를 보내 주었을 정도였다. 하지만 병사들에게 난감한 일도 있었다. 황 장군에게는 딸만 둘이 있었는데, 그래서인지 여자 친구가 면회를 오면 외박을 보내지 말라는 지시가 내려왔다. 난감했다. 우리 부대는 전방이라 면회하러 오기가 아주 힘든 곳이다. 당시의 교통 상황으로는 부산이나 광주에서 부대까지 오려면 10시간 정도 걸렸다. 그런 먼 거리를 찾아왔는데 저녁 8시까지 외출을 내보내면 여자 친구는 혼자 인근 마을에서 자고 가거나 야밤에 돌아가야 하는데 이는 합리적이지도 않고 안전하지도 않았다. 나는 부대원들을 모아 놓고 상급부대 지시인만큼 앞으로 여자 친구의 부대 면회를 금지시킨다고 지시사항을 전파했다. 그 대신 이모, 고모 그리고 사촌 등은 가능하다고 얘기했다. 부대원들은 모두 무슨 뜻인지 알아들었다.

당시 보병대대에는 하사 이상의 간부가 50명 정도 되었다. 나는 간부들에 대한 사기를 유지하기 위하여 휴가를 보장하고, 특히 결혼한 간부들은 가족과 시간을 보낼 수 있도록 신경을 썼다. 나는 지나치게 열심히 하는 간부보다 자기에게 주어진 일을 충실하게 하는 사람

락드릴(Rock Drill)로 브리핑을 진행하고 있다. 미군은 전술 토의 목적으로 락드릴을 애용한다.

을 좋아했다. 그래서 다른 곳에서는 많은 칭찬을 받던 사람들이 내 밑에서는 조용히 지내고 다른 부대에서는 두각을 보이지 못하던 사람들이 칭찬을 받는 이상한 일이 많이 벌어졌다.

한번은 새로 부임한 군사령관이 우리 대대의 전투 진지를 순시하게 되었다. 상급부대에서는 대대본부 일대의 진지를 다시 구축하라는 지시가 내려왔다. 전 대대가 한 달은 매달려야 하는 일이었다. 나는 못 들은 척하고 대신 매일 수색정찰을 하는 소대를 들러서 주변 정리를 하라고 했다. 며칠이 지나자 상급부대에서 재차 지시가 내려왔다. 나는 구두 명령은 수령할 수 없으니 문서로 보내라고 답했다. 부대원들 사이에서는 "대대장이 우리 고생 안 시키려고 상급부대 말을 듣지 않아 큰일이 날 것 같다." 는 소문이 돌기 시작했다. 자신들을 위해 싸워 주는 대대장을 하늘처럼 받드는 분위기가 대대원들 사이에 조성됐다. 순시가 있던 날 나는 작전계획을 락드릴(Rock Drill) 방식으로 군사령관에게 보고했다. 락드릴은 돌과 같은 간단한 물건을 이용하여 계획을 시간대별로 진행하고 각자의 임무와 역할을 숙지하는 전술 토의 및 임무 숙지 방법이다. 당시의 우리 군에는 존재하지 않았지만 미군은 걸프전 이후 대대급 이하에서 흔히 쓰는 전술 토의 방식이었다. 군사령관은 별말 없이 지나갔다. 물론 대대 진지의 구축 상태에 대한 언급도 없었다.

대대장 근무를 하면서 동해안 해수욕장이 30분 거리에 있었지만, 병사들은 가기 힘든 분위기였다. 나는 해수욕장에 가지 않았지만 부하들은 보냈다. 속초 지역은 여름이면 전국에서 사람들이 찾아오기에 접대를 해야 하는 분위기였다. 하지만 나에게는 그럴 시간이 없었다. 다만 후배들이 찾아오면 정성껏 챙겼다. 돈에 대한 개념이 없던 나는 육군본부에 근무할 때 백정군 중령(육32)을 만났다. 경리장교였는데 돈의 중요성을 내게 가르쳐 주었다. 내 명의로 된 집이 없다는 말을 듣자 집을 빨리 마련하라고 권했다. 나는 가까운 친구들과 중대장 시절의 부대원이었던 전교상과 상의했다. 전교상은 하남시에서 부동산 중개인을 하고 있었는데, 자기 일에 대한 책임감이 강한 친구였다. 친척이 분당에 신도시가 생기니 거기에 지원해 보라고 하여 선정이 되었지만 돈이 부족했다. 이때 백정군 중령이 은행 대출을 도와주고 특히 자신의 돈을 무이자로 빌려 주었다. 3년에 걸쳐 갚았는데 마지막 원금을 건네자 "대대장을 하면 돈이 많이 드니 네가 써라." 라며 돌려주기도 했다.

강릉 잠수함 침투 사건과
두 번째, 세 번째 자살 사건

어느 날 대대전술훈련을 한창 하던 중 강릉에서 적으로 추정되는 잠수함이 발견되었다는 라디오 방송이 나왔다. 우리는 즉시 부대로 복귀하여 무장 공비 탐색 및 섬멸 작전에 참여했다. 복귀 즉시 병력에게 탄약을 지급하기 시작했는데, 개인당 200발 정도였다. 140발은 탄입대에 매고 60발은 탄창에 삽입토록 되어 있었다. 이 작업은 30분이면 끝날 줄 알았는데 2시간이 넘게 걸렸다. 이유를 알아보니 병사 개개인으로부터 수령 사인을 받고 탄입대를 실로 꿰맨 다음 네임펜으로 이름을 쓰는 등 탄 분실과 반환에 대비하는 데 시간이 많이 걸렸던 것이다.

우리 대대는 차단선 점령, 야간 매복과 주간 수색 정찰의 임무를 수행했다. 3명 1개조로 근무했는데 호에서 1명은 자고 2명은 근무하는 형태였다. 분대당 대략 3개소를 점령했는데 하루에 식사를 세 번씩 추진하는 것이 큰 문제였다. 나는 평소에 1.5리터 페트병을 수백 개 확보해 식수를 추진하는 데 활용했지만 식사는 문제가 달랐다. 우리가 식사를 추진하는 모습만 보아도 공비들이 우리의 위치를 알 수 있었기 때문이다.

또한 작전간 맞닥뜨린 가장 큰 문제는 무전기의 부재였다. 소대와 중대는 무전기가 있었지만 소대와 분대 간은 물론 분대 내의 전투호 간격이 50에서 150미터였는데 각 호마다 무전기를 지급할 수 없었다. 그때야 그렇다 치더라도 30년이 지난 지금도 비슷한 사정이라는 점은 이해하기 어렵다. 작전에서도 혼선이 잦았다. 아침에 점령하라는 지역이 점령이 끝나면 변경되었고, 명령과 지시가 번복되어 신뢰성이 떨어졌다. 군기도 문란하여 오발 사고뿐 아니라 아군의 오인 사격으로 전사하는 경우까지 나왔다.

하루는 새벽에 요란한 기관총 소리가 정적을 찢었다. 이러한 상황에서는 피아 구분이 불가능하고 통신도 안 되기 때문에 날이 밝을 때까지 기다려야 한다. 그런데 상급부대에서는 자꾸 상황을 묻는 것이었다. 결국 앞이 보이지 않는 어둠을 뚫고 나서게 되었다. 통신병 오진영은 나에게 방탄조끼를 가져다주었다. 그렇지만 "됐어, 너나 입어." 라 말하고 수색에 나섰다. 다른 간부들은 같이 가자고 할까 봐 겁먹은 얼굴이었다. 나와 오진영은 운전병과 함께 길을 나섰다. 오진영도 무서웠는지 고개를 푹 숙였지만 앞장섰다. 나는 "야, 임마. 내 뒤로 와." 라고 말했다.

매복지에 도착하자 6명이 있었다. 분명히 앞에 뭔가가 있었고 소리가 들려서 M60기관총 두 정으로 400발을 쏘고 소총으로 수십 발을 쐈다는 것이다. 소총을 빌려서 내가 나가 보았다. 아무것도 없었다. 피로와 긴장이 귀신을 보게 했나 보다.

며칠 뒤인 1996년 9월 30일, 새벽에 12중대장이 들어왔다. 새벽에 오는 전화와 노크 소리는 좋은 소식일 리 없다. 병사의 자살이었다. 현장에 가 보니 전입 온 지 얼마 되지 않은 병사였다. 따라서 탄약을 지급하지 않고 선임들을 따라 다니도록 했다. 하지만 비번 시간을 틈타 선임병의 탄창을 절취하여 소총을 턱 밑에 놓고 조정간을 자동으로 한 다음 방아쇠를 당긴 것이다. 얼굴 반이 날아가고 없었다.

두 번째 자살 사건이어서 더 할 말이 없었다. 할 수 있는 것은 다 했건만 이런 일이 벌어졌다는 게 이해되지 않았다. 헌병이 출동하여 조사를 받고 사건을 처리하던 중 옆 부대에서는 더 큰 사건이 일어났다. 한 병사가 고참의 횡포를 참지 못하고 그를 살해한 뒤 자살했던 것이다. 다행히 우리 대대의 사건은 부조리를 찾을 수 없었고 유가족들이 모든 것을 받아들여 사후 처리가 마무리되었다. 죽은 병사만 안되었고 불쌍했다.

작전은 계속되었고 피로도는 말할 수가 없을 정도로 누적되었

공비 소탕 작전 중 9중대원들과. 우리 군의 대비가 부족하여 부대원들의 피로도가 극심했다.

다. 침투한 적이 북쪽으로 이동하여 우리는 GOP선을 보강하였다. 결국 작전은 49일 만에 공비 두 명의 사살로 종료되었지만, 아군의 피해와 엄청난 경제적 손해를 생각하면 씁쓸하기만 한 결과였다. 그러나 그보다 더 큰 안타까움은 이 사건이 일어난 이후 우리 군이 유사한 상황에 대비하는 후속 조치가 오늘까지도 부족하다는 것이다.

그뿐만이 아니다. 장비 역시 여러모로 부족했다. 당시 대대에는 차량이 세 대 있었다. 대대장 지휘차, 5분 대기 차량 그리고 보급차량이 전부였다. 즉 알보병 부대였다는 의미다. 사실 동부 전선에 배치된 부대는 서부 전선보다 모든 면에서 많이 낙후되어 있었다. 전투기가 있으면 뭐하나? 6.25 전쟁 때 쓰던 장비와 별다를 바 없는 무기 수준으로 육군은 나라를 지키고 있었다. 나는 육군이 원망스럽기만 했다.

이제 GOP로 투입할 시기가 되었다. 이번에는 내가 훈련시킨 부대였다. 모든 것을 규정대로 했는데 GOP에는 보병 대대에는 없는 장비들, 이른바 비편제 장비가 있어 이에 대한 집중 훈련이 필요했다. 그중 하나는 12.7㎜ 중기관총이었다. 이 기관총은 대공 초소에 배치되어 회전익기나 저공비행체에 대응하는 무기이다. 병기과 부사관은 총이 낡았으니 사격은 생략했으면 좋겠다고 건의했다. 하지만 나는 말도 안 된다고 거절했다. 비록 2차 세계대전에 쓰던 모델이지만 기관총 자체는 미군도 지금까지 쓰는 무기였기 때문이다. 내가 제일 먼저 쏘겠다고 나섰다.

사격하던 날 세 정의 기관총이 준비되어 있었다. 첫 번째 총에 가서 장전한 뒤 방아쇠를 당겼다. 그런데 "떵떵떵"하고 나가야 할 총이 갑자기 폭발했다. 정신을 차리고 보니 기관총 덮개가 날아갔다. 내부에서 폭발이 일어났던 것이다. 나는 내 몸에 이상이 있는지를 살폈다. 다른 데는 이상이 없었지만 오른쪽 군복 바지에 구멍이 나 있었다. 하의를 올려 보았더니 출혈이 생긴 곳은 없었고, 발가락도 움직였다. 다만 두세 군데에 손톱만한 구멍들이 나 있었다. 나는 심각한 상태는 아니라고 보았다. 내 뒤에는 병력 150여 명이 구경하고 있으니 여기서 물러설 수는 없었다. 두 번째 기관총으로 갔다. 그리고 장전을 하고 방아쇠를 당겼다. 그러나 두 번째 총도 마찬가지로 폭발이 일어났다.

나는 병기과 부사관에게 "세 정 중 두 정은 내가 쐈으니 세 번째는 당신이 쏴 봐." 라고 했다. 병기과 부사관은 마지막 기관총에 앉아서 방아쇠를 당겼다. 이번에는 사격이 제대로 되었다. 결국 두 시간에 걸쳐 모든 병사가 기관총 한 정으로 사격을 마쳤다. 그런데 구멍난 다리가 점차 붓기 시작했다. 군의관은 "X-ray 사진 한 번 찍어 보시죠." 라고 권했다.

점점 다리가 아파 오고 부어오르자 결국 구급차를 타고 사단 의무대로 향했다. 당시 군 구급차는 내부에 아무런 장비가 없었기에 지

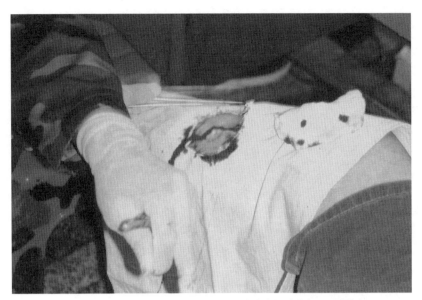
MG50 폭발로 부상을 입어 사단 의무대에서 파편을 제거하고 봉합했다.

붕 달린 트럭이나 마찬가지였다. 흙길에 차가 흔들릴 때마다 다리가 엄청나게 아팠다. 사단 의무대에 도착하자 군의관은 X-ray를 찍어 보고 파편 몇 조각이 다리에 박혔음을 확인했다. 군의관은 사단에서는 제거할 수 없으니 속초 의료원에 가서 수술을 받으라고 했다.

다음날은 위험성 교탄, 즉 지뢰 폭발 시범이 계획되어 있었다. 내가 만약에 후송을 가면 그 훈련을 할 수 없다는 점을 나는 잘 알고 있었기에 안 된다고 했다. 군의관은 자신 없어 하는 표정이었다. 사실 군의관이 한 번만 더 권한다면 후송을 가려고 했는데, 그는 해 보겠다고 나섰다. 결국은 2시간 반 동안 파편 쪼가리를 찾느라 고생을 엄청나게 했고, 결국 마흔 두 바늘이나 봉합하는 대수술이 되고 말았다. 물론 염증이 뒤따랐고 한 달 반 동안 휠체어 신세를 지기에 이르렀다. GOP에 가는 날도 제대로 올라갈 수가 없어서 다리에 깁스를 한 상태에서 2차 GOP 투입을 맞이하게 되었다. 의사의 지시를 잘 따르지 않은 대가를 톡톡히 치른 것이다. 약 한 달 동안 상처를 긁어내고 치

부상 다음날은 위험성 교탄 시범일이었기에 후송을 거부했지만, 대가를 치렀다.

료를 받았는데 그 고통은 이루 말할 수 없었다. 주변에서는 민간 병원
으로 가 보라고 권유했다. 당시나 지금이나 군 병원에 대한 사회의 불
신은 깊었다. 하지만 나는 듣지 않고 부하들과 똑같이 군 병원에서 치
료받았다. 지휘관이 군 병원을 외면하고 민간 병원을 이용했다면 병
사들의 군 병원에 대한 불신은 더욱 깊어졌을 것이다.

대대장 근무도 이제 6개월 정도 남은 상태에서 모든 것을 규정
대로 행했다. 전 병력에게 실탄을 지급하고 경계 임무에 전념했다. 하
루는 작업을 하던 병사들에게 안전에 대한 교육을 하면서 인접 부대
에서 있었던 불미스러운 사고를 언급했다. 병사들은 자기들은 그럴
일이 없다고 답했지만 불행은 이어지고 말았다. 그 다음날인 1997년
7월 1일, 대대장실에서 업무를 보고 있는데 갑자기 "빵." 하는 소리가
들렸다. 나는 창문을 열고 "무슨 소리야?" 라고 물었다. 통상 이렇게
물어보면 쓰레기장에서 가스통이 폭발했다는 답이 돌아오기 마련

이었지만, 오늘은 대답 없이 조용했다. 나는 뭔가 잘못되었음을 직감했다.

초소 쪽으로 올라가는데 병사 하나가 뛰어 내려오면서 어제 대화를 나눴던 김 아무개가 근무 중 쓰러졌다고 외쳤다. 초소에 올라가 보니 그가 쓰러져 있었다. 지급받은 총을 스스로 턱 밑에 대고 한 발을 쏜 것이었다. 너무 처참한 모습이었다. 의식은 없었으나 호흡은 남아 있었다. 나는 군의관에게 빨리 후송시키라고 했다. 군의관은 생존 가능성이 없다고 했지만 "아직 살아 있잖아." 라고 하면서 산 아래로 내려 보냈다. 결국 그는 중간쯤 내려가다가 숨을 거두고 말았다. 성장 과정을 비관하는 유서가 발견되었다. 부모들은 "아이가 휴가를 나오면 대대장이 잘해 준다고 했습니다. 이번 일로 부대 간부들이 다치는 일이 없었으면 합니다." 라고 말씀하시는 것이었다. 앞서 3대대의 별명이 '어둠의 자식들' 이라고 했는데, 나의 노력에도 불구하고 이렇게 3명의 죽음으로 그 사실이 새삼 증명된 셈이었다. 전부 가정 환경이 열악했던 병사들이었다.

대대 병력 중 열 명 정도가 문제가 있었다. 우리는 이들을 보호 및 관심병사라고 불렀다. 일부러 군 생활을 안 하려고 몸부림치는 병사는 한두 명 정도였는데, 지금은 10배로 늘었다고 한다. 군은 과거에 비해서 개방되고 근무 여건도 훨씬 좋아졌는데 왜 그럴까? 안타까울 뿐이다. 특히 초급 간부의 자살이 많아진 것에 대해서는 더 심각한 이유가 있을 것이다.

자살 사건이 세 번이나 일어나자 내가 부하들을 진정으로 내 자식처럼 생각하고 있지 않았음을 깨닫게 되었다. 만약 내 자식이 자살했다면 관에 태극기를 덮어 주지 않겠다고 우겼을까? 깊이 반성했다.

사단 참모

대대장 복무를 마치고 사단 참모로 들어가는 것은 밖에서 보기보다 쉬운 일이 아니다. 우선 자리가 나야 하고 사단에서 인정도 받아야 하기 때문이다. 다시 말해서 사단장의 선택을 받아야 하는 것이다. 대대장을 마친 장교들은 대략 40대 중반이니만큼 자녀들이 중학교나 고등학교를 다니고 있고, 대대장이라는 어려운 관문도 통과했으나 사단 참모로 들어가지 못하면 경력 관리에 도움이 되지 못한다. 대대장을 잘 마치는 것도 문제지만 사단 참모로 가려면 이런저런 스트레스를 받지 않을 수 없다.

사단 정보, 인사 그리고 군수참모 보직이 나의 대대장 보직 종료 시기와 맞아떨어졌다. 나는 작전 직능이었기에 작전참모를 맡아야 하지만, 이 자리에는 유능하지만 진급을 못한 선배가 있었다. 독한 마음을 먹으면 밀어내고 꿰찰 수도 있었지만 그렇게까지 하고 싶지는 않았다. 차선책은 정보참모를 한 뒤 작전참모를 하는 것이었지만 다른 장교가 정보참모를 하고 싶어 했다. 인사와 군수 중에서 선택이 가능했는데 나는 군수참모를 하고 싶었다. 그 이유는 지휘관을 경험해 보니 군수 업무가 아주 중요했기 때문이었다. 이 기회에 제대로 배워보고 싶었지만 그 자리 역시 다른 사람이 하고 싶어 했다.

그 사람들은 나처럼 우선 다른 보직을 맡았다가 다음에 자신이 원하는 자리에 갈 수는 없는 입장이었다. 나는 유리한 위치였지만 양보해야 한다고 생각하고 인사참모 보직을 맡았다. 인사참모는 인사관리, 인사 운영, 그리고 복지 업무를 관장하는 자리다. 나는 인사관리와 인사 운영보다는 복지 업무에 관심이 많았다. 계급별로 할당되었던 아파트를 가족 수 기준으로 바꿔서 계급이 낮아도 자녀가 많으면 넓은 아파트를 배정받도록 바꾸었다. 복지기금이 있었지만 계급이 낮은 간부들은 자기 아파트의 보일러나 싱크대를 자비로 고쳐 쓰거나 어차피 1~2년 있으면 이사하기에 불편해도 그냥 살곤 했다. 나는 이런 사각지대에 비용을 지출했다.

황 장군은 보안부대와 헌병을 아주 싫어하셨다. 보안부대장이 중령인데 대령들과 함께 회식에 참석하는 것을 금하셨을 정도였다. 이러니 보안부대와 갈등이 생길 수밖에 없었다. 부대에서는 지휘관과 주요 참모가 같이 밥을 먹는 테이블을 메인테이블이라고 한다. 내 전임자는 인수인계 사항으로 절대로 보안부대장을 메인테이블에 앉히지 말라는 주의를 주었다.

얼마 후 사단 회식이 있었는데 나는 보안부대장을 메인테이블에 앉혔다. 다음날 사단장의 호출이 있었다. 사단장실에 들어가자 황 장군은 단도직입적으로 "너, 왜 보안부대장을 메인테이블에 앉혔어?" 라고 하셨다. "사단장님, 우리나라에 사단이 40개가 넘는데 보안부대장을 메인테이블에 안 앉히는 부대가 있으면 말씀해 보십시오. 앞으로 메인테이블에 앉게 할 테니 그리 아십시오." 라고 답했다. 그러자 황 장군은 "알았어. 나가." 라고 퉁명스럽게 말씀하셨다. 하지만 그것으로 보안부대장과의 갈등은 끝났다.

황 장군과의 근무는 정말 행복했다. 위로는 누구의 눈치를 보지 않아도 되었고 오로지 아랫사람들의 눈치만 봤다. 볼수록 마음에 드는 분이었지만 부대를 먼저 생각함이 그분을 위하는 것으로 생각하고 늘 부대 위주로 판단하려 노력했다. 그랬던 황규식 장군이 떠나고 새로운 분이 부임하셨다.

류선준 장군(육27)은 전남 고흥의 농고를 졸업하고 육군사관학교를 나와 오로지 성실함과 실력만으로 진급하신 분이었다. 나처럼

류선준 사단장은 독도술을 비롯해 많은 분야에 뛰어난 분으로, 한학자의 풍모도 갖춘 분이셨다.

권력의 중심에 있어 본 적도 없고 한 계단 한 계단 올라오신 노력형 장군이었다. 황 장군같은 멋은 없었지만 키가 180센티가 넘는 거구에 사단 작전지도를 놓고 지형을 그려 가며 외우는 것이 취미이신 천생 군인이셨다. 전방에 들어가면 수도꼭지를 틀어 봤는데 물이 잘 나오면 된다고 하셨을 정도로 병사들 걱정도 많이 하셨다. 개인적으로는 한학에 능통하시다는 의외의 면모도 있었는데, 영어만 아는 나로서는 너무 부러웠다. 하지만 그동안 나에게 눌려 살던 장교들이 류 장군께 좋은 말을 했을 리 없었기에 상황은 녹록치 않았다. 작전참모를 해야 하는데 확실한 언질이 없었다. 기다림이 즐거울 리 없었지만, 아무에게도 청탁하지 않았다. 그래도 결국 시간이 되자 작전참모 자리를 맡게 되었다.

　　류선준 장군은 좀처럼 화를 내거나 지나친 행동을 하시지 않았고, 부하에게 무리한 요구를 하거나 피곤하게 하시지 않았다. 다만 황 장군 정도의 인간적 관계가 없어서 어려웠을 뿐이었다. 이때는 김대

중 대통령의 시대였기에 그동안 눌려 있던 전라도 출신 군인들이 득세했다. 물론 나는 그동안 전라도 사람이든 경상도 사람이든 한결같이 지냈으므로 큰 변화는 없었다. 오히려 경상도 사람 밑에 숨어 지내던 사람들이 큰소리치는 꼴이 우습기도 했다. 어떤 사람들은 고향을 바꿨다가 다시 호남으로 되돌리는 등 이해하기 힘든 일까지도 있었다. 오죽하면 저렇게까지 했겠는가 싶기도 했지만, 제3자 입장인 나로서는 답답하기만 한 시절이었다.

작전참모의 소관 업무 중에는 군사시설 보호 업무가 있었다. 우리 사단 관할 구역의 70%가 이에 해당되었다. 한 달에 300건이 넘는 민원을 2명이 처리해야 하는 상황에서 심의 및 처리가 쉽지 않았다. 당시 민사장교에게는 차량이 없었는데 우선 그것부터 조달해 주었다. 육사 출신 장교들은 군사시설 보호 업무를 선호하지 않았기에 마땅한 담당자를 찾기 쉽지 않았는데 당시 구원근 소령(육42)에게 제의하자 서슴없이 맡아 주었다. 나는 이후 해당 업무에 대해 걱정할 필요가 없었다.

우리는 회의를 오래는 하지 않았지만, 자주 모였다. 잠깐씩 회의하며 수시로 대화를 나눴고 나는 보고받는 내용에 대해 큰 그림만 보고 오탈자 정도만 수정했다. 좋은 사람을 뽑으면 그들과 함께 일하는 것이 중요한 법인데, 잘 뽑아 놓고서도 잔소리만 하는 모습을 너무 많이 봤기 때문이었다. 구체적인 수정 사항이 없는 한 굳이 참견을 하지 않았다. 업무 속도가 빨라 가끔씩 놓치는 경우도 있었지만 검토만 하다가 일을 놓치는 적은 없었다. 일을 미루면 꼭 착한 사람들만 손해를 보기 마련이라는 것을 나는 잘 알고 있었다.

당시 사단은 관사를 추가로 짓는 대신 지역의 민간 아파트를 장기 전세 또는 구매하는 방안을 추진하고 있었다. 나는 속초시에서 큰 아파트 단지에 가야 아이들 학교와 인근의 마트 등 생활 여건이 보장된다는 의견을 가지고 있었다. 그런데 참모장은 지역 건설업자의 미분양 아파트를 우리가 사용해야 지역 경제에 기여한다고 주장했다. 나는 안 된다고 했다. 미분양 아파트는 달랑 한 동만 있는 경우가 많았고, 생활 여건이 불편한 것은 물론 우리 간부들의 자존심도 걸려 있었기 때문이었다. 결국 사업은 지연되었고 참모장은 조사를 받았다.

보람은 있었지만 재미있는 시절은 아니었다. 군이 사고 예방에만 집중할 수밖에 없는 조직이 되어 가고 있었기 때문이었다. 언론은 항상 군에 적대적이었고 군은 언론을 가까이하지 않고 숨기려 들다 보니 악순환이 계속되었던 것이다. 이 틈을 타서 언론과 거래하는 군인들까지 나타났다. 처음에는 술이나 같이 마시는 수준이었지만 나중에는 정보와 진급을 거래할 정도로 타락하였다. 군인으로부터 정보를 제공받은 언론인은 이를 기초로 기사를 쓰고, 여기서 생긴 영향력으로 고관과 접촉한다. 그리고 정보를 제공한 인물에 대한 여론을 형성하여 진급에 유리하게 돕는 방식이었다.

이렇게 개인의 이해관계를 군의 단결력보다 우선하는 분위기가 생겨나고 있었다. 이전에는 가난할망정 전쟁을 겪고 나라를 지키면서 군대의 기율이 확립되어 있었다면, 이제는 민주화 과정에서 군의 중심이 없어지고 혼란에 빠졌다. 하루는 영관급 장교들과 밥을 먹는데 세태를 한탄하다 누군가 "사관학교에서 안일한 불의의 길보다 험난한 정의의 길을 가라고 가르치지 말고 험난한 정의의 길보다 안일한 불의의 길로 가라고 교육했더라면 이렇게 고민하지 않고 살았을 텐데." 라고 농담을 했다. 이는 사관학교 다닐 때 하루에도 몇 번씩 외우던 사관생도 신조의 일부였다. 모두가 웃자 나는 "나머지 사관생도 신조가 뭐지?" 라고 물었는데 아무도 기억하는 사람이 없었다.

사관생도 신조는

하나, 우리는 국가와 민족을 위하여 생명을 바친다.
둘, 우리는 언제나 명예와 신의 속에서 산다.
셋, 우리는 안일한 불의의 길보다 험난한 정의의 길을 택한다.

이다.

나는 내 인생의 남은 부분은 이렇게 살아야 하겠다고 결심했다. 민주화는 분명히 가야 할 방향이었다. 하지만 과거의 미덕에 대한 부정은 그렇다 치더라도 이런 식의 새로운 부조리가 발생한다는 것은 정말 개탄스러운 일이 아닐 수 없다. 그런데 교육도 군과 비슷한 듯하다. 과거에는 교사들의 갑질과 촌지 수령, 과도한 폭력이 문제였다면 이제는 돈 있고 권력 있는 학부모와 학생들의 갑질이 사회 문제가 되고 있다.

사실 군과 교육계는 정반대인 듯하지만 자세히 보면 닮은 데가 많은 조직이다. 다른 정부 부처는 정치인이나 기업인, 교수, 시민단체 출신들이 장관을 맡는 경우가 많고, 상당한 성과를 낸 경우도 드물지 않다. 하지만 군과 교육계는 직업 군인과 교사 또는 교수라는 특정한 자격을 가진 이들이 지배하는 조직이다. 과문한 탓인지 몰라도 1960년 민주당 정권 이후, 문민 출신 국방부 장관은 없었고, 교육부도 김진표 장관 외에는 교육계 출신만 장관을 맡은 것으로 알고 있다. 즉 아주 배타적인 집단이라는 것이다. 또 하나는 어떻게든 급여는 나오기 때문에 사회의 변화에 대해 둔감하다는 것이다. 이런 이유 때문에 두 조직은 기묘하게 닮은 것이 아닐까?

이 시기에 IMF 경제 위기가 터져 수많은 실업자가 나오고 수많은 가정이 파탄났지만, '국방부 시계는 돌아가고, 달마다 봉급은 받

사단지휘검열에서 전술적 결심 수립 절차를 브리핑하는 모습.

는' 나는 이런 현실을 거의 느끼지 못했다. 나중에 현실을 알고 나서 생각해 보니 낯이 뜨거워질 정도로 부끄럽다.

　작전참모의 가장 큰일은 사단지휘검열이다. 사단지휘검열은 군사령부에서 사단의 임무수행 능력을 평가하는 것으로, 사단장에 대한 평가이기도 하다. 이 지휘검열의 주무관이 작전참모인데, 어떤 사단 작전참모는 돌대가리 사단장을 위해서 모든 것을 써 주고 사단 장은 그걸 읽기만 한다. 문제는 그것도 제대로 읽지도 못하는 사람들 도 있다는 사실이다. 이런 사단장은 구워삶기 딱 좋은 인물이다. 아첨 이나 떨고 가끔 선물이나 주면 A등급 평가를 받는다.

　나는 인접 사단에서 이렇게 한다는 이야기를 듣고 그 "시나리 오."를 그대로 가져와서 지명만 바꿨다. 그러나 류선준 장군님은 그 런 것이 필요 없는 분이기에 "책상에 놓고 나가." 라고 하셨다. 류 장 군님은 전방에 가면 지형을 연구하고 관사에서는 5만분의 1 지도를 놓고 그리면서 지형을 외우는 무서운 면모가 있는 분이었다.

준비하는 과정에 군사령부 평가원들의 의전이 문제가 되었다. 의전을 준비하는 장교가 각 방마다 음료수와 먹거리 그리고 아침마다 일간지를 종류별로 비치하는 등 최선을 다해야 한다는 것이었다. 솔직히 난감했다. 지나친 의전인 것이 분명한데 안 하자니 괘씸죄와 불합격이 무서웠고 특히 사단장 입장이 곤란해질까 염려되었다. 하지만 그렇게는 못하겠다고 생각하여 각 방은 생략하고 휴게실에 두면 자신들이 가져가도록 했다. 결국 상급부대에서도 그런 지나친 의전이 부담스러웠는지 우리의 정상적인 수준의 의전이 좋게 평가되었다.

이제 제22사단 근무도 얼마 남지 않은 상태에서 신임 참모장이 왔다. 나는 몇 달만 있으면 되니까 조용히 지내려고 했다. 하지만 충돌이 잦았고, 급기야 회의 시간에 나에게 "이 새끼, 저 새끼."하며 계속 시비를 거는 것이었다. 나는 "말을 가려서 하라." 고 했다. 고양이와 쥐가 싸우면 반드시 고양이가 이긴다. 그러나 쥐에게 이기고는 자랑해 보았자 다른 고양이들의 조롱거리만 될 뿐이다. 군대는 계급이 깡패이므로 내가 쥐의 입장이었다.

그래도 나는 이 사람을 그냥 둘 수 없는 관계가 되었다. 긴장 상태가 지속되고 있는데 참모장이 야간 순찰을 자주 나가지만 검문소에는 통과한 기록이 없다는 보고가 들어왔다. 알아보니 전 근무지에서 부하의 부인과 불륜 관계를 시작했고, 그 여성을 계속 만나고 있던 것이다. 결국 그는 보직해임당했고 내가 참모장 대리 근무를 2개월 하게 되었다. 모든 사람들은 내가 참모장을 쫓아냈다고 믿었지만, 그의 보직해임은 자신의 실책으로 벌어진 일이고, 나는 그의 보직해임에 아무런 연관이 없었다.

한미연합사 근무

이제 사단급 근무를 마치고 새 보직을 찾아야 하는 시기가 되었다. 내 직능은 작전이었으므로 육군본부 작전과나 합참 작전과로 가는 것이 맞는데 누구를 찾아가거나 부탁하기가 싫었다. 그러던 중 안광찬 소장(육25)이 가족과 함께 동해안에 휴양을 왔다. 안 장군은 하나회였기에 전에는 그 위세가 대단했다. 그런데 당시에는 하나회 숙청으로 힘들게 지내다 한미연합사 작전차장으로 근무하고 있었다. 우리 군에서 한미연합사가 차지하는 위상을 알 수 있는 대목이다. 나는 평소에 안 장군을 따랐기에 형편이 바뀌었다고 안면을 몰수할 수는 없었다. 오히려 더 잘 대접하려고 했다.

안 장군은 나에게 연합사에 와서 근무하면 좋겠다고 제의했다. 나는 연합사가 육군본부나 합참보다는 '끗발'이 떨어지는 곳이지만 나의 장점인 영어를 활용하면 충분히 승산이 있다고 보았다. 결국 한미연합사 작전참모부 연습장교 보직을 받았다. 진급에 유리하니 연합사령관 부관을 하라는 제의도 받았지만 부관은 이미 충분히 해 봤기에 들은 척도 하지 않았다. 연습장교는 한미연합사가 주관하는 연합 연습을 기획하고 발전시키며 연습을 통제하는 직책이다. 미군 중령 3명과 같이 근무하고 한국군 소령의 보좌를 받는다.

미군들은 독방을 주고 에어컨도 설치해 주었을 정도로 나에게 잘해 주었지만 무엇보다도 서로 존중하며 근무하는 분위기가 마음에 들었다. 문제는 오히려 국군이었다. 미군은 훈련이 부대 운영의 중심이지만 한국군에게는 후순위였다. 모든 것이 늦고 이미 정해진 후에 변경을 요구했다. 그러나 세계에서 가장 규모가 크고 나라를 지키는 을지포커스렌즈 연습을 책임진다는 것은 큰 자부심이었다. 한번 해 보니까 이게 얼마나 중요하고 보람 있는 일인지를 알게 되었다.

연습처 동료 브루그만 해병중령, 그랜든 중령, 김진광(육38) 소령, 김종문(육42) 소령과 함께.

1년이 지났다. 이제는 연합사 작전계획이나 그럴싸한 보직으로 이동해야 진급에 유리했다. 그러나 연습장교야말로 연합작전의 큰 그림을 알 수 있었고 보람도 컸지만 무엇보다 미군들이 남아 있어 주었으면 하는 분위기였다. 또 대대장 이후 군에 대해 재미를 못 느끼고 있는 현실도 있었다. 대령이 되면 눈치를 보고 살아야 하는데 그것이 너무 싫었다. 그래서 진급보다는 내가 보람을 느끼는 일을 하다가 나가야겠다고 생각하고 연습처에 남기로 결정했다.

연습처 근무 중 해외 발령의 기회가 생겼다. 유엔본부행이었는데 진급에는 불리하지만, 보람도 있고 자녀 교육에도 도움이 될 거 같아 지원했다. 반드시 되리라고 확신했는데, 내 장점인 영어 배점을 낮게 조정하여 떨어지고 말았다. 국방부에 새로운 사조직이 생긴 것이었다. 얼마 지나자 동티모르 파병 부대에 가자는 제의가 들어왔다. 나는 군인은 포성과 나팔 소리가 울리는 곳으로 가야 한다고 생각했기에 지원했지만, 이번에는 연합사에서 반대하여 떨어졌다.

나는 이쯤에서 군 생활을 정리하려고 했지만, 일이 잘 안 풀렸다. 전역을 하든 말든 학위가 필요하겠다 싶어 서울에 들어오면서 연세대학교 행정대학원에 입학했다. 연희동에 꽤 오래 살았으니 마음이 통하기도 했지만, 자칫 잘못되었으면 계엄군으로 진주할 뻔했던 대학이기도 했다. 하지만 연희동과 인연을 맺었어도 연세대와는 인연을 맺지 못했다. 수업 내용이 진지하지 않아 내가 생각하던 석사 학위과정이 아니었다. 나는 한 학기만 다니고 서울대학교 행정대학원(야간)에 지원하였다. 그런데 면접 내내 다닐 시간이 되냐고 묻기에 나는 "공부하러 오는데 시간이 안 되면 왜 지원하겠느냐?" 고 되물었다. 나는 석사과정 내내 한 번도 수업을 빠진 적이 없었다. 오히려 서울대 교수가 수업에 빠지고 강사도 아니고 조교가 대신 강의하자 항의했다가 C를 받은 적이 있었다. 학교에 가기 위해 일주일에 3번 과장에게 찾아가 먼저 퇴근하겠다고 이야기한 적도 있었다. 2주일 정도 지나니까 앞으로는 알아서 가라고 했다. 부담은 되었지만 이후로는 보고 없이 퇴근하고 학교에 다녔다.

과장은 시쳇말로 완전한 꼰대였다. 아랫사람에게 개인 차량을 세차해 오라고 하지를 않나, 심지어는 아들 생일 선물을 사 오라고 하더니 아들이 마음에 안 들어 하니 바꿔 오라고 했을 정도였다. 물론 나에게 시키지는 못했지만 참을 수가 없었다. "과장님, 그런 일은 직접 하십시오." 라고 모두가 있는 자리에서 대들고 말았다. 지금 생각해도 살아남아 석사 학위를 받은 것이 기적이었지만, 그 이후 사적 심부름은 없어졌다. 또한 동료 중령들이 나를 보는 눈도 달라졌다. 앞서 군과 교육계의 공통점에 대해 이야기한 바 있지만 상아탑이라는 대학교에 대한 환상이 깨진 것도 이때부터였다.

우리 군에는 지휘추천이라는 제도가 있다. 미군도 운용하는 제

한미연합사 인원들과 함께. 연합사 연습처는 을지포커스렌즈를 비롯한 연합 훈련을 주관한다.

도인데, 지휘관이 자기가 데리고 있는 부하 중에서 진급 서열을 매기는 것이다. 원래 취지는 지휘권을 확립하는 데 있었지만, 한국군에서는 진급 당락의 절대 요소가 되고 말았다. 하지만 미군에서는 참고 자료 중 하나에 불과하다. 귤이 회수를 건너면 탱자가 된다는 고사는 이런 경우에 딱 들어 맞는 것이리라.

　한국군에서 지휘추천이 진급 과정의 절대 요소가 되어 버리자 진급을 위한 평정(고과표)을 여러 번 좋게 받았더라도 진급 당해연도의 지휘관 추천 서열을 못 받으면 진급이 안 되고, 반대로 평정이 나빠도 지휘추천을 잘 받으면 진급이 되는 경우가 나왔다. 결국 막판 뒤집기가 가능한 제도가 된 셈인데, 이 제도는 아직까지도 살아 있다.

　결론을 말하면, 나는 진급추천을 못 받았다. 이것은 인사 비밀이라 철저히 통제되지만, 나를 응원하는 사람들이 많아 알려 주었던 것이다. 그동안 나에게 걱정하지 말라고 거짓말했던 사람, 내가 안 되면 자기에게 독화살이 돌아올까 봐 눈치를 보는 사람, 그리고 세상이 어떻게 돌아가는지 모르는 바보 등이 생각났고 오히려 재미있다는 생각마저 들었다. 나는 승진을 일단 포기했다. 어차피 각오하고 살았으니까…. 그러나 나를 배신하고 약속을 지키지 않은 사람들에 대해서는 분노를 느꼈다. 약속을 지키던가, 불가항력으로 인해 지키지 못하게 되었으면 최소한 사과하고 해명했어야 하는 것 아닌가?

그러던 중 후배가 이기백 장군님에게 말씀 한 번 드려 보라고 권하는 것이었다. 나는 "이런 일로 한 번도 찾아뵌 적이 없는데 그럴 수는 없다."고 답했다. 하지만 시간이 지난 뒤 곰곰이 생각해 보니 후배들이 나를 구하려고 사방팔방 뛰어다니는데 정작 본인은 가만히 있는 것도 도리가 아니라는 생각이 들었다. 나는 배 한 상자를 사들고 이 장군님을 찾아갔다.

"제가 지휘추천을 못 받아서 진급이 어렵게 되었습니다."
"아니, 어떻게 자네 같은 사람이 지휘추천을 못 받아? 월남전 때도 각 부대의 우수한 장교들이 파병되었지만 일보가 변경되지 않아 이전 부대에서 지휘추천을 받지 못해 대거 진급 누락이 된 사례가 있을 정도로 지휘추천은 중요하네. 내가 장관을 그만둔 지 15년도 더 되어서 힘이야 없지만 알아보겠네."

나는 너무나 감사했다. 진급이 안 된다 해도 이런 말씀이 너무나 고마웠다. "이런 일로 찾아뵈어서 죄송합니다." 라고 미안함을 표하자 이기백 장군님은 "내가 자네를 언제 한번 도와주나 했는데, 무슨 말이야. 기다려 보게나." 라고 말씀하셨다.

그 후 이기백 장군님의 노력과 후배들의 도움, 그리고 김동신(육21) 당시 국방부장관의 후원으로 대령으로 승진할 수 있었다. 김동신 장관은 앞서 이야기한 대로 내가 중위 때 대령이셨고, 나에게 〈롬멜 보병전술)을 요약해 오라고 하셨던 분이었다. 나중 이야기지만 김 장관도 "전 중령이 왜 지휘추천을 못 받았어?" 라고 놀라셨다고 한다. 아무튼 나는 군 역사상 지휘추천을 못 받고도 대령을 1차로 진급하는 기록을 남겼다. 두 분 외에도 김장수(육27), 송영근(육27) 그리고 정희성(육31) 장군의 힘이 컸다. 이때 받은 은혜를 대체 어떻게 갚아야 할까? 오로지 훌륭한 군인이 되어 그분들께 받은 은혜를 국민에게 보답하며 살아야겠다고 생각했다.

대령 승진과 두 번째 미국 유학

대령이 된 나는 일단 US Army War College(USAWC, 미육군대학원)를 지원했다. 특별한 문제 없이 합격했지만, 이때도 페어플레이 대신 자신의 인맥과 인연으로 개입하는 짓이 당연히 있었다. 계급이 올라갈수록 실력보다 이런 것들이 우선시되는 것이 세상 이치이다. 사실 우리나라만 그런 것도 아니다. 개인은 이런 게임을 할 것인가와 안 한다면 그 대안이 무엇이며 게임을 하더라도 어떻게 할 것인가를 결정해야 한다. 분명한 것은 나중에 후회할 일은 하면 안 된다는 것이다. 또한 비밀은 없다는 사실을 반드시 명심해야 한다.

대령 진급 예정자로서 미국에 도착했다. USAWC는 펜실베이니아에 있었다. 10여 년 만에 미국에 다시 온 것인데, 그때와는 달리 미국은 이미 아프가니스탄에서 전쟁 중이었다. 첫 한 달은 사복을 입고 다니다가 그 이후에 입학식을 하는데, 이때서야 처음으로 군복을 입었다. 내가 영어를 잘해서 많은 미군들은 그전까지 내가 한국 군인이라는 사실조차 모르고 있었다.

USAWC는 소규모 인원으로 세미나를 구성하여 진행되었다. 세미나 7반의 동료들과 함께.

약 350명이 수업을 같이 받았는데, 합동참모대학처럼 육해공군과 해병대는 물론 국무성, 국방성, FBI, 해안경비대 등 모든 유관기관에서 사람들이 모였다. 뿐만 아니라 전 세계의 우방국에서도 학생을 파견하기에 이스라엘에서 온 사람과 아랍 제국에서 모인 사람이 한 교실에서 수업을 받는 진풍경이 펼쳐졌다. 이때 맺은 인연은 이후 아프간에서 도움이 되기도 했다. USAWC도 학교에서 1년간 수업을 받는 사람과 원격으로 공부하는 사람들로 나뉘어 있었는데, 우리처럼 성적에 목숨 걸고 다니지는 않았다. 수업 방식도 합동참모대학과 비슷했다. 각 세미나별 인원은 15명씩이었는데, 육해공군 등이 골고루 편성되어 있었다. 교관은 3명이 강평 정도만 하는 수준이었다. 1주일에 한 번은 국방부 장관, 합참의장과 육군총장은 물론 키신저와 같은 저명인사들이 특강을 했다. 희망자에 한해서 선착순으로 이들과 점심을 먹으며 사담을 나눌 수도 있다는 것도 놀라웠다.

당시 미국에게 한국은 중요한 곳이 아니었다. 관심은 중동의 아

USAWC는 다양한 군종과 유관기관을 비롯해 세계에서 모이기에 시야를 넓히는 기회가 되었다.

프가니스탄과 이라크에 있었다. 군인들은 빈 라덴과 탈레반을 잡기 위해서 아프가니스탄에서 전쟁을 벌이는 데 대해서는 동의하고 있었지만 이라크 전쟁은 대부분이 반대했는데, 언젠가부터 다른 반에 있는 똑똑하다는 미군 장교들이 사라지기 시작했다. 공격 계획을 짜기 위한 출장이었던 것이다. 그들도 이라크 공격을 반대하던 인물들이었다. 나는 이라크 공격을 위한 미국의 준비 과정을 보면서 미국이 엉뚱한 일을 저지르려 하고 있지만, 현실적으로 막을 수 없다는 사실을 두 눈으로 확인했다. 9.11 테러 때 미국이 전쟁에 나서자 모든 나라들이 떠는 모습을 이미 보았고, 또 미국이 화가 나면 소중히 여기는 인권도 뒤로 젖혀 두는 모습에 미국도 별수 없다는 현실도 느꼈다.

USAWC의 첫 수업에서는 대령이 되면 반드시 규정과 법에 입각하여 판단하고 예산은 반드시 규정에 맞게 써야 한다고 강조했다. 그런데 사람이 하는 일이기에 규정을 어길 수밖에 없는 상황은 오기 마련이다. 그때 용기를 갖고 판단해야 하는데 이럴 경우에도 규정과 법

게티스버그 사적지에서. 게티스버그는 공식 일정 외에도 여러 번 들러 많은 생각을 했다.

을 잘 알아야 올바르게 어길 수 있으니 법과 규정을 항상 숙지해야 한다고 가르쳤다. 경기고 시절, 멘토께서 어떤 경우이던 이런 고민을 한 사람과 고민을 하지 않는 사람의 행동은 같을 수 없다고 말씀하셨던 것과 일맥상통했고, 실제로 써먹을 수 있는 교육 내용이었다. 학교가 펜실베이니아에 있었기에 공식행사는 물론 개인적으로 시간을 내 여러 번 게티스버그를 방문했다. 말 그대로 북미, 아니 전 세계의 운명을 건 전투가 벌어진 그 전장에서 여러 생각이 들지 않을 수 없었다. 내가 로버트 리 장군이었다면, 미드 장군이었다면, 피켓 장군이나 체임벌린 대령이었다면 어떻게 했을까?[1]

USAWC에서 수학하며 미군들과 지내는 동안 친구를 많이 사귀

---

1 | 　리는 게티스버그 전투의 남군 사령관, 미드는 북군 사령관이었다. 피켓과 체임벌린은 양군의 주요 야전부대장으로 각각 게티스버그 전투의 성패를 가른 '피켓의 돌격'과 '리틀 라운드 탑 방어전'의 지휘를 맡았다.

합동참모대학 때와는 달리 아내는 학교 일로 남아야 했고, 아이들과 함께 미국 생활을 보냈다.

었다. 한국의 위상도 올라갔고 미군이 한국을 보는 시각도 많이 바뀌어 있었다. 또한 나이가 있어서 그런지 미군들도 과거에 비해서 성숙했다. 나 역시 마찬가지였다. 이때 두 아들을 데리고 갔고, 아내는 학교 때문에 한국에 남아 있었다.

반려자 심화진

이쯤에서 아내 이야기를 하지 않을 수 없다. 앞서 아내와 어떻게 인연을 맺게 되었는지를 이야기할 때 언급한 바 있지만, 아내는 성신학원을 세우신 이숙종 박사의 조카손녀다. 이숙종 박사는 성신여학교를 세워 우리나라 근대 여성 교육의 문을 여신 분이다. 결혼을 안 하셨기에 자식이 없어 자신이 학교를 세울 때 물심양면으로 도왔던 언니의 아들인 심용현 박사에게 학교를 맡기셨고, 그분의 막내가 심

아내와 나는 서로에게 우선순위 두 번째지만, 지지하며 평생을 함께하는 인생의 반려가 되었다.

화진이다. 내가 원래는 결혼에 별 뜻이 없었듯이 아내 역시 아버님께 반드시 결혼할 필요는 없다는 말을 들어 왔고, 아내의 우선순위는 학교가 첫 번째였다. 나와 결혼하기에 앞서 학교와 결혼했다고 말했듯이 가정 외에는 학교밖에 모르는 사람이다.

　　이숙종 박사께서 별세하시고 1년 뒤, 심용현 박사께서도 갑작스럽게 돌아가시자 큰아들인 심규형(공12) 선생이 이사장이 되었으나, 그분 역시 얼마 지나지 않은 1992년에 병환으로 돌아가셨다. 세 분의 별세로 학교의 중심이 사라지자 학교는 혼란에 빠져들기 시작했다. 이런 이유로 유족인 아내가 이래저래 학교 운영에 관여하게 되었다. 심규형 선생의 별세 이후에도 한동안 의류학과 교수를 하던 아내는 내 유학 기간 중 교수를 그만두고 학교 법인의 총무이사로 자리를 옮겼다. 당시의 법령상 사학연금도 포기해야 했다. 우리 가정은 그동안 아내가 가계를 꾸려 나갔고, 나는 매월 아이들 태권도 과외비만 주고 있었다. 내 소득은 후배와 아랫사람과 나를 위해 썼다. 나는 아내에게

"어차피 우리의 인생이 짧은데 하고 싶은 일을 하자." 고 했다. 일단 매월 100만 원씩을 생활비로 주기 시작했다.

군인의 아이들은 보통 초등학교를 서너 군데 다닌다. 그러다 중학생이 되면 통상 아버지 또는 군인인 어머니와 떨어져서 한부모 가정이 된다. 조부모가 도와주는 경우도 있다. 두 집안을 유지해야 하니 돈이 많이 드는 것은 당연하다. 대대장과 22사단 근무 5년 동안 가족과 떨어져 살아야 했기에 아이들과 함께 지낼 수 있었던 미국에서의 1년은 내게 있어 소중한 시간이었지만, 아이들에게는 귀찮은 시간이었을지도 모른다. 특히 영어를 한 마디도 못하는 상황에서 미국 학교에 들어간 두 아들은 고생을 많이 했다.

백마사단 연대장

미국에서는 읽고 배우며 공부할 것이 너무 많았다. 그러나 가장 중요한 것은 미국인들과 편하게 지낼 수 있는 자신감을 갖게 된 것이다. 또한 1년 만에 군사전략학 석사 학위를 받는 성과도 거뒀다. 귀국이 가까워지면서 연대장 분류가 진행되고 있었다. 처음에는 제6사단 제7연대장으로 간다는 말이 나왔다. 역사와 전통에 빛나는 부대여서 좋아했으나 이번에도 다른 사람이 나꿔채고 말았다. 하지만 싸우고 싶지 않았다. 모든 것은 하나님의 뜻이고 나의 운명은 하늘에 있다고 믿고 있었기 때문이다. 그 대신 분류된 곳이 제9사단 제29연대였다. 그 유명한 백마부대의 연대장을 한다는 것은 큰 영광이 아닐 수 없었다. 귀국일이 가까워지자 사단에서 빨리 와 달라고 했다.

2003년 10월, 9사단 29연대 '황금박쥐부대'에 부임해 연대장 집무를 시작했다. 군에서는 연대장의 역할에 대해 잘 교육하지 않는다.

나는 내 나름대로 사단장과 대대장을 연결해 주는 것이 연대장의 역할이라고 생각했다. 즉 사단장의 지휘 의도를 파악해 이를 대대장들에게 전달하고 모든 여건이 어려운 대대장들에게 물자와 기타 지원을 하는, 피곤한 존재가 아닌 도움이 되는 존재가 되는 것이다.

부임해서 부대를 살펴보니 상당히 불안정한 상태였다. 그동안 사고가 많아서 부대 전체가 위축되어 있었기 때문이었다. 그중에는 별일도 아닌 것을 제때 처리하지 않고 숨기려다가 문제가 커진 경우도 많았다. 예컨대, 사격하다가 탄피 한 발이 분실되었는데 그걸 못 찾으니까 탄피를 구해서 개에게 먹여 배설물과 함께 나오면 찾았다고 보고하려고 했던 일이 있었다. 그러나 개의 배설물에서 탄피가 안 나오자 개를 죽여서 탄피를 찾으려 했지만 발견하지 못했고, 이윽고 모든 전말이 드러났다. 결국 대위 한 명의 인생이 파탄날 뻔했으며, 애꿎은 개만 죽은 것이다. 탄피를 잃어버리면 분실했다고 보고하면 그만이다. 그걸 책임지기 싫어서 불쌍한 대위만 처지가 곤란하게 된 것이다. 나는 불문에 붙였다. 누구 한 사람의 잘못이 아니고 모두의 잘못이라고 판단했기 때문이다. 적시에 한 나쁜 결심이 시기를 놓친 좋은 결심보다 낫다고 믿고 빨리, 그리고 쉽게 결정해 주었다. 이것은 위임과도 통한다. 대대장들은 성실한 장교들이었고 지휘하는 부대가 커졌으니 다각도로 보는 능력이 필요했다.

얼마 후 남재준 장군(육25)이 육군참모총장이 되었고, 기념일이나 행사에 상관에게 선물을 건네거나 상관의 밥값을 부하들이 지불하던 관행을 끝장냈다. 그러면 상급자가 돈을 내야 하므로 상하 간의 회식을 금지하게 되어 단결에 저해가 된다는 반발들이 나왔지만, 구조적 비리를 없애는 데 큰 도움이 되었다. 김영란법이 존재하지 않던 시절에 단행된 이 조치는 상급자에게 선물을 하는 행위도 엄격하게 규제했고, 군이 본연의 임무에 충실하도록 했다고 생각한다.

29연대에서 함께했던 전우들과. 바로 우측(사진상 좌측)의 강중묵 당시 보안반장은
균형 감각을 갖춘 사람으로, 상호 존중하며 신뢰를 쌓아 서로 협조하며 부대를 운영했다.

나는 담당 보안부대 반장(준위)과 헌병 파견대장(중사)이 하는 말
을 많이 들었다. 특히 강중묵 보안부대 반장은 지혜롭고 균형 잡힌 인
물이었다. 물론 참모들의 말과 예하 대대장들의 말에도 귀를 기울였
다. 최소한 듣는 척이라도 해 줬다. 약삭빠른 사람들은 본능적으로 나
를 무서워했던 것 같다.

보안부대는 우리 군에 공산주의자들이 득실거리던 시절에 방
첩부대로 출발하여 군내의 공산주의자들을 색출하는 역할에서 시작
되었고 이후에는 군사 반란을 방지하는 데 임무의 중심을 두도록 전
환하였다. 이를 위하여 전화 감청은 물론 망원(정보 협조자)을 두고 서
로를 감시토록 했다. 그러니 보안부대원은 일반 군인들에게는 미움
의 대상이자 공포의 대상이었다. 이들 중에는 나쁜 사람들도 있어 자
기의 위치를 악용하여 각종 이권에 개입하는 경우도 있었다. 그러나
다수는 본연의 임무에 충실했다. 이들은 책임 부대를 돌아다니며 귀

동냥을 하는데 이를 통해서 득문보고서를 만든다. 이 귀동냥이 부대의 건강에 매우 중요한 역할을 한다. 우선 하급자들의 불평불만을 해소하는 역할을 하며 부정부패를 막고 권력의 횡포를 예방한다.

나쁜 짓을 하려면 보안부대원을 구워삶거나 피해야 한다. 나는 보안부대원의 가치를 알고 이들의 얘기를 들으려고 노력했다. 일단 수시로 불러 얘기를 듣고 내 얘기도 해 주었다. 보안부대에 나의 의도를 설명하고 조언을 구했다. 죽고 사는 문제가 아니면 이들의 의견을 존중했다. 기본적으로 보안부대원을 설득할 수 없다면 아무리 좋은 의도라 하더라도 하면 안 된다고 생각했는데, 그런 일은 없었다.

한번은 한강에 대교를 설치하는 공사 담당자가 찾아왔다. 그는 애로 사항과 레이저 포인터를 50개 갖고 왔다. 애로 사항이 뭐냐고 물었더니 수천 억짜리 국책 사업인데 공사의 애로 사항이 커서 공기를 맞출 수 없다고 했다. 한강은 비무장지대와 똑같은 규정이 적용되어 24시간 경계를 서고 민간인의 출입을 군인들이 통제하는데, 교각 설치 작업이 대규모다 보니 시멘트 작업을 할 때 레미콘 차량 수십 대가 동원된다고 했다. 그러다 보니 자유로에 차량 수십 대를 정차시킬 수밖에 없으며 시간이 너무 걸려서 제때 작업이 불가하다고 했다. 또한 작업자 중에는 외국인이 있는데, 외국인의 출입이 제한되는 지역이다 보니 인력이 부족하다고 했다. 국가적 사업인 만큼 이런 애로 사항을 해결해 주는 것이 나의 임무라고 생각했다. 나는 외국인 인부에 대한 출입 조치와 차량 출입이 제때에 이뤄지도록 지시하고 지시가 조속히 추진되도록 했다. 훗날 레미콘 기사가 초병에게 반말을 하고 짜증을 낸다고 하여 육군 일병이 얼마나 높은 계급인지 알려 주었다.

공사 담당자는 나에게 오기 전에 선배들에게 줄을 대서 만나려고 했다고 한다. 그 과정에서 300만 원을 가져가야 할지 500만 원은 준비해야 하는지 고민했다고 한다. 만약 안 풀린다면 차 한 대 사 주

한강변의 '황중해 소초'에서 3.23 무장공비 대침투 완전작전 기념식을 마치고 2대대원들과.

면 되겠지 싶었는데 지인이 "전인범이한테는 돈이 안 통할 테니 솔직하게 얘기하라." 고 해서 용기를 내 왔다고 했다. 기분이 좋았다.

제29연대는 강안 경계 임무를 갖고 있었는데, 군단에서 매일 연대장이 야간 순찰을 나가는지 점검한다고 했다. 나는 어린애 취급을 받는 것이 불쾌했다. 이런 조직의 일원이라는 현실이 피곤했지만, 그래도 성장하는 부하들의 모습에 보람을 느꼈다. 당시 연대본부의 환경은 엉망이었다. 쓰레기 천지였고 도로는 포장이 안 되어 있고 부대 울타리는 반이나 없었다. 물도 부족했다. 당연히 예산이 필요하지만 건의에 1년, 승인에 1년, 그리고 집행에 1년이 걸렸다. 연대장 재임 기간이 겨우 18개월이니 누가 건의를 하겠는가? 건의하더라도 끝을 볼 수 없는 구조이니 나설 사람이 없었다. 부대에 오래 근무한 부사관들은 자포자기한 지 오래였다.

우선 도로 포장은 레미콘 회사의 협조를 얻었다. 알다시피 레미

군인 가족에 대한 경의를 담아 관사 입구에 세운 〈군인의 아내〉 간판.

콘은 콘크리트를 섞어서 구조물을 만드는 특수장비차량인데, 갑자기 비가 오면 콘크리트를 타설할 수 없어서 버려야 한다는 것이었다. 그럴 때 우리 부대에 제공해 주기로 했던 것이다. 시간이 오래 걸릴 수밖에 없지만 다른 방법이 없었다. 그런데 그해에 비가 갑자기 오는 날이 많아서 3개월 만에 도로 포장이 완료되었다. 외곽 울타리는 강안에서 철수하는 철책을 버리지 않고 부대로 가져와 만들었다. 어쨌든 부하들이 고생을 많이 했다.

문제는 물이었다. 일산 한가운데에 자리잡은 부대임에도 상수도가 깔리지 않아 부대원들이 지하수를 마시고 있었다. 나는 강현석 고양시장을 찾아가 졸라댔다. 결국 4500만 원의 예산을 받아 상수도를 놓았지만, 부대 울타리부터 물탱크까지는 국방부 예산으로 해야 한다는 것이다. 이게 또 3년…. 나는 기다릴 수 없었다. 내 자신을 위해서는 남의 힘을 동원하지 않았지만 부하를 위해서라면 아는 사람들을 모두 동원하여 결국 상수도도 연결하는 데 성공했다.

그리고 부대 인근에 있는 초등학교에 찾아가 우리 학생들을 보살펴 달라고 부탁하고 선생님들을 부대로 초대하여 부대 견학을 시켰다. 우리 아이들이 초등학교 재학 내내 서너 번은 입학과 전학을 해야 한다고 설명하자 선생님들은 눈물을 글썽거렸다. 우리 부대 아파트에는 아래의 글이 담긴 간판을 세웠다.

군인의 아내
사심 없는 봉사

훌륭한 군인의 아내가 되는 것은 남편의 생활을 과도히 따라야 하기 때문에 어렵다.

무일푼으로 가까운 가족도 없이, 낯선 곳에서 생활하는 젊은 초급 간부의 부인이 되기는 힘들다.

엄격한 생활, 자녀 교육, 힘든 이동, 진급, 그리고 항상 떨어져 생활해야 하는 중견 간부의 아내가 된다는 것은 어렵다.

군 복무 최후의 답례품은 국기가 드리워진 관, 조포, 그리고 나팔의 외로운 작별뿐이라는 것을 알면서도 남편이 자기의 직업이자 종교인 군 복무에 헌신하고 검었던 머리가 희어지고 피로해 가는 모습을 지켜보는 고급 간부의 아내가 되는 것은 어려운 일이다.

- "군인 부인의 전통"(후드 엘렌 패튼 포터)에서[2]

---

2 | 제 2차 세계대전의 용장 조지 S. 패튼 주니어 장군의 딸 엘렌 패튼은 어머니를 기리는 책에 위 글을 적었다. 보스턴 상류 사회에서 성장했던 패튼 장군의 아내 베아트리스는 결혼 직후 남편을 따라 척박한 오지의 기병대 기지에 살림을 차리고, 이전과 전혀 다른 방식의 삶을 마주하며 좌절을 겪었으나 끝내 극복했다. 엘렌 패튼 역시 후에 '군인의 아내'가 되었다.

부하가 2,500명이나 되다 보니 무엇이든 함부로 지시할 수가 없었다. 모든 일은 공감대를 형성하고 의견 수렴을 거쳤다. 한번은 외부 공연이 있어 연대 병력을 모두 모았다. 무대를 만드는 데 비용이 많이 들었지만 여기저기서 끌어 모아 준비했고 예술학교 학생들이 무대에서 공연했다. 학생들에게도 대중 앞에 서는 경험이 필요하다고 했다. 장병들에게는 맥주를 한 캔씩 주었다. 그때의 분위기는 하늘을 찌를 정도로 좋았다. 공연이 끝나자 출연진이 "부대를 많이 다녀 봤지만 맥주 놓고 구경하는 부대는 처음."이라며 이 부대는 사기가 높은 것 같다는 감상을 전했다.

한번은 중사 1명이 지시를 위반하고 아버지 차량을 부대 인근에 숨겨 두고 타고 다니다가 중앙선을 넘어 마주 오던 차량과 충돌하는 사고를 냈다. 그나마 아무도 죽지 않은 것이 천만다행이었다. 본인도 부상을 입어 병원에 입원했는데, 이런 경우 완전 죄인이 되는 것이 일반적인 분위기였다. 나는 내 자식이 이런 사고를 냈다면 어땠을까 생각했다. 잘못은 잘못이지만 우선 치료부터 하지 않겠는가?

나는 사고자가 잘 치료받고 선처를 받도록 조처했다. 담당 헌병은 너무 관대하다고 지적했지만, 나는 "제 자식이었다면 그렇게 하지 않겠어?" 라고 하자 금방 납득해 주었다. 부하를 자식처럼 생각하는 것도 중요하지만 행동으로 옮길 수 있어야 한다.

연대장으로 복무하던 중 여군(이정은/여군사관)을 보병중대장으로 쓰면 어떻겠냐는 제의가 들어왔다. 당시만 해도 여군 장교들은 신병교육대 소대장과 중대장, 그리고 신교대장을 시키는 범위를 벗어나지 못했다. 나는 흔쾌하게 받아들여 대한민국에서 처음으로 여군을 전투부대 소총중대장으로 보직하였으며 강안 경비대대 소속의 임무를 부여했다. 연대장의 결심을 받아들인 대대장도 마음이 편하

혹한기 지속행군 중의 연대원들. 타 부대가 폭설로 차례차례 훈련을 중단하는 가운데 29연대는 마지막까지 행군을 진행했고, 다른 부대와는 달리 재훈련 없이 쉴 수 있었다.

진 않았겠지만 결국 임무를 잘 수행하였다.

연대 훈련 기간에 폭설이 내렸지만 나는 우리 부대가 충분히 행군할 수 있다고 보았다. 그런데 다른 부대들이 연달아 행군을 중단해 결국 우리 부대만 남게 되었다. 상급부대에서는 어떻게 할 거냐고 물어 왔지만 우리는 속행한다고 답했다. 하지만 계속 질의가 날아왔다, 나는 역시 행군을 계속하겠다고 했다. 이젠 나보다 상급부대가 더 걱정하는 모양새가 되었다. 또 연락이 왔다. 나는 우리가 중단하면 이것으로 끝이며 다시 행군하는 일은 없을 것이라고 답했고, 결국 부대는 복귀했다. 얼마 뒤 다른 부대는 중단되었던 행군을 다시 하러 갔지만 우리 부대는 쉴 수 있었다. 사기가 올라간 것은 말할 것도 없었다.

연대장 근무 중 북한의 도발로 출동 준비 지시가 떨어졌다. 나는 대대장 시절의 경험이 있었기 때문에 탄약 불출이 빠르게 이뤄져서 다른 부대보다 출동 준비 완료가 빨랐다. 다행히 출동은 일어나지 않았다. 나는 탄약을 다시 걷는 것이 시간이 많이 걸린다는 사실을 알고 있었기 때문에 미리 준비를 하고 있었다. 출동 지시가 취소되자 우리는 짧은 시간 내에 반납이 가능해서 저녁을 부대에서 먹을 수 있었지만, 다른 부대는 자정까지 고생했다. 이런 일들이 누적되면서 내 연대는 높은 사기를 유지할 수 있었다. 나를 비롯해 부대원들의 머리는 짧게 깎았다. 남북한 화해 무드가 강조되는 시기였지만 나는 집합할 때마다 "김일성 개새끼! 김정일 개새끼!"를 외치게 했다. 검열에서 이 일을 지적하는 상급부대 장교도 있었다. 그러나 이런 사람들은 북한군보다 더 무서운 내부의 적이다.

훈련을 나갈 때마다 통신이 문제였다. 통신은 제대로 연결이 안 되었고 차량은 30~40년이 된 것들이라 운행이 불가능했다. 병사들의 장비는 10년 전의 대대장 시절과 마찬가지였다. 그때까지는 군에서 주는 대로 들고 싸웠지만 이때부터 "우리 군은 왜 이렇지?"라는 문제의식이 일어났다. 북한만도 못한 보병의 화기와 장구류는 한심한 수준이었다. 나는 옛날처럼 트럭을 몰고 사단 보급대로 쳐들어갔지만, 이제는 돌봐야 할 인원이 2,500명이나 되었기에 보급품을 확보하는 일이 쉽지 않았다. 그래도 최대한 내 부하부터 챙기고 먹였다.

간부 식당은 없애고 병사들의 식사를 가져다 먹였다. 나는 메인 테이블을 월, 수, 금요일에만 운영했다. 참모들이나 직할대장들이 매일 점심시간에 참석해야 하니 은행 일이나 치과 진료 같은 개인 용무도 못 가기 때문이었다. 화요일과 목요일은 자기 시간을 가지라고 한 것이고, 들어오는 간부들을 순서대로 옆에 앉혀서 얘기를 들었다. 나는 이들이 하는 말보다 하지 않는 얘기를 주의 깊게 들었다.

연대의 군종장교가 기독교 목사였는데 전역을 하여 부대에서는 종교 활동이 어려웠다. 다행히도 퇴임하신 민간 목사님이 주말 예

29연대 무우법당 개원식에서. 타인의 믿음을 존중해야 자신의 믿음도 존중받는다고 생각해 흔쾌히 법사를 연대 군종장교로 받아들이고 봉안식과 법당 개원식에 참석했다.

배를 맡아 주셨다. 얼마 있다가 상급부대에서 불교 법사를 군종장교로 받겠냐고 물어 왔다. 다른 부대에서는 거절했다는 것이다. 나는 흔쾌히 승낙했다. 법사가 왔으나 법당이 없었다. 하루는 법사가 창고로 쓰는 가건물을 법당으로 만들어도 되겠냐고 허락을 구했다. 나는 청소는 해 줄 수 있지만 예산을 지원받기가 쉽지 않다고 얘기했다.

법사는 자기가 알아서 하겠다고 했다. 어느날은 불상이 들어오는데 작은 행사가 있으니 참석하시겠냐고 물었다. 나는 내 종교가 존중받기 위해서는 남의 종교를 먼저 존중하는 자세가 중요하다고 생각하여 행사에 참석했다. 나는 우리 부대에 불자가 그렇게 많은 줄 몰랐고, 내가 참석하자 불자 부하들은 너무 좋아했다. 솔직히 말하면 어색했지만 참석하기를 잘했다고 생각한다.

연대장실에는 책상이 두 개 있었다. 이게 뭐냐고 했더니 하나는

전두환 연대장이 월남전에서 사용하던 책상. 연대 역사관을 만들어 전투상보와 함께 비치했다.

전두환 대령이 베트남에서 쓰던 책상이라는 것이다. 지금 용도는 무엇이냐고 물었더니 딱히 쓰임새가 없다고 했다. 나는 책상을 회의실 겸 연대 역사관으로 옮기고 [전두환 연대장이 사용한 책상]이라는 푯말을 놓았다. 어느 날은 연대장실에서 월남전 당시의 전투상보를 발견해 이것도 역사관으로 옮겨서 '전두환 책상' 위에 놓았다. 전두환 대통령의 대통령으로서의 평가와 연대장으로서의 평가는 별개 문제라고 보았기 때문이었다. 이후 연대장 근무가 끝나 갈 무렵 전두환 전 대통령의 초대를 받았다. 연대 역사관에 놓아 두었던 전두환 전 대통령의 책상을 본 이기백 장군님께서 전두환 전 대통령에게 9사단 29연대가 책상을 전시해 두었고, 지휘관이 나라는 얘기를 하셨던 것이다. 전두환 전 대통령이 베트남전 때 맡았던 부대가 바로 내가 연대장으로 있는 29연대였다. 이 인연으로 이기백 장군님을 통해 초대를 받았던 것이다.

나는 연대장 복무를 마치고 이라크로 파병되기 전에 시간을 내서 연희동을 방문했다. 전두환 전 대통령으로부터 베트남전 당시의 일들과 하나회, 6.29 선언 등의 이야기와 미국 및 일본을 설득해 차관을 받아 온 일화 등 많은 이야기를 들었다.

연대장으로 근무하던 중 연대전투단 평가를 받게 되었다, 영어로 RCT라고 하는데 Regimental Combat Test의 약자이다. 다른 부대였다면 휴가를 중단하고 부대가 시험을 준비하는 것이므로 고시생처럼 행동한다. 나는 이런 짓이 정말 싫었다. 휴가는 물론 모든 것은 정상적으로 실시하고 조금 더 신경 쓰는 정도로 해도 바쁜데 지휘관이 나서면 밑에서는 쓸데없는 고생을 많이 하기 때문이다. RCT는 두 부대가 쌍방훈련으로 진행하는데, 상대방 부대는 휴일 근무는 물론 매일같이 야근한다는 얘기를 들었다. 평가 시작 시점에서 상대방 부대는 지쳐 있었지만 우리 부대는 쌩쌩했다.

그런데 평가단장이 상식적이지 않은 사람이었다. 육사 1년 선배였던 그는 자신도 평가 대상인데도 평가단장이 된 것이다. 육대에서 배운 알량한 지식으로 평가를 하는데 주위에서는 D급 장교가 A급 장교를 평가하는 꼴이라고 할 정도였다. 하지만 나는 최대한 존중하고 내색하지 않았다. 또한 이런 웃기는 평가에서 1등을 하려고 발버둥 치고 싶지도 않아서 불합격만 면하면 된다고 생각하고 있었다. 그런데 평가단장이 군단장이 오시는데 영접을 안 나간다고 지적하거나 부대원들의 위장이 과도하다는 등 시비를 계속 걸었다.

나는 이 사람의 관심을 돌리기 위해 '부대 차량이 전복되어서 다수의 부상자가 발생했다'는 거짓 정보를 흘렸다. 평가단장은 이 보고를 받자 내가 사고 사실을 은닉하고 있다고 판단하고는 신이 났다. 내가 보고를 안 하자 자기 밑의 장교와 부사관을 시켜 우리 부대 소속 모든 차량의 행방과 군 병원은 물론 인근의 민간 병원까지 부상자를

연대 RCT 준비 기간 중 우리 부대는 충분한 휴식을 취해 컨디션이 좋았고, 합격 평가를 받았다.

찾았다. 이렇게 바빴으니 평가 기간 중 우리를 괴롭히지 못했던 것이다. 평가는 합격이었고 우리 부대는 사기가 높아졌다.

연대장 근무는 힘들지만 재미있었다. 지휘관으로서의 어려움도 있었지만, 이것을 극복하고 헤쳐 나가는 것이 군인의 멋이라고 생각했기 때문이었다. 연대장 근무를 마치고 보직을 찾아가야 하는데 과거와는 달리 오라고 하는 데가 별로 없었다. 나를 싫어하는 사람들도 있었고 경쟁자들의 지속적인 모함이 있었기 때문이었다. 주로 "영어만 잘하고 실무 능력이 없다." 는 내용이었다. 그들은 그럴싸한 보고서를 만들어 사람들을 현혹시키는 부류들이라고 생각했다.

나는 대령이 될 때까지만 해도 국가에서 주는 장비를 가지고 부하를 잘 훈련시키면 싸워 이길 것이라고 생각했다. 그러나 연대장을 하면서 우리 군에 보급되는 장비에 대한 불만과 불신을 가지지 않을 수 없게 되었다. 우선 쌍안경과 나침의 같은 기본적인 장비가 없었고,

주야간 관측경이라는 물건을 보급해 주었는데 너무 무거워서 손에 들고 볼 수가 없었다. 새로 보급된 군장에는 반합이 들어가지 않아 군장 주머니를 조금만 크게 만들던가 아니면 반합을 조금 작게 만들면 되는데 아무리 건의해도 소용이 없었다. 나는 외국을 다닐 때마다 외국군의 반합을 사서 모아 상급부대에 보내며 여러 차례에 걸쳐 건의를 했을 정도였다. 결국 15년이 지나서 사단장이 되어서야 신형 반합이 나왔다. 도대체 무슨 짓인가? 지금도 무전이 제대로 되지 않고 발전기와 응급처치 키트가 없는 등 개인 전투원에게 꼭 필요한 기본 장구류가 없는 것은 대단히 위험하다고 확신하고 있다. 전투가 벌어지면 죽지 않아도 되었을 부상병들이 이 때문에 죽을 것이기 때문이다.

이라크 파병

몇몇 군단에서 작전참모를 제의받았지만 내가 가야 할 곳은 육군본부나 합참이었다. 그런데 그곳에 가고 싶지 않았다. 보나마나 쓸데없는 일이나 할 거라고 생각했다. 그러던 중 특전사령부에서 작전처장을 제의받았다. 통상 이런 보직은 지휘관이 결심하지 않는 한 돌아오지 않기 때문에 나는 "사령관이 누구지?" 라고 물을 수밖에 없었다. 백군기 장군(육29)이라는 답변이 돌아왔다. 나는 "복도를 걷다가 백 장군께 경례한 적은 있어도 차 한 잔 마신 적도 없는데 어떻게 작전처장으로 부르시냐?" 고 물었다. 그럼에도 나를 지목해 부르셨다고 하자 내가 소령으로 근무했던 작전처의 처장으로 간다는 사실에 감개무량하여 기꺼이 수락했다.

그런데 몇 주 뒤 육군본부에서 연락이 왔다. 이라크 다국적군 본부에 가겠냐고 문의하는 것이다. 나는 "이등병도 아니니 군의 명령대로 하겠다. 다만 절차를 밟아 달라."고 했다. 절차는 내가 지원해야 하는데 지원할 생각이 없었기 때문에 무산되리라 생각했다. 그리고 한 달 후에 육본에서 "파병을 축하드립니다." 라는 전화가 왔다. 나는 지난번 통화를 통해 거절로 갈음했다고 생각했었기에 "무슨 소리야! 지원도 안 했는데?" 라고 되물었다. 알고 보니 합참의장이 직접 요청했다는 것이며 귀국하면 원하는 보직으로 보내준다고 했다. 그렇지만 그 말을 믿을 정도로 바보는 아니었다. 어찌 되었건 가게 되었으니 별 방법이 없었다. 걸프전과 동티모르 파병은 무산되었지만 이렇게 전쟁터로 떠나게 되었던 것이다.

사정을 알아보니 우리가 이라크에 상당한 규모의 병력을 파병하고 있음에도 다국적군 사령부에 제대로 된 보직을 받지 못하고 있어 나를 보내고자 한다는 것이었다. 다시 말해서 우리는 자이툰 부대를 보냈지만 다국적군 사령부에는 연락반만 운영하고 있어서 참모부에 한국군이 없는 현실을 김종환 합참의장(육25)이 바로잡고 싶어 했던 것이다. 직책이 뭐냐고 물어보니 전략정보과장이라고 하는 것이었다. 그러나 미군이 외국군에게 전략정보과장을 시키지 않을 것 같아 의아했다. 그런데 조금 있으니까 선거지원과장으로 직책이 바뀌었다는 연락이 왔다. "그러면 그렇지, 가서 앉아 있다가 서울대 논문이나 써야겠다." 고 생각했다. 정말 가고 싶지 않았기 때문이다.

출국에 앞서 백군기 장군을 찾아갔다. 감사 인사도 전하고 내 뜻으로 특전사에 가지 않는 것이 아니라고 설명하기 위해서였다. 1시간 운전해서 갔는데 만난 지 5분이 지나자 서로 할 말이 나오지 않았다. 나는 "제가 평소에 사령관님을 좋아합니다." 라고 했더니 왜 그러냐고 물으셨다. "제가 평소에 아랫사람 군기를 잡는데 장군님 성함이 군기라서 그렇습니다." 라고 썰렁한 농담을 던졌다. 백 장군님은 웃으며 기념 모자를 주시고는 총알 맞지 말라고 격려해 주셨다.

알 파우 궁전 내에 가벽을 치고 사무실을 꾸렸다. 선거지원과 파티션에는 태극기를 걸었다.

　　김종환 의장에게 신고하는 날이 되었다. 그런데 김 의장은 격려는 뒤로하고 내가 실무에 약하다는 우려부터 말하는 것이었다. 당연히 불쾌했지만 참았다. 그런데 김 의장이 의미심장한 말씀을 했다. "전 대령, 미군과 한국군의 차이가 뭔지 알아?" 이건 또… 뭘까? 라고 생각하며 기다렸더니 김 의장은 "미군은 이라크 사람들에게 과자를 던져 주지만 한국군은 두 손으로 준다." 는 말씀을 하셨다. 이후로 나는 이 말을 잊은 적이 없다.

　　출발 전에 뵈었던 아는 목사님이 내가 나오는 꿈을 꿨는데 내가 궁전에 있는 모습을 봤다고 하셨다. 기분이 엄청 안 좋았다. 죽어서 하나님의 궁전에 가는 것이라고 들렸기 때문이다. 그런데 이라크에 가 보니 다국적군이 후세인의 궁전[3]에 사령부를 차리고 있었다. 그 목사님의 꿈이 현실이 되고 만 셈이다.

─────────────
3 |　다국적군은 알 파우 궁전(Al-faw Palace)과 공화국 궁전(Republican Palace)에 각각 사령부와 군정청을 차렸다.

바그다드의 그린 존(안전지대)에 있던 다국적군 사령부는 그린 존이라는 말이 무색하게도 평균 열흘에 한 번꼴로 적의 포격이나 테러가 있었다. 바그다드를 다닐 때는 항상 소총을 들고 방탄차를 타고 다녔다. 전쟁 지역이라 지루해할 새도 없이 총을 쏘아야 할 일이 생기는 위험한 곳이었다.

미군들은 영어도 못하는 인물이 와서 벽이나 쳐다보다 돌아갈 줄 알았던 모양이다. 그러나 내가 입을 여는 순간 생각이 바뀌었을 것이다. 내 보직은 그동안 미군 중령(질레트)이 대리로 맡고 있었다. 임무는 이라크에서 실시되는 제헌의회 선거 지원이었다. 선거에 대한 감독은 유엔이 맡지만, 다국적군이 안전을 책임지며 선거 관련 물자를 지원하는 것이다. 다시 말해 투표용지와 투표소, 책상, 그리고 잉크까지 선거에 필요한 모든 물품을 제작해 이라크로 가져오는 것이 다국적군의 임무였다. 캐나다와 중국에서 이런 물자를 만들면 보잉 747급 항공기 20대로 이라크로 가져와 다시 도로와 헬기 그리고 소형 비행기로 이라크 전역의 5,800개 투표소에 전달하는 것이다.

미군 중령은 5장도 안 되는 파워포인트로 업무를 소개했다. 자기가 모두 알아서 할 테니 걱정하지 말라고 했다. 나는 웃기는 놈이라고 생각했다. 과에는 미군 중령 2명, 영국군 중령 1명, 미군 소령 2명, 호주 해군 소령 1명, 미군 대위 3명 그리고 미군 부사관 1명이 있었다. 이 중에서 유엔선거관리단에 1명, 이라크 정부 부서에 3명이 연락장교 역할을 하고 있었다. 5평 정도 되는 방에 이 인원들이 근무하고 있었고 각자 컴퓨터가 2~3대 있었다. 하나는 일반망 접속용, 하나는 기밀문서를 공유하는 군사망 접속용, 그리고 하나는 미국 및 미국의 핵심 동맹인 영국, 캐나다, 호주, 뉴질랜드까지 5개 영어권 국가로 이뤄진 이른바 '파이브 아이즈'만 정보를 열람할 수 있는 컴퓨터였다. 나에게는 두 대가 주어졌다. 이들은 자기에게 주어진 컴퓨터를 가지고

바그다드는 안전이 담보되지 않았기에 이동시 반드시 실탄 보유 단독군장에 방탄차를 탔다.

격실을 만들어 서로의 얼굴을 안 보고 살았다. 나는 컴퓨터를 책상 아래로 내리자고 했지만 다들 듣는 척도 하지 않았고, 하루가 지나고 이틀이 지나도 아무도 치우지 않았다. 나는 셋째 날 새벽에 출근해서 모두 내려놨고, 그 뒤로 아무도 컴퓨터를 책상 위에 다시 올리지 않았다.

자살폭탄 테러로 인한 폭음은 거의 매일 들렸다. 열흘 정도 지나자 답답해졌다. 한마디로 질레트는 얄미운 녀석이었고, 과원들 역시 말을 듣는 것도 안 듣는 것도 아닌 상태에서 시간만 지나가는 기분이었다. 어느날은 출근했더니 질레트 중령과 영국군 중령이 언쟁을 하고 있었다. 갑자기 미국 대사가 선거 준비 사항을 보고해 달라고 했는데, 미군들은 출장을 가야 했기 때문에 영국군에게 대신 가라고 한 것이 언쟁의 원인이었다. 이런 일이 있을 경우, 원칙대로라면 과장인 나에게 지침을 받아야 하는 것이니 당시 과의 분위기를 알 수 있을 것이다. 나는 내가 보고할 테니 걱정하지 말라고 했다.

다음날 대사와 대사관 참모들에게 선거 준비 상황을 보고했다. 대사는 이번에 투표율이 얼마나 될 듯하냐고 물었다. 나는 투표율이 얼마나 나오느냐보다 선거 실시 자체가 중요하다고 답변했다. 하지만 대사는 계속 대략적인 숫자를 말해 보라고 재촉했다. 나는 "대사님, 이미 답을 드렸는데 뭘 또 물어보십니까?" 라고 응수했다. 브리핑이 끝나자 대사는 "보고 잘 받았다. 그리고 전 대령은 아주 현명한 장교인 것 같다." 고 나를 칭찬했다. 나는 진심이시면 저의 상관인 민사국장 스티븐 해셤(Steven Hashem) 장군에게 이메일을 보내 달라고 했다. 대사는 내 요청을 받아들였고, 다음날 해셤 장군에게 이메일을 보냈다.

나는 그 이메일을 우리 과원들도 공유할 수 있도록 했다. 나는 질레트와 다른 미군 중령을 앉혀 놓고 어제 브리핑 진행에 대해 들었냐고 물어봤다. 그 둘은 들었다고 답변했고 뭐라고 들었냐 하니까 "보고가 아주 잘 되었다." 고 들었다고 했다. 내 영어는 어떠냐고 물었더니 미국 사람보다 낫다고 대답하는 것이었다. 그러자 나는 "그러면 진술서 하나씩 써 봐." 라고 지시했다. 둘은 의아한 얼굴로 "진술서 내용을 뭐라고 써야 합니까?" 라고 물었다. "아니, 방금 얘기한 대로 몇 월 몇 일 실시한 보고는 잘 됐고 영어는 미국 사람보다 낫다. 그렇게 쓰면 된다." 라고 했더니 어디에 쓰시려고 그러냐고 물었다. 나는 "야, XX 놈들아! 너희들 여태까지 나를 어떻게 취급했어? 내가 뭘 물어보면 단답식으로 답변하거나 불성실한 대답이나 하고… 내가 가만히 있을 줄 알았어? 그런 대우를 받으려고 8,000마일을 날아온 줄 알아? 나는 너희들 진술서 갖고 한국으로 돌아갈 거야!" 라고 엄포를 놓았다. 미군 중령 둘이 과원들로부터 완전히 인심을 잃은 상황을 파악했기 때문에 이런 일을 벌일 수 있었다. 영국군 장교가 처음에 협조를

지원과 사무실에서. 텃세를 부리는 미군을 실력으로 제압해 과 내의 분위기를 다잡아야 했다.

거부했던 이유도 여기에 있었다. 다른 사람들은 못 듣는 척하고 있었지만, 이 순간부터 과의 주도권은 나에게 넘어왔다.

　　선거지원과의 임무 중 하나가 이라크 정부 요인들과의 협조였다. 이라크 내무부 차관, 국방차관, 경찰청장 그리고 안보실장 등이 나의 주요 카운터 파트너였다. 첫 합동 회의를 하는데 미군 장교가 가운데에 앉기에 비키라며 어깨를 손으로 쳤다. 이라크 사람들은 내 행동을 보고 한국에서 온 대령이 새로운 보스라는 것을 확실히 알게 되었다. 그동안 여유롭게 하던 회의는 이렇게 끝이 났다. 과제를 제시한 뒤 다음 회의 때까지 보고하도록 했고, 보고가 늦어지면 질타를 했다.
　　문제는 회의 장소로의 이동 자체가 여간 위험한 일이 아니었다는 것이다. 바그다드는 도시 전체가 지뢰밭이나 마찬가지였다. 메소포타미아의 중심지이자 아바스 왕조의 수도로 아름다움을 자랑했던 바그다드는 폐허가 되었고, 미국 텍사스 주 사람들의 큰 키를 빗대

사람 키의 두 배가 넘는 텍사스 방벽. 방벽과 철조망이 에워쌌지만 그린 존은 '그린'하지 못했다.

'텍사스 방벽'[4]이라고 불렸던 콘크리트 구조물이 곳곳에 서 있었다. 텍사스 방벽은 높이가 3미터를 넘었고, 때로는 6미터를 넘기기도 했는데, 자폭 테러를 막는 수단으로 쓰였다. 앞서 말한 그린 존은 전체 구역을 텍사스 방벽이 감싸고 있었다. 이 경험으로 나는 우리나라에서 절대로 전쟁이 다시 일어나면 안 되겠다고 생각하게 되었다. 밤에는 적의 간헐적 포격으로 잠을 깨는 일이 잦았다. 한밤중에 잠을 제대로 자지 못하도록 로켓을 발사하고 도망가는 방식이었는데, 경보가 울리면 가까운 대피소로 가야 했지만 조금 지나자 경보가 울려도 그냥 자게 되었다. 대피할 곳이라곤 없는 민간인들만 불쌍한 처지였다.

얼마간 시간이 지나자 이라크 차관들이 애로 사항을 말하기 시작했다. 우선 휴대전화가 더 필요하다는 것이었다. 이라크에서 휴대전화를 갖기 위해서는 미군 통신장교의 허가증이 있어야만 했다. 차

---

4 | 이라크에 머무르는 동안 텍사스 방벽이라 불린 이 구조물은 이후 이라크 최고 행정관 폴 브레머의 이름에서 따 온 '브레머 장벽'이라는 정식 이름이 붙었다.

선거 지원을 위한 합동 회의. 이라크 정부 인사들의 고충을 해결해 주며 좋은 관계를 유지했다.

관들은 보좌관 또는 가족들에게도 휴대전화를 주고 싶었는데 방법이 없었던 것이다. 나는 미군 보안담당관에게 허가증을 달라고 했다. 미군들은 나에게 항상 너그러웠다. 개통하는 데 얼마나 걸리겠냐고 물었더니 한 일주일 걸린다는 답변이 왔다. 여기서 나는 약간의 트릭을 썼다. 차관들에게는 한 달 정도 걸릴 거라고 이야기해 두고는 일주일 만에 가져온 것이다. 그분들은 엄청나게 고마워하고 반가워했다.

이라크에서는 한밤중에 미군들이 집을 검문하는 일이 가끔 있었다. 그 당시에는 가족등록표라는 것이 있었는데 밤늦게 집에 가서 가족등록표에 없는 사람이 있으면 일단 연행하는 것이 규정이었다. 그러나 차관급 인사나 경찰청장 등 이라크 행정부 관료의 집에까지 이렇게 하는 것은 조금 지나친 처사였다. 나는 보안담당관과 협조해서 내무차관과 국방차관, 경찰청장 집에는 별도의 신고 절차를 두어 밤에 검문하러 가는 일은 가급적 없도록 협조해 주었다. 이라크 사람들이 고마워했음은 말할 것도 없다.

주 이라크 한국대사관에서는 부대 출입이 쉬워졌기 때문에 나를 굉장히 좋아했다. 보답으로 대사관에서 무엇을 해주면 좋겠냐고 하기에 선물을 좀 준비해 달라고 했더니 달력과 홍보물, 그리고 위스키를 한 박스 내주었다. 나는 술을 마시지 않았으므로 이라크 차관들에게 선물로 주었다. 처음에는 안 받는다고 했지만 나는 안 받으면 실례니까 일단 받으시고 그 다음에 버리면 되지 않겠냐고 달랬다. 이렇게 우리 과와 이라크 정부의 관계는 굉장히 원만하게 흘러갔다.

선거일이 다가오자 모든 것이 우리 과 중심으로 이루어졌다. 시간이 좀 지나자 전체 회의는 물론이고 백악관과 직접 하는 회의에도 참석하기에 이르렀다. 이 회의는 미군 장군 몇 명과 대령 등 극히 제한한 인원만 참석하는 회의였다. 그러나 갑자기 한국에서 온 대령이 부대 운영의 중심에 서게 된 것이다.

그러던 어느 날 미국에 살고 계시던 아버지 가족으로부터 아버지께서 폐암 말기라는 연락이 왔다. 나는 아버지께 전화를 수시로 드렸다. 마지막으로 통화했을 때에는 아버지께서 "내 걱정은 하지 말고 너나 조심해라." 라고 하셨는데, 그 통화 일주일 뒤에 운명하시고 만 것이었다. 한국에서는 이 소식을 듣고 항공기표를 마련해 주었지만 선거가 곧 있기에 부대를 떠날 수는 없었다. 이렇게 나는 불효자가 될 수밖에 없었고, 공적으로나 사적으로나 참으로 힘든 시기였다.

선거 직전 이라크 전역의 경찰서장을 모아 최종 회의를 하게 되었다. 내가 주관하는 회의였다. 나는 우리나라의 홍보물을 나눠주며 "우리나라도 50년 전에는 오늘의 이라크처럼 힘들었지만, 용감한 경찰서장들 덕분에 오늘날 이렇게 잘 살고 있으니 여러분들도 용기를 갖고 최선을 다해 달라." 고 발표했다. 반응은 좋았고, 이 광경을 본 영국군 장군은 안심이 된다는 내용의 보고를 올렸다.

이라크 전국 경찰서장 회의. 대한민국의 민주화 및 발전 경험을 이야기해 좋은 반응을 얻었다.

선거 물자도 계획대로 도착했고 분배도 큰 문제없이 진행되었다. 그러다가 선관위 직원들 수천 명의 봉급과 수당을 전달해야 하는 문제가 생겼다. 전쟁 지역이라 현금으로 주어야 하는데 손이 모자란다고 하여 나와 과원들이 현금 수백만 달러를 수송하였다. 더플백 하나에 약 150만 달러가 들어가는데 엄청나게 무거웠다. 우리 4명이 5~6백만 달러를 한꺼번에 이동시켰는데 만약 도적떼를 만났더라면 살아남기 어려웠을 것이다.

다국적군사령부의 작전본부장은 호주군 소장이었다. 제임스 몰란(James Molan) 소장은 키가 큰 군인이었는데, 나를 신뢰했다. 선거 당일 아침, 작전본부장은 대형 스크린 앞에 서서 걱정스러운 모습으로 진행 상황을 보고 있었다. 그러다 나를 돌아보더니 오늘 어떻게 될 것 같냐고 물었다. 나는 "저도 잘 모르겠습니다. 다만 제가 운이 따르는 사람이니까 잘 될 거라고 생각합니다." 고 답했다. 그날 이라크 국민들은 저력을 보였다. 테러의 위험에도 불구하고 80%가 넘는 투표

미군은 선거 지원 공로로 내게 미 동성훈장을 수여했다. 뒤는 민사국장 스티븐 해섬 장군.

율을 보였고, 테러 사건도 없었다.

　선거가 끝나고 한숨 돌리고 있는데 호주군 장교가 짜증을 내며 사무실로 들어왔다. 무슨 일이냐고 묻자 한두 장 구하기도 어려운데 자꾸 사람들이 남는 투표용지를 구해 달라고 하여 귀찮다고 하는 것이었다. 왜 사람들이 그걸 달라고 하는지 궁금해 이유를 물었다. 그랬더니 고향의 자녀들이 다니는 학교 등에 보내서 자신들이 무슨 일을 하고 있는지를 알리고 싶다는 것이었다. 나는 선관위원장을 찾아가서 여분의 투표용지를 좀 달라고 했다. 얼마나 필요하냐고 묻기에 1,000장만 달라고 답했다. 그는 깜짝 놀라며 그렇게 많은 투표용지를 어디에 쓰려고 하냐고 물었다. 이번 선거 경호 작전에 참가한 병력이 얼마인 줄 아느냐? 그들에게 좀 나눠 주려고 한다고 했더니 쾌히 승낙했다. 이 일로 인심을 많이 얻었다.

　우리 과원들은 한국말 두 가지를 알고 있었다. 하나는 "씨발."이

귀국 후 화랑무공훈장을 수훈했다. 군인으로서 얻을 수 있는 최고의 영예였다.

었고 또 하나는 "가자."였다. 일이 꼬일 때면 나도 모르게 쌍욕이 나왔
는데 이내 다들 그것을 알아들었고, 점심시간이 되어 다 같이 나가야
할 때 내가 "가자." 라고 하면 모두가 일어났다. 키가 작은 한국군 대
령이 키가 큰 미군, 영국군 그리고 호주군의 호위를 받으며 일사불란
하게 복도를 걸어가는 모습은 인상적이었을 것이다. 과원들은 서로
를 설득하고 공감대를 이루며 일했다. 나를 무시하는 처사는 가만두
지 않았고, 미군과 파이브 아이즈만 보는 컴퓨터를 보여주지 않으려
들면 나도 컴퓨터를 꺼 버렸다. 결국 내가 달라고 하는 자료는 출력
해서 보고했다. 나는 이때부터 앞으로 내가 이끌 한국군도 똑같이 대
하겠다고 마음먹었다. 외국군에게는 말랑말랑하게 대하면서 자국군
에게는 고압적인 자세를 취하는 것은 옳지 않다고 믿었기 때문이다.
　　나는 이라크에서 선거 관리 업무를 무사히 수행한 공로를 인정
받아 미군으로부터 동성훈장을 받았고 우리 정부로부터는 화랑무공
훈장을 받게 되었다. 군인으로서는 최고의 영예였다.

국방부 미국과장 그리고 작전권 회수 문제

이라크에서 맡은 일의 마무리를 짓고 7개월 만에 귀국하게 되었는데, 이번에도 보직이 문제였다. 나는 국방부 미국과장을 하고 싶었다. 내 능력으로 국가에 크게 이바지 수 있는 자리였기 때문이다. 그러나 당시 정책실장이었던 안광찬 장군과 사이가 틀어져 있었기에 국방부에서 자리를 맡기 힘들어졌다. 출국 전에 관계를 좀 개선해 보려 했지만 더욱 악화되고 말았기 때문에 도저히 가능성이 없었다. 안 장군 외에도 내게는 적이 많았다.

상황이 이렇자 주변에서는 당시 수방사령관이 내가 연대장을 할 때 사단장이었던 이영계 장군(육30)이었으므로 수방사 연구관으로 근무하면서 마땅한 보직을 찾아 보는 것이 어떻겠냐고 권했다. 나는 이영계 장군님을 좋아했지만, 그보다는 새로운 분을 만나는 쪽이 나을 것 같아 파병 전에 제의가 들어왔던 특전사 연구관을 지원했다.

특전사령관 백군기 장군은 나에게 과분할 정도로 잘 대해 주셨다. 대화를 나누다 "전 대령, 나는 자네와 얘기하면 마음이 편해. 우리 친구처럼 지내자." 라고까지 하셨다. 나는 "정말입니까?" 라고 반문했다. 어쨌든 6개월 동안 연구 활동을 하며 특전사의 현실과 문제점을 잘 파악할 수 있게 되었고, 이 공부는 훗날 사령관이 될 때 피와 살이 되었다.

결국 국방부 미국과장으로 갈 수 있었다. 이렇게 영관급 시절 육본, 연합사, 합참, 국방부에 다 일하게 된 기록을 세웠는데, 내가 처음은 아니겠지만 아주 드문 경우임은 확실할 것이다. 하지만 상황은 그리 녹록하지 않았다. 당시 윤광웅 장관이 국방부를 맡고 있었는데, 해군 출신이어서 개인적으로 전혀 모르는 사이였고 안광찬 정책실장

특전사 연구관 경험은 이후 큰 도움이 되었다. 고창부 준장 전역식에서 사령부 인원들과 함께.

과는 앞서 말했듯 불편한 관계가 된 상황이었다. 그래도 전임 미국과
장인 김병기(육 35) 대령이 나를 이해하고 챙겨 주셨기에 힘이 되었다.

　　미국과는 국방부의 핵심 부서이다. 육군 대령이 과장이고 육군
중령 2명, 공군 중령 2명, 해군 중령 1명과 소령 1명, 사무관이 2명, 부
이사관 1명, 행정 요원 2명 등 각 군과 민간인, 여자와 남자 그리고 다
양한 연령대가 함께 근무했다. 이렇게 구성원의 출신이 다양했지만,
정작 육군 중령 두 명에게 모든 업무가 집중되어 이들은 매일 야근을
했다. 반면 공군과 해군은 할 일이 별로 없었다. 민간인들은 중간에서
눈치를 보는 입장이었다. 왜 공군과 해군은 일이 없냐고 묻자 그들은
기술군이기 때문에 정책 마인드가 부족하다고 하는 것이었다. 사무
관은 행정고시를 수석으로 합격했음에도 여자이고 나이가 어리다는
이유로 평가절하를 당하고 있었다. 나로서는 같은 어려움을 겪으셨
던 어머니 생각이 나지 않을 수 없었다.

　　나는 1,000억짜리 항공기를 조종하고 박사 학위를 갖고 있는 인

물이 정책 마인드가 없다고 낙인찍는 어처구니없는 생각에 기가 막혔다. 다른 공군 중령은 프랑스에서 박사 학위를 받았다. 해군 중령은 함장을 역임한 인물이고 소령은 공부를 많이 한 UDT/SEAL출신이었다. 하지만 이들에게 일이 주어지지 않으니 답답할 수밖에 없고 성장도 할 수 없었다. 사무관과 부이사관들도 얼마나 답답했을지 상상이 갔다. 육군 장교들은 매일같이 야근을 하는데 본인들은 할 일이 없으니 얼마나 힘들었을까? 퇴근 시간이 되면 두 육군 중령을 제외한 나머지 과원들은 주변을 배회하다 도망가듯 퇴근하거나 할 일 없이 사무실을 지켰다. 사무실에는 큰 쓰레기통이 3개가 있었는데 비우는 사람이 없었다. 깔끔한 성격의 남자 직원이 보다 못해 쓰레기를 버렸고, 장교들은 쓰레기통이 넘치면 발로 밟아 주는 정도였다.

나는 여자들은 제외하고 앞으로 제일 먼저 퇴근하는 남자 직원이 매일 쓰레기통을 비우도록 했다. 퇴근하는 명분을 주고 덜 미안해하도록 하기 위해서였다. 또한 매일 오전 9시에 회의를 하자고 했다. 처음에는 불만을 가지는 모습이 빤히 보였지만, 회의를 위해 무언가를 별도로 준비하지 않아도 된다고 말하니 다들 부담을 더는 듯했다. 오전 회의 시간에는 둘러앉아 잡담을 10~15분 동안 하다가 끝날 무렵에 오늘 자신이 하는 제일 중요한 업무를 말하도록 했다. 이렇게 한 이유는 놀랍게도 옆 사람이 뭘 하고 있는지도 모르고 지내고 있었기 때문이었다. 이 과정에서 육군 출신에게 지나치게 업무가 몰리는 문제를 해결하고 과원 각자에게 적성과 특기에 맞게 적절한 업무가 돌아갈 수 있었다. 우리나라에서는 두 마리 토끼를 쫓지 말라고 한다. 그러나 대령이 되면 잡아야 할 토끼가 열 마리가 넘는다. 또한 단 한 마리도 놓쳐서는 안된다. 이때 가장 필요한 능력이 우선순위를 정하는 것이며 위임을 하는 것이다.

나는 육군이지만 항공기와 전함 모형을 많이 만들어 보았기 때

7차 SMA 협정을 위한 미국 출장에서 김신숙 사무관 및 외교부 협상대표와.

문에 함선이나 항공기 분야의 용어를 잘 알고 있었다. 또한 전사를 좋아했기 때문에 항공기의 역사와 전함, 해전 그리고 항공전의 역사에도 나름 조예가 있었다. 또한 MS Flight Simulator로 200소티까지 해 보았다. 무사 착륙은 단 한 번뿐이었지만 말이다…. 이랬기에 초계함 함장을 마친 해군 장교나 1,000시간 조종 경력을 지닌 조종사와도 대화가 되었고 그때마다 즐거움을 느꼈다.

또한 미국과에 근무하면서도 미국을 한 번도 못 가 본 사람들이 있었다. 나는 임기 중 모든 과원을 최소 한 번씩은 미국으로 데리고 갔다. 한번은 과원과 항공기를 타고 가는데 처음 비행기를 탄 사람이라 어린애나 마찬가지로 즐거워했다. 비행기 안을 구경하고 오겠다더니 자리로 돌아오지 않았다. 30분이 지나고 한 시간이 지나도 돌아오지 않아 찾으러 다녔다. 어디에도 없었다. 낙하산으로 뛰어내리기라도 했나? 라는 생각이 들 정도였다. 과원은 세 시간 뒤에야 자리로 돌아왔다. "야, 너 어디 있었냐?" 라고 물었더니 비행기를 구경하다가 계단이 있어 올라가 보니 침대가 있기에 자고 있는데 승무원이 와서 깨웠다는 어처구니없는 답이 돌아왔다. 즉 승무원 휴식 공간을 우연히 발견하고는 자고 온 것이다.

노무현 대통령은 합리적인 분이었지만 군을 믿지 않았다. 오로지 미국을 따라가기만 하던 우리의 자세가 바뀌는 계기를 참여정부 기간 동안 마련한 점은 긍정적이었지만 한미관계는 삐걱거렸다. 그 중심에는 전시작전통제권 문제가 있었으나 그 외에도 갈등이 여럿 불거졌다. 정책실장은 한미동맹 TF를 만들어 원래 미국과에서 담당하던 주요 업무를 그쪽으로 몰아주고 내 부서인 미국과를 배제했다. 미국과장으로서 장관실에 자주 보고하러 들어갔지만 나는 정책실장의 허락 없이는 입을 열지 말라는 지시를 받았다. 과원들은 불안해했지만 걱정하지 말라고 했다. 한미동맹 TF의 장은 김병기 대령이 맡고 있었는데 전임 미국과장이기도 한 그는 점잖은 분이었다. 하루는 정책실장이 업무를 주자 "실장님, 이 일은 전 대령이 하는 게 맞습니다." 라고 거절하여 내가 일할 수 있도록 기회를 주셨다. 정말 고마웠다.

정책실장이 나를 주요 업무로부터 배제하는 과정에서 전시작전통제권 환수 문제도 한미동맹 TF가 맡게 되었다. 전작권 문제는 처음에는 긴급하거나 중요한 사안이 아니었으나 점차 한미간의 중요 사안이 되었는데, 내가 담당하지 않게 된 것이 오히려 다행이었다. 만약 내가 그 업무를 담당했다면 수행을 거부했을 가능성이 있었기 때문이다. 미군 친구들은 한국군이 작전통제권을 행사한다면 한미연합사령부를 해체해야 한다고 말했다. 미군은 타국의 통제를 받지 않기 때문이라고 했다.

작전통제권은 지휘권이 아니다. 정해진 목표를 달성하기 위하여 관련자들이 협의하는 관계이다. 다시 말해서 관련자들이 비토권을 갖고 있다. 목표도 관련자들이 합의하여 정한다. 한국의 경우 "한반도의 평화와 안정을 유지하고 유사시 싸워 이기는 것."이 목표이다. 작전통제권을 갖는 주체는 명령과 지시를 하기 전에 길고 지루한 협의 과정을 거친다. 나는 이러한 과정을 직접 이라크에서 겪어 보았다. 미국이 이라크와 아프가니스탄에 20년씩 주둔해야 했던 이유가 이런 구조 때문이다.

우리나라는 6.25 전쟁 때 미군의 지휘를 받고 있었음에도 38선을 넘어 북진을 주도했고 반공 포로를 석방했던 나라였다. 미국에게 작전통제권을 쥐어 준 것은 일종의 바지 사장을 앉힌 것이나 마찬가지였지만, 이것을 국가적 자존심 문제로 생각하고 있던 것이다. 또한 미국이 전시작전통제권을 쉽게 돌려주지 않을 거라고 오판하고 있었다.

내 미국 친구들은 윤광웅 장관이 럼즈펠드(Donald H. Rumsfeld) 미 국방장관에게 전작권 얘기를 하던 자리의 분위기가 어떠했는지를 전했다. 윤 장관은 저녁 만찬을 마치고 럼즈펠드 장관에게 전작권 얘기를 꺼냈다고 한다. 윤 장관은 미국이 전작권을 전환하지 않겠다고 할 줄로 알고 계셨다고 한다. 그런데 웬걸, 럼즈펠드 장관은 한국 입장에 100% 동의하며 빨리 가져가라고 말했다는 것이다.

처음 노무현 대통령이 전작권 얘기를 했을 때는 후보 시절이었고 당선되어서도 전작권을 언급했다. 그때 미국은 "그래, 전작권에 대한 논의를 시작할 때가 되었지." 라고 생각했다고 한다. 그러나 취임사와 사관학교 졸업식에서 다시 전작권 이야기를 꺼내자 "왜 저래?" 로 태도가 바뀌었고, 결국에는 "달라면 줘." 로 입장을 정리한 것이었다. 솔직히 나는 미국이 미웠다. 우리나라가 진보 진영에서 이런 요구를 한다고 이런 식으로 반응하는 것이 진정한 동맹인가? 게다가 이라크로, 아프가니스탄으로 주한미군을 재배치하기 시작했다. 내가 군인이어서 그런지 몰라도 미군은 믿어도 미국 정치인은 절대로 믿을 수 없다는 생각을 굳혔다.

우리 과는 미군 기지 반환과 이에 따른 환경 치유 문제, 한미동맹미래비전, 사격장, 연례안보회의, 전략적 유연성 등 여러 업무를 맡고 있었다. 한미동맹미래비전은 여러 달 동안 합의를 내지 못하고 있었다. 나는 청와대에 들어가서 안보비서관 등 관련부서 주무관을 복도에 세워 놓고 서명을 종용했다. 그들이 나를 좋아했을 리 없지만, 서명을 받아냈다. 몇 달 동안이나 답보 상태였던 안건이 내 미국과장 부임 이후 곧바로 합의된 것을 보고 미국 측은 내가 다른 사람들과 다르다는 사실을 알았던 것 같다.

미군 기지 반환에 따른 환경 치유 문제는 지금도 이해할 수 없는 일이다. 미국은 전세계 80개국에 750여 개소의 미군 기지를 두고 있다. 이러한 해외 미군 부대를 들어가 보면 그 어떤 한국군 부대보다도 깨끗하다. 그리고 그 기지 안에 미군 가족과 그들의 자녀들이 살고 있다. 또한 미군이 우리나라에 주둔하는 이유가 우리의 안보를 보강하는 것이고 그 덕에 우리가 경제를 키울 수 있었다. 이제 우리의 요구로 미군 기지를 반환하는데 환경 치유 뒤 반환하라는 것이 당시 정부의 입장이었다.

미국은 "인간 건강에 대한 공지의 급박하고 실질적인 위험(Known, Imminent & Substantial Endangerment to human health/KISE)."이 있을 경우 기지의 환경 치유를 수행한다는 원칙을 2001년 김대중 정부 시절에 한국과 합의해 놓은 상태였다. 이 KISE는 미국 내에서 적용하는 환경 기준(ISE)을 준용한 것으로, 땅이 넓은 미국에서나 택할 만한 기준인데다 조항의 발동 조건마저 주관적이었기에 한국 입장에서는 말도 안 되는 기준이지만 이미 한국 정부와 합의해 놓은 바였기에 진

괌에서 열린 6차 한미동맹 안보정책구상 회의(SPI)에서. SPI는 한미 양국에서 번갈아 여는 회의로, 광범위하고 장기적인 한미동맹 현안을 조율했으며 국방부 미국과의 주요 업무였다.

퇴양난의 상황으로 몰렸다.

　미군 기지 반환 사업은 추진 과정에서 계속 심각한 문제가 발생했다. 미군 기지가 많았던 독일과 일본에서도 반환 때 미군에게 치유 비용을 부과하지 않았고, 만약 우리에게 치유 비용을 준다면 미국은 전 세계 미군 기지는 물론 미국 내의 기지도 소송에 시달릴 것을 걱정하고 있었다. 한국의 입장을 이해하고 있던 라포트(Leon J. LaPorte) 주한미군사령관은 타협을 제의했다가 럼즈펠드 장관에게 모욕적일 정도의 이야기까지 들었다고 한다. 결국 미군 담당자가 반환할 기지의 열쇠 꾸러미를 국방부 서쪽 문에 놓고 가 버리는 지경에 이르렀다.

　나는 한미동맹을 위해 기지를 반환받았다고 발표하는 임무를 부여받았다. 나는 훗날 국회 청문회에 나가서 이 과정을 증언하며 한미동맹을 보호하고 지키려고 노력했다. 당시에는 몰랐지만 미군들이 청문회 생중계를 보면서 "전 장군이 자신의 군 생활을 위험에 놓으면서도 동맹을 지켰다."고 평했다는 이야기를 들었다.

하지만 우리나라의 환경 단체는 '환경'이라는 명분만 내세우면 주한미군의 철수도 문제없다고 생각하는 듯 행동했다. 또한 미군과 협상 중에 환경 기준을 바꾸면서 신뢰를 깨 버렸다. 이들은 "미군은 나가라고 해도 안 나간다."는 생각을 가지고 있다. 이 사람들에게 필리핀을 보라고 하고 싶다. 필리핀 사람들이 미군을 너무 못살게 하여 미국이 수빅만과 클라크 공군기지를 포기한 사실[5]을 타산지석으로 삼아야 할 것이다.

미국과 회의를 마치고 나면 보고서를 마사지해서 이렇게도 들리고 저렇게도 들리게 만들었다. 나는 당시 합참의장이었던 이상희 장군(육26)을 찾아가서 이 사실을 알렸다. 특히 전작권 문제에 대해 대화를 많이 나누며 왜 반대하지 않냐고 따졌다. 이 장군은 "우리 군이 전작권을 가져와야 정신을 차리고 제대로 된 군대를 만들 수 있기 때문."이라고 했다. 물론 그렇게 될 수도 있겠지만 정신은 정신대로 못 차리고 미군만 내쫓는 결과가 될까 하여 걱정이 되었지만 일단 해 봐야 한다는 결론을 내렸고, 국군통수권자의 명령이므로 따라야 했다. 그리고 나는 해당 업무의 주무과장은 아니었다.

2006년 초여름, 청와대에서 전작권 관련 최종 회의가 있었다. 안보실장은 전작권을 회수하는 방침을 정하고 이에 대해 하고 싶은 말이 있으면 해 보라고 했다. 나는 "미군은 전작권을 회수하면 연합

---

5 | 필리핀 수빅 만에는 미 제7함대사령부가, 미 태평양 공군이 있었다. 1991년에 인근 화산이 폭발하자 미군은 필리핀 내부의 반미 분위기도 감안하여 이듬해 제7함대는 일본 요코스카로 이전하고 태평양 공군은 알래스카와 하와이에 재배치하며 필리핀에서 완전 철수했다. 하지만 필리핀은 한때 제트전투기가 한 기도 없을 정도로 국방 공백을 메울 재원이 없었고, 중국의 위협에 대응하기 어려워졌다. 이후 필리핀 정권이 바뀔 때마다 미군의 재배치 문제는 입장이 뒤바뀌고 있다.

사를 해체하겠다고 합니다." 라고 했고 김병기 대령(주무)에게 "맞지요?" 라고 물었다. 김 대령은 맞다고 답했다. 연합사가 해체되면 큰 문제가 있냐고 묻기에 나는 연합사가 해체되면 작계 5027이 없어지고 그에 따른 시차별 부대 전개 목록이 없어지므로 만약 전쟁이 나면 미군의 증원이 원활하지 않아 그 시간 동안 우리 국민들이 많이 죽을 수 있다고 하였다. 그랬더니 작전계획에 법적 구속력이 있냐고 물었다. 나는 그 질문의 의미를 이해할 수 없었다. 내가 머뭇거리자 토의를 그만 마치자고 했고, 전작권 전환은 우리의 정책으로 결정되었다. 그리고 미국은 3년 이내에 전작권을 가져가라고 했다. 이게 과연 동맹 관계인가?

매향리와 포천 등에 있는 미군 사격장이 시민 단체의 시위 장소가 되었다. 매향리가 폐쇄되자 실사격 장소가 없어졌고, 한미공군은 서로 싸우고 있었다. 그래서 직도라는 무인도를 새로운 사격장으로 개발하고 있었는데 여기에도 주민들의 저항이 강했다. 어느날 정책실장이 없는 상황에서 장관실에 보고하러 들어가게 되었다. 나는 직도 사격장 문제를 시급하게 해결해 줘야 한다고 장관에게 보고했다. 미군 항공기만이 아니라 우리나라 조종사들도 훈련을 해야 하고, 특히 미군 조종사는 주기적으로 실사격 인증을 받지 않으면 진급에 영향을 미치기 때문에 한국에서 사격할 수 없으면 귀국과 동시에 인증을 받아야 한다. 그러나 아무 때나 실사격이 가능한 게 아니다 보니 자격 인증 때문에 손해를 보는 경우가 발생하며, 이렇게 되면 우리나라 근무를 기피하게 될 수밖에 없다고 말씀드렸다.

보고를 마치고 나가는데 윤광웅 장관이 "전 대령, 자네는 미군이 철수하는 게 그렇게 무서워?" 라고 물으시는 것이었다. 나는 참을 수 없었다. "장관님, 미군 철수는 무섭지 않습니다. 그러면 장관님은 전투기를 더 사시고 국방비를 늘리실 겁니까?" 라고 했다. 김병기 대령이 내 소매를 잡아끌었다. 밖으로 나오자 속은 시원했지만 진급은 '종 쳤다'고 생각했다.

그러나 그 뒤부터는 모든 회의 말미에 윤 장관이 "전 대령, 자네는 어떻게 생각하나?" 라고 물으셨다. 그리고는 가끔 "대통령님한테 네가 한 말 말씀드렸어. 조금 기다려 봐." 라고 하셨다. 그리고 진급을 앞둔 시점에서는 "앞으로 진급 발표가 날 때까지 청와대 들어가지 말고 혹시 들어가더라도 입을 열지 마라." 고 하시는 것이었다. 나는 그해 11월에 준장 진급자 명단에 올랐다. 드디어 장군이 된 것이다.

장군 진급은 육군본부에서 육군참모총장에게 신고했다. 이때부터 장군들이 진급할 때 선서를 했는데, 그 내용은 다음과 같았다.

"나, 전인범은 조국 대한민국의 방위와 국민의 보호를 위하여 헌법을 수호하고 어떠한 시련과 위험 속에서도 봉사와 헌신의 자세로 부여된 임무를 완수하고 상관의 명령에 복종하겠다."

진급식에서는 작은 종이에 선서문을 인쇄한 뒤 코팅해 나눠 주었다. 장군 진급자 모두가 선서를 낭독했는데, 선서한 장군들의 2/3는 선서문을 자리에 두고 갔다. 나는 당연히 간직했다. 그날은 장군으로서 권총을 받는 날이기도 하다. 권총은 진급 신고를 마친 뒤 본부사령실에서 수령하도록 되어 있다. 병들에게는 총기 수여식을 하며 온갖 의미를 부여하지만, 장군들에게는 붕어빵 나눠 주듯이 하는 게 대한민국이다.

내가 본부사령실에 권총을 받으러 가자 분배하던 준위가 "장군 진급자 중에 직접 오신 분이 다섯 명도 안 된다." 고 했다. "그럼, 누가

육본 준장 진급식에서. 박흥렬 참모총장님과 아내가 계급장을 달아 주었다.

오냐?" 라고 물었더니 "운전병이 온다." 고 대답했다. 너무 부끄러웠다. 권총은 개인이 보관하고 있었는데, 관리에 커다란 책임이 필요했다. 몇 년 후 권총을 차에 보관하다가 분실하는 장군이 발생하여 모두 회수되고 말았다. 내 인생에서 가장 치욕적인 날이었다.

복무이력

국제협력실 대미정책과장

군사정전위원회 수석대표

사단장

작전기획부 공동작계추진단장
전략기획부 전략기획차장
전략기획부 전작권전환추진단장

총장실 정책과 정책장교
정책과 군사외교협력장교

사령부 작전처 연합작전장교
사령부 작전처 작전장교
사령관

기획참모부 우발계획장교
작전참모부 연습처 연습장교
작전참모차장
부참모장

29연대장

작전부사단장

다국적군사령부 선거지원과장

부사령관

55연대 3대대장
사단 인사참모
사단 작전참모

90연대 15중대 3소대장
90연대 2대대 7중대장
90연대 3대대 10중대장
사단 작전처 작전장교

4부 ──────── 장군 전인범

초짜 장성 시절 : 서울대와 아프가니스탄

대령도 내게는 과분한 자리였는데 준장이 되었다. 장군이 되면 45가지가 바뀐다고 하지만, 월급은 수당을 다 합쳐도 15만 원밖에 안 오른다. 오히려 자동차는 중고를 주고 정년도 줄어들기에 준장으로 전역하는 것보다는 대령으로 전역하는 쪽이 이득일 수도 있는 구조였다. 이런 것들은 진급 전에 생각하지도 못했는데 막상 진급하고 보니 한심하다는 생각이 들었다.

장성으로 진급하면서 제일 먼저 들은 얘기는 "장군은 다른 장군을 적으로 만들면 안 된다." 라는 말이었다. 내게는 밥맛이 딱 떨어지는 말이었다. 부하와 국민, 그리고 국가를 위해서 죽을 각오를 하라고 하지는 못할망정 그저 출세를 위한 조언에 불과했다. 내가 육군사관학교에 합격하자 당시 고등학교 교장 선생님이 "전쟁에서 살아 남아야 장군이 된다." 라고 하셨던 말씀이 새삼 떠올랐다. 국가와 전우를 위해서 자기를 희생하라는 말이 아니라 살아남아야 출세할 수 있다는 얘기로 들려서 혼란스러웠던 기억이다.

나는 흙을 파먹는 한이 있더라도 저 말에 동의하지 않기로 했다. 그렇다고 매사에 불평불만을 늘어 놓을 생각도 없었기에 오로지 부대와 부하, 그리고 국민과 국가를 먼저 생각하는 것을 각오했다. 이는 나를 믿어주는 아내가 있었기에 가능했지만, 선택권 없이 아버지의 길을 따르는 두 아들에게는 너무 미안했다.

군에서 쫓겨나면 현실적인 문제가 있는 것은 분명하지만 어머니 말씀대로 "하나의 문이 닫히면 다른 문이 열린다"는 성경 말씀은 언제나 큰 힘이 되었다.

나는 제5군단 참모장을 지원했다. 그랬더니 그 자리는 다른 사람이 간다는 것이었다. 나는 "제5군단 참모장 자리도 경합해야 하나? 그럼 어디로 갈까?" 라고 묻자 "국내 연수를 가시면 어떨까요?" 라는 답이 돌아왔다. 탐탁하지 않았지만 "어디로 가라는 거냐?" 라고 되물으니 서울대 국제관계연구소로 가라는 것이었다.

그런데 서울대에 알아보니 사무실이 제공되지 않는다고 했다. 우리 육군본부에서 800만 원을 주고 있는데 사무실이 없다는 사실이 의아했다. 전임자들은 도서실을 대신 이용했다고 하는 것이었다. 이런 부당한 대우를 참을 내가 아니었다. 서울대에 안 가겠다고 버티며 돈을 돌려 달라고 요구했더니 사무실이 제공되었다. 나는 여기에 만족하지 않고 인터넷과 신문 등 다른 지원 사항까지 요구해 결국 받아내고 말았다. 신문은 조중동 등 보수지는 물론 진보지인 한겨레까지 모두 보았다.

연구소를 다니면서 학생들을 만나고 세미나에 참석하는 일은 즐거웠다. 그러나 '국제관계'라는 주제를 배우는 차원에서는 충분하지 못했다. 나는 예전부터 진정한 국제 전문가가 되기 위해서는 일본과 중국을 알아야 한다고 생각했다. 중국은 한 번도 가 본 적이 없고

서울대 국제관계연구소에서 다양한 곳에서 모인 학생들을 만나 세미나에 참석하고 강의했다.

일본도 회의 때문에 2박 3일 정도 갔던 게 전부인지라 경험과 지식이 너무 부족했다. 그들의 땅과 삶이 궁금했기에 육군본부에 개인 휴가를 신청하여 일본에 10일, 그리고 이어서 중국에 3주 동안 다녀왔다. 일본에서는 도쿄, 교토, 오사카를. 중국은 북경, 상해, 심천, 계림, 홍콩 그리고 대만을 다녀왔다. 두 나라 모두 각자의 저력을 가진 위대한 나라이며, 그 중심에는 역시 사람이 있음을 확인했다. 반면, 중국 공산당이 대륙을 차지했지만 중국의 '영혼'은 여전히 대만에 있다는 생각도 하게 되었다.

6개월 동안의 서울대 연수 기간을 마친 후 특전사 제11여단장을 맡고 싶었다. 전남 담양에 있어 사령부와 멀리 떨어져 있기에 재미있을 것 같았기 때문이었다. 그런데 갑자기 김관진 장군(육28)이 전화를 하셨다. 당시 합참의장을 하고 있던 김관진 장군은 차기 보직을 어디로 생각하냐고 물었다. 특전여단장을 생각하고 있다고 하니까 웃으시면서 신작계 추진단장으로 오라고 하시는 것이었다. 전시작전권 이양에 따라서 작전 계획을 재검토하고 새로운 작전 계획을 만들어야 하는데, 그 작업을 하라는 내용이었다. 나는 연합사 연습장교 시절 연습작전 계획을 여섯 번이나 만들어 본 경험이 있어서 큰 부담은 없는 임무였다. 신작계 추진단장으로 보직된 지 얼마 되지 않아 갑자기 날벼락이 떨어졌다.

사무실에서 근무 중 김근태 작전본부장(육30)으로부터 전화가 왔다. 아프가니스탄에 우리나라 선교단이 들어갔다가 납치되었다는 내용이었다. 작전본부장은 미 제82공수사단장에게 전화를 걸어 잘 부탁한다고 전달해 달라고 요청했다. 영어로 "잘 부탁한다."는 말을 통역하기는 의외로 쉽지 않다. 이미 최선을 다하고 있는 사람에게 더 잘해 달라고 강요하는 모양새로 보일 수 있기 때문이다. 아무튼 전화를 마치고 내 볼일을 보고 있었으나 기분이 좋지는 않았다. 다음날 출근하자 작전본부장은 아프가니스탄으로 가서 인질 구조 활동을 지원하라는 지시를 내렸다.

독자들은 2007년 7월 샘물교회 신도 23명이 정부의 방침을 어기고 제3국을 통하여 아프가니스탄에 선교를 위하여 들어갔다 납치되었던 사건을 기억할 것이다. 당시에는 온 나라가 이 사건으로 난리였다. 이들이 납치된 지역은 가즈니(Ghazni)라는 곳으로 수도 카불에서 남쪽으로 150㎞ 정도 떨어져 있었다. 우리나라는 아프가니스탄에 동의/다산부대를 파병하여 공병 지원을 하고 있었다. 정부는 외교부 차관을 단장으로 인질구조단을 급파하였지만 아프가니스탄은 전쟁 지역이었으므로 군과의 협조가 필수적이었다.

작전본부장은 내가 원하는 장교 4명을 데리고 가라고 하면서 처음에는 육군 장교 중에서는 작전 직능을 뽑아 가라고 했다. 나는 정보 및 군수장교와 해군과 공군 장교를 데리고 가겠다고 했다. 먼저 문영기 중령(육40)을 지명하였고, 나머지는 부대에서 선발하라고 했다. 문 중령과는 잘 아는 사이가 아니었지만, 해외 파병 경험이 있는데다가 의협심이 있는 장교로 알려져 있었기 때문이었다. 그러나 후배 장교를 구타하는 사고를 일으켜 징계를 받고 힘든 세월을 보내고 있었다. 나는 이런 상황에서는 문 중령처럼 독특한 인물이 필요하다고 보았던 것이다.

나는 집에 도착하여 평소에 준비해 두었던 파병 가방을 열었다. 나는 이라크 파병 이후 다음 파병을 위하여 군복과 장비 일체를 한 가방에 보관하고 있었다. 아내에게 전화를 해서 집에 좀 오라고 했다. 아내는 내 목소리에서 큰일이 벌어졌다는 사실을 직감했다고 한다. 집에 도착한 아내는 어디에 가냐고 물었다. 나는 행선지는 말할 수 없지만 시간이 걸릴 것이다, 하지만 걱정은 하지 말라고 했다. 아내는 점심은 먹고 가라고 하면서 무엇을 먹겠냐고 물었다. 나는 삼양라면 하나 끓여 달라고 하였다. 훗날 아내는 나와의 마지막 식사가 라면이 될까 봐 눈물이 났다고 한다.

아프가니스탄에서 인질 구출을 지휘하다

합참의장과 국방부장관에게 신고를 하고 오후 5시쯤에 문영기 중령과 홍종기(육42, 정보)중령, 권기환(공35) 중령 그리고 구봉광 중령 (육42, 군수)이 모였다. 나는 관용차를 타지 않고 이들과 같이 미니밴에 탑승하여 공항으로 가는 동안 회의를 했다. 우리에게 주어진 임무를 설명하고 공유했으며 각자의 의견을 들었다. 인질 구조가 쉽지 않아 성공적으로 임무를 수행할 수 있을지 솔직히 의문이었다. 게다가 우리가 탈레반과 협상하는 것이 아니고 외교부, 실질적으로는 국정원이 협상하는 것이어서 능동적인 역할과는 거리가 멀기도 했다.

우리는 방콕을 거쳐 새벽에 인도 뉴델리를 경유하여 그 다음날 아프가니스탄 카불에 도착했다. 공항에 도착하자 출입국 관리관이 비자를 요구했다. 솔직히 비자는 생각조차 하지 못했다. 사무실로 들어가 현장 비자 발급 절차를 밟았는데, 1인당 150달러를 요구하는 것이었다. 구 중령은 너무 비싸다고 깎으려 했다. 나는 그냥 주라고 하고 아프간 군인에게 차고 있던 시계까지 선물로 주었다. 그러자 그 친구는 답례로 자기 시계를 풀어 건넸는데, 내가 준 시계보다 오히려 좋은 시계였다. 우리 일행은 일사천리로 수속을 마칠 수 있었다. 출구로 나가자 동의다산부대에서 김철민 소령(학31)과 김원진 대위(육55)가 기다리고 있었는데, 어떻게 이렇게 빨리 나오셨냐고 놀라워했다. 방탄조끼와 권총 및 실탄을 받고 현장 상황을 보고받았다. 우선 인질 한 명이 살해되었고, 탈레반은 한국군의 철수와 자기네 포로를 풀어 달라는 요구를 하고 있다는 보고를 받았다. 국제안보사령부(International Security Assistance Force/ISAF) 본부에 우리 연락반을 설치해야 하는데, 빈 사무실이 없어 협조가 안 되고 숙식은 물론 차량, 부대 출입 그리고 상황실 출입 협조도 되지 않은 상태라고 하였다. 결국 아무것도 없는 상태나 마찬가지였다. 나는 일단 잠부터 자고 내일 생각하자고 했다.

다음날 우리는 ISAF 사령부로 들어갔다. ISAF 사령부 작전부장을 만났는데 스웨덴 장군이었던 것으로 기억한다. 나는 그 장군에게 인질들의 대부분이 여성이고 이들은 우리의 어머니, 아내 그리고 딸이며 절박한 상황이라고 사정했다. 그는 무엇을 도와주면 좋겠냐고 물었다. 나는 사무실 공간과 우리가 숙식할 수 있는 BOQ, 차량 그리고 지휘통제실, 즉 상황실에 들어갈 수 있도록 출입을 허가해 달라고

ISAF는 NATO가 주도하기에 비회원국인 우리는 지통실에 자리를 얻기도 녹록치 않았다.

요청했다. 그는 최선을 다해 보겠다고 답해 주었다.

　　우리는 일단 지휘통제실을 둘러보기로 했다. 이곳의 출입은 비밀 취급 인가자만 가능했는데, 우리는 아프가니스탄 전쟁을 이끄는 NATO의 회원국도 아니어서 쉬운 일은 아니었다. 출입 조치를 위해서 등록을 하고 있는데 마침 내가 미 육군대학원을 다닐 때 동기생이었던 독일군 장교 요제프 하인리히가 걸어오고 있었다. 정말 반가워 "야, 너 웬일이냐?" 라고 묻자 그는 자신이 지휘통제실장이라고 답했다. 나보고 인질 구조 때문에 왔냐고 물었고, 사정을 알겠다며 지통실로 들어오라고 하였다. 우리가 앉을 수 있는 자리를 좀 달라고 했더니 앞에 있는 저 공간이 어떻겠냐고 제의해서 4명의 자리를 확보할 수 있었다. 국제전화가 가능한 전화기와 4대의 휴대전화도 받았다. 컴퓨터도 제공받았는데 비밀을 주고받을 수 있는 컴퓨터도 포함이 되어 있었다. 불과 몇 시간 만에 큰 문제 하나가 해결되어 한숨 놓을 수 있는 여유가 생겼다. 사무실은 마침 교대 중인 터키군의 사무실이 하나

어렵사리 군사협조단 사무실을 꾸릴 수 있었다. 좌측부터 권기환, 홍종기, 구봉광, 문영기 중령.

비게 되어서 그것을 우리가 쓰게 되었다. 먹고 자는 것은 별개의 문제였지만 가장 불편한 부분은 수면이었다. 먹는 것은 식당에서 먹으면 됐는데 잠자리는 엄청나게 불편했다. 그러나 인질들을 생각하면 이것은 아무것도 아니라고 생각했다. 일단 당장 급한 문제가 해결되어 한국에 보고를 했는데, 한국 시간으로는 저녁이었다. 김장수 장관이 보고를 받고 나서 "역시 전인범이야." 라고 하셨다고 한다.

우리 외교부는 아프가니스탄 카불에 있는 호텔에 조중표 차관을 단장으로 한 협상본부를 설치하고 있었다. 부대로부터는 약 20분 거리였는데 우리는 갈 때마다 교통법규를 어기고 마구 달렸다. 그 이유는 아프가니스탄 경찰도 믿을 수가 없었기 때문이다. 그들 중에는 순식간에 돌변하여 총을 쏘는 경우도 있어서 수신호에 응하지 않고 무조건 달렸다. 나는 또다시 한국에 전쟁이 나면 안 된다는 생각을 굳혔다. 주한미군도 도와주겠다고 했다. 우리의 임무는 협상본부에 탈레반과 관련된 정보를 제공하는 것이 메인이었고, 협상본부 사람들이 가즈니로 이동할 때 차량으로 갈 수 없었으므로 헬기를 제공하는 것 역시 주된 임무였다. 협상단은 우리가 헬기를 지원해 주지 않으면 현장으로 이동할 수가 없었다. 카불과 현장 사이의 거리가 150㎞인데, 육로는 너무 위험하기 때문이었다. 공군 중령과 군수 중령을 데리고 간 것은 신의 한 수였다. 이들은 비록 다른 나라였지만 외국군 군수 및 항공장교들과 죽이 잘 맞았기 때문이었다. 이 덕분에 업무 수행이 훨씬 쉬워졌던 것이다.

주한미군에서는 우리를 돕기 위해 2명의 한국계 정보관들을 파견해 주었다. 우리 단원 중에서는 이들을 의심의 눈으로 보는 사람도 있었지만, 나는 완전히 우리의 일원으로 받아들였다. 이들은 우리에게 큰 도움을 주었다. 시간이 지나면서 많은 정보 요구가 있었는데, 이들을 통하거나 또는 미군에게 직접 요구하면 위성 사진과 지도를 비롯해 적에 대한 정보를 충분히 받을 수 있었다. 나는 이때 미군이 진정한 친구라는 사실을 다시 한 번 느낄 수 있었다. 또한 그들도 나를 신뢰했다. 무인기의 실시간 영상이 중계되는 정보 상황실은 미군도 허가 없이는 들어가지 못하지만, 나는 출입이 허가되어 안에서 활동할 수 있었다. 하루는 탈레반을 직접 만나는 국정원 직원들이 권총이 필요하다고 했다. 만약 상급부대의 승인을 기다린다면 1~2주일이 걸리는 일이었다. 나는 그냥 주라고 지시했고, 이왕에 기분 좋게 넉넉한 실탄과 방탄조끼도 주라고 했다. 국정원 직원들은 무척 고마워하는 눈치였다.

작전이 장기화되자 인질 구조를 위한 군사적 작전도 준비하기 시작했다. 한국에서는 이 임무를 위해서 송영필 대령(육38)을 단장으로 4명의 장교가 증파되었다. 우리는 가용한 정보를 한국에 보내서

증파된 707특임대는 기밀 유지를 위해 격리되어 있느라 고생이 많았다. 송영필 단장의 브리핑.

작전 계획을 수립하고 707부대는 격리 지역 활동에 들어갔다. 다들 고생 많이 했을 것이다.

　문제는 인질을 구출하는 것이 아주 어렵다는 현실이었다. 우선 어디 있는지도 정확히 알 수가 없었고, 아프가니스탄의 가옥들은 2미터가 넘는 담으로 둘러싸여 있는데, 진흙으로 세운 이 담은 콘크리트나 마찬가지로 단단했다. 탱크로 부수기 전에는 뚫고 들어가기가 어려웠다. 또한 가옥 자체도 이런 식으로 지어 두었기에 진입 자체가 쉬운 일이 아니었다. 본국에서 300명 정도를 보낸다고 해도 인질들이 있을 만한 곳을 다 담당하기는 쉽지 않았다. 열 곳이라고 가정했을 때 한 곳당 30명밖에 투입할 수 없기 때문이다. 최소한 1개소에 150명 이상은 필요했다. 현지에는 가용 미군은 없고 독일군 일부와 호주군, 특히 터키군이 있었다. 터키군은 실전 경험도 있었고 우리와는 형제국이라는 감정도 있어 각별한 관계였다.

　그럼에도 불구하고 본국에서는 한국 장군이 구출 작전을 지휘

해야 한다는 여론이 일었다. 그놈의 자존심이 또 작동하고 만 것이었다. 그렇다면 내가 한국군은 물론이고 터키군, 독일군, 호주 등 여러 외국군 병력을 지휘하여 구출 작전을 수행해야 된다는 의미였다. 결국은 인질 구출에 대한 작전지휘권을 내가 행사해야 하는데 어떻게 협조를 구해야 되는가?

나는 미군들에게 잘 생각해 보라고 했다. 작전 성공 확률이 높지 않은데 너희가 굳이 책임지려고 할 이유가 뭐가 있느냐고 했다. 또한 인질들을 구출하는 과정에서 한국군이 우리말로 "손 들어, 손 들어!" 하면 손을 드는 사람은 한국 사람이라는 것을 확인할 수 있고 부상자가 생겨도 마찬가지라고 했다. 결국은 내가 구출 작전을 지휘하는 것으로 합의를 봤다.

두 번째 인질이 살해되었다. 시신의 상태를 물어보니 깨끗했다고 했다. 그래서 나는 최소한 고문을 당하거나 고생을 하지는 않았으리라는 판단을 내렸다. 하지만 여자 인질들이 탈레반으로부터 성폭행을 당하고 있다는 첩보가 들어왔다. 진위 여부를 떠나 너무나 괴로운 소식이었다. 나는 송영필 대령에게 너하고 나하고 남잔데 우리가 이런 정보를 듣고 그냥 있을 수 있냐고 했더니 송 대령은 "선배님이 하라는 대로 하겠습니다." 라고 답했다. 그는 역시 진짜 군인이었다.

우리는 조중표 차관을 찾아가 이런 첩보가 있는데 여자들을 풀어 주는 대신 한국군 장군과 대령을 대신 바꾸자고 제의해 보시라고 말씀드렸다. 조 차관은 10초 정도 곰곰이 생각하셨는데 나로서는 10시간 정도는 지나가는 기분이었다. 결국은 "뭐 그렇게까지 할 거 있겠어요." 라고 하셔서 무산되었지만, 나의 양심은 떳떳할 수 있었다.

또 한번은 밤 10시쯤에 갑자기 사무실로 오라는 연락이 왔다. 사무실에 갔더니 미 특수부대가 수상한 차량 8대의 이동을 발견했는데 아프가니스탄에서는 야간에 움직이는 일이 거의 없으니 인질 이동으로 판단했으며 매복하는 미군이 습격하려고 한다는 아주 중요한 정보였다. 그런데 주 아프가니스탄 미국 대사가 한국에서 장군이 나와 있으니 물어보고 작전을 하라고 했다는 것이었다.

나는 그 시간에 한국에 전화하면 작전본부장이 합참의장에게, 합참의장이 국방부 장관에게, 국방부 장관이 안보실장에게 전화해야 된다는 사실을 잘 알고 있었다. 그러면 너무 늦을 것이니 그냥 시행하라고 말했다. 미군도 놀라는 눈치였다. 확실하냐고 해서 내가 책임지겠다고 했다. 조금 있으니 그 차량 일행이 마을로 들어가기에 쫓아가 보니까 통나무를 옮기고 있었다고 전했다. 그날의 일로 인해서 미군들이 나를 보는 눈이 달라졌다.

가장 큰 애로 사항은 오히려 우리 한국 사람들 때문에 일어났다. 합참에서는 가즈니에 병력을 파견했는데 거기에 있는 인원들도 결국 아프간의 한국군 최선임자인 나에게 보고하고, 내가 받은 첩보를 정리해서 합참으로 보고하면 되는 것이었다. 그런데 자꾸 합참 상황실에서 가즈니로 직접 전화해 불필요한 첩보를 듣고는 이것으로 싸구려 정보를 만들어서 여기저기 전파하는 것이었다. 나는 이런 식의 흐름은 굉장히 위험하다고 보았다. 담당 상황실장이 동기생이었기에 그런 짓을 하지 말라고 몇 번이나 말했지만 소용이 없었다. 그러다가 그 친구가 나에게 신경질적으로 소리를 질렀다. 가만히 있을 내가 아니었다. 거칠게 말이 나갔다. "야, 이 새끼야. 아무리 동기생이지만 나는 장군이고 너는 대령이야! 말조심해!" 지금 생각하면 지나친 말이었지만, 사람 목숨이 오가는 일이었다. 작전본부장에게도 이런 상황을 고쳐 달라고 했지만 한국 사람들은 입이 쌌다. 미국 사람들은 합참의 정보 활동을 보면서 우리를 한심하게 여겼다.

외교부와 국정원 등 정부 협상단의 노력 끝에 인질들이 풀려났다.

한 달이 넘는 이 난리통 끝에 탈레반은 여성 두 명을 먼저 풀어 주었다. 한 여성이 자기보다 나이가 많고 아픈 여성에게 먼저 가라고 했다는 일화는 감동적이었으며, 정말 훌륭한 여성이었다고 생각한다. 이들은 남자 2명이 살해된 사실은 모르고 있었다. 또한 탈레반이 잘 대우해 주고 있었다고 하니 그나마 안심이 되었다.

시간이 지나자 협상이 효과를 발휘하기 시작해 인질들을 풀어 주기로 했다는 연락이 왔다. 이 과정에서 탈레반에게 숙식비 명목으로 우리가 보상하는 돈도 있었다. 사실 미국 연방법상 유괴범에게 돈을 주는 것은 불법이다. 헬기로 돈을 수송하는 것이 쉽지 않은 일이었지만 가능토록 조치했다. 구체적으로 어떻게 했는지는 밝힐 수 없다.

9월 29일, 결국 인질들이 풀려났다. 한꺼번에 온 것이 아니라 서너 명씩 두세 시간 단위로 풀려났다. 한국에서는 그 몇 시간을 기다리지 못하고 30분마다 전화가 왔다. 마지막 세 사람이 도착했다고 했을 때 얼른 한국에 보고하라고 했다. 그런데 보고가 끝나자마자 오보였

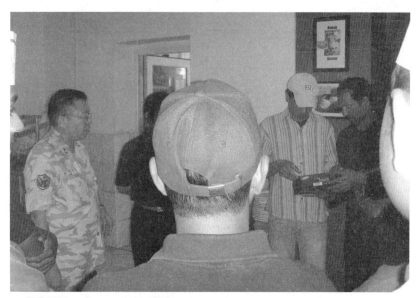

카불에서 신세를 진 사람들에게 선물을 전달했다. 카메라를 받은 식당 직원들은 매우 기뻐했다.

다고 다시 연락이 왔다. 나는 고민했다. "야, 이거 청와대까지 보고됐는데 다시 아니라고 말해야 되나?" "아니면 30분 기다려 볼까?" 나는 30분을 기다리기로 했다. 그러나 15분 뒤에 나머지 3명도 무사히 도착했다. 그제야 안도의 숨을 쉬었다.

외교부는 철수를 준비하고 있었다. 이미 짐을 싸고 있었는데 짐 속에는 휴대전화, 카메라 그리고 고급 커피잔 세트가 있었다. 이게 뭐냐고 물어보니 선물용으로 가져왔다고 했다. 나는 다시 한국에 가져가지 말고 여기서 신세를 진 사람이 많으니 좀 달라고 하여 10개씩 받았다. 이른바 '선글라스맨'과 사진도 찍었다.

철수를 앞두고 그동안 신세를 진 많은 사람들에게 선물을 나눠주었다. 휴대전화는 그 지역에서만 쓸 수 있었으므로 주로 아프가니스탄 사람들과 중동 사람들에게 선물로 주었다. 커피잔 세트는 우리보다 잘사는 나라 사람에게 선물했는데, 수많은 병사들에 대한 성의

보국훈장을 받은 문영기 중령을 비롯해 카불 군사협조단은 임무를 마친 뒤 표창을 받았다.

표시는 어떻게 할 것인가가 고민이었다. 그 문제도 의외로 쉽게 해결했다. 아프가니스탄에서는 이발비가 3달러였다. 여기에 통상 2달러를 팁으로 더해서 5달러를 주었는데, 나는 이발소 주인의 협조를 구해 5달러짜리 상품권을 만들었다. 1000달러를 주고 200장을 만들어서 근무하는 병사들과 우리에게 도움을 준 사람들에게 나눠주었다.

또한 식당에서 일하는 사람들에게 시계와 카메라를 선물로 주었다. 식당에는 50명 가량이 일하고 있었다. 주방장은 스웨덴 사람이었지만 나머지는 파키스탄 또는 아프간 현지인이었다. 나는 그들을 한자리에 모아 우리나라도 가난했지만 여러분처럼 열심히 일했기 때문에 잘사는 나라가 되었다고 설명하고 선물을 나눠줬다. 일을 잘하는 사람 10명을 뽑아 선물을 하나 줬는데, 다른 사람들이 보는 앞에서 선물을 열도록 했다. 선물이 고가의 카메라인 것을 보자 그들의 얼굴이 환해졌다. 주방장도 자기 직원들이 좋아하는 모습에 매우 기뻐했다. 그 뒤로 우리는 사흘을 더 머물렀는데, 갈 때마다 엄청난 대우를 받았다. 아마도 다른 외국 군인들은 한국군들은 왜 저렇게 좋은 대우를 받는지 궁금했을 것이다. 귀국하자 훈장이 나온다고 했다. 하지만 나는 이미 받은 훈장이 많으므로 문영기 중령에게 주고 대신 대통령 표창을 달라고 했다.

귀국하여 오랜만에 아내를 만났다. 이때 아내는 성신학원 이사장을 하면서 촌지를 없애는 등 비리를 척결하고 학생들 위주의 재단을 확립하고 있었다. 아내는 대학을 위해 총장직을 받아들여야 할지 고민하고 있었다. 어떤 이들은 너무 젊다고 하고 어떤 사람은 진정한 변화를 가져오려면 총장을 하라고 한다는 것이었다. 나는 인생은 짧으니 소신껏 하라고 했다. 아내는 성신여자대학교 총장이 되었다.

합참 전략본부

나는 합참 전략본부 전략차장으로 자리를 옮겼다. 전략본부장은 김기수 장군(육31)이었다. 모든 사람들이 김 장군 앞에서는 말조심하라고 충고했다. 그런데 나는 보직된 지 1주일 만에 3주간 미국대사관에서 실시하는 안보 대화에 참석하도록 되어 있었다. 업무 파악을 해야 하는데 3주간 자리를 비워야 하는 상황이 된 것이다.

미 국무부에서 주관하고 미 태평양사령부(현 인도-태평양사령부)에서 후원하는 SEAS라는 프로그램은 군인과 민간 전문가들이 모여서 지역 안보에 대한 토의와 공감대 형성을 꾀하는 프로그램이었다. 그런데 우리 군에서는 영어를 하는 군인도 없고 바쁘다는 핑계로 그동안 한 번도 참석하지 않았다며 주한 미 대사관에서 내가 참석해 한국군을 대표해 달라고 부탁해서 가게 된 것이었다. 하와이에서 1주일

전작권 전환 공동 검증 결과 보고서에 조인하는 김기수 전략본부장과 미8군 조지프 필 사령관.

동안 토의하고 중국과 인도를 방문하는 일정이었다.

　　나는 김기수 본부장에게 양해를 구하고 일단 미국과의 약속을 지키는 의미에서 출발하였다. 여러 나라에서 모인 대표들과 유익한 시간을 가졌는데, 중국에 가서 회의하던 중 쉬는 시간에 중국 학자가 나를 보고 "전 장군, 친미파라는 것을 알고 있지만 미국은 8,000마일 떨어져 있고 중국은 500마일 떨어져 있다는 것을 잊어서는 안 됩니다." 라고 말하는 것이었다. 나는 내가 미국을 좋아하는 이유는 항공모함과 핵무기가 많아서가 아니라 오늘 아침 호텔에서 마주친 처음 보는 미국 부부가 "굿모닝!"이라고 인사하기 때문이라고 응수했다.

　　김기수 장군은 웃음이 없으셨지만 그 외에는 흠이 없는 분이었다. 어느 날 보고를 마친 뒤 나는 "모든 사람들이 본부장님 앞에서는 말조심을 하라고 했는데 제가 겪어 보니 괜찮으신 분 같으니 할 말은 하고 살면 좋겠습니다." 라고 하였다. 김 장군은 "그러시오." 하면서

전작권 전환 추진단은 국군 전 군종에서 파견한 장교들로 구성되어 해당 업무를 통괄했다.

부자연스런 미소를 지었다. 언젠가 김태영 합참의장이 31기 중에서 누가 참모총장이 되어야 한다고 생각하냐고 물으시기에 "김기수 장군이 제일 낫습니다." 고 말한 적도 있었다.

　얼마 후 김태영 합참의장이 전작권추진단장을 하라고 권했다. 전작권 추진에 대해 적극적인 생각을 갖고 있지는 않은 나로서는 탐탁지 않았지만, 이미 공론화된 사안이고 국론이 갈려 있어 중요한 업무인 만큼 올바르게 추진되도록 해야 된다는 생각이 들어 해당 직무를 맡았다. 전작권추진단은 육·해·공군과 해병대 영관 장교 80명이 보직을 받은 큰 조직이었다. 특히 지금의 합참 건물 건너편에 따로 떨어진 건물에 있어서 공간적으로도 일하기 편했다.

　이후 정권 교체가 이뤄져 이명박 정부가 들어섰다. 이명박 대통령은 노무현 대통령과 다른 의미에서 군인을 싫어한다고 했다. 건설사를 운영할 때 군인들이 뇌물을 요구하는 일이 많았던데다가 아들이 ROTC 장교였는데 장군 부관을 하면서 온갖 비리를 목격해 아버지에게 낱낱이 말했다는 풍문이 있었다.

정부 초기에 이상희 장군을 국방부 장관으로 내정했고, 나는 청와대 국방보좌관으로 거론되었다. 이상희 내정자는 나에게 캐피탈 호텔에서 보자고 하였다. 나보고 합참의장은 누가 돼야 하냐고 물으시기에 김근태 장군(육 30)이 책임자라고 답했다. 이상희 내정자는 군을 다시 세우고 군기를 확립하겠다고 하셨다. 너무 빨리 일을 추진하면 부작용이 많이 따를 거라고 말씀드렸더니 "너도 물들었다." 며 야단치시는 것이었다. 또 "나는 6개월을 하더라도 반드시 관철시킬 거야." 라고 큰소리까지 치셨다. 그러자 나는 "아니, 6개월만 하실 거라면 뭐 때문에 장관을 하십니까?" 라고 말대꾸를 하고 말았다.

그러나 이상희 장관은 이렇게 '싸가지 없는' 나에게 늘 관대했다. 만약 네가 국방보좌관을 안 하면 누가 대신할 수 있냐고 물어보셨다. 나는 신원식 준장을 추천했다. 결과적으로 내가 청와대 국방보좌관으로 들어가지 않은 것은 다행이었다. 만약 내가 들어갔더라면 우선 청와대 안에서 군복을 입고 돌아다녔을 것이고, 뿐만 아니라 청와대에 근무하는 모든 군인들에게 그렇게 시켰을 것이다. 백악관에 근무하는 미군들은 군복을 입는데 우리나라 군인들은 청와대에 들어가면 정체성을 잃는 경우가 많았기 때문이다.

청와대에 근무하면 진급은 보장되지만 민간인들의 동료가 아닌 심부름꾼이 되고 만다. 정치인들이 군인을 얕잡아 보는 이유도 여기에 있었다. 정치인들에게 줄을 대서 진급하려고 하는 사람들이 많기 때문에 국회의원들은 지역구도 챙기고 자기 마음에 드는 군인을 진급시키는 것이다. 진급을 시키면 쉽게 자기 사람으로 만들 수 있고 생각보다 이권도 많다는 것을 알기에 새로운 '블루 오션'이라고 생각하는 정치인들이 존재한다. 우리나라 군대에 이상한 일들이 일어나는 것은 이러한 보이지 않는 구조 때문이다. 국회에 있는 군 연락사무소가 하는 일이 무엇인지 잘 보면 된다.

전작권 추진 업무는 복잡한 성격을 띠고 있었다. 즉 안 되는 것도 없고 되는 것도 없는 구조였다. 평가는 정량적인 것보다 정성적인 것이 대부분이었다. 다시 말해 코에 걸면 코걸이, 귀에 걸면 귀걸이였다. 한미 간에는 불신이 있었고, 보이지 않는 복선이 있는 것 같아 협의가 지지부진했다. 하지만 나는 미군과 그런 문제가 없었다. 실무자들이 두 달 동안 협의하면서도 타결하지 못하던 것을 나에게 갖고 오면 나는 20분 만에 해결해 주곤 했다. 그래서 실무자들은 나를 영웅으로 생각했다.

어느 날 새로 장수만 씨가 국방차관으로 왔다. 기재부에서 온 인물인데 국방부를 개혁하겠다는 것이다. 나는 장군으로서 걱정이 되었다. 군대를 잘 모르면서 대뜸 개혁이라니? 게다가 장수만 차관의 개혁안은 우리 군의 선진화, 정예화에 방점이 찍힌 게 아니라 '예산과 인원 축소 등에 의한 군의 경영 합리화'에 방점이 찍혀 있다는 풍문이었다. 군이 배타적인 조직이 되기를 원하지는 않지만, 우리 군의 현황을 잘 모르는 인물이 와서 경제적 논리를 앞세워 마음대로 휘두를까 하는 염려도 있었다. 그런데 공교롭게도 이틀 뒤에 당직근무를 서게 되었다. 일요일 당직근무였는데 주말 근무였기 때문에 목요일 근무를 선 사람과 금요일에 근무를 설 사람, 토요일과 일요일 근무 예정자 등 4명이 차관실에 들어가서 신고하도록 되어 있었다. 장군 2명과 공무원 2명이 들어갔는데도 차관은 신문을 보고 있었다. 그러다 우리를 돌아보더니 신고는 됐으니 앉으라고 하는 것이었다. 나는 앉자마자 "갑자기 국방부에 오셔서 황당하시겠습니다." 라고 물었다. "아니 왜요?" 라고 되묻기에 "저보고 기재부 차관으로 가라고 하면 황당할 거 같아서 한 얘기입니다." 라고 한 방 먹였다. 이어서 "기왕 기재부에서 오셨으니까 돈 좀 많이 끌어다 주십시오." 라고 덧붙였다. 장 차관이 또 "아니 왜요?" 라고 묻자 "저는 전작권추진단장을 하고 있는데 부하 장교가 서울에 오면 집이 없어서 찜질방에서 잠을 잡니다. 미안해서 일을 시킬 수 없습니다." 라고 말했다. 장 차관 본인은 해군 장교 출신으로 해병대 부대에 파견을 갔었는데 화장실이 형편없었다는 경험을 이야기하였다. 나는 지금 그 화장실을 가 보시면 아마 복무하셨던 시절과 똑같을 것이라고 답해 주었다.

이어서 내가 "근무 지침은 어떻게 하실 겁니까?" 라고 묻자 민간인 차관은 당황하는 듯한 모습을 보였다. 나도 좀 많이 나간 거 같아서 "순찰 철저, 보고 철저." 로 하겠다고 하자 차관은 알았다고 했다. 나가는 길에 토요일 근무자였던 정홍용 장군(육33)은 "야, 뭐 그렇게 군기를 잡냐?" 라고 한 마디 하셨다.

그 주말에 수방사 헌병대원들이 광우병 촛불시위에 갔다가 발각되어 민간인들로부터 구타를 당하고 출입증을 뺏긴 사건이 일어났다. 월요일에 출근한 차관은 나를 보자마자 "군인이 민간인들한테 어떻게 맞고 다니냐?" 고 한마디 하는 것이었다. 나는 그 군인들이 무술이 뛰어난 사람들이고, 나약해서 맞은 것이 아니라 참은 것이며 그 친구들이 잘했다고 답했다. 차관은 동의하지 않는다고 했지만….

그 후 차관은 나를 불러 전작권에 관한 보고를 받았다. 본인은 전작권 전환을 반대한다고 했다. 나도 탐탁지 않지만 이미 국민들이 전작권을 스스로 행사하겠다고 하니 설득하기 전에는 별수 없다고 답했다. 그때까지는 최대한 국익에 맞게 하는 것이 최선이라고 설명했다. 나중에 알게 된 사실이지만, 사람들이 실세인 차관에게 내 험담을 많이 했다고 한다. 하지만 장수만 차관은 뜻밖에도 "국방부에 와서 보니 군인다운 사람은 전인범이밖에 없던데 왜 그렇게 얘기하냐?"고 두둔해 주셨다고 한다. 실제로 장 차관은 나에게 많은 정보를 전달해 주었다. 장수만 차관과의 첫 만남은 그리 유쾌하지 않았지만, 불편한 이야기라도 거침없이 말하는 나를 외면하지 않으셨다.

전작권 추진단장을 하던 중에 이런 일도 있었다. 당정협의가 있어 장수만 국방차관과 국방부 장성들이 국회로 갔다. 당에서는 황진하 의원이 있었고 우리 쪽에서는 차관이 선임이었다. 그런데 국회의원 중 한 사람이 전작권 추진을 당장 중지하라고 했다. 나는 그렇게 쉽게 되는 일이 아니라고 공손하게 답했다. 그랬더니 그 국회의원이 "저게 군인이냐? 장군이 맞냐?"라고 호통을 쳤다.

나는 평소에도 국회의원들이 국민들 앞에서 군복 입은 군인을 모욕하는 일을 못마땅히 여겼다. 군인들 중에는 진급하기 위해서 국회의원은 물론이고 국회의원 보좌관들에게도 진급을 부탁하는 작태가 벌어지곤 했는데, 그런 일들이 이런 현상의 원인 중 하나라고 생각하고 있었다. 영관급 장교들 중에는 기자들에게 군 내 정보를 주는 대신 기자들은 진급에 유리한 기사를 약속하는 경우도 종종 있었다.

나는 "내가 장군이 아니면 뭡니까?"라고 쏘아붙였다. 그리고 여차하면 회의 테이블을 넘어갈 생각이었다. 그 국회의원이 노발대발하자 다른 국방부 장성들은 고개를 숙이고 있었다. 사태가 심각해지자 황진하 의원이 너무 그러지 말라고 말리는 바람에 사태는 일단락되었다. 회의를 마치고 나오자 차관은 나에게 "왜 그렇게 흥분했냐?"라고 물었다. 나는 "군인에게 군인답지 못하다고 하는 것은 제 어머니를 모독하는 것이나 마찬가지입니다."라고 대답했다. 장수만 차관은 나를 이해하고 항상 내 편에 서 주었다. 내게 장수만 차관은 지금까지도 고마운 분으로 남아 있다.

이상희 장관이 추진하고 있던 정책 중 하나는 모든 군인이 지휘관을 할 필요가 없고 자기 특기에 맞는 적재적소에 활용되어야 한다는 것이다. 그런 차원에서 나를 주미한국대사관 국방무관으로 보내겠다는 소문이 돌았는데, 솔직히 가기 싫었다.

어느날 이상희 장관이 공관으로 오라고 했다. 갔더니 장관은 미국 국방무관 얘기를 꺼냈다. 나는 "제가 이등병도 아닌데 간다 안 간다는 말은 안 하겠습니다. 명령대로 하겠습니다. 다만 이왕 보내 주실 거면 여건을 마련해 주십시오." 라 답했다. 장관은 여건이 뭐냐고 물어보셨다. 나는 우선 현재의 무관들 중에 정신 상태가 나쁜 장교들을 교체하고 1년에 두 번 정도는 귀국하여 한국 실정을 파악하고 특히 주미 무관부와 국방부 미국과의 수시 소통 체계를 갖추어 달라고 요구했다. 또한 나는 장관이 추진하고 있는 인사 정책의 취지에는 동의하나 현실적으로는 적용하기 어렵다고 생각한다고도 말씀드렸다. 이때 동기인 박찬주 장군이 장관 보좌관을 하고 있었는데 마침 그 자리에 있었다. 그는 기회를 놓치지 않고 "저는 장관님의 인사 정책을 믿고 있습니다. 저에게 정책국장을 맡겨 주시면 사단장을 안 해도 좋습니다." 고 끼어들었다. 나는 "야 임마! 네가 나를 라이벌로 생각해서 외국으로 쫓아내려고 한다는 소문이 도니까 너는 입 다물고 있어!" 라고 일갈했다. 장관 앞에서 말이다….

그럼에도 공관을 나올 때 이상희 장관은 현관까지 나를 배웅해 주셨다. 이 장관은 존경하는 선배이지만 나와는 생각이 달랐다. 밤늦게 찾으시면 해당 안건의 공사 여부를 물어보고 공적인 일이 아니면 다음날 뵙겠다고 말씀드렸다. 그럼에도 그해 나는 1차로 소장으로 진급하고 사단장이 되었다. "이상희는 사나이야." 라는 세평이 돌 만한 분이셨다.

이때쯤 평일에 현역이 골프를 쳐서 문제가 된 사건이 발생했다. 전수조사를 해 보니 대부분은 휴가 명령이 제대로 반영되지 않아서 생긴 일이었다. 15만 명의 대상자 중 단 한 번도 골프를 친 기록이 없는 사람들이 7명이 있었는데 일부에서는 이들의 대인관계에 문제가 있다고 보았다. 내가 그 7명 중 하나였다.

이기자 부대 사단장

처음에 내가 가기로 내정되었던 곳은 소대장과 중대장 시절을 보낸 제30사단이었지만 얼마 후 이기자 부대, 즉 제27사단으로 바뀌었다. 상급부대에서는 궁색한 변명을 했지만 외압이 있었다고 여길 수밖에 없었다. 하지만 나는 전투부대 사단장이면 되었다고 여기고 더 이상 마음에 두지 않았다.

사단에 있는 사람들은 얼마나 힘들까 생각했다. 별명이 살인범/잔인범인데다가 지휘관이 바뀌면 사람들의 운명도 바뀌니 상당한 스트레스를 받기 마련이다. 그렇기에 아무리 마음에 안 들어도 가자마자 제도를 바꾸는 것은 좋은 리더십이 아니다. 사단 인사참모가 부임 전에 보고하러 왔다. 이 친구가 돌아가면 사단 사람들은 새로운 사단장이 어떻더냐? 무슨 말을 하더냐? 등 첫인상을 물어볼 수밖에 없다. 나는 자연스러운 사람이라는 인상을 주려고 노력했다. 다른 것은 모두 제쳐 두고 사단 주임원사가 누구냐고 물었다. 사단 인사참모가 예상하지 못한 관심 사항이었을 것이다.

사단 주임원사는 헌병 병과라고 했다. 보병사단의 주임원사가 헌병? 이 말을 듣자마자 나는 그가 이 나라에서 가장 훌륭한 주임원사이거나 가장 나쁜 주임원사일 것이라고 생각했다. 결론부터 말하면 임상석 원사는 평생을 제27사단에서 근무했던 인물로 나에게는 하늘이 준 동료이자 사회 동생, 그리고 전우가 되었다.

사단 주임원사 임상석 원사. 27사단에서 평생을 보낸 그는 좋은 전우가 되었다.

　　2009년 11월 10일, 사창리의 사단 본부에서 취임식을 가졌다. 첫 만남에서 임상석 원사는 마지못해 짓는 듯한 어색한 미소로 나를 맞이했고, 건방지다는 생각이 들 정도로 뻣뻣했다. 하지만 나는 오히려 마음에 들었다. 나한테 아첨하는 사람보다 진실을 말할 사람이 필요했기 때문이다. 임상석 원사는 전임자였던 김인동 사단장(3사12)이 대대장 시절에 처음 인연을 맺은 사람이라고 한다. 그런데 사단장이 되어 다시 제27사단으로 오면서 그 많은 부사관 중에 임상석을 주임원사로 임명했다는 것이다. 다시 말해서 전임자의 사람이었다. 그럼에도 나는 임 원사가 괜찮은 사람이라는 사실을 본능적으로 알았다.

　　사단장으로 부임하면 정신없이 시간이 지나간다. 사단 전체를 다니면서 부대를 순시하고 업무보고를 받는데, 부대가 20개 가까이 되니 어디를 가는지 무엇을 들었는지 기억하기도 쉽지 않았다. 나는 우선 부대원들을 안심시키는 것이 급선무라고 보았다. 가는 곳마다 웃고 농담하면서 보고를 받았다. 그러나 그들은 나의 짧은 머리만 봐도 기가 질렸을 것이다. 나는 짧은 머리 하나로 이미 묵직한 메시지를 던졌다고 보았다. 부대는 대대장이나 연대장 때와 마찬가지로 믿음을 중심으로 지휘한다고 발표했고, 나의 모든 말과 행동을 믿음을 만들고 강화시키는 데 집중시켰다.

부대는 바쁘게 돌아가고 있었다. 사람들은 다 열심히 하는 듯 보였고 나는 내 자리를 찾는 것이 중요하다고 생각했다. 가장 마음에 걸리는 것은 사고 예방에 대한 집착이었다. 많은 부대들이 3인 1개조 또는 5인 1개조로 활동하도록 통제하고 있었다. 다시 말해서 화장실을 가거나 밥 먹으러 갈 때 3명 내지 5명이 같이 다니도록 하고 있었던 것이다. 물론 사고 예방이 목적이었지만 병사들 입장에서는 죽을 맛이었다. 특히 말단 병사들은 더 그럴 수밖에 없었다. 누군가가 24시간 붙어 다닌다는 것 자체가 지겹고 짜증나는 일이었지만 밤에 화장실을 가려 해도 5명이 다 같이 가야 되는 것이었다. 고참이야 후임병들을 깨울 수 있지만 졸병은 밤에 오줌도 못 누는 상황이 되는 것이다. 나는 이 제도를 당장 없애라고 했다.

군대에서는 장군이나 사단장을 보고 김 하사, 이 하사, 박 하사라고 성에 하사 계급을 붙이는 별명을 짓는 경우가 있다. 그 이유는 사단장이나 장군이 장군답지 못하고 하사처럼 행동한다는 의미이다. 나는 오랫동안 사단장의 역할에 대한 고민을 해 왔는데, 내 결론은 바로 부대원들이 임무를 완수할 수 있는 여건을 조성하는 것이야말로 사단장이 할 일이라는 것이었다.

따라서 내가 할 첫 번째 임무는 신병교육대에서 신병을 잘 교육시켜 예하 부대에 보내는 것이라는 판단을 내렸다. 그래서 나는 제102보충대부터 신병이 전입하는 모든 과정을 보기 시작했다. 사실 군 생활을 30년 했지만 훈련소를 거치지는 않았기 때문에 병사가 입대 시 무엇을 느끼는지는 알지 못했다. 제102보충대에 가서 병사들을 관찰했는데 첫날과 이튿날 그리고 3일째 병사들의 움직임은 물론 얼굴 색깔이 변하는 모습을 보자 신기할 정도였다.

　보충대에서 사단 본부까지 버스를 타고 오며 병사들이 보았을 창밖의 모습을 봤다. 내가 병사라도 앞이 깜깜할 듯한 생각이 들었다. 그래서 앞으로 버스 안에서는 음악을 틀어 주고 사단 소개를 계속 들려줄 수 있도록 조치했다. 제102보충대 기간병들은 신병이 제27사단으로 분류되면 "너희들에게는 군화가 하나 더 필요하다." 같은 농을 했지만 당연히 신병들은 농담으로 받아들일 수 없었다. 나는 기간병들에게 선물을 주고는 "좋은 사단으로 간다." 고 말해 달라고 하면서도 또 이런 말이 내 귀에 들리면 죽여 버리겠다고 '협박'까지 했다.

　당시 입대했던 신병 중 아직도 연락을 주고받는 이가 있다. 최근 상사로 진급한 오원석이다. 그의 입을 통해 당시의 사정을 알아보도록 하자.

　대한민국 육군 상사 오원석의 군 생활은 시간적으로는 2010년 아주 추운 겨울, 공간적으로는 제27사단 이기자 부대의 훈련소에서 시작되었다. 당시의 내 나이는 만 23세, 그것도 생일이 한참 지난 시기로 일반적인 병사들보다 꽤 늦은 편이었다. 그렇다고 대학을 다닌 것도 아니었다. 대학은커녕 창피해서 남들에게는 고등학교를 자퇴했다고 했지만 실제로는 퇴학을 당했던 것이다. 나는 부모님이 일찍 돌아가시고 소년 시기에 받아야 할 사랑과 보살핌을 받지 못했다. 즉, 요즘에는 쓰지 않는 표현이지만 결손가정 출신인 문제아였다. 이런 환경 때문에 군 면제를 받을 수 있으리라 '기대'했지만 법적

2010년 21기 신병 대표 오원석 이병. 이때 만난 그는 훌륭한 대한민국 육군 상사가 되었다.

으로는 아슬아슬하게도 면제를 받을 수 없었다. 이런 이유로 입대가 늦어졌던 것이다.

어쨌든 당시의 나는 가정환경이 나쁘면 이런 '혜택'이라도 받아야 하는데 그것조차 받지 못했으니. 남들보다도 군 입대가 더욱 싫은 의무일 수밖에 없었다. 5주 동안의 신병 훈련이 끝나 갈 무렵, 조교들은 수료식을 지휘할 대표가 있어야 한다면서 지원자가 있냐고 물었다. 당연하지만 지원자가 나오지 않았기에 나올 때까지 무자비한 얼차려가 계속되었다. 견뎌 보았지만 도저히 참을 수가 없을 정도에 이르자 내가 하겠다고 나섰는데, 이 충동적인 결정이 내 운명을 바꾸어 놓을 것이라고는 상상도 하지 못했다.

전인범 장군, 당시 제27사단장님이 수료식에 참석하셨는데, 수료식 지휘를 하는 나를 인상 깊게 지켜보셨다. 수료식 후 신병교육대 지휘관들과의 식사 자리에 나를 불러 같이 식사를 하시면서 전속부관에게 "이놈 부대 어딘지 확인해서 면회 일정 잡아라." 라고 말하시고는 식당을 나가셨다. 물론 나는 그 말이 현실로 실현되리라고는 전혀 생각지도 않았다. 수료식이 끝난 후 나는 제2공병여단에 배치되었다. 제27사단과 함께 제2군단 예하 부대였지만 엄연히 다른 부대였다. 그런데 어느 주말 전 장군님은 소주와 피자를 잔뜩 사가지고 나를 찾아오셨다.

아직도 당시 입고 오셨던 어깨에 별 2개가 양쪽에 달려 있는 검정 점퍼를 잊을 수가 없다. 부대에서는 난리가 났다. 장교와 고참, 동기들 너나 할 거 없이 전 장군님과 무슨 관계냐? 조카 아니냐? 라고 물었는데 얼떨떨할 정도였다. 나중에 생각해 보니 이런 반응은 사실 당연한 것이었지만 당시 내 입장에서는 이런 관심을 받아 본 경우가 처음이었기에 좋기도 했지만 부담도 되었다. 장군님이 초청하셔서 이등병 주제에 간부 모임에도 참가하고 이기자 부대 기념관도 보았고, 족구경기도 같이 했다. 족구 경기가 끝나서야 같이 경기를 했던 '아저씨'들이 하늘같은 연대장, 대대장들이었다는 사실을 알았다. 태어나서 처음으로 이렇게 큰 관심과 배려를 해 주신 장군님을 실망시켜 드리고 싶지는 않았다.

전 장군님은 운전면허증을 따고 고졸 검정고시 시험을 보라고 권유하셨고, 검정고시도 못 통과하면 나는 정말 큰 실망을 드릴 것 같아 정말 열심히 공부해서 검정고시 합격은 물론 운전면허도 한 번에 취득하는 데 성공했다. 입대한 지 일 년쯤 되어 상병이 되자 장군님은 "군대에 말뚝 박아라!" 하시면서 부사관 지원을 권유하셨고, 당시 나는 조금의 고민도 없이 바로 지원서를 냈다. 장군님의 눈은 정확하셨다. 나는 당당히 314명 중 1등으로 무려 육군참모총장상까지 받으며 하사가 되었다. 주특기는 물론 공병이었고, 그중에서도 지뢰밭을 뚫고 진격로를 개척하는 전투공병이었다. 고등학교도 퇴학당했던 문제아가 당당한 대한민국 육군 하사가 되자 전 장군님도 무척 기뻐하셨다.

이후 장군님과의 인연은 지금까지 이어졌지만 특전사령관으로 계실 때 특전사령부로 오라고 하셨는데 가지 않았던 것이 아직까지 군 생활 중 가장 큰 후회이다. 장군님이 계실 당시의 특전사는 특전사의 르네상스라는 말까지 돌 정도로 좋은 시기였는데, 이때 같이 했더라면 얼마나 좋았을까, 라고 지금도 군생활의 큰 아쉬움으로 남아 있다. 항상 장군님에 대해 늘 관심을 가지고 소식을 들었다. 슬리퍼를 입에 무는 퍼포먼스까지 하시면서 부하들의 복지에 물불을 가리지 않으셨던 모습, 아프가니스탄과 이라크 등 외국에서 보여주신 맹활약 등 장군님의 소식을 들을 때마다 역시 전 장군님이시다라는 감탄을 하면서 내 일처럼 기뻐했다.

반드시 사성장군이 되실 거라고 확신했지만 이뤄지지 않았던 것은 장군님 본인은 물론 육군 전체에 있어서도 큰 손실이 아닐 수 없다. 그럼에도 이번에 책을 쓰신다는 소식에 너무 반가웠고, 보잘 것 없는 저에게 짧게나마 글을 쓸 기회를 주신 것은 너무나 영광이 아닐 수 없다. 비록 예비역이시지만 장군님의 역량은 여전히 국가에 공헌할 수 있다고 확신하고 있다. 부족하지만 나도 언젠가 기회가 주어지면 해외로 파병을 나가 조금이나마 세계 평화에 공헌할 수 있는 군인이 되고자 한다.

전인범 장군님, 늘 건승하시고 행운이 함께 하시길 기원합니다. 출간 축하드립니다!

신병교육대로 가는 길에 여러 간판이 보였는데, 마음에 들지 않았다. 그래서 나는 간판 교체 등 신교대 시설에 많은 투자를 했다. 사단 병력의 70%는 이런 식으로 전입오고 나머지는 보충대로 전입하므로 보충대에 대한 시설 보강을 실시했다. 보충대 광장을 시멘트로 포장하여 흙이 건물 안으로 들어오지 않게 하고 조교들의 침상을 침대로 바꿔 주었다.

이런 과정에서 한날한시에 들어온 사람들은 한날한시에 전역하겠다는 생각이 들었기에 전역 행사를 해 주기로 마음먹었다. 그러나 아무리 병사들을 위한 일이라지만 제대로 준비하지 않으면 오히려 고통이 될 수 있다는 것을 알기에 지침을 세부적으로 내렸다. 아침 8시에 모이게 할 것(그래야 집에 일찍 가니까), 대형을 갖추지 말 것(그래야 자유로우니까), 군악대를 준비할 것(그래야 기분이 좋을 테니까)이었다. 그 외에도 더 좋은 아이디어가 있으면 실행하라고 하였다.

첫 번째 전역 환송식 행사에 갔더니 드럼통에 불을 피워 고구마를 쪄서 아침을 못 먹고 온 사람들에게 요깃거리를 제공해 주고 있었다. 또한 환송 행사를 신교대에서 실시하므로 전입 2주 정도 된 신병들이 도열하여 환송 라인을 만들어 주었다. 나의 지침에 따라 부하들이 아이디어를 낸 것이다. 바로 이런 적극성이 전투력 상승으로 연결되는 것이기에 나는 칭찬을 많이 해 주었다.

시간이 되면 병력들을 한 자리에 모이게 했다지만 특별한 대형을 짜지는 않았다. 나는 그들에게 모자를 좀 벗고 얼굴 좀 보자고 했다. 많은 사람들은 두발 상태를 점검하는 줄로 알았겠지만, 나는 그렇게 치졸한 사람은 아니었다.

나는 그들에게 "군 생활 하면서 뭐 배웠어?" 라고 물었다. 그랬더니 이 친구들이 "삽질하는 거 배웠습니다. 땅 파는 거 배웠습니다.

첫 이기자 용사 전역식에서. 나라를 위해 복무한 전역자들에게 작은 답례로 먼저 경례했다.

청소하는 거 배웠습니다. 걸레질하는 거 배웠습니다." 라고 답하는 것이었다. 나는 "결국 너희들은 인내를 배우지 않았느냐? 인생을 살면서 좋은 일 나쁜 일이 있겠지만 나쁜 일이 있더라도 이 마음을 갖고 잘 참고 극복해 주길 바란다." 라고 했고, 집에 갈 때까지 군복을 풀어 헤치지 말고 끝까지 복장을 단정히 해 줄 것을 당부했다.

그리고는 잘 가라고 하면서 경례를 했다. 너무 당황해서인지 대부분은 가만히 서 있었다. "경례를 받아야 내릴 거 아니야?" 라고 말하자 그제서야 "이기자!" 라는 구호를 외치며 경례를 받았다. 그리고 "전역하고 나면 먹고 사는 게 바빠서 생각할 겨를이 없겠지만 나이가 먹고 나면 반드시 군 생활 얘기를 하게 돼 있다. 친구들이 다 모여서 이런저런 말을 하고 나면 다 끝날 때까지 기다렸다가 나는 장군으로부터 경례 받고 전역했다고 말해라." 라고 해 주었다.

내가 마지막으로 한 말은 이랬다. "너희들은 오늘 전역하지만 나와 여기 있는 간부들은 나라를 잘 지킬 테니 가서 재미있게 잘 살

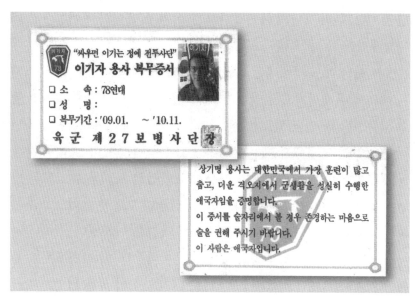

78연대 전역자의 이기자 전역증. 2024년까지도 이 전역증을 지갑에 간직하고 있었다.

아라.”였다. 이러는 동안 전입한 지 몇 주 안 되는 신병들이 두 줄로 도열했다. 그들은 여러 가지 현수막을 들고 있었는데, 〈선배님 잘 가세요〉부터 〈저도 얼마 안 남았어요〉 등이 적혀 있었다.

전역자들에게 “고향 앞으로 가!”하면 출발과 동시에 군악대가 사단가를 연주해 주었다. 그리고는 대기하는 버스를 타고 사창리로 향했다. 내가 해 줄 수 있는 마지막 선물이었고, 또 이를 지켜보는 간부들에게도 뿌듯한 일이라는 생각이 들었다. 그리고는 '이기자 전역증'을 주었다.

엄정한 군기는 군대의 기본이다. 그러나 진정한 군기는 자발적으로 갖추어야 하는 것이지 강제로 한다고 되는 것은 아니다. 나는 단정한 군복, 정확한 경례 그리고 깨끗한 조발이 엄정한 군기의 시작이라고 생각했다. 아웅산의 경험으로 인한 전술적인 이유 때문이기도 하지만, 나는 머리를 짧게 깎고 복장을 단정하게 입으라고 늘 강조했던 것이다. 우리 사단의 헤어스타일은 '이기자 컷'이라는 이름으로 꽤 유명해졌다.

당시만 해도 부대에는 이발병이 없었다. 지금도 없다. 그런 직책은 애초에 존재하지도 않았다. 그래서 병사들은 부대 안에서 이발할 수 있는 여건이 안 되었고, 밖에 나가는 것도 두세 달에 한 번 나가는 게 통상이었기 때문에 머리가 덥수룩할 수밖에 없었다. 머리 부상을 당했을 때에도 마찬가지지만 평상시에 단정한 머리를 유지하는 방법은 짧게 깎는 방법밖에 없다. 그래서 나부터 모범을 보이고 병사를 지휘하는 모든 지휘관들은 짧은 머리를 하도록 지시했다. 그러나 헤어스타일은 임무에 맞게 하는 것이 기본이다. 따라서 적진에서 활동해야 하는 수색대나 평상시 군인 티를 내지 않아야 하는 헌병과 같은 병력들에 대해서는 '이기자 컷'을 지시하지 않았다.

체력 단련도 중요하기에 매일 아침 2㎞를 뛰도록 했다. 토요일이나 일요일도 예외가 없었다. 이것만이라도 실시하면 기초 체력을 평상시에도 유지할 수 있기 때문이다. 그래서 체육 기구나 운동 여건을 최대한 마련해 두었다. 놀이도 되고 체력 단련도 되기 때문이다. 하지만 무리한 운동은 결국 부상으로 이어지기 때문에 건강 등의 여건이 안 되는 병사까지 전부 운동하도록 강요하지는 않았다.

당시에는 특급전사 제도가 있었다. 특급전사가 되면 매주 주말에 외출/외박을 나갈 수 있도록 허용했는데, 등급에 따라 월 1회~4회가 가능하며 최고 등급은 매주 나갈 수 있도록 했다. 그래서 본인들이 알아서 특급전사가 되도록 했다. 외출/외박을 나가고 싶으면 특급전사가 되는 것이고 그렇지 않으면 내무반에 남아 있거나 근무를 서야 하는 것이다. 지휘관들은 특급전사가 되기 위해 노력하는 사람들을 위한 여건만 마련해 주면 된다. 우리 사단은 특급전사 비율이 군단에서 가장 높아졌다. 군단에서는 사단에서 자체 양성한 특급전사들

특급전사왕 선발대회 수상자들과. 수상자들은 뒤의 버스를 타고 춘천과 서울로 휴가를 떠났다.

을 모아 놓고 확인 점검을 하는데, 우리 사단은 합격률이 다른 사단에 비해 세 배에 달했다. 그만큼 엄격하게 했다는 의미이다. 그럴 수밖에 없는 것이 매주 병력이 밖으로 나가는데 함부로 특급전사로 인증해 줄 수는 없었기 때문이었다.

외출 지역도 강릉까지 확대했다. 처음에는 지역 주민들이 잠정 고객을 뺏긴다고 걱정했지만, 워낙 많이 나갔기 때문에 그런 영향은 적었다. 강릉까지 가는 데만도 1시간 반이 걸리는데 주말 1박 2일이 면 몰라도 대부분 사창리 또는 화천으로 향했기 때문이다. 따라서 웬 만하면 지역 내에 있는 것이 시간도 아끼고 돈도 아낄 수 있었다. 간 단하면서도 경제적인 이유로 주민들의 우려를 막을 수 있었다.

나는 부대에 경각심을 주는 메시지를 전하고 싶었다. 그래서 공 관병 중 1명을 뽑아 그에게 신병인 척하라는 임무를 주었다. 제102보 충대에 보내서 전입을 오는 버스에 그 친구를 태웠고, 1주일 동안 신 교대에서 신병 생활을 했다. 그리고는 사단장 차량으로 가서 그 친구를 픽업했던 것이다. 신교대에서는 난리가 났다. 신병교육대에서는 전혀 눈치를 채지 못했던 것이다. 내가 잠입시켜 놓은 '간첩 병사'는 신교대에 물이 없어서 힘들고 보급품이 생각보다 낡았다는 보고를 했다. 나는 즉시 이와 같은 문제점들을 시정해 주었다. 신병교육대장은 언제 또 이런 일이 있을까 봐 걱정하기도 했지만, 결국은 이 일로 부대가 야단을 맞은 것이 아니라 도움을 받았기 때문에 큰 부담은 없었을 것이라고 생각한다.

또한 신병교육대의 보급품과 간부들의 근무 여건을 향상시키려고 노력했다. 그러던 중 감찰부에서 신병교육대에 전투복 수만 벌이 없다고 보고해 왔다. 상의가 3만 벌, 하의가 5만 벌이나 착오가 났다는 것이다. 너무 이상해서 알아보니 수십 년 동안 손망실 처리를 하지 않았기 때문에 이렇게 물건이 없어진 것이다. 게다가 담당이 중사이다 보니 본인이 감당하지 못할 일이었고, 이는 선임자로부터 물려받으면서 축적된 문제, 즉 말 그대로 적폐였던 것이다. 그들은 책임과 처벌이 두려워서 처리하지 못하고 있었던 것이다. 나는 사단장으로서 일괄로 손망실 처리를 하고 담당관의 책임에 대해서는 일절 불문에 붙였다. 수십 년 동안 묵었던 문제를 해결해 준 셈이었다. 그리고 누구든지 보고하면 비리가 아닌 이상 해결해 주겠다고 공언했다. 내가 중대장 때 일어났던 조준경 분실 사건 때 손망실에 대한 두려움으로 망신을 당한 기억이 생생했기 때문이었다.

흔히 사단장을 '군인 생활의 꽃'이라고 한다. 그 이유는 사단장이 입법, 사법, 행정 등 3권을 갖고 있기 때문이었다. 우선 행정권은 모든 문서가 사단장 직인이 찍혀 있어야 효력이 발생한다. 또한 사단의 내규와 예규는 사단장이 최종 결정하기 때문에 일종의 입법권을 갖는 셈이다. 마지막으로 사법권 역시 군법과 민법을 따르지만 사단

'수피령 호랑이'대대 K55A1 사격 훈련 지도. 대구경 화기 훈련은 여건이 허락하는 한 참관했다.

장은 관할관으로서 구속영장 청구와 기소 여부 그리고 재판관 선정에 있어 최종 서명권자이기 때문에 많은 권한을 가지고 있다. 특히 중요한 것은 마지막 사법권이었다. 즉 사단장이 법에 기초하지 않고 자기 마음대로 지휘권을 행사했던 경우가 많았기 때문이었다. 나는 그런 일이 없었다. 반드시 법무참모 그리고 헌병대장과 의논해서 공감대를 형성한 다음에 적용했다. 미 육군대학원에서 받았던 첫날 수업이 도움이 됐다. 문제는 우리나라에서는 장군이 되거나 대령이 돼도 이런 교육을 하지 않는다는 것이다. 이게 대한민국이고 국군이라는 현실이 안타까울 뿐이다.

　사격은 시도 때도 없이 실시했지만 문제는 대구경 화기들이었다. 아무 때나 아무 곳에나 쏠 수가 없어서 정말 안타까웠다. 비가 오지 않아 날이 가물면 산불이 무서워서, 그리고 민원이 무서워서 사격을 자유로이 할 수 없었다. 비가 와야만 사격할 수 있었는데, 비 오는 날에만 전쟁을 할 것인가? 라는 생각, 이게 우리의 현실이라는 자격

지심이 저절로 들었다. 유사시에 그 대가를 부하의 목숨으로 치를까 두려워졌다. 그럼에도 최대한 기회를 찾아 사격을 실시했다. 이제 부대 규모가 규모인 만큼 내가 다 돌아다니면서 지도할 수가 없었다. 사고의 위험이 그만큼 커지고 있었던 것이다.

사단에는 정훈병과 장교들이 있다. 이들은 계급이 중/소위여서 정훈장교로서의 역할보다는 작전과 연락장교 역할을 하는 경우가 대부분이었다. 그래서 나는 우선 모든 정훈장교에게 개인 사무실을 주도록 지시하고 작전과에서 심부름을 시키지 못하게 막았다. 그리고 월요일 부대별로 한 명씩 사단장과 아침 식사를 하도록 했다. 모든 부대의 정훈장교에게 사단장을 만나는 시간이 있으므로 작전과에서 잔심부름을 시켰다가는 박살난다는 것을 일깨워 주기 위함이었다. 이렇게 여건을 마련해 주니 정훈장교들이 제대로 일을 했다.

사단 정훈과에는 '사단장의 생각'이라는 CD를 제작하도록 했다. 생각해 보면 대대장 때는 서면으로 했지만 연대장 때는 비디오로 했었다. 기술의 발전이 놀랍다는 생각이 들었다. 나는 나의 목소리와 내용을 듣기만 해도 내가 믿을 수 있는 사람이라는 것을 일선 병사에게까지 전달하고 싶었기 때문이었다. 하지만 사단 정훈과에서는 이런 것을 만들 수 있는 능력이 없었다. 나는 200만 원을 들여 편집 프로그램을 구비하고 편집을 할 수 있는 병사를 보충해 줬다. 그러자 그들은 훌륭한 영상들을 많이 만들어 냈다. 이 경험이 오늘날 내가 YouTube를 할 수 있는 계기를 만들어 주었을지도 모른다. 부하들은 여건을 만들어 주면 임무를 수행하지만, 여건 보장 없이 지시만 내리면 반드시 고통만 창출될 뿐이다. 내가 대대장 때 배웠던 교훈은 사단장이 되어서도 유효했던 것이다.

이기자 부대는 군단의 예비 사단으로서 대침투작전 능력이 중

말단 제대의 병사는 사단장을 볼 일도, 목소리를 들을 일도 거의 없다. '사단장의 생각'으로 부대원 모두에게 육성을 통해 방침과 정책을 설명하고 신뢰를 주고자 했다.

요했고, 즉각 출동 태세가 최우선이었다. 나는 사단의 기동 지휘소를 점검하며 이 능력을 보강했다. 그 결과 언제든지 출동할 수 있는 준비를 갖출 수 있었다. 훈련도 수시로 해서 출동 시간을 단축시켰고, 특히 이동 서버를 움직이는 훈련을 많이 했다. 그리고 이동 중 통신이 가능하도록 최선의 노력을 했지만 당시 우리나라 통신은 이것이 불가능한 구조였다. 이는 지금도 마찬가지다.

　국토도 작고 통신 강국이라는 대한민국이라지만 군대에서만은 그렇지 않았다. 우리는 중계소도 여러 군데에 설치하고 예상 투입로에 통신 훈련도 수시로 했다. 하지만 사람이 바뀌는 구조에서는 석 달만 안 하면 처음부터 다시 해야 하는 것이 대한민국이다. 통신이 바로 전투력이다. 그러나 우리나라 사단에는 천막조차도 충분하지가 않은 것이 현실이다. 부대들이 훈련하러 나갈 때는 인접 부대에서 무전기를 빌리고 천막을 빌려서 훈련을 한다. 도대체 국방비는 어디에 쓰

태영건설 이백래 상무의 도움으로 자재를 조달해 수송부 야외차고를 만들었다.

는 것인가?

　보급에 대한 나의 관심은 끝이 없었다. 여러 번 말했지만 잘 먹이고 잘 입히고 잘 재우는 것은 나의 우선적인 목표였기 때문이다. 식당에 에어컨을 설치했는데, 전기 승압에 돈이 많이 들었다. 전자랜드의 홍봉철 대표에게 부탁해서 1억 원어치의 전자 제품을 기부받아 부대에 분배해 주었다. 그래도 늘 부족했다. 사단 규모이니만큼 뭘 해도 쉽지 않았다.

　사단 수송부 차량은 지붕이 없어 그대로 비바람에 노출돼 있었다. 나는 고등학교 동창인 태영의 이백래 상무로부터 8,000만 원 어치의 자재를 얻어서 지붕을 설치했다. 또한 기아자동차에 있는 친구를 통해 기아자동차 애프터서비스를 신청해서 고물에 가까웠던 군 차량들을 정비했고, 상급 부대에서 보급되는 엔진을 가로채다시피 해서 차량들을 오버홀했다. 그리고는 매번 교체 후순위에 머물렀던 부대의 부사관에게 오버홀된 차량을 제공해 주었는데, 이 대상에는 기무대도 포함돼 있었다.

　과거에는 기무대가 허세를 부렸지만 이제는 아니었다. 사단으로부터 협조를 받아서 차량을 운영하고 있었는데, 알아서 지원해 주면 좋지만 그렇지 않으면 기무대의 체면이 말이 아니었다. 자신들을 감시한다고 생각하기 때문에 많은 장교들은 기무대를 싫어한다. 그러나 대부분의 사람들은 잘 몰랐겠지만 기무대는 부대의 비리를 사전에 막는 역할을 한다. 또한 보안을 유지하고 사람들의 넋두리를 들어 주며 정신적인 건강도 지키는 것이 기무대의 보이지 않는 역할이기도 하다. 나는 사단 기무부대장(중령 엄일기/학 29)과 긴밀한 관계를 유지했다. 최소한 열흘에 한 번씩은 대화를 나누고 사단 직할 기무반장인 전일권 준위와도 수시로 만났다. 이들을 만나며 사단장이 기무대의 의견을 존중한다는 메시지를 전달할 수 있었다. 그래서 기무대도 본연의 업무를 수행하기 편하고 나도 저변의 얘기를 가감 없이 들을 수 있었기에 서로 윈-윈하는 구조를 만들었다. 기무부대를 감시인으로 생각하는 사람은 바보라고 생각한다. 오히려 기무부대는 내게 친구라 할 수 있는 존재였다.

　사단에는 정비대도 있었다. 정비대는 말 그대로 장비를 정비하는 곳인데 수리와 웰딩 작업을 다 할 수 있었다. 나는 박격포 운반용 지게와 동계 작전에 쓸 수 있는 썰매를 제작하도록 지시하고 예산을 편성해 주었다. 하지만 지휘관이 새 일을 강조하면 그것을 이행하기 위해서 원래 해야 할 일들은 뒤로 미뤄진다는 것을 알기 때문에 절대로 다그치지 않았다. 다만 지원을 해 주고 예산을 편성해 줘서 임무를 달성할 수 있도록 도왔다. 돈을 받았으니 열심히 할 수밖에 없다.

　또한 병사들이 자격증을 딸 수 있도록 배려했다. 어떤 장교는 병사들이 자격증을 따느라고 훈련을 못한다고 하며 자격증을 딴다는 핑계를 대고 훈련에 빠지는 병사도 있었다고 했다. 하지만 딴청 피우

동송자동차운전학원 유승범 대표의 도움으로 병사들의 자격증 취득을 지원할 수 있었다.

는 병사가 생기는 게 무서워서 군 생활을 통해 무언가를 가져갈 수 있는 기회를 병사들에게 주지 않는 것은 옳지 않다고 생각했다. 그래서 우리 사단은 항상 자격증 지원자와 합격자가 많았다.

당시에는 자동차 운전면허증을 취득하기가 쉽지 않았다. 시간도 오래 걸렸고 돈도 많이 들었다. 가난한 집에서 태어난 병사에게 150만 원이 어디 있겠으며 3개월 동안 어떻게 자동차 운전을 배울까? 그럼에도 그들은 생계를 위해서 운전을 하고 있었던 것이다. 다시 말해서 무면허 운전이었다. 나는 지역에 있는 운전면허 취득 학원을 섭외하여 병사들에게 저렴한 가격에 운전면허를 딸 수 있는 기회를 주었으면 했지만 화천 지역에는 그런 곳이 없었다.

참모들이 수소문한 결과 포천에 있는 동송자동차전문운전학원을 찾아냈다. 유승범 사장은 가격을 30만 원으로 낮춰 주고 그것도 3개월 분할로 해 주었다. 또한 출장 교습도 마다하지 않겠다는 것이었다. 그러나 우리 병사들이 포천까지 가서 기본 교육을 받아야만 했는

아리사카, 윈체스터, 개런드, 그리스건 등을 발견했을 때는 보물을 찾아낸 기분이었다.
이때 입수한 장비들은 새단장한 사단 역사관에 전시해 병사들과 방문객이 관람토록 했다.

데, 부대에서 포천까지 가려면 1시간 이상이 걸렸다. 참모들은 이동
간에 교통사고라도 나서 사람이 다치면 잘했다는 소리를 들을 수 없
다며 반대했다. 하지만 나는 싸워서 지킬 것이 있는 사람이 더 잘 싸
운다고 생각하고 있었다. 총 쏘는 일보다 자기가 먹고살 수 있는 미래
가 보장되는 병사가 더 잘 싸우니 걱정하지 말고 보내라고 했다. 결국
이 제도를 통해 300명 이상의 병사들이 운전면허증을 따게 되었다.

　사람이 자기의 뿌리를 아는 것은 중요하다. 나는 우리 사단의 역
사를 다시 한 번 조명하고 이것을 부대원들에게 각인시켜서 자긍심
을 고취하고 전투력에 기여하고자 했다. 명목상의 사단 역사관이 있
었는데 나는 이곳을 집중적으로 보강했다. 하루는 부관참모(송문호/
학34)가 "사단장님께서 그림으로 그리시는 총이 우리 창고에 있습니
다." 라고 했다. 나는 그 말을 듣는 즉시 그와 함께 창고로 향했다. 창

부대표창 수상 기념비 옆에 북쪽을 보도록 전시한 M4A3E8 전차. 국군 최초의 전차였다.

고에는 6.25 때 사용되었던 총과 각종 장비가 있었다. 내 눈에는 보물이나 마찬가지였다. 나는 이것들을 정리해 우리 사단 역사관에 전시하기 시작했다. 모자라는 물건은 서울 전쟁기념관에서 대여해 왔다. 사단의 히스토리가 완성되는 순간이었다. 정훈병들을 교육시켰고, 새로 전입하는 병사들에게 사단의 역사를 교육시키도록 지시했다.

또한 기회가 될 때마다 내가 직접 설명을 했는데, 사단장으로서 가장 보람있는 일이라고 할 수 있었다. 한번은 춘천에 있는 공원에 전차가 전시되어 있었는데 도색이 엉터리였고 신혼부부들이 신랑의 체력을 테스트한다며 포신에 매달리기도 한다는 것이었다. 나는 6.25 때 사용되었던 구형 전차를 우리에게 주면 신형을 주겠다고 했다. 결국 M48 전차를 주고 M4 전차를 받았다. 이 전차를 사단에 전시하면서 포신은 북쪽을 향하도록 했다.

각 사단에는 공군 파견대가 있었다. 공파대라고 불리는데 통상은 공군 장교 1~2명과 부사관 1~2명으로 구성되었다. 이들은 유사시

사단에 근접 항공 지원을 담당하는 요원들이다. 그런데 사단에서는 이들이 뭘 먹고 뭘 하는지 관심이 없는 게 보통이다. 공군에서도 육군한테 가 있으니까 그것으로 끝이었다. 나는 이들의 책상과 컴퓨터를 바꿔 주고 TV도 설치해 주었다. 공파대에는 전술차량들이 있지만 차고지는 없었는데 그것도 만들어 주었다. 그 앞에 있는 공터는 포장이 되어 있지 않아 매일같이 흙먼지가 날리고 비가 오면 진흙탕이 되어 사무실이 지저분해지곤 했다. 이 모든 환경을 정비하고 포장까지 해 주었다. 사실 처음에는 공군 부사관들이 나를 보면 피했는데, 머리를 깎으라고 할까 봐 그랬던 것이다. 앞서 말했지만 나는 임무에 맞는 헤어스타일을 강조했기 때문에 그들에게 그런 유치한 짓은 하지 않았다. 이 모든 것이 끝난 다음 공파대 앞에 이런 글을 써 두었다.

공군 없이 전쟁할 수는 있어도 공군 없이 전쟁에서 이길 수 없다.

정예 수색대대 훈련

강한 훈련은 자신감을 낳고 자신을 갖는 부대는 싸워서 이긴다. 우리나라는 징집제이기 때문에 기본적으로 군에 오고 싶지 않았던 사람들이 입대한다. 입대 예비자의 대부분은 카투사에 가고 싶어하고, 그 다음으로는 공군과 해군을 선호하며 일부는 해병대를 지원한다. 따라서 가장 마지막에 남는 것이 육군이다. 이런 자원들에게 고도의 군사훈련은 쉽지 않다. 기본만 가르치고 유지하기도 벅찬 일이다. 복무기간이 3년이고 장비와 전술이 단순할 때는 이런 여건에서도 가능했지만 지금처럼 18개월 밖에 안 되는 상황에서는 더욱 힘들다. 사단장 임무를 수행할 당시에는 21개월 정도 근무하던 시절이었다.

수색대대는 사단에서 가장 강한 부대이다. 사단 수색대대에서는 자체적으로 2주간의 정예수색병 교육 프로그램을 운영하고 있었지만 수색대대장의 보고에 의하면 전입하는 병사를 교육시킬 여건, 즉 교육 장소가 없다는 것이다. 나는 즉각 사단 공병대대를 투입하여 교육장을 마련해 주었다. 수색대대의 충원은 체력이 좋은 병사를 선발하는 방식이었는데, 다시 말해서 오고 싶지 않은 사람도 오게 되는 구조였다. 나는 이것을 바꾸고 싶었다. 우선 사단 신교대에서 희망자를 받도록 했다. 수색대에 지원만 해도 휴가 5일을 보내 준다고 유인했다. 수색대를 홍보하는 동영상도 만들어서 보여줬다. 이렇게 대한민국의 젊은이들의 도전 정신과 모험심을 자극했다.

정예수색병 교육은 총 14일 동안 휴일 없이 실시되었다. 커리큘럼은 체력단련, 수색작전과 특수작전에 3박4일 동안 무박 극기훈련을 추가했다. 즉, 72시간 동안 잠을 자지 않고 뜀걸음과 참호격투 등 체력단련을 하는 것이다. 또한 교육 기간에는 자진 퇴교를 허용하되 별도로 분류시켰다. 처음에는 거의 전원이 탈락했다. 탈락자는 모두 돌려보냈지만 도전한 것만으로도 5일의 휴가를 보내 주었기에 지원자는 넘쳤다. 심지어는 1시간 만에 그만두고 5일 휴가를 가는 병사도 있었다. 이런 부작용 때문에 안 되겠다 싶어서 첫날 그만두면 휴가가 없고 두 번째 날 그만두면 1박 2일, 세 번째 날 그만두면 2박 3일 휴가를 주는 것으로 바꾸었다. 훈련 내용은 목봉훈련, 구보와 윗몸 일으키기, 참호전투, 야간 행군, 격투 등이었다. 이 4일을 견뎌야 그 다음 과정을 가도록 했다. 3박 4일 지옥훈련 첫날을 견디면 그게 아까워서라도 지원자들은 참고 버텼다. 나중에는 합격률이 90%를 상회했다.

기존에 있던 선임병들은 이런 지독한 과정을 거친 후임병들을 함부로 대하지 않았다. 시간이 좀 더 지나자 고참병들 중에 자기도 지옥 훈련을 받겠다고 지원하고 나서는 인원이 생겼다. 점점 중/소위와

적 침투교장에서 훈련하는 사단 수색대원. 27사 수색대는 극기훈련을 통해 정예로 거듭났다.

하사/중사들도 지원자가 늘었다. 이렇게 제27사단 수색대대와 각 연대 수색중대는 무서운 부대로 변신했다. 이기자 부대의 수색대대와 예하 연대의 수색중대원은 이렇게 만들어졌던 것이다.

하드웨어 개선

사단 본부는 낡은 건물이었다. 그래도 에어컨은 설치되어 있었으나 외부선이 삐뚤빼뚤하여 그것부터 깨끗하게 정리했다. 지하는 지저분한 공간이었는데, 담배 자판기를 놓고 무인 판매소를 설치하도록 하였다. 하지만 자판기는 지휘관의 재량에 따라 설치할 수 있었지만 비리가 많아서 국방부에서 통제했기 때문에 쉬운 일이 아니었다. 여기저기 지인들을 동원해 절차를 밟고 담배 자판기를 설치했다. 라면과 과자도 판매했다. 담배 자판기를 갖다 놓은 이유는 간부들이 자꾸 병사들에게 담배 심부름을 시켰기 때문이었다.

건물에는 약 100여 명이 근무하고 있었는데 여자는 한 명뿐이라 화장실이 없었다. 나는 그 여군에게 볼일을 어디서 보냐고 물었더니 별관에 가서 용변을 본다고 했다. 별관은 약 150m 떨어져 있었다. 애로 사항이 없냐고 했더니 없다고 했다. 거짓말이었다. 나는 2층에 있는 화장실을 여성 화장실로 바꾸자고 했다. 예산이 2,000만 원이 들고 한 사람을 위해서 그 정도의 돈을 쓰면 감사에서 지적거리가 된다고 했다. 나는 "그럼 네가 오줌 싸러 매일 300m씩 가지 그러냐?" 고 응수했다. 결국 800만 원을 들여 화장실을 개조했다. 화장실을 개조하고 나니까 화장실 청소가 문제가 되었다. 당시 화장실 청소는 근무병들이 하고 있었는데 모두 남자들이었기 때문이다. 이들이 여성이 쓰는 화장실에 들락날락한다는 것이 왠지 마음이 편하지 않았다. 나는 여군 간부에게 화장실 청소는 네가 좀 해야 되겠다고 말했다. 여자 화장실이 설치되자 여군 숫자가 늘어났다.

2010년 3월, 천안함 피격 사건이 일어나자 온 나라가 혼란에 빠졌다. 군은 골프 금지령을 내리고 장병들의 휴가와 외출 및 외박도 중지시켰다. 하지만 나는 우리 부대의 휴가 및 외출, 외박을 정상적으로 실시했다. 단, 전 장병의 비상연락이 가능할 것을 강조했다. 평상시에도 사단 간부들의 출퇴근과 휴가를 자유롭게 보장했지만, 이유 여하를 막론하고 모든 간부는 전화 대기를 지시했다. 천안함 피격 사건에 이어 그해 11월 연평도 포격전까지 벌어지자 군은 대대적으로 전력 태세를 조사하며 일선의 의견을 수렴했다. 우리 부대는 30가지가 넘는 건의를 올렸다. 늘 그렇듯이 무슨 일만 터지면 난리를 치는 육군이었다. 육군본부에서는 현장을 확인한다고 군수사령관(이상돈/육33)이 전방에 왔다. 그런데 전방 부대만 가고 전방 예비사단인 우리 사단은 오지 않는다고 했다. 나는 우리 사단으로도 오시라고 요청했다.

사단장실에는 판초우의, 발전기 그리고 슬리퍼를 갖다 놓았다. 30개가 넘는 건의사항 중 일부분이었다. 판초는 간부들에게는 지급되지 않았다. 간부용 우의가 따로 지급되기 때문이었다. 하지만 이는 판초가 단순히 비옷에 불과하다고 잘못 생각하고 있기 때문이다. 현역으로 복무해 본 사람들은 알겠지만, 판초는 깔개로도 쓰고 텐트로도 만들고 위급할 때는 들것으로도 쓴다. 그런데 어떤 사람이 판초'우의'라고 하니까 비 올 때만 쓰는 물건으로 생각해서 간부들에게는 주지 않은 것이다. 나는 돈을 주고 사려 했지만, 민간에서 파는 판초는 질이 안 좋아서 쓸 수가 없었다. 그래서 간부들에게도 판초를 보급해 달라고 건의했다.

두 번째는 발전기였다. 무전기 배터리가 리튬으로 바뀌고 충전식인데도 불구하고 발전기가 없었기에 충전을 시킬 방법이 없었다. 대한민국 부대들은 훈련을 나가면 산골 어디에도 있는 상설 전기를 사용하고 있었다. 훈련 지휘소 위치를 선정할 때는 상설 전기가 있어야만 지휘소를 설치하고 있었다. 그러면 북한처럼 전기가 없는 곳에서는 어떻게 작전을 한단 말인가? 발전기라야 200만 원이면 되니 대대별로 2대에서 3대 정도만 있으면 된다고 건의하였다.

세 번째는 슬리퍼였다. 병사들에게 슬리퍼는 이등병 때 처음 주어진다. 슬리퍼 품질이 허접해서 잘 부러졌는데, 부러지고 나면 원활한 보급이 되지 않았다. 보급이 될 때까지 6개월을 기다리는 경우도 흔했다. 슬리퍼가 없으면 목욕하거나 씻을 때 맨발로 가야 한다. 결국은 신병이 새로 오면 고참이 신고 간다. 그러면 한 사람이 신어야 할 신발을 두 사람이 신으니까 그만큼 빨리 신발이 또 부러지는 악순환이 계속되었다. 슬리퍼 하나에 5,000원밖에 하지 않기 때문에 돈 주고 사려고 하면 사제품을 쓴다고 또 난리였다. 그래서 나는 군수사령

이상돈 군수사령관 앞에서 슬리퍼를 문 사진. 아마 필자의 사진 중 가장 잘 알려졌을 것이다.

관 앞에서 슬리퍼를 입에 문 사진을 찍어 액자에 넣은 다음 이 문제를 해결할 때까지 머리맡에 놓고 계시라고 했다. 이상돈 장군은 웃으시며 알았다고 했다. 물론 그분도 당장 슬리퍼가 있는 것은 아니었다. 그래도 얼마 후 슬리퍼 3,000켤레를 마련해 보내주셨다.

나는 이외에도 반합에 대한 문제도 얘기했다. 첫 대대장 생활을 마치며 문제를 언급했던 군장과 반합이었는데, 결국 사단장이 된 뒤에야 새로운 반합이 만들어졌다. 군수사령부에서는 기념으로 반합을 가져왔다. 중령 때 건의했던 내용이 육군 소장이 되어서야 실현되었으니 해결에 15년이 걸린 셈이다.

암투병, 그리고 사단장 생활의 마무리

매년 실시하는 의례적인 신체검사를 받는데 영상의학과 군의관 김장춘 대위가 "사단장님, 오른쪽 콩팥에 조그마한 혹이 있는데 기회가 되시면 CT 한 번 찍어보셔야겠습니다." 라고 하는 것이었다. 나는 아무렇지도 않게 들었다. 일주일 뒤에 추가 검사 결과가 나왔다. 나는 의무대장에게 아무것도 아니라는데 꼭 가야 하냐고 물어봤다. 그래도 결국 강릉까지 가서 CT를 찍었는데, 조금 기다리자 면담을 하자고 했다. 나는 체중을 줄이라는 말 정도만 예상하고 있었는데 군의관은 "오른쪽 콩팥에서 종양이 발견되었습니다." 라고 답했다. 올 게 왔구나, 라고 생각했다. 정확한 병명이 뭐냐고 묻자 "신세포암종, 즉 신장암입니다." 라고 했다. '암'이란 단어를 쓴 것이다.

정말 천만 가지 생각이 들었다. 죽음을 앞둔 군인의 모습은 비겁해서는 안 된다고 생각해 나는 태연한 척하면서 "예후가 어떻소?" 했더니 지금은 워낙 작아서 괜찮을 거 같다고 하는 것이었다. 더 물어보고 싶었지만 나는 군의관에게 내가 주변에 이 사실을 전해야 하는데 뭐라고 해야 놀라지 않겠냐고 물었다. 그러자 군의관은 "'오른쪽 콩팥에 혹이 발견되어 빨리 떼어 내야 된다'고 말씀하십시오." 라고 답했다. 나는 더 이상 묻지 않고 나와서 군단장에게 보고했다.

나는 부대로 이동하는 동안 사단 참모장과 주임원사, 기무부대장, 의무대장, 헌병대장을 사무실로 불렀다. 나는 그들에게 그동안 있었던 일을 설명해 주고 서면으로 준비해서 군단장님께 보고할 수 있도록 준비해 달라고 했다. 그리고는 아내에게 전화했다. 아내는 이미 총장을 하고 있었으므로 같이 살지는 못하고 있었고 바로 연락도 되지 않았다. 밤 9시가 되자 전화가 왔고, 나는 오늘 있었던 일을 전해 주었다. 아내는 울기 시작했다. 아내는 잘 우는 사람이 아니었기에 더 부담스러웠다. 다음 날 상황을 파악해야 한다고 해서 진료 관련 CT 사진을 CD에 저장해서 서울로 보냈다. 오후 2시경에 아내가 전화를 했다. 세브란스 병원과 현대아산병원이 있는데 세브란스보다 현대

사단장 시절의 가족사진. 투병 당시 아내는 성신여대 총장직을 맡아 서울에 머물러야 했고,
장남 민규와 차남 민우는 각각 레바논과 9사단에서 복무했기에 혼자 살고 있었다.

아산이 경험이 많지만 세브란스에 좋은 의사 선생님이 계시니까 거
기가 좋겠다고 하는 것이었다. 나는 양승철 박사님의 집도로 오른쪽
신장의 25%를 제거하는 수술을 받았다. 의사선생님은 CT를 보자마
자 이 작은 것을 어떻게 찾았는지 감탄하셨다고 한다. 수술이 잘 끝나
고 난 다음에 첫 번째로 국군춘천병원 영상의학과 김장춘 대위를 찾
아갔다. 김장춘 군의관에게 고맙고 앞으로 내가 살면서 좋은 일을 많
이 하겠다고 약속했다. 김장춘 대위는 지금 광주에 살고 있다고 한다.
그 외에도 나의 건강 회복에 도움을 주신 분들에게 감사드린다.

    앞서 이야기했지만 이기백 장군님을 모시고 국군 수도병원에
있는 동안 나는 우리 한국군 병원에 대한 현실을 보고 유감이 많았
다. 그래서 사단장으로 부임해서 많은 관심을 가진 곳이 의무대였다.
우선 군의관들에게 좋은 BOQ와 아파트를 할당해 주었다. 새로 지은

BOQ에는 군의관들만을 위해 한 층을 따로 마련해 주었다. 또한 군의관들이 주말에 서울을 다녀오더라도 굳이 적발하려 하지 않았다. 교통사고를 내지 않도록 조심하라고 당부했을 뿐이었다. 또한 군의관들에게 약이 없는 건 이해하지만 병사들에게 친절하게 해 달라는 부탁을 했다. 즉 병사를 보면 "임마, 임마." 하지 말고 "고생이 많다."는 한마디를 해 달라고 하였던 것이다. 시간이 지나면서 우리 사단은 다른 사단에 비해서 훨씬 우수한 의무대를 갖게 되어서 국방부 우수 사례로 뽑히기도 했다. 그러자 군의관들도 움직이기 시작했다. 휴가를 나갔다가 들어올 때 약을 들고 오고 BOQ에 모여서 의학 공부를 하는 것이었다. 또한 영상 통화로 환자에 대한 진단도 하는 열의를 보여주었다. 회상해 보니 당시 군의관들에게 고마울 뿐이다.

나는 개신교 신자지만 내 종교가 존경받기 위해서는 다른 종교를 존중해야 된다고 생각했다. 따라서 목사님에게 양해를 구하고 천주교 신부님과 법사님을 먼저 챙겼다. 목사님도 이해해 주셨다. 불교 행사에 우선적으로 참석하고 다음에는 천주교 행사에 참석했다. 우리 군의 고질적인 문제 중 하나가 군대 내에서도 각 종교가 어떻게 자기 종파를 확대할 것인지에만 초점이 맞춰져 있다는 것이다. 부대마다 교회와 성당 그리고 법당이 있다. 미국 같은 경우는 종교센터가 있을 뿐 교회나 성당, 법당을 따로 두지 않는다.

미군은 종교센터에서 그 어떤 종교 의식이라도 진행할 수 있어 군종장교가 불교라면 보좌관은 기독교가 한다. 이들은 다른 종교도 공부하기에 유대교 의식을 치러야 한다면 타 종교의 군종장교라도 진행할 수 있다. 우리도 이런 부분을 심도 있게 고민해야 한다고 생각한다. 성인이라는 마음으로 우리 군종장교들을 대했다. 그들도 내가 하려는 전투력이 강한 부대를 만들기 위해서 도와주었다. 특히 군종

말 많고 탈 많던 K11 복합소총 시험 사격. 직접 다뤄 본 결과는 실망스러웠다.

장교들이 서로 잘 협조하고 지내서 다행이었다.

한번은 K11 복합소총을 야전에 배치한다는 얘기를 들었다. 평소에 마음에 들지 않던 총이었지만 그래도 궁금하기는 했다. 그런데 우리는 전방 예비사단이라며 보내 주지 않았다. 나는 제15사단에서 몇 정을 빌려 사격해 보았는데, 바로 고장나는 것이 아닌가. 또한 유탄으로 20㎜ 공중폭발탄을 사용하도록 되어 있었는데 조작이 쉽지 않았다. 그리고 유탄 한 발당 거의 15만 원에 달했고 연습탄만도 5만 원이나 되었다. 40㎜ 고폭 유탄이 3만 원 정도인데 통상 40㎜ 유탄 3발을 쏘면 표적을 맞힌다. 즉 9만 원에 맞출 수 있는 것을 15만 원을 써서 맞추는 셈이다. 더구나 살상력도 믿을 수 없었다. 연발은 또 얼마나 많이 해야 하나? 도저히 이해가 되지 않았다. 게다가 총을 떨어뜨리면 안 된다고 하니 더 기가 막혔다. 총의 높이가 높아서 서서쏴가 아니면 힘들고 너무 무거웠다. 즉 디자인 자체가 문제가 많았다. 나는 이런 문제를 정리하여 상급부대에 전달했다.

　며칠 뒤 우연한 기회에 합참의장이 우리 부대에 왔다. 합참의 장은 만나자마자 "전 장군은 K11을 싫어한다며?" 라고 말했다. 나는 "의장님, 남이 쏘는 것만 구경하지 마시고 직접 한번 쏴 보십시오. 쏴 보시면 문제가 심각하다는 사실을 금방 느끼실 겁니다." 라고 대답했 다. 우리 군은 모두 400억 원을 투자해서 이 총을 '개발'했는데, 나는 이런 것이 진짜 방산비리라고 생각한다. 이래서 우리가 북한보다 국 방비를 10배 쓰는데도 아직 분대/소대 그리고 중대의 화력이 북한군 에 열세인 것인가?

　나는 신병 교육 훈련과 훈련 여건을 마련하는 것이 나의 임무이 고 이런 여건 속에서 연대장과 대대장이 자기 방식으로 훈련을 시키 는 것이라고 생각했다. 신교대에서는 사격 때 피탄지에 호를 구축하 여 사선에서 사격하는 총탄이 날아오는 소리를 듣게 했다. 군인이면 적과 아군의 총소리를 구분하는 것이 기본이건만 우리는 이런 교육 을 할 여건이 안 되었다. 그래도 사단 직할대인 통신대대, 전차중대 와 화학대 그리고 수색대대에 대해서는 관심을 놓지 않았다. 전차는 M48A5K 13대였다. 이들을 위해서 컴퓨터 게임을 구매하여 온라인 으로 연결해서 승무원 훈련을 시켰다. 훈련을 잘 시켜 놓고 써먹지 못 하는 아쉬움이 있지 않냐는 질문을 받았지만, 훈련을 잘 시키는 이유 는 오히려 써먹지 않기 위함이다.

　혹한기 훈련을 하다가 한 병사가 사라졌다는 보고가 들어왔 다. 더구나 총까지 휴대하고 있었다. 이 사실이 방송에도 나가 난리 가 났다. 지휘통제실에 들어갔더니 군사령부 참모장과 군단장까지 VTC(화상회의)에 나와 있었다. 당연히 사단 참모들은 정신이 없었다. 나는 기왕 이렇게 된 김에 훈련의 기회로 삼기로 했다. 병사가 사라진 시간을 물어보자 보고 시간을 답변하는 것이었다. "아니, 보고 시간 말고 마지막으로 본 시간과 장소를 확인해 봐라." 고 지시했다. 그리고 그 시간으로부터 시간당 4km를 기준으로 이탈 거리를 계산했다. 그리고 집중 수색을 실시했다. 얼마 뒤 군인이 혼자 총을 들고 걸어가는 모습을 보았다는 신고가 행인으로부터 들어왔다. 그 다음은 택시 기사가 군인을 춘천으로 태워 줬는데 복장이 외출복이 아니었고 총은 없었다는 증언을 했다. 우리는 두 지점 사이를 집중 수색하여 총을 찾았고, 그 다음날 탈영한 병사까지 잡았다. 병사가 군무이탈하면 통상 징역 1년이 구형된다. 그러나 총을 들고 나가면 7년까지 늘어난다. 그 병사는 가난한 집 아들이었다. 나는 기소하지 않기로 하고 병사를 불러 "내가 너를 감옥에 보내지 않기로 했다. 너에게 주는 선물이다. 선물을 받으면 그 선물의 가치는 받는 사람이 정하는 것이다. 이 기회를 잘 살리기 바란다." 고 했다. 지금 그가 잘 살고 있으면 좋겠다.

지휘관을 하면서 부하들을 보살피고 나라를 지키는 보람을 느끼는 게 가장 행복했다. 지금은 사고 예방 중심의 부대 운영 때문에 훈련이 가능할지 모르겠다. 언론은 지휘관들의 실수에 대해 몰매를 때리고 그 중심에 있는 대대장, 연대장 그리고 사단장, 심지어는 군단장의 책임과 보직해임을 요구한다. 대대장은 450명, 연대장은 2,500명, 사단장은 10,000명이 넘는 부하를 둔다. 이렇게 많은 인원에 대한 모든 책임을 지워서는 안 된다. 물론 도덕적인 책임은 무한이지만 그것은 하나님과 본인이 나중에 정산할 일이라고 생각한다. 법적인 책임은 적절한 선에서 행사해야 하는데 지금처럼 무한 책임을 지우면 훈련을 하지 못하고 전쟁을 예방할 수 없다. 이런 여건을 만드는 것은 군인만의 책임이 아니며 국민과 정치인들의 책임이기도 하다.

'싸우면 반드시 이기는 정예 전투사단' 27사단장으로 근무하던 기간은 보람과 행복이 가득했다.

사단장 근무 18개월째이던 2011년 5월, 국방부에서 전화가 왔다. 국방부 정책국장 보직을 나보다 6개월 뒤에 진급한 신원식 소장에게 주려고 하니 서운하게 생각하지 말라는 내용이었다. 나는 "사단장을 더 하라고 하는데 그걸 싫어하는 놈도 있냐?"고 답했지만, 국방부의 사고방식이 걱정되었다. 먼저 진급했다고 꼭 우선권이 있는 것도 아니며, 실력만으로 장군이 되는 것도 아닌데 진급에만 매몰된 우리 군이 걱정되었다. 그렇지만 나에게 양해를 구하는 것은 고마웠다.

결국 이기자 부대 사단장 직무는 24개월로 끝났다. 나의 차기 보직은 한미연합사령부 작전참모차장이었다. 한미연합사는 미군 4성 장군이 사령관이고 한국군 4성 장군이 부사령관이다. 그러나 이들의 관계는 상하 관계가 아니라 평등한 관계다. 다만 나라의 위상과 미군 4성 장군과 한국군 4성 장군의 성격에 따라 차이가 많았다. 한미연합사는 작전, 기획은 미군이 부장이고 한국군이 차장이며 정보, 인사, 군수는 한국군이 부장, 미군이 차장이다. 편성상으로는 상하지만 실제로는 평등한 관계다. 나는 미군을 상대하는 일에는 자신이 있었다.

연합사 작전참모차장

연합사에 부임했을 때 부사령관은 권오성 장군(육34)이었다. 나는 권 장군과 오래전부터 알고 지내던 사이였지만 오히려 그 점이 불편할 수도 있었다. 내가 소령이고 권 장군은 중령 때 처음 만났는데, 버릇이 없던 시절이어서 그때는 격의 없이 지냈지만 이제 둘 다 장군으로 만났으니 부담스러웠다. 그렇다고 이 나이에 눈치나 보고 살고 싶지는 않았다.

신고가 끝난 후 권 장군과 단둘이 있을 때 "제가 나이도 먹을 만큼 먹었고 암도 극복했는데 이제 할 말 좀 하고 살았으면 좋겠습니다." 라고 말씀드리자 권 장군은 그러라고 하셨다. 나는 그러시다면 매일 아침 출근하실 때 영접하고 부대 운영에 대해 간단한 대화를 나눴으면 좋겠다고 했다. 권 장군은 그렇게 하라고 답했다. 그런데 아침에 종합정보보고가 있으니 그게 끝난 다음에 하자고 했다. 나는 "저도 바쁜 사람이기 때문에 저를 먼저 만나 주십시오." 라고 했다. 권 장군은 수락했다. 나는 2년 동안 단 하루도 빠짐없이 권 장군과 짧게는 5분, 길게는 몇 시간 동안 대화를 나눴다. 그 결과 나는 권 장군의 지휘의도를 정확하게 파악할 수 있었다. 나는 형식보다는 결과를 원했다.

미군과의 신뢰 관계가 구축되어 있기에 모든 일이 쉽게 진행되었다. 특히 권오성 부사령관이 나에게 보인 믿음이 중요했다. 한미연합사는 가끔 미군만의 회의와 한국군만의 회의로 나눠져 있었는데 나와 샴포는 이것을 없애 버렸다. 문제는 통역을 어떻게 할 것인가였

연합사 부사령관 권오성 장군과. 권오성 장군과는 소령 시절 육본에 근무하며 처음 만났다.

는데 통역을 거치면 당연히 시간이 두 배가 되기 때문이었다. 우리는 그냥 영어로 하자고 결정했다.

한번은 부사령관이 주관하는 회의가 있었다. 그런데 5분이 지나도록 오지 않았다. 나는 왜 안 오시냐고 했더니 손님이 오셔서 늦는다고 했다. 그래서 그냥 진행했다. 20분 뒤 부사령관이 오자 나는 20분 동안 보고됐던 내용을 3분 만에 요약해 말씀드리고 회의를 그대로 진행시켰다. 이 모습을 본 한국군도 놀랐지만 미군도 놀랐다. 아무튼 이러한 행동들로 인해 미군들이나 한국군들은 나를 신뢰했다. 하지만 따지고 보면 권오성 장군이 여건을 마련해 준 덕분이었다.

미군들은 내가 영어로 제압할 수 있었다. 나라는 작을지 모르지만 어떻게 미군 장군이 한국군 장군보다 우리 군을 더 많이 알겠는가? 더구나 미군에서 한국 전문가라고 할 만한 존재는 극히 드물었다. 예컨대 소령 때 1년, 부인이 한국 여자일 경우 중령 때 2년 정도 한국에 오는 정도였다. 특히 장군이 되어서 한국에 오는 경우는 극히 드물다. 그럼에도 부대에서 일만 하다가 귀국한 사람이 한국에서 4~5년간 근무했다고 해서 한국 전문가가 되는 것이다. 그렇지만 현실을 보면 사람 이름도 잘 몰라 이, 박, 김 이렇게만 말하는 정도다.

하지만 사실을 따져 보면 우리도 미군을 잘 모르기는 마찬가지다. 이게 우리의 현실이다. 다시 말해서 미국은 우리에게 관심이 없고 우리는 미국에게 자존심을 세운다. 미국이 우리에게 관심을 갖도록 일깨워 주고 이끌어 가는 것이 우리의 과제이고 임무인 것이다. 자존심을 내세우는 것은 자존감이 없는 사람들이나 하는 짓이며 특히 나라를 이끌 리더의 자세는 아니다. 그렇지만 나는 영어가 되니까 이를 기초로 미군 사령관과 신뢰를 구축할 수 있었다. 다행히도 제임스 서면(James D. Thurman) 사령관은 기초와 기본에 관심이 많은 분이셨다.

그런데 이분이 질문을 하면 한국군 스스로 부끄러워서 대답하지 못하는 경우가 많았다. 나는 있는 그대로 말씀드렸다. 이런 과정에서 권오성 부사령관과 서면 사령관도 관계가 좋아졌고 일하기도 더욱 편해졌다. 물론 나 역시 좋은 관계가 유지되도록 노력을 많이 한 것도 사실이고, 서면 사령관의 신뢰를 바탕으로 여러 가지 일을 할 수가 있었다. 이는 자유롭게 우리의 입장을 개진하고 얘기할 수 있었던 분위기 덕분이었다. 웬만하면 기죽지 않는 나의 성격이 한국군에 도움을 준 셈이었다.

나는 한국군이나 미군을 똑같이 대하려 했지만 아무래도 한국군을 더 생각할 수밖에 없었다. 보직에 대해서도 육군만 중시한 것이 아니라 해군과 공군 그리고 해병대는 물론 육군의 보병 병과 외에 병과에 대해서도 많은 배려와 관심을 가졌다. 예컨대 항공 병과와 화학 병과 그리고 여군의 입장을 배려하여 중요 보직도 능력을 갖춘 화학 병과 장교나 여군이 오면 그 자리를 기꺼이 내주었다. 보병들에겐 아

백선엽 장군 및 샴포 장군과. 샴포는 지내기 편한 사람은 아니었지만 이내 좋은 친구가 되었다.

쉬웠을지 모르지만, 이렇게 해야 통합군이 된다는 것을 알고 있었기 때문이었다.

시간이 지나 미군 작전참모부장이 바뀌었다. 처음에는 맥도날드 소장(John A. Macdonald)이었는데 그가 가고 버나드 샴포 장군(Bernard S. Champoux)이 왔다. 나는 샴포 장군과 좋은 인간적 관계를 조성하려 그가 지휘하던 하와이 주둔 제24사단에 가서 이임식에 참석했다. 도착해서 비서실에 있는 요원에게 "너의 사단장 어떠냐?" 라고 물었더니, 잠시 멈칫하더니 "많이 웃으세요." 라고 답했다. 좋은 징조가 아니었다. 나는 골치 아프게 됐다고 생각했다. 사실 샴포 장군과 나는 구면이라면 구면이었다. 내가 샘물교회 사건으로 아프가니스탄 ISAF에 있을 때 샴포가 작전부장이었기 때문에 한두 번 봤지만 그는 나를 기억하지 못했다. 다만 커피잔 세트를 받은 것만은 기억하고 있었다.

샴포 장군은 같이 지내기 쉬운 사람은 아니었지만 부인은 너무나 착한 사람이었다. 어느 날 사령관에게 보고하는 과정에 결국 샴포 장군과 충돌하고 말았다. 샴포 장군이 장벽 설치 시간이 ○○○ 걸린다고 보고했는데 나는 아니다, 더 걸린다고 답했다. 샴포는 "한국군이 그렇게 보고했다."는 것이었다. 나는 "그럼 그 한국군이 틀린 보고를 했다. 내가 사단장까지 했는데 그걸 모르겠냐?"고 응수했다. 그는 보고가 끝나자 내 방으로 들어왔다. 문을 꽝 하고 닫더니 다시는 사령관 앞에서 자기가 하는 말에 토를 달지 말라고 나오는 것이었다. 나는 "너는 다시는 한국 사람한테 그따위로 말하지 마라! 한국 사람은 속으로 생각하고 영어를 잘 못하기 때문에 나처럼 표현을 못하는 것뿐이다."고 충고하였다. 그리고는 악수를 청했다. 사실 나는 "이제 잘 지내기는 힘들겠구나."라고 생각했지만 현실은 정반대였다. 샴포는 나에게 둘도 없는 친구가 되었다. 샴포 장군은 우리 한국 사람들의 입장을 이해해 주었고 너무 믿어 주는 경우가 많아 내가 걱정할 정도였다. 오히려 내가 한국 사람들을 믿을 수가 없었기 때문이다.

한미연합사는 항상 우리 합참과 미묘한 관계를 유지했다. 합참에서는 연합사를 거치지 않고 미군과 직접 채널을 갖기 원했기 때문이었다. 그렇게 되면 연합사에 있는 한국군들은 그야말로 미군의 부하가 되는 셈이다. 한국 합참이 연합사에 있는 한국군을 통해서 일해야 조직이 살고 연합사의 한국군들도 미군들을 대하기가 편하고 효율이 올라가는데 이 간단한 사실을 모르고 있었던 것이다. 또한 한국군 중에는 미군 앞에서는 고개를 숙이고 뒤에서는 욕하면서 자기가 민족의 대표이고 애국자인 것처럼 떠드는 자들도 존재했다. 나는 오히려 미군 앞에서는 싸우고 그 뒤에서는 동맹의 입장을 말하는 것이 애국이라고 믿고 있었다.

내가 있을 때는 이를 역전시켰다. 나를 통하지 않으면 합참에서 미군과 일하기가 쉽지 않도록 구조를 만들었던 것이다. 그러니 당연히 나와 합참 사이에 갈등이 잦을 수밖에 없었다. 합참에서는 기회가 될 때마다 나에 대해서 좋지 않은 말을 전달했다. 나는 그러거나 말거나 모든 것은 하늘에 달려 있는 것이지 인간의 손에 달려 있지 않다고 생각했기에 신경 쓰지 않았다.

북한은 지속적으로 핵 능력을 고도화하고 있었다. 우리는 듣기 좋은 구호는 만들어 냈지만 실질적인 투자는 부족하다는 생각을 했다. 그리고 미군에게 너무 의지한다는 사실을 느꼈다. 특히 우리가 기초와 기본에 충실하지 않다는 것이 걱정이었는데, 사실 서먼 사령관도 똑같은 걱정을 하고 있었던 것이다.

2011년 12월 17일 김정일이 죽었다. 많은 사람들은 김정은이 제대로 나라를 이끌지 못할 거라고 생각했지만, 나는 그렇게 생각하지 않았다. 김정은을 봤을 때 영화 〈대부〉에 나오는 마이클 콜레오네가 생각났다. 10년이 지난 지금 김정은은 북한의 독재자로 우뚝 서 있다. 그리고 핵무기 체계를 완성했다.

한반도에 위기 상황이 발생하면 제일 중요한 것이 한미 사이의 협조이다. 미군들은 그들만 쓰는 비밀 통신망이 있다. 거기에는 외국인이 접근하지 못한다. 물론 우리도 우리 시설 중 외국군이 접근하지 못하는 시설이 있다. 그런데 위기 상황이 발생하면 미군 사령관이 미군 전용 장비가 설치된 방으로 가 버리는 경우가 있어서 중요한 시기에 소통이 부재하는 상황이 된다. 또한 합참과 연결이 돼 있더라도 제대로 의사소통이 되지 않았다. 나는 이런 것들을 고치려고 부단히 노력했다. 내가 있는 동안에는 성공했지만 지금은 어떻게 되었는지 모르겠다. 나는 한국군과 미군 후배들을 만날 때마다 해당 부문에 관심을 가져 달라고 지금도 말하고 있다.

모든 일은 사람이 하는 것이다. 그 당시 연합사 작전처에 속해 있는 한국군과 미군은 200명이 넘었다. 한번은 그중 영관급 이상 백여 명을 버스에 태워 여의도의 무한리필 생맥주집에서 파티를 했다. 우리는 함께 노래도 부르고 어깨춤까지 췄다. 이렇게 즐거운 시간을 보낸 뒤 다음날은 늦게 출근하라고 했다. 그 뒤로는 한미간에 안 되는 일이 없었다고 한다. 이러한 것들을 바탕으로 나는 미군 장교들에게 미군 장군들보다도 인기가 있는 장군이 되었다.

하루는 보좌관이 "중상이용사회라는 곳에서 연락이 왔는데 전화를 연결해 드릴까요?" 라고 물었다. 나는 보좌관을 선정할 때 똑똑한 사람을 원치 않고 자연스러운 사람을 원했다. 똑똑한 사람은 자신을 중심으로 생각하기에 내 주변을 불편하게 만들기 때문이다. 만약에 당시의 보좌관이 그런 '똑똑한' 사람이었으면 이런 사람들의 전화는 아예 차단시켰을 것이다. 나는 중상이용사회 박상근 부회장과 통화했다. 무슨 일이냐 물었더니 나를 한 번 만났으면 좋겠다는 것이다. 나를 어떻게 알았냐고 물었더니 한국군 중 영어를 제일 잘하는 분이라고 인터넷에서 읽었다고 하는 것이었다. 한번 오시라고 했는데 며칠이 지나 세 분이 오셨다. 그중 한 분은 전동 휠체어를 탔고 나머지 2명은 일반 휠체어를 타고 계셨다. 나는 전동 휠체어가 그렇게 무거운 줄 그때 처음 알았다. 장정 4명이 겨우 들어서 2층으로 올라갈 수 있었다. 이분들은 모두 복무 중 사고로 허리 이하 또는 목 이하가 마비된 분들이었다. 이런 분들이 중상이용사였다. 이분들 중 상반신을 쓸 수 있는 분들이 핸드바이크를 탄다고 했다. 이분들은 한미동맹 60주년을 기념하여 워싱턴에 있는 행사에 참석하고 싶은데 어디에서도 도움을 받지 못했다고 하시는 것이었다. 나도 과연 도움을 줄 수 있을지 모르겠기에 난감했다. 나는 일단 60주년 행사단 업무를 맡은 미군 대령에게 연락했다.

미군 대령은 "할 수 있을지 없을지 모르지만, 이런 일에 관여할 수 있어서 영광이군요."라고 답하는 것이었다. 이렇기에 내가 미군을 존중한다. 그날 찾아온 세 분 중 한 분은 전방 순찰 중 차량이 굴러서 깨어 보니 3개월이 흘렀으며 허리 밑으로 마비가 되었고, 또 한 분은 전방에서 지뢰를 밟아 한 달 뒤에 깨어 보니 역시 하반신이 마비되고 말았다는 것이다. 이분들이 국가로부터 얼마만큼 대우를 받았는지는 상상할 수 있을 것이다. 결국 미군의 도움으로 이분들을 미국에 보내게 되었다. 비자 발급도 도와드렸다. 여기서부터는 박 부회장님의 글을 소개해 드릴까 한다.

우선 독자들께 자기소개를 조금 하겠다. 나 박상근은 군에 복무하며 작전 수행 중 산간 도로가 붕괴되어 차와 함께 150m 아래 골짜기로 떨어지는 사고로 척수 신경이 손상되어 하반신 마비 중상이용사가 되고 말았다. 이후 중상이용사들의 어려운 환경을 개선하고자 국가유공자 1급 중상이용사회의 설립을 주도하여 회원들의 권익 향상에 노력하는 삶을 살게 되었다.

회원들의 권익 향상이 성과를 내기 시작했지만, 여기에 만족할 수는 없었다. 불편한 몸이지만 국가와 국민에 보답하는 방안을 찾아 고심했고, 회원들은 부상으로 삶이 끝난 것이 아니라 그 이후에도 무언가 할 수 있다는 도전에 나서고 싶었다. 그래서 2012년 부산 유엔기념공원에서 국립서울현충원까지 700㎞를 1급 중상이 국가유공자들이 손으로 페달을 돌려 움직이는 핸드사이클 국토종주 〈나라사랑 희망의 핸드사이클〉을 기획하였다. 기획 단계에서 한국전쟁에 대한 외국의 평가, 특히 미국 정부와 국민이 한국전쟁을 바라보는 시각을 알 수 있었다. 결론부터 말하면 미국에게 있어 한국 전쟁은 '잊혀진 전쟁'이었다. 2차 대전과 베트남전 사이의 주목받지 못한 전쟁에 대해 한국전 참전 유공자들이 가슴 아파한다는 이야기 는 우리 마음을 울렸다. 나는 잊혀진 전쟁의 기억을 되살리는 데 작 은 힘이라도 보태고 싶었다. 그리고 2013년 한국전쟁 정전 60주년 행사를 미국에서 열고 싶었고, 국토종주 이후 이렇게 새로운 도전을 시작했다.

알지도 못하는 나라, 만난 적도 없는 사람들을 지키기 위해 부 름에 답한 참전 군인에게 감사의 인사를 전하는 행사를 열어 미국 을 비롯한 한국전쟁에서 우리를 도왔던 참전국 모두에게 오늘의 대 한민국은 당신들의 희생을 바탕으로 이룬 것으로, 대한민국은 당신 들을 항상 기억하고 감사하고 있다는 사실을 전하고 싶었다. 그리고 잊혀진 전쟁이 아니라는 것도 알리고 싶었다. 나는 이 행사를 동료 들과 머리를 맞대면서 준비하였다. 그 내용은 뉴욕 유엔본부에서 출 발하여 워싱턴 알링턴 국립묘지 한국전 참전비에서 헌화하고 정전 60주년 참전기념식에 참석하는 것이었다. 여정은 약 550㎞였다. 피 와 땀, 눈물의 사연을 담고 미국에서 달리게 되었다.

행사를 준비하면서 많은 이들이 우리와 같이 동참해 줄 것이 라는 기대를 했지만, 만나는 곳곳에서 난관에 부딪혔고 해결할 일이 너무 많았다. 우선 중증 장애인인 우리에게는 비장애인의 행사보다 준비하고 챙겨야 할 것들이 많을 수밖에 없었다. 의료진과 의료 물 품의 준비, 보호자가 없으면 행사에 동참할 수 없는 동료의 비자 해 결 등 국내 행사와 달리 곳곳이 암초투성이였다.

우선 계획안을 가지고 국가보훈처를 찾아갔다. 담당자는 좋은 계획이라고 호의적으로 반응하였으나 실무에 들어가니 예산과 안

정전협정 60주년 기념 희망의 핸드사이클 미국 종주 후 귀국한 중상이용사회 종주단원들과.

전의 문제로 담당자들이 결정을 내리지 못했다. 답답한 마음에 찾아간 국방부도 별반 다르지 않았다. 그래도 국방부는 예산 일부 지원과 장비를 미국으로 수송해 주겠다는 대안을 제시하기는 했지만 결국에는 이런저런 이유로 이루어지지 않았다. 이렇게 귀중한 시간이 흘러가 5월이 되었다. 7월 27일이 석 달도 안 남은 상황에서 실질적인 진행은 하나도 이루어진 것이 없었다. 심지어 비자까지도 말이다…. 우리들의 속은 타들어 가고 있었다.

이때 육사 37기 출신의 어느 지인이 전인범 장군이라는 분이 미국통이고 마침 연합사 부참모장으로 근무하고 있으니 찾아가 보라고 조언하는 것이었다. 그래서 나는 세 명의 동료를 데리고 전 장군을 찾아갔다. 우리에게 전 장군은 마법사, 아니 구세주 같았다. 석 달 동안 아무 진전이 없던 일이 말 그대로 일사천리로 진행되어, 7월 27일 60주년 행사장에 최고 귀빈으로 참석할 수 있었으니 말이다. 이제 그 이야기를 해 보려 한다.

전 장군을 찾아가니 아주 훌륭한 계획이라고 하시면서 연합사 차원에서 행사를 지원해 주겠으니 걱정하지 말라고 하셨다. 전 장군께서 연합사령관을 찾아가 계획을 말씀드리니, 사령관님은 미국에서 열렬히 환영할 것이라고 하시면서 적극적인 협조와 지원을 아끼지 않겠다고 약속하셨던 것이다. 솔직히 긴가민가하고 있었는데, 연합사에서 일하는 미군 중령이 통역을 데리고 부천에 있는 우리 사무실에 방문하는 놀라운 일이 벌어졌다. 이어서 미 국방성과 연결되면서 행사 참가는 물론 비자 발급 등 여러 행정 절차가 순식간에 해결되었다. 다만 꼭 같이 가야 할 류명하 감독을 돕는 요양보호사의 비자 발급이 문제가 되었다. 그 보호사가 없으면 류 감독도 갈 수 없는 상황이었는데, 중국 교포 출신의 그 보호사는 국적이 중국이었기 때문에 미 대사관에서는 비자를 발급해 주지 않았다. 대사관 직원은 중국 주재 미 대사관에서 비자를 받아 오라고 했는데, 현실적으로 불가능에 가까웠다. 이때 전 장군님이 나서서 인우보증을 해 주셔서 비자가 나올 수 있었다. 만에 하나 그 보호사가 미국에서 잠적한다면 장군의 경력에 큰 장애가 되었을 텐데도 서슴없이 그렇게 해 주신 것이었다. 거기에다 연합사에 근무하는 박산돌 중위를 통역으로 동행시키는 배려까지 해 주셔서 눈물이 날 정도로 고마웠다. 출발일이 다가오면서 나는 솔직하게 말하면 장군께서 동행해 주셨으면 했지만 차마 입이 떨어지지는 않았다.

미 국방부와 연합사가 적극적으로 나서자, 국방부와 보훈처도 후원에 나섰고, 포스코와 중앙일보도 협찬해 주어 경비 문제도 자연스럽게 해결되었다. 중앙일보는 기자도 보내 주었다. 참가단의 이름은 〈한국전쟁 정전 60주년 핸드사이클 미국 종주단〉으로 결정했다. 일반 주자는 13명, 나와 류 감독, 한태호 사무총장이 국가유공자 스태프를 맡고 박산돌 중위와 이준용 의사 등 13명의 일반 스태프가

메릴랜드 주 경찰의 에스코트를 받으며 달리는 핸드사이클 종주단 / US NAVY KOREA 페이스북

확정되었고, 대한항공편으로 뉴욕으로 출발했다. 그 사이에 알링턴 국립묘지를 종점으로 하는 코스는 미 해군사관학교가 있는 아나폴리스까지 연장되었다.

　7월 22일, 뉴욕 유엔본부에서 〈한국전쟁 참전국에게 보내는 감사의 편지〉를 낭독하면서 대장정에 올랐다. 가장 더울 때였기에 무척 고통스러운 길이었지만, 미 국민들이 보내주는 격려의 박수가 없었다면 몇 명은 쓰러졌을지도 모른다. 피와 땀, 눈물의 사연을 담은 이 여정은 놀라움의 연속이었다. 미리 협의한 것도 아니었는데, 워싱턴 D.C 경찰은 바로 차량 통제를 실시하여 우리들이 워싱턴 시내를 행진할 수 있도록 해 주었을 뿐 아니라 경찰차량 10대를 동원하여 에스코트까지 해 주었기 때문이었다. 그때의 감동은 잊을 수가 없다. 우리들이 오바마 대통령 바로 앞에 있게 한 다음 진행한 기념행사도 정말 훌륭했다. 하지만 행사에 참석한 장군들은 우리들과 기념사진조차 찍지 않고 그냥 떠나고 말았다. 청와대 박선규 대변인이 자리를 같이해 주어 어느 정도 섭섭함을 덜 수 있었다. 메릴랜드로 넘어가자 그곳 경찰들도 우리들을 빈틈없이 지켜 주었고, 주 보훈부 장관도 나와 격려해 주었다. 미국이 왜 세계를 이끄는 강대국인지 온몸으로 느낄 수 있었다. 무사히 귀국한 다음 전 장군님께 고마운 마음을 전달할 방법을 고민했다. 결국 참가자 전원이 감사한다는 글귀를 담은 도자기를 제작하여 전해 드렸다. 전 장군은 굉장히 기뻐하셨지만 해 주신 도움에 비하면 정말 약소한 답례에 불과하다.

여기서 일화를 하나 소개하고자 한다. 어느 날 행사 진행 협의를 위해 연합사 사무실에 방문했을 때 박산돌 중위가 미 국방부 관계자와 통화를 하고 있었는데, 전 장군이 "잠깐, 박 중위! 지금 잘못 알아들은 거야! 전화기 나한테 줘!" 라고 하시는 것이었다. 무엇인지 묻지는 않았지만 전 장군이 대단한 영어 실력을 가지고 있다는 사실과 우리 행사에 얼마나 신경을 쓰고 있는지를 동시에 알 수 있었던 순간이었다.

행사를 마치고 돌아온 후 얼마의 시간이 흐르자 이번 행사와 그동안 중상이용사회에서 활동한 공로를 인정받아 국민훈장 동백장을 청와대에서 수여받는 영광스러운 소식이 전해졌다. 훈장을 받기 위해 청와대로 갔는데, 담당하는 행정관이 수상 소감은 미리 준비했으니, 그대로 하라고 하는 것이었다. 2분 정도의 분량이었다. 처음에는 그대로 한다고 했지만 막상 소감을 말하려고 할 때는 도저히 그대로 할 수 없었다. 만류에도 불구하고 전 장군의 도움을 열거하며 4분이나 소감을 말하고 말았다. 이렇게라도 해야 그 은혜를 일부나마 갚을 것 같았기 때문이었다.

지금 와서 생각해 보면 정말 하늘이 도왔다는 생각이 든다. 만약 당시 전 장군이 연합사에서 일하지 않고 전방 사단장으로 계셨다면 돕고 싶어도 여건이 되지 않았을 테니 말이다. 그 뒤에도 중상이용사회는 계속해서 전 장군과 인연을 맺었고, 대장까지 승진하시도록 빌었지만 결국 중장에 머무르시고 말았다. 국가와 군을 생각하면 아쉬운 일이 아닐 수 없다. 앞으로 하시는 일이 모두 잘 되시기를 기원한다.

나는 수시로 미 제2사단장 에드워드 카든 소장(Edward C. Cardon)을 만나서 얘기를 나눴다. 하루는 그의 집에서 차 한 잔 마시고 있었는데 카든 소장이 미 제2사단을 두 나라 군대가 같이 근무하는 연합사단으로 만들면 어떻겠냐고 물었다. 나는 좋은 생각이라고 한 다음 서먼 사령관은 어떤 생각이시냐고 물었다. 그분은 반대도 찬성도 하지 않으시는 입장이라고 했다. 그날 우리는 연합사단의 모습을 냅킨에 그려 가며 토론에 열중했다.

나는 미 제2사단의 기동여단을 국군으로 보완해 연합사단을 구성하면 전술제대 차원에서 한미연합작전을 이룰 수 있고, 제고된 연합작전 능력을 통해 보다 공고한 한미군사동맹을 실현하고 든든한 전력이 되어 주리라 생각했다. 또한 국군이 미군에 배속되는 것이 아니고, 미군 역시 국군에 배속되는 게 아닌, 양 군의 여단급 병력이 단일한 지휘체계 아래 대등하게 묶여 하나의 사단을 이루는 것이다. 놀랍게도 육군과 합참도 연합사단 개념을 환영했다.

그러나 이 과정에서 미군은 부대 구성을 고정 부대에서 순환 부대로 변경하려는 계획을 세우고 있었다. 몇몇 가까운 미군 친구들은

미 제2사단장 카든 소장과 함께 구상한 연합사단은 결실을 맺어 한미동맹의 상징이 되었고
미군은 '한미연합사단의 아버지'라는 별명을 내게 붙여 주었다.

순환 편성을 반대하라고 귀띔해 주었다. 부대 순환을 위한 비용을 한
국에 청구할 수도 있고, 부대가 바뀌면 주인의식도 잃으리라는 것이
었다. 나는 국방부와 합참에 2사단의 순환 배치 구상에 반대해야 한
다고 알렸지만, 아무런 조치가 없었다.

결국 2015년 6월 3일 한미연합사단은 현실이 되었다. 제8기계화
보병사단 16여단(현재는 수도기계화사단 소속이다)과 미 제2사단 순환여
단전투단이 연합사단을 구성하고, 연합사단장은 미 제2보병사단장
이, 한국군은 준장이 부사단장을 맡는다. 참모장 역시 국군과 미군에
서 한 명씩 임명하며, 국군과 미군이 함께 지휘부와 참모부를 꾸렸다.
미군 역사상 최초이자 유일한 연합사단의 탄생이었다. 다행히도 연
합사단 개념은 원활히 기능하여 굳건한 한미동맹을 상징하고 있으
며, 연합사단의 국군 요원도 점차 증가하여 참모부의 거의 반수에 다

다르고 있다. 미군은 나에게 '한미연합사단의 아버지' 라는 별명을 붙여 주고 기념일마다 초청장을 보낸다.

진급 풍운, 그리고 동물자유연대

이제 소장에서 중장으로 진급할 때가 되었는데 흉흉한 소문이 돌았다. 1차로 2명이 중장이 되는데 국방부에는 신원식과 내가 가장 유력하다고 보고 있었다. 그런데 모 동기생의 이름이 떠오른다는 것이다. 그 친구의 장모가 이명박 대통령 부인의 중학교 동창이었다. 그것도 대통령 부인과 보통 사이가 아니라는 풍문이 퍼졌다. 육군참모총장실에서는 장교들을 보내서 육사 37기 중에서 서열을 매기기 시작했다. 여론조사를 하는 형식이었는데, 그 친구가 나보다 높게 나오도록 질문이 구성되었다.

나는 가만히 생각해 보았다. 대통령이 통수권자 자격으로 진급을 시키는 것인데 그에 왈가왈부하는 일은 군인이 할 짓이 아니다. 그렇다면 신원식과의 경쟁이 되는 것이었다. 신원식도 능력 있는 장군이다. 꼬투리를 잡아서 넘어뜨리는 것이 현실적인 방법이었지만, 나는 그런 비열한 짓은 하고 싶지 않았다. 결국은 우리 동기생 2명이 1차로 진급되었다. 내 주변 사람들 모두가 놀랐지만 미군들이 더 놀라워했다. 사실 나는 이번에는 진급이 안 된다고 미리 언질을 주었다.

좀 건방져 보일지도 모르겠지만, 내 인생에서 가장 소중한 일이 진급에서 떨어져 보는 경험이었다. 그동안 진급한 사람들을 보면 종종 어떻게 저런 사람이 진급하지? 라는 생각이 들곤 했고, 진급에 떨어진 사람들을 보면 어떻게 저런 사람이 진급에 떨어지지? 하는 생각이 드는 경우도 많았다. 무능한 사람이 진급하는 것을 보면 나도 진

진급 실패로 마음이 복잡했던 시기에 가족과 더불어 힘이 되어 준 우리 집 강아지들.

급할 수 있다는 자신감이 생겼지만, 유능한 사람이 떨어지는 것을 보면 실망이 컸고, 조직에 대한 신뢰가 떨어질 수밖에 없다. 그래서 진급에 실패한 사람들을 배려하려고 했지만 내가 진급에 실패하고 나서야 그들의 '마음'에 비로소 공감할 수 있었다. 그래도 나는 소장에서 중장 진급에 실패한 것이지만 대위에서 소령이나 소령에서 중령 진급에 실패한 젊은 장교들과 가정을 가진 부사관들의 마음을 조금이나마 이해할 수 있게 되어 하늘에 감사했다.

이 시점에서 나에게 힘이 되어 준 존재는 아내와 아이들, 그리고 우리 집 강아지들이었다. 우리는 지금 네 마리의 반려견과 한 마리의 고양이를 키우고 있다. 그 당시에는 세 마리였는데 우울할 때면 사람은 할 수 없는 방식으로 내 마음을 위로해 주었다. 그러던 중 동물자유연대라는 곳에서 연말 모임을 하는데, 누구나 참석할 수 있다고 했다. 나는 그 행사에 참석해 그들이 무엇을 하나 유심히 봤다. 우선 식사를 하는데 육류를 먹지 않았다. 예산 사용이 투명했고 무섭게 토의했다. 이게 '진짜 민주주의'라는 생각마저 들 정도였다. 나는 그날 회원으로 가입했다.

보통 장교들은 1년에 한 번씩 진급이 되지만 장군들은 6개월에 한 번씩 진급 심사를 한다. 나는 6개월 뒤에는 진급이 될 거라고 믿고 있었다. 그런데 4개월이 지나는 시점에 아내 학교에서 투서가 들어왔다. 아내에 대한 공격이었지만 거기에 나까지 끌어들였다. 내가 사단장을 할 때 성신여자대학교 여학생들을 불러서 파티를 했다는 것이다. 우리 군이 아무리 개판이라도 있을 수 없는 일이다.

무엇보다도 부대에는 기무부대가 존재하고 헌병과 법무, 감찰은 비록 사단 소속이라 하더라도 고유의 계통으로 비리를 보고할 의무가 있기 때문에 절대로 그런 식의 이상 행동을 지나칠 수가 없는 구조이다. 그럼에도 나의 무죄를 내가 증명해야 되는 입장이 되고 말았다. 흔히 쓰는 수법이다. 즉, 진급 직전에 이런 의혹을 제기해 탈락시키고 그 뒤에 진실이 나온다 해도 이미 때는 늦은 것이었다.

나의 아내는 총장을 3연임하면서 성신여자대학교를 발전시켰다. 밤이나 낮이나 학교만을 생각했다. 그러나 이런 과정에서 적을 많이 만들고 말았다. 어찌 보면 부창부수라 할 수도 있다. 그러나 제일 무서운 적은 친구를 가장한 사악한 자들이다. 우리는 그런 자들을 알아보지 못했던 것이다. 그들과 함께 학교의 자칭 민주화 세력은 아내의 비리를 만들어 냈고, 50가지의 거짓 주장 중 현행법을 어긴 '교비 횡령'을 찾아내어 자극적으로 공격했다. 사립학교법상 교비는 특정 항목에 사용토록 되어 있으나 변호사비와 법률 자문은 해당 사항이 아니었다. 이와 관련하여 교육부에 문의하여 교비를 변호사비 등으로 사용해도 된다는 유권 해석을 받았고, 학교 자문 법률사무소도 괜찮다고 했으나, 사법부는 현행법을 어긴 것으로 판단했다.

결국 아내는 그 함정에 빠져들고 말았다. 그러나 나는 억울하지 않았다. 나는 이미 나의 아내가 총장이 될 때에도 그 순간은 좋았지만 그로 인하여 큰 손해를 볼 수도 있다고 생각하고 살았기 때문이다. 또한 진급을 못 하는 것이 대수인가? 나는 이미 장군이었기에 미련도 없어 전역지원서를 썼다.

발표가 있은 다음날 권 장군이 나를 불렀다. 내가 전역지원서를 보여드렸더니 "안 떨리고 썼네." 라고 여유있게 답하셨다. 그러면서 부참모장 직책이 있으니 그걸 좀 하고 나가면 어떻겠냐고 권하셨다. 나는 전역지원서에 날짜가 안 적혀 있으니 마음이 바뀌면 날짜를 쓰시고 나 역시 하다가 싫으면 날짜를 쓰고 나가겠다고 답했다. 또한 부참모장을 하면서 식당 메뉴 같은 것은 아예 관여하지 않겠다고 하고 유엔사 수석대표 임무에 충실하겠다고 했다. 권 장군은 좋다고 하셨고, 나는 2013년 4월 한미연합사 부참모장 겸 유엔사 군사정전위원회(군정위) 수석대표가 되었다.

군정위 수석대표는 정전 협정을 유지하는 중심 역할을 맡은 인물이다. 군정위 비서장(미군 대령)이 비무장지대 내에서 일어나는 각종 위반 사항을 조사하고 나면 수석대표에게 보고하도록 되어 있었다. 이전에는 대충 넘어가는 경우도 있었지만 나에게는 통하지 않았다. 군정위 수석대표는 판문점에 있는 공동경비구역의 한국군을 감독하게 되어 있다. 나는 이 임무에 충실했다. 지금까지도 공동경비부대의 명예 부대원이 되어 있는 이유도 이 때문이다.

그 당시에 군정위에는 총 60명 가량이 근무하고 있었다. 그중 한국인은 15명 정도였는데, 이들은 운전기사와 통역사들이었다. 나는 이것이 잘못되었다고 말했다. 나는 의사결정 과정에 한국인이 포함되어야 한다고 주장하였고, 서면 사령관도 내 말이 맞다고 하셨다. 그

한미연합사 권오성 부사령관, 서먼 사령관 및 군정위 각국 대표들과 판문점 공동경비구역에서.

래서 한국군 영관급 6명을 충원하도록 협조를 구했다. 이 문제는 합참에서 15년 동안 해결하려던 일이었지만 나는 불과 3개월 만에 이것을 해결한 것이다.

또 한 가지는 미군 사령관이 6.25 참전 유엔 회원국 대사들을 대상으로 매월 회의를 했는데 유엔의 이름으로 여는 회의임에도 불구하고 정작 우리 한국군은 아무도 참석하지 못하고 있었다. 가장 기본적인 이유는 영어를 못하기 때문이었다. 나는 이것 역시 부당하다고 주장했다. 서먼 사령관은 내 얘기를 듣고 내 말이 맞다고 하시면서 그 뒤부터는 수석대표가 이 회의에 참석을 하게 되었다. 군정위 수석대표는 중요한 업무를 수행하는 자리이다. 소장이 임무를 수행하고 있지만 사실은 중장급이 해야 한다. 그래야 외국 대사들과 격도 맞고 임무 수행도 효율적으로 할 수 있다. 진지한 검토가 필요한 문제이다.

부참모장으로 재직하며 가장 보람있던 일은 여성 직원의 화장실이 없다는 것을 알고 화장실을 지어 준 것이다. 그러나 회식 메뉴에

삼정검에 수치를 달아 주는 박근혜 대통령. 하나님과 많은 분들의 도움으로 진급할 수 있었다.

는 관여하지 않았다. 당시 나는 6개월만 더 근무하고 그만두려고 했는데 분위기를 보니 진급할 수 있는 환경이 조성되고 있었다. 투서 내용도 사실이 아니라고 밝혀졌고, 특히 김관진 장관과 김기춘 대통령 비서실장이 나를 믿어 주었다.

　　또 한 가지는 특전사령관 자리가 비는 일이 있었기 때문이었다. 전전임자가 부하인 여군과 부적절한 관계를 유지하다가 적발되어 불명예스러운 전역을 했고, 뒤이어 취임했던 장준규 사령관(육 36)의 임기가 끝나 가고 있었다. 결국 나는 삼성장군으로 진급하고 게다가 특전사령관까지 되었다. 그때 나는 하늘이 정해 준 것이라고 생각했다. 내 주변에서는 이제 가만히 있으면 사성장군이 될 테니 조용히 지내라고 하였다. 나도 그러려고 했지만 그렇게 되지는 않았다. 어쨌든 당장 특전사령관 일을 잘 수행하는 것이 우선이었다.

5부 ———————— 중장 전인범

특전사령관 전인범

2013년 10월 마지막 날, 특전사령관으로 명령을 받고 특전사 정문을 통과하는 순간 가슴이 뭉클했다. 내가 대한민국 최고의 부대인 특수작전사령부의 지휘관이 되었기 때문이었다. 특전사령부는 육군의 특전부대와 해군의 특수작전 전단 중 약 1/3, 그리고 공군 침투항공기 등을 포함하는 합동 작전 부대이다. 6.25 전쟁 당시에 대활약했던 특수 공작 부대인 KLO부대가 모체이며, 유사시 육·해·공의 다양한 루트로 적진에 깊숙이 침투하여 게릴라전/민사심리전, 수색·특수정찰, 요인 암살 및 납치/직접타격, 인질 구출, 주요 시설 폭파, 사보타주, 항공폭격 유도, 병참선 교란, 외국 내부 방어 등 특수작전을 전문적으로 수행한다. 그리고 전시가 아닌 평시에 대한민국 내부로 무장공비들이 침투했을 때 벌어지는 대간첩작전에서 주도적으로 적을 잡거나 소탕하는 임무도 수행한다. 대표적인 부대 구호로는 "안 되면 되게 하라.", "귀신처럼 접근하여, 번개처럼 타격하고, 연기처럼 사라져라." 등이 있다.

전쟁이 발발하면 일본 오키나와와 미국 본토에서 증원된 미 육군 그린베레와 네이비 씰을 비롯한 미국 특수부대들은 주한미군 특수전사령부로 배속된다. 그리고 이 주한미군 특수전사령부(SOCKOR)와 대한민국의 육해공군 특수부대들(육군 특전사, 해군 특수전전단, 공군 특수부대)이 통합되어 연합특수작전구성군사령부를 형성하여 한미 연합 특수작전을 수행한다. 또한 대한민국 육군 특전사령관이 이 연합특수작전사령부의 사령관이 되는 것이다. 이 경우에는 주한 미 특전사령관은 연합특수전사령부 부사령관 역할을 맡게 되어 있었다. 연합특수전사령부가 되면 미군들을 작전통제하도록 되어 있었는데 내 전임자는 그 작전통제권을 내주고 말았다. 이를 뒤늦게 안 합참은 다시 원위치시킬 수 있도록 하라고 나에게 지시했다. 그러나 한미간에 이미 작전 계획을 합의해 둔 상태였고 내가 이를 원위치로 돌리려면 내 임기 내내 미군과 싸워야만 한다. 나는 그렇게 할 생각이 없었다. 그렇게 하고 싶다면 합참에서부터 미군과 협의하라고 요구했다.

나는 부임하자마자 각 부대를 순시했다. 부대원들은 건강하고 멋있어 보였다. 하지만 그동안 내가 염려했던 것들이 바로 부임한 지 얼마 되지 않아 특전부사관 임관식에 참여했을 때 현실이 되었다. 3개월 동안의 어려운 훈련을 마치고 휴가를 가려는 신임 특전부사관들에게 휴가 중 사고를 내지 말라는 내용의 방송이 나오는 것이었다. 특전사마저도 사고 예방에 몰두했다는 것을 알자 정말 실망할 수밖에 없었다. 그렇게 고생했으니 재밌게 놀다 오라는 말은 못할망정 사고 치지 말라는 이야기나 하는 모습에 정말 큰일이 났다고 생각했다.

얼마 있다가 고공강하 대회가 있었다. 행사를 마치고 보니 구석에서 도시락을 드시는 어르신들이 있었다. 궁금해서 가 보았더니 그분들은 유격군 총연합회 회원들이라고 했다. 여기서부터는 박충암 유격군 총연합회 회장님의 글로 대신하는 것이 나을 듯하다.

———————————◆———————————

　　유격군 전우회 회장으로서 전인범 장군님이 특전사령관 시절 많은 도움을 주신 것을 늘 감사하며 살고 있다. 전 장군님과의 인연을 이야기하기 전에 우선 유격군이라는 존재에 대한 설명이 어느 정도라도 필요할 것이다.

　　유격대라면 많이 들어 봤겠지만 유격군이라는 단어는 다소 낯설 것이다. 유격군은 한국전쟁 당시 주로 황해도 일대에서 활동하던 비정규군을 의미한다. 약간은 불편한 비유겠지만 같은 시기 지리산에서 활동하던 남부군의 국군 버전이라고 하면 이해가 쉬울 것이다. 나이가 지긋하신 분들은 구월산 유격대를 기억하실 텐데, 그 부대도 유격군의 일부였다.

　　유격군은 대부분 황해도 출신이고, 나도 해주가 고향이다. 전쟁 발발 전 서울에 있던 나는 국군과 유엔군이 38도선을 넘어 북진을 시작하자 고향으로 돌아왔다. 고향은 황폐해졌지만, 마을은 지켜야 하고 치안은 유지해야 하니 치안대원으로 활동을 시작했다. 그러나 한 달 남짓 만에 중공군의 개입으로 후퇴가 시작되었고, 고향을 떠나 연평도에 임시로 피난했는데, 이때부터 운명이 바뀐 것이다. 서해 5도를 비롯한 황해도 연안의 섬들에는 피난민들이 넘쳐났고, 상당수는 청년들이었다. 이들이 모여 편성한 부대가 유격군이었다. 당연하지만 제대로 된 훈련도 받지 못했고, 장교도 없었다. 나는 치안대원으로 일한 지 한 달 남짓에 불과했지만 무기를 잡았고, 서울에 다녀온 경험이 있다는 이유로 부대장이 되었다. 사실 유격군

장교들은 속된 표현으로 가방끈이 조금이라도 길거나 학교 다닐 때 반장이라도 해 봤다는 이유로 그 자리에 오른 것이지 군사 경험이 있는 인물은 거의 없었다.

유격군은 동부전선에도 편성되어 활동했지만 주 무대는 황해도 산악지대였다. 낮에는 은신했다가 밤이 되면 마을로 내려가 정보를 수집했고, 격추된 아군 항공기 조종사들을 구출하는 것이 중요한 임무였다. 특히 사리원이 북한군과 중공군의 중요한 보급기지라는 사실이 알려진 이후 그곳에 역량을 집중하였다. 유격군은 1952년 한 해만도 무려 2만 4천 건이 넘는 정보를 전달하였고, ○○명의 조종사를 구출하였다. 당시 아군 첩보의 92%를 차지할 정도로 유격군의 공로는 대단했다.

하지만 급하게 편성한 비정규 부대였기에 보급과 지원은 열악할 수밖에 없었다. 정기적인 보급 자체가 없었으니 당연히 행정병이나 관련 조직도 없었다. 군번도 없었으며 의료 지원도 있을 리 없었다. 부대 이름도 구월산 부대, 옹진학도대, 해주 부대라는 식으로 지었고, 학교 이름을 붙인 부대도 있었다. 이렇게 약 20개 부대가 있었는데, 병력도 400명에서 1,700명까지 제각각이었다. 미군들은 우리들을 당나귀라는 뜻의 동키 부대라 불렀다. 물론 체계적이지 않았다는 뜻이지 보급이 아예 없었다는 의미는 아니다. 미군 8군이 남는 식량과 장비를 제공하는 수준이었는데, 보급되는 쌀도 거의 안남미였다. 적진에서 작전한다는 위험도에 비하면 아쉬운 조치가 아닐 수 없었다. 유격군의 임무 특성상 전우의 시신을 거둘 수도 없었다. 이런 이유로 엄청난 수의 대원들이 희생되었다.

문제는 휴전 협정이 맺어진 후, 살아남은 11,546명은 군번이 없

고공강하 경연대회에서 만난 유격군 총연합회 어르신들. 국군 특수부대의 시초격이다.

으니 다시 입대해야 했다는 것이었다. 그중 장교는 250명 정도였다. 나는 군에 남아 대령 계급장까지 달고 퇴역하였지만 정당한 평가를 받지 못했다는 안타까움을 떨칠 수는 없었다. 1977년 대통령의 지시로 국립서울현충원에 '유격부대전적위령비'가 세워졌고, 1991년에는 유격군 전우회 총연합회가 설립되어 공로 인정과 명예 회복에 많은 노력을 기울였다. 유격군 공식전사 〈한국전쟁의 유격전사〉가 발간된 것도 그 결실이었다. 2009년에는 이북5도청에 전우회 사무실 공간을 확보하는 배려도 받았다.

그 과정에서 특전사령부와 인연을 맺게 되었다. 비록 공수부대는 아니었지만 적진 깊숙이 침투하여 싸우는 임무가 비슷하기 때문이었다. 여러 특전사령관들이 관심을 가지고 지원해 주었지만 가장 우리에게 신경을 써 준 인물이 바로 전인범 장군이었다. 하남시 훈련장에서 훈련 참관 초청을 받은 자리에서 전인범 장군을 처음 만났다. 유격군에 대한 이야기를 들은 전인범 장군은 그 뒤로 물심

박충암 회장님이 몸담았던 유격대를 다룬 〈한국전쟁의 유격전사〉 복사본을 부대에 비치했다.

양면으로 우리 전우회를 많이 도와주셨다. 유격군 행사가 있으면 특
전사 의장대를 보내 행사를 빛내 주었고, 〈한국전쟁의 유격전사〉를
대량으로 복사하여 내무반마다 비치하여 특전사 장병들에게 우리
의 역사를 알려주었다. 사령부 참모 중 한 명에게 전우회 지원 업무
를 전담시킨 조치도 가슴 깊이 남았다. 특히 전우회 간부들을 특전
사에 초대해 특전사 야전상의를 직접 입혀 주신 것은 정말 잊지 못
할 배려였다.

마지막으로 이북5도청에 있는 우리 사무실을 방문했을 때의
일이다. 이북5도청에는 각 군(郡)의 군지(郡誌)가 비치되어 있었는
데, 이를 본 전 장군이 특전사 작전에 필요하다며 모두 복사해다 제
본한 것이었다. 적진에 침투해야 하는 특전사의 임무를 생각해 보면
당연한 조치였지만, 이런 당연한 일을 한 인물은 전인범 장군이 처
음이었다.

전인범 장군이 책을 내신다고 하니 무척 반갑고 극히 일부이긴 하지만 내 글도 실리게 되어 영광이다. 많은 호응이 있으리라 기대한다.

———————————————◆———————————————

각 부대를 다니면서 내 자신을 소개하고 내가 부대를 어떻게 지휘하겠다는 것을 교육하고 있는데 저 멀리 한 사람이 아주 드러누운 자세로 듣고 있었다. 특전사는 물론 일반 부대에서도 이런 불경스러운 자세는 보기 어려운 일이었다. 나는 그 사람을 일으켜 세우고 앉은 자세가 그게 뭐냐고 물었다. 그랬더니 그 친구 말이 사령관들이 여러 명 왔다 가면서 처음에는 말은 그렇게 하지만 실천에 옮기는 사람은 하나도 없었다고 답하는 것이었다. 그 당돌함이 불쾌했지만 마음에 들기도 했다. 행사가 끝나고 난 다음에 어떤 사람이냐고 물어보니 좀 특이하고 원만한 사람은 아니라는 답이 돌아왔다. 결국 그 친구는 나하고 동류였다. 6개월 뒤, 내가 부대를 변화시키는 모습을 본 그는 나를 찾아와서 그때 잘못했다고 사과했고, 나는 기분 좋게 그 사과를 받아들였다.

당시 주한미특전사령관 에릭 웬트 준장(Eric P. Wendt)은 내가 특전사령관으로 부임한다는 발표가 나자 사무실로 찾아왔다. 나는 의례적인 축하 인사겠거니 했지만, 요구 사항이 빽빽하게 적힌 종이 한 장을 가지고 오는 것이었다. 지금 생각하면 자기 나름대로는 답답한 마음에서 리스트를 갖고 왔겠지만 그 당시에는 초면에 그런 요구를 들이대는 것이 아주 불쾌했고 또 불경스럽다고 생각했다. 사실 그와

주한미특전사령관 웬트 장군과는 갈등도 있었지만, 그는 특전사의 달라진 모습을 상찬했다.

갈등도 잦았다. 그러나 웬트 장군은 이런 말을 남기고 임기를 마친 뒤 다른 부대로 떠났다.

> "자신은 25년 동안 한국에서 특전사와 일해 왔지만, 전
> 인범 사령관이 지난 6개월 동안 일으킨 변화가 이전 25년
> 동안의 변화와 맞먹었다."

특전사는 주력이 간부인 부대지만 이들을 병사처럼 취급하고 있었다. 그러니 간부들이 불만이 많을 수밖에 없었다. 나는 전과 마찬가지로 근무 여건부터 갖춰 주기로 마음먹었다. 기초와 기본에 충실하고 가정에 충실하도록 배려했다. 퇴근 시간을 보장하고 주말을 가족과 함께 보낼 수 있도록 했다. 단 한 가지 양보하지 않은 것은 24시간 전화를 받을 준비를 하라는 것이었다. 목욕탕에 들어갈 때조차 비닐봉지에 넣어 휴대하라고 했다. 24시간 통신 대기야말로 기본 중의

특수전사령부 이준근 주임원사(사진 좌측). 군인으로서 만점인 훌륭한 동료였다.

기본이었다.

　　특전사령관으로 왔을 때 가장 반가웠던 인물은 주임원사였다. 이준근 원사는 조용한 성격에 외모도 멋졌지만 생각도 순수한 인물이었다. 군인으로서는 만점이었다. 이런 사람을 주임원사로 만나서 나는 정말 행운이라고 생각했다. 지금까지도 동료이자 사회 동생, 그리고 전우로 지내고 있다. 내 군 생활에서 만난 김수교, 임상석, 최동수, 이준근 원사를 보면 우리 군의 부사관단이 얼마나 우수한가를 증명하는 인물들이라고 생각한다.

　　나는 주임원사 좌석을 사령관 옆에 두었다. 그 이유는 주임원사가 계급은 원사이지만 사령관의 오른팔이며 동료라는 의미를 강조하기 위함이었다. 점심시간에도 주임원사가 내 옆에서 식사하도록 했다. 그러면 부사관들이 장교들을 우습게 본다며 일부 장교들은 이를 반대했다. 나는 있을 수 없는 일이라 여기고 이를 무시했다.

제1호 전투특전병 7인의 표창 수여식. 이 제도를 통해 특전병의 자긍심을 고취할 수 있었다.

　특전사의 병사들은 차출되거나 본인들이 희망해서 들어온다. 그런데 과거와는 달리 작전팀에는 병사가 없고 전부 다 지원대에 있다. 자세히 말하면 낙하산 정비대, 행정병, 통역병, 운전병 등이다. 그러다 보니 놀림감이 되곤 했으며, 특전복이 아닌 일반 전투복을 지급받고 전역했다.

　그러나 나는 특전병들이 하는 지원 업무가 없으면 작전 자체가 불가능하기에 이들의 중요성을 교육하고 자긍심 제고에 노력했다. 병사들 역시 한 번 특전사면 영원한 특전사라고 생각했기에 이들이 전역할 때 일반 전투복이 아닌 특전복을 가지고 전역할 수 있도록 하였다. 또한 특전사가 연합 작전을 하는 부대라는 것을 고려하여 모든 행정병은 영어가 가능한 자원으로 선발하도록 하였다. 그래서 행정병의 질을 높였다.

　또한 전투특전병이라는 제도를 만들었는데, 특전병 중 특급전사의 체력 기준을 달성하고 사격 등에 합격한 뒤 6박 7일 동안 천리

행군을 마친 인원에게 전투특전병이라는 패치를 주었던 것이다. 그리고 매주 외출과 외박을 나갈 수 있도록 해 주었다. 즉 전투특전병은 아무나 하는 게 아니었다. 아무나 하지 못하기 때문에 자부심을 가질 수 있고, 이 자부심을 느껴 보기 위해 병사들 스스로 알아서 힘든 훈련에 매진했다.

개인 단련에서는 구보를 많이 강조했는데, 일주일에 70㎞를 뛰면 토요일이나 일요일 외출을 내보내 주었다. 사실 일주일에 70㎞를 뛰는 것은 그렇게 어려운 일은 아니다. 아침에 2㎞를 뛰기 때문에 일주일이면 그것만도 14㎞가 된다. 매일 오후에 알아서 5㎞씩 뛰면 35㎞, 그리고 수요일 오후에 10㎞를 뛰면 이것만 합쳐도 55㎞가 된다. 처음에는 호응이 적었지만 주말이 되면 70㎞ 목표를 달성한 사람들은 외출을 나가고 달성하지 못한 사람들은 내무반에 남아서 근무를 서야 한다. 또한 밖에 나가면 부모님들이 건강해 보인다고 칭찬해 주고 여자 친구들도 좋아하는 것이었다. 이때부터 스스로 체력을 단련하는 일이 유행처럼 번져 나갔다.

하지만 체력 단련은 기본적인 것에 불과하다. 특전사에는 보디빌딩이 유행했는데 보기에는 좋을지 몰라도 전투에는 큰 쓸모가 없다. 나는 우리 부대에 무도가 모두 합치면 21단인 제3여단의 이광호 원사에게 특전사 체력 단련 프로그램을 만들어 보라고 했다. 그는 일주일도 안 돼 순환식 체력 단련 방법, 즉 서킷 트레이닝을 만들어 가져왔다. 본인도 내가 이것을 즉시 시행에 옮기리라고는 생각하지 못했을 것이다.

서킷 트레이닝은 12개의 코스를 세 바퀴 도는 것인데 올림픽 선수들이 하는 방식이다. 그중에서도 외줄 오르기가 있는데 발을 사용하지 않고 팔힘으로만 올라가야 했다. 처음에는 굉장히 힘들어했다.

순환식 체력 단련 프로그램, 이른바 '광호프로그램'은 특전대원 체력 향상에 큰 기여를 했다.
이 프로그램을 만든 이광호 3여단 주임원사(정면 뒷쪽)는 무도 21단의 고수였다.

기준을 좀 조정해 주면 안되겠냐는 의견이 나왔지만 거절했다. 이 트
레이닝을 시행한 지 3개월 만에 우연히 미군들과 체육대회를 하게
되었다. 우리는 수영을 제외한 전 종목에서 1등을 했다. 부대원들의
다리가 1인치 더 굵어졌을 정도였다.

또 한 가지 예상하지 못한 긍정적인 효과는 술을 마시는 횟수가
줄었다는 것이다. 술을 마시면 체력단련을 할 수 없기 때문이다. 이
트레이닝이 금요일 패밀리 데이와 함께 기혼 간부의 음주를 예방했
다. 음주 횟수가 줄어드니 후배 부사관들이 주말을 가질 기회가 늘고
사고도 줄어들었다.

특전사령관으로서 특전사가 해병대와 비교되는 일이 못마땅
했다. 대부분 병으로 구성된 해병대가 특전사와 어찌 비교 대상이 되
나? 하지만 일단 해병대를 알아야 하는 것이 먼저였다. 나는 이준근

208기 임관식. 특전부사관 임관식을 신설하여 특전부사관들의 자긍심을 제고했다.

주임원사를 해병대로 견학을 보내 3~4일 정도 살펴보고 오라고 지시했다. 처음에는 해병대에서 배울 게 뭐 있겠냐는 생각으로 견학을 갔던 이준근 원사는 돌아와서 해병대는 모든 간판이 빨간 간판에 노란 글씨로 통일되어 있어 강한 메시지가 눈에 띄었고 수료식에서 부모와 신병이 선후배 관계로 만나 자긍심이 높아지는 모습이 인상적이었다는 등 여러 가지를 보고했다. 좋은 것은 배우고 실천해야 하는 법이다. 우리 부대는 검은 바탕에 노란 글씨로 모든 간판을 통일하고 특히 707부대와 각 여단 정찰대, 그리고 전투특전병은 검은 바탕에 노란 글씨의 명찰로 바꾸었다. 그리고 특전부사관의 부사관 임관식을 신설했다. 물론 이벤트 때문에 시간과 노력을 빼앗길 수 있지만 얻는 것이 잃는 것보다 많다고 생각했다.

이때 눈에 거슬렸던 것이 모장이었다. 특전사는 베레모에 특수전 휘장을 달고 있었는데 특수전을 안 받은 자들도 특수전 휘장을 모장으로 쓰고 있었던 것이다. 나는 이것이 특수전 교육을 폄하하는 것으로 보고 새로운 모장을 만들고 특수전 교육을 이수한 병력들만 특수전 휘장을 베레모에 달고 그 밑에 계급장을 달도록 했다. 특전사에도 여군들이 존재하는 사실을 고려하여 군가 중 '사나이'를 '전사'라는 표현으로 바꿨다.

여군 이야기가 나온 김에 더 할 이야기가 있다. 특전사에서 직접 선발하는 특전여군은 여군 중에 최고다. 과거에는 사령부 내에 여군중대가 있어서 금남의 집에 기숙하고 대테러 등 특수 임무를 수행하다 평상시에는 시범 요원으로서 국군의 날 행사에서 국민 교육 역할도 수행했다. 하지만 지휘부 행정요원 또는 차 심부름처럼 엉뚱한 일도 해야 했다.

내가 특전사령관으로 부임했을 때에는 여군중대가 해체되었고 차 심부름도 없어졌지만 대테러부대에 배속되어 시범 요원으로 운용되고 있었다. 대테러라는 매우 중요한 임무를 부여받은 지휘관은 전입 여군 관리의 어려움을 호소했고, 여군들 역시 제 역할을 하지 못하도록 제한받는 현실에 불만을 가졌다.

나는 이들이 본연의 임무를 수행하고 대테러부대장의 어려움도 해소해 주어야겠다고 결심했다. 예하에 있는 각 여단 내의 특임대를 보강하여 특전여군들을 배속시켰던 것이다. 물론 바로 시행된 것은 아니었다. 선임 여군들을 만나 예하 부대로 가면 여군 숫자도 늘어날 것이고 복무 여건도 좋아질 것이라고 설득하는 데 약 반 년이 걸렸기 때문이다.

더 구제척으로 말하면, 대테러부대에 있는 여군들은 고참 위주로 편성하고, 나머지는 예하 여단 특임대로 내려보내되 더 많은 수의 여군을 배치했다. 그리고는 여단 특임대에서 한두 해 복무한 뒤 사령부 직할 대테러부대원으로 선발하여 대테러부대장이 신입 여군의 적응에 신경을 쓸 일을 줄여 준 것이다. 또한 대테러 임무에 필요한

바뀐 커리큘럼의 6박 7일 천리행군. 2014년 11월에는 특전여군 5명이 참가해 완주했다.

훈련을 강화했지만 보안상 그 훈련에 대해 더 자세한 이야기를 할 수 없는 상황임을 양해해 주시기 바란다. 또한 특전여군과 특전사에 근무하는 일반 여군 사이의 이해도를 높이기 위한 운동회와 간담회도 자주 열었다.

특전사는 천리행군이라는 오랜 전통을 갖고 있다. 즉 400km를 걷는 것이다. 1년에 최소 한 번씩 하는데 특전사의 브랜드가 된 것은 사실이지만 크게 쓸모 있는 훈련은 아니었다고 생각했다. 상급부대에서도 그렇게 생각하고 있었다. 더군다나 하루에 40km씩 열흘 동안 천리행군을 실시했는데 그것은 아무나 할 수 있는 수준이었다.

나는 각 부대에서 실시하는 천리행군을 없애고 그 대신 처음 임관 후 특수전 교육 과정에서 6박 7일 동안 400km를 걷는 것으로 변경시켰다. 6박 7일 동안 400km를 걷기 위해서는 하루에 20시간을 걸어야 한다. 밥 먹는 시간 3시간과 휴식 시간 1시간을 보장해 주고 나머지 시간은 계속 걷는 것이다. 이론적으로는 이렇지만 실제로는 6박 7일 동안 거의 잠을 못 자고 걸어야 한다. 인간이 가진 인내심의 극한을 테스트하는 것이다. 이는 사단장 시절 수색대를 지원한 병사에게 3박 4일 동안 잠을 안 재웠던 경험을 토대로 한 것이다. 첫 번째 시도했을 때에는 반 이상이 탈락했다. 낙오한 인원은 일반 부대로 전출가던가 아니면 본인 희망에 따라 한 번 더 도전해 보도록 했다. 물론 이렇게 해 주면 젊은 사람들이기에 한 번 더 도전하기 마련이다. 나는 천리행군을 할 때마다 많이 긴장했는데, 특히 여름에는 더했다. 더위는 사람을 죽일 수도 있기 때문이다.

탈락률도 점점 적어져 나중에는 90% 이상이 합격했다. 나는 모두가 다 합격할 수 있는 과정은 특수하지 않기에 100%는 원하지 않았다. 그들은 수단 방법을 가리지 않고 이 어려운 훈련을 해냈다. 그리고 이런 어려운 훈련을 해냈기 때문에 기존의 선배들이 존중해 줬고 탈영자가 나오지 않았다. 여군들도 걷기 훈련을 했다. 다만 남군의 키는 평균 175cm이고 여군은 165cm였기 때문에 군장의 무게만 5kg 줄여 줬을 뿐이다. 그러나 오히려 여군들이 더 이를 악물고 400km 행군을 6박 7일 동안에 해내는 것이었다.

특전사의 자랑 중 하나는 무도 시범이었다. 특전사 특전무술 시범은 보기에야 좋았지만 나는 차력사들이나 하는 짓이라고 생각했다. 다만 국민들이 열광하기 때문에 군을 홍보하고 특전사를 홍보하는 데 유용하다고 판단했을 뿐이었다. 특전무술은 나름의 가치가 있었지만 사람을 맨손으로 죽여야 하는 우리 부대의 특성상 무언가 부족했다. 그러던 중 모 여단에서 크라브 마가를 한다는 정보를 들었다. 크라브 마가는 유대인들이 2차 세계대전 당시 개발한 살인 무술이었다. 더구나 빨리 배울 수 있다는 장점까지 있었다.

특전사 체육대회 계주 경기를 응원하는 부대원들.

나는 크라브 마가를 전 부대에 도입했다. 그래서 태권도는 기본으로 하고 특전무술 초단을 획득하고 나면 각 개인이 특전무술 또는 크라브 마가 중 선택해서 맨손 기술을 발전시킬 수 있도록 했다. 어느 날 보니까 "저 정도면 맨손으로 사람을 죽일 수 있겠구나." 하는 자신감이 생겼다. 격투기 경기도 실시했다.

나는 특전사 체육대회를 몇 년 만에 부활시켰다. 그동안 대회가 중단된 이유는 너무 과열되어 시비가 생기는 일이 잦았고, 결국 이기는 부대는 하나인데 지는 부대가 여럿이다 보니 사기가 저하된다는 이유 때문이었다. 나는 동의할 수 없었다. 운동 경기를 통해서 기쁨과 슬픔의 눈물을 흘리고, 이들이 빚어내는 승부욕이 바로 전투력으로 이어진다고 생각하기 때문이었다. 과거에는 집단 패싸움도 있었다지만 군대는 그럴 수도 있는 집단이라고 여겼다. 나는 주먹이 오가는 싸움이 일어나지 않도록 경기 종목 선정부터 모든 관련자들을 참여시켜 공정성 시비를 먼저 없애도록 했다.

전 부대가 거여동에 집합하기에 가장 먼 전라남도에서부터 올라오는 부대도 있어 여건은 그리 쉽지 않았다. 선수만 이동한다고 끝이 아니라 응원단도 와야 하기 때문이다. 그러나 이렇기 때문에 열기가 뜨겁고 애대심이 올라간다. 개회식이 아침 10시였는데 벌써 더위가 장난 아니었다. 참가 부대들은 한 시간 전부터 집합했기에 이미 지치고 짜증이 났을 것이다. 그러나 이런 과정을 애대심으로 승화시키는 것이 리더십이 아닌가? 부대를 지휘하다 보면 형식이 내용을 지배하는 경우도 많다는 것을 알게 된다. 사령관이기에 모든 경기를 지켜봐야 해서 피곤했지만 부대 전체가 떠들썩하니 보기가 좋았다.

　　물론 좋은 일만 있었던 것은 아니다. '방산비리' 사건이 일어났기 때문이다. 내가 부임하기 전이기는 하지만 보급된 방탄복을 시험하고 평가하는 과정에서 규정과 절차를 어긴 점이 발견되었다는 것이다. 부대에 관련자들이 있었는데 돈을 받거나 회사로부터 향응을 받은 정황은 없었고 절차를 어긴 데 대한 조사를 하는 과정이었다. 그런데 현직 대대장 1명이 연루되어 검찰에서 기소했던 것이다.

　　부대에서는 보직해임을 시키자고 했다. 이런 경우 보직해임은 피의자 본인이 법적 대응을 할 수 있도록 지휘 부담을 덜어 주고 부대가 정상적으로 임무를 수행할 수 있는 여건을 마련하기 위한 측면도 있지만, 실제로는 범죄를 저지른 것으로 받아들여지고 보직에서 해임되는 만큼 경력 관리를 할 수 없으니 경쟁력을 잃고 진급이 불가능해진다.

　　나는 우선 주변의 얘기를 들어 보았다. 해당 인원은 어렵게 중령이 되었고 특전대대장으로서 잘 근무한다는 평판을 받고 있었다. 나는 해당 대대 주임원사에게 전화를 걸어 "자네 대대장은 어때?" 라고 물었다. 훌륭한 대대장이라는 대답이 돌아왔다. 나는 "주임원사가 대대장을 많이 도와주라.”고 얘기하고 보직해임을 시키지 않았다. 사람을 함부로 버리지 않는 모습이 부대 사기를 위해 중요하다고 생각했기 때문이다. 그는 재판에서 혐의 모두 무죄를 받았다.

부조리 바로잡기

특전사는 흔히 공수부대라고 한다. 그만큼 낙하산 강하가 특전사를 대표한다. 어느 날은 병사가 공수기장에 별을 달고 있기에 이상하다는 생각을 했다. 통상 병사가 공수기장에 별까지 다는 일은 있을 수 없다. 나는 어떻게 병사가 별을 달 수 있냐고 물어봤더니 사실 자신은 기본교육도 못 받았는데 이렇게 달고 있다고 했다. 아니 왜 그러냐 물었더니 특전사에서는 이렇게 하지 않으면 사람 취급을 못 받는다고 답하는 것이었다. 나는 자기가 하지도 않은 것을 했다고 하는 것이 부끄러운 거지 어떻게 안 한 것을 했다고 하는게 맞느냐? 사실대로 얘기하는 것이 부끄러울 수 있느냐?고 했다. 자세히 살펴보니 부대원들은 마음대로 공수기장을 달고 있었다. 사령관들도 자격이 없는데도 기본 공수기장 위에 별을 달곤 했다.

그래서 확인해 보니 가짜 공수기장을 달고 있는 사람들이 너무 많았다. 특히 병사들이 그랬다. 공수 훈련을 받으려면 2주가 필요한데 사무실 입장에서는 병사를 2주 동안 자리를 비우게 하고 싶지 않았던 것이다. 또한 병사 입장에서도 공수 훈련에 지원하고 싶은 사람들이 있지만, 대부분은 공수 훈련을 받고 싶어하지 않았다. 이런 이해관계가 맞아 떨어지면서 훈련이 안 되었던 것이다. 또한 항공기가 부족하면 헬기 레펠로 대체가 가능하다는 규정을 활용하여 강하 수당을 타고 있었고, 헬기 레펠 역시 모의 헬기에서 하는 경우가 많았다.

공수훈련 중인 특전사 대원. 필자는 기본 공수만 받았기에 가짜 기장을 다는 짓은 하지 않았다.

나는 아주 비겁한 짓이라고 생각했다. 나는 가짜 공수기장은 달 생각이 없었다. 나는 기본 공수만 하고 끝냈다. 또한 특전사령관을 하면서 더 강하할 생각도 하지 않았다. 잘못해서 다리라도 부러진다면 지휘를 할 수가 없기 때문이다. 강하를 하지 않더라도 얼마든지 강하 수당을 받을 수 있었지만 나는 그런 짓은 하지 않았다.

　이렇게 많은 인원들이 강하 수당을 가짜로 받거나 아니면 헬기 레벨로 대체를 했다. 물론 모두가 비겁한 짓이었다. 내가 전수조사를 시켰더니 거의 천여 명이나 공수훈련을 안 받은 사실이 드러났다. 나는 당장 특별반을 편성해서 모두 훈련시키라고 했다. 이 명령이 물의를 빚을 수도 있다는 것을 알고 있었지만, 그래도 고쳐야 할 나쁜 관행이었다. 이 과정에서 강하 수당을 확인해 보니 20년 가까이 변함이 없었다. 우리 부대원들은 적진에 들어가서 누구의 도움도 없이 작전해야 하고 반도 살아 돌아오기 힘들다는 것을 알고 있었기 때문에 부하들을 보면 너무나 불쌍했다. 그리고 그런 곳에 부하를 보내야 하는 나의 책임을 다하기 위해서는 훈련을 잘 시키고 그들이 살아 있는 동안에 가족들하고 재밌게 지내고 맛있는 음식이라도 한 번 더 먹었으면 하는 게 내 마음이었다. 그래서 수당을 올려 주기로 결심했다.

20년 동안 수당 인상을 한 번도 해 보지 않았다는 것이었으니 쉬울 리 없었다. 그래서인지 누구도 도와줄 생각도 하지 않고 안 된다는 말만 하는 것이었다. 우선 나는 국방부 장관과 육군참모총장에게 직접 국회와 기재부를 설득해도 되겠냐고 물어 허락을 받았다. 그 뒤에는 세종시의 기재부로 날아가 예산실장을 만났다. 나중에 알게 된 사실이지만 예산실장을 만나는 것은 국회의원도 하기 쉬운 일이 아니라는 것이었다. 이때 대부분의 기재부 관료들이 현역 복무를 하지 않았다는 사실을 알고 경악을 금치 못했다.

그래서 우리 부대원들의 사정을 얘기하고 부대에 한 번 오라고 초청했고, 아는 사람들을 동원해 부대에서 직접 볼 수 있도록 했다. 역시 기재부 사람들은 머리가 좋은 사람들이라 금방 그 사정을 알아들었다. 내가 재임하는 기간 중에는 수당을 올리지 못했지만 그 후에 45%를 올렸다. 그러나 불행히도 대통령이 특전사 출신이었던 지난 정부에서는 부대원들의 수당을 오히려 깎는 조치를 했다.

707대대 역시 열악한 환경에 있었기에 내가 직접 챙겼다. 장비는 낡았고 훈련도 시범 위주로 수행하고 있었다. 대대장은 나름대로 노력하고 있었으나 한계가 명확했다. 707대대 바로 앞에 탄약고가 있는데, 간부들이 탄약고 근무를 서고 있었다. 간부들이 근무를 설 수밖에 없는 상황이었다. 물론 가까운 거리에 있긴 하지만, 특수임무대라는 부대의 위상에 맞지 않다고 생각했다. 그래서 나는 707대대가 사령부 정문을 맡고 탄약고는 특전병들이 근무토록 했다. 거리는 멀었지만 방문객들이 우리 부대를 방문했을 때 방문객이 만나는 첫 병력

707대대는 '특전사 속의 특전사'라 할 것이다. 특수임무대의 위상에 걸맞도록 지원에 힘썼다.

은 707 부대원들이었다. 멋있게 보인 것은 두말할 것도 없다.

707대대가 즉각 출동할 수 있도록 지휘 통제 시스템도 개선해 주었다. 이동차량에 TV와 지휘를 위한 통신 체계를 갖춰 주었다. 문제는 실전적인 훈련을 시켜야 되는데 고민하다가 내가 잘 아는 외국 무관과 협조하여 그 대사관의 취약성을 점검해 줄 테니 참여하겠냐고 물어봤다. 허락을 받자 예하 여단 정찰대로 하여금 공개 정보만을 활용하여 대사관을 목표로 테러 계획을 수립하라고 했다. 보름의 준비 기간을 주었는데 훌륭한 계획을 가지고 왔다. 대사관 첩보를 수집한 방법도 아주 기발했다. 나는 이런 계획을 기본으로 모의 훈련장을 조성해 707대대로 하여금 인질을 구출하는 작전을 수립하고 쌍방훈련을 실시했다. 하지만 마일즈 같은 모의 총기가 없어 아쉬웠다.

나는 사단장 시절부터 내가 담당하던 군 병원을 자주 들러서 개선에 힘을 썼다. 특전사령관이 된 이후에도 우리 부대원들이 입원해

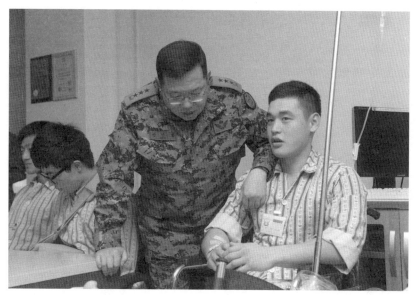

고된 훈련을 받는 만큼 다치는 인원도 많았다. 아쉽게도 군 병원의 여건은 아직도 부족했다.

있는 병원을 자주 가려고 노력했다. 사실 우리 부대원들은 험한 훈련이 많은 만큼 입원한 사람들도 많을 수밖에 없었다. 높은 사람이 가야 병원에서도 관심을 더 갖는 법이다. 나는 병원에 갈 때마다 특전부대에 맞는 재활 병원 시설이 절실하다는 생각이 많이 들었다.

군 병원은 일반인들에게 좋지 못한 인상을 주고 있어 안타깝다. 사실 군의관들은 어느 병원의 의사 못지않다. 간호장교들은 어려운 여건에서도 임무를 수행하는 훌륭한 장교들이 많지만, 진급률이 10%도 되지 않는다. 군복을 입고 부상당하면 최고의 치료를 제공하는 것이 당연하고, 만약 목숨을 잃으면 유가족을 끝까지 책임져야 한다. 지금은 많이 좋아졌지만 당사자가 느끼기에는 부족한 점이 있다.

시가지 전투 훈련장이 있었는데 이곳 역시 전문 대항군이 없어 훈련의 성과가 낮았다. 나는 책임자에게 민간인 밀리터리 동아리들이 많이 있고 그들의 장비가 실전적이라고 하니 그 사람들한테 마일즈 장비를 쓰게 해 줄 테니 우리와 한 번 훈련해 보라고 하면 어떻겠느냐고 제의했고 실제로 이루어졌다. 그리고 얼마 지나지 않아 결과 보고를 받았는데 우리가 오히려 민간인 동아리팀들에게 진다는 것이었다. 그만큼 훈련이 부족했던 것이다.

그런데 또 재밌는 얘기가 마일즈 장비 못지않게 민간인들이 사용하고 있는 BB 총이 전술적으로 도움이 많이 됐다는 것이다. 나는 무슨 얘기냐고 했더니 피탄 효과를 볼 수가 있기 때문에 실전성이 있다는 것이었다. 나는 민간 동아리 회원들이 갖고 있는 장비를 살펴보았다. 실탄만 안 나갈 뿐이지 우리 현역들보다 더 좋은 장비도 있었다. 도대체 이게 어떻게 된 일인가?

얼마 뒤 모 여단을 방문했는데 여러 장비를 전시해 놓고 있었다. 거기서 이런 장비가 우리에게도 필요한데 없다고 하소연하는 것이다. 이건 어디서 났냐고 물었더니 개인 물품이라고 답했다. 더 기가 막힌 것은 이것도 실은 사용할 수 없다는 것이었다. 왜 그러냐고 물어보니까 비인가 장비이기 때문이라고 했다. 나는 내가 사 주었어야 할 장비를 개인이 사게 해서 미안하다는 생각이 들었다. 미군에서도 흔히 일어나는 일이라는 것은 알고 있었다. 다만 미군은 개인이 사비로 구매한 장비에 대해 나중에 돈을 지불해 주고 좋은 장비는 도입하는 데 반해 우리는 불법화하고 구매는커녕 처벌까지 한다. 나는 앞으로 이와 같은 장비를 본인들이 쓸 수 있도록 하라고 했다. 다만 사격 측정 시에는 사용하지 말고 그 외에만 사용하도록 했다. 또한 사격 기회를 4배로 늘렸다.

시범 같은 행사를 볼 때 특전사 부대원들은 멋있는 장비들을 많이 갖고 있었지만 대부분의 경우 개인 장비이지 국가에서 사 준 장비가 아니었다. 나는 이와 같은 사실에 대해서 분개하지 않을 수가 없었다. 합참의장에게도 여러 차례 보고했다. 하루는 합참의장이 나

임무에 적합한 장비 도입을 위해 노력을 다했다. 방위사업청 관계자에게 장비를 설명하고 있다.

에게 "특전사령관 말을 들으면 모두 맞는 얘기 같은데 왜 우리 참모들은 다른 말을 하는지 모르겠다." 고 하시는 것이었다. 기가 막힌 노릇이다. 우리 부대원들은 자동차를 살 수도 있었을 사비 수백만 원, 수천만 원을 써 이런 장비를 구매했던 것이다. 나는 미군 기준의 MILSPEC에만 맞으면 장비들을 개인이 구매할 수 있도록 대대장들이 도와주라고 했다. 다시 말해서 수입시 확인서가 필요하면 대대장들이 써 주라는 것이었다. 다만 미군 MILSPEC에 맞는 장비만 허락하라고 했다.

현대 군인이 할 줄 알아야 되는 것은 사격과 맨손 격투술 그리고 응급처치이다. 어느 것 하나도 내 마음에 드는 것이 없었다. 나는 이때까지 격투기와 장비를 개선하려고 노력했지만 쉬운 일이 아니었다. 또한 특전부대원들에게 권총을 지급하지 않는 현실을 고쳐야 한다고 생각했다. 상급부대에 권총을 달라고 하니까 왜 필요하냐는 답이 돌아왔다. 이것이 대한민국의 수준이다. 내가 하도 보챘더니 어느

K201을 대체하려 M32 MGL 도입을 추진했다. 현재 특전사에서도 M32를 운용하고 있다.

날 전화가 왔다. K5 권총은 시간이 걸리고 M1911 권총이 있는데 이 것은 어떠냐는 것이다. M1911은 흔히 '손대포'라고 하는 45구경 권총 이다. 개발 연도는 오래됐지만 살상력이나 효율성은 지금도 인정받 고 있는 대표적인 권총이다. 나는 그것이라도 달라고 했다. 정비대에 서 정비하고 민간 기업인 다산기공에서 무료로 고쳐 주기도 했다. 결 국 전 작전팀원에게 권총을 지급하는 계기가 되었다.

이후로도 특전사 장비는 여러 종류의 장비를 충당하거나 보급 받았다. 통상은 상황보고 시간에 군수현황 부분에 포함해서 보고되 는데 나는 실물을 가져와 보라고 했다. 대령급 참모들은 용도와 사용 법을 모르는 경우가 많았고 장교들도 마찬가지였다. 나는 부사관들 을 불러 자세한 얘기를 들었다. 장교들도 자연스럽게 관심을 갖게 된 것은 물론이다. 대검을 보니까 잘못 만든 물건이 보급되고 있었다. 왜 고쳐지지 않냐고 했더니 몇 번 건의했지만 고쳐지지 않아 포기한 것 이었다. 잘못된 장비를 제공한 부대나 포기한 사람이나 한심했다. K7

K7 소음기관단총의 시험 사격. 유지관리의 문제로 생각보다 큰 소음이 났다.

소음기관단총은 큰 소음이 났고, 탄입대는 20년 동안이나 보급되지 않았다.

2014년 4월 16일, 점심시간에 수학여행을 가는 학생들이 탄 배가 전복되었다는 뉴스 특보가 났다. 특전사는 재난재해 긴급 출동 임무가 있기 때문에 대기시키고 식당으로 이동했다. 식당까지 가는 데는 15분이 걸렸다. 식당에 도착하자 학생 전원이 구출됐다는 보도가 나왔다. 나는 그럴 리 없다고 생각하고 출동 태세를 계속 유지시켰다. 미군들과 근무하면서 그들이 늘 했던 이야기 중 하나가 "최초 보고는 항상 틀리다."는 것이었다. 보고는 틀릴 수 있다고 치더라도 어떻게 틀린 보고가 보도되고 전파되었는지 답답한 일이 아닐 수 없다.

우리 특전부대원에게는 심해에서 시신을 찾으면 그 시신을 항구까지 이동시키는 임무가 주어졌다. 어린 학생들의 시신이 대부분인데, 이를 인양해야 했다. 차마 병사들에게 시신을 맡길 수가 없어서

온갖 궂은 경험을 하는 파병 부대원과 특전사 대원의 정신 건강에 많은 주의를 기울여야 했다.

간부들이 그 일을 했는데 나는 우리 부대원들의 정신 건강이 걱정되었다. 해외 파병 병력에 대해서도 마찬가지였다. 특전사는 해외 파병 병력에 대한 교육 책임을 갖고 있었기 때문이었다. 따라서 나는 서울 공항에서 파병 부대를 환송하면서 그때마다 배운 대로 하라고 강조했다. 특히 남수단으로 가는 우리 병력이 고생을 많이 했다. 거기서는 죽은 사람들을 많이 보기 때문이다. 간부들의 정신 건강에 문제가 생길 경우 가장 먼저 알게 되는 사람들은 가족들이다. 그래서 가족들에게 자기 남편이 이상 행동을 보이면 지체 없이 알려 달라고 당부했다. 이렇게 특전사는 온갖 궂은일을 다 하는 부대이기도 하다.

최악의 사고

특전사에서 실시하는 훈련들은 대부분 마음에 들지 않았다. 하

여단별 전문 커리큘럼을 만들어 특성화 교육을 통한 역량 향상을 꾀하는 과정에서 사고가 났다.

루는 집체교육에 보여 주는 전쟁 영화를 봤는데 〈웰컴 투 동막골〉을 전쟁영화라고 보여 주고 있었다. 좋은 영화일지는 모르지만 어디까지나 전쟁을 배경으로 하는 영화이지 전쟁영화와는 거리가 멀었다. 나는 이래서는 안 되겠다고 생각하여 전쟁을 간접적으로나마 체험할 수 있는 영화의 목록을 만들어서 보여 주도록 했다. 그리고 얼마 후 효과에 대해서 물어보니까 아는 만큼 느낀다고 그런 영화를 틀어 줘도 올바른 교훈을 도출하지 못하는 것이었다.

　　나는 전 여단장들과 교육관계관들을 사령부로 불렀다. 그리고 〈브라보 투 제로〉라는 영화의 주요 장면을 틀어 주며 훈련 방식에 대한 토의를 했다. 그리고 각 여단별로 특성화 교육을 개발하는 방안을 토의했다. 어떤 여단은 특공무술, 어떤 여단은 산악기술, 또 어떤 여단은 해상침투 이런 식이었다. 그랬더니 모 여단장이 포로 극복 훈련도 해야 된다고 말했는데, 들어 보니 맞는 말이었다. 나는 이와 같은 특성화 교육 과제를 바탕으로 교육장을 각 여단별로 하나씩 만들라고 지시했다. 이런 훈련들은 안전이 최우선이다. 따라서 빨리 하려고 하면 절대로 안 된다. 또한 부대가 전국에 걸쳐 있기 때문에 내 눈에 들어오지 않는다. 그래서 모든 지시와 보고는 이메일을 통해서 했다. 그래야만 근거가 명확하고 나 또한 책임 범위가 명확하기 때문이다. 그러나 이것이 내 군 경력에서 가장 흑역사가 되리라고는 상상도 할 수 없었다.

비가 많이 내리던 어느 날 밤, 전화가 울렸다. 앞서도 말했지만 밤에 울리는 전화가 좋은 소식을 전할 리 없었다. 포로 극복 훈련 중 여러 명이 부상을 당했고 2명이 죽었다는 것이었다. 나는 즉시 부대로 복귀했다. 자초지종을 들어보니 기가 막혔다. 두건을 씌웠는데 공기가 통하지 않아 질식했다는 것이었다.

이런 경우에는 지휘관의 행동이 매우 중요하다. 나는 부하들이 보는 앞에서 참모총장에게 전화를 걸어 일단 보고하고 법 절차에 따라 처리하겠다고 했다. 일단 유가족들에 대한 지원을 빨리 준비하라고 지시했다. 이런 일이 일어나면 유가족들은 정신이 없다. 그럼에도 유족만이 할 수 있는 행정 절차가 있는데, 이 과정을 도와주지 않으면 배신감을 느끼기 쉽다. 그래서 미군은 이런 사고가 나면 군종 목사나 신부가 위로하고 인사부에서는 행정 안내를 한다. 그리고 부대에는 절대로 거짓말을 하지 말라고 신신당부했다. 있는 대로 말하는 것이 맞고 길게 보면 해결의 지름길이었기 때문이다. 하지만 결국 2명의 부사관이 아까운 목숨을 잃었다. 이유성과 조용준. 저 세상에 가서도 잊지 못할 이름이다.

두 젊은 친구가 죽을 이유가 없는데 나를 비롯한 여러 사람의 잘못으로 목숨을 잃었다. 여론의 뭇매를 맞았지만 부대의 임무는 계속 수행해야 한다. 죽은 둘에 대한 애도의 마음은 이루 말할 수 없었지만

이유성 중사, 조용준 중사의 죽음에는 지휘관인 필자에게 절대적인 책임이 있다.
두 젊은 친구의 이름은 죽을 때까지 가슴에 깊이 새기고 갈 것이다.

그들을 죽인 '가해자'들도 내 부하였다. 물론 고의적인 살인은 아니었기 때문에 그들을 미워할 수도 없었다. 당연히 나의 책임이다.

　나는 그들을 만나보기 위해서 영창으로 갔다. 부대 간부들은 혹시나 내가 회유나 엉뚱한 말을 할까 봐 걱정을 많이 했다. 헌병대장과 법무참모가 입회하였다. 나는 그들에게 거짓말하지 말 것과 가족들의 안부를 물었다. 그리고 먹고 싶은 게 있냐고 물었다. 비록 영창에 있었지만 새로운 베개와 침구류 그리고 모포를 갖다 주라고 지시하고 돌아왔다.

　이유성과 조용준에 대한 죄책감을 어찌 말로 설명할 수 있겠는가. 더구나 지금 와서 글로 쓰려니 더욱 감정이 북받친다. 다만 세월이 지나 그 부모님들이 나에게 용서하는 말을 해 주셔서 양심의 가책은 조금 덜 수가 있었지만 아직까지도 마음이 무겁다. 언젠가 하나님과 정산을 할 날이 올 것이다.

훈련 개혁

특전사에는 강원도에 설상지 훈련장이 있다. 그런데 시설이 빈약해 씻고 먹기가 너무 힘든 상황이었다. 반면 해병대는 건물을 지어 놓고 훈련이 끝나면 따뜻한 곳에서 먹고 자고 씻었다. 소위 동계훈련장인데 스키 훈련도 병행하는 곳이다. 하지만 스키도 낡았고 장비도 부족했다. 이리 봐도 답답, 저리 봐도 답답한 부대 현실이었다. 이후 건물은 지었지만 스키 훈련을 위한 장비는 20억 원이 없어 아직까지도 설치를 못하고 있다.

나는 부대를 수시로 다니면서 소통에 노력했다. 특전사는 간부 위주의 부대였기에 특히 원사들이 많을 수밖에 없었다. 원사들은 일평생 특전사에서 근무하며 몸도 마음도 피로해진 사람들이었다. 후배들에겐 노인네 취급을 받고 고마움도 못 느끼는 위치에 있는 사람들도 많았다. 나는 그래서 '원사 데이'를 신설했다. 지리적으로 중앙에 있는 여단에서 약 250명이 모여 사진을 찍고 기념품을 하나씩 주었던 것이다. 내 후임 특전사령관들에게 미안한 것은 이들 원사들 중 일부를 다른 부대로 교류를 시켰어야 되는데 차마 나는 그렇게 할 수가 없었다. 결국 후임자에게 부담을 떠넘긴 셈이 되어 미안할 뿐이다.

부대는 훈련을 계속해야 했다. 사격 레벨을 늘려 놨는데 탄피를 줍느라 시간을 많이 허비했다. 또 이동사격과 즉각조치사격을 해야 하는데 탄피받이가 걸림돌이 되어 고장이 자주 일어났다. 나는 탄피받이를 없애고 탄피 100% 회수 방침을 없애야 되겠다고 결심했다. 김요환 참모총장(육34)을 찾아가 특전사에서 탄피를 줍느라고 사격을 못하는데 더 이상은 탄피를 100% 회수하지 않겠다고 보고했다. 만약에 받아들이지 않으면 그만두겠다고 하려던 참이었다. 참모총장은 내 결의를 듣더니 "어차피 탄피를 다 주워도 무장 탈영을 완벽

특전사 동계 훈련장에서. 사격 중 탄피 100% 회수 방침을 없애 실전적 훈련이 되도록 했다.

하게 막을 수는 없잖아." 라고 답하시는 것이었다. 정확한 말씀이었다. 바로 모든 책임은 내가 지겠다고 답하니 허락해 주셨다. 이렇게 마음을 놓고 사격하는 계기가 만들어진 것이다. 그래서 나에게 가장 존경스러운 참모총장이 바로 김요환 장군님이다.

탄피를 줍지 말라고 했더니 부대원들은 신이 났지만 지휘관들은 앞이 깜깜했다. 내가 책임진다고 해도 지휘관들은 부담이 될 수밖에 없었을 것이다. 그들은 사격장에 매트를 깔아 탄피를 발견하기 쉽게 하는 등 온갖 방법을 강구했다. 나는 이동 사격할 때에는 뒤에서 한 사람이 따라가도록 했다. 탄피가 어디로 튀는지를 보기 위해서 그렇게 하는 거냐고 내게 묻기에 몇 발을 사격했는지만 세라고 했다. 그러면 실탄이 외부로 유출되는 것을 막을 수 있기 때문이다. 또한 사격자들에게는 탄 관리를 철저히 하고 교육은 물론 부대 운영을 정상적으로 해야 한다고 했다. 지금 생각해 보면 이동사격 시 뒤에 있는 사람이 휴대전화로 녹화만 해도 더 이상 머리로 세지 않아도 된다는 것

튀르키예 방문은 부대의 근간인 부사관에 대한 예우로 통역 대신 이준근 주임원사와 함께했다.

을 생각할 수 있다. 이제는 모든 사람의 휴대폰에 동영상 촬영기능이 있기 때문에 이렇게 하면 실탄 유출 걱정은 하지 않아도 된다는 생각이 든다. 앞으로 우리는 이 방향으로 가야 할 것이다.

우리 군이 이렇게 된 원인은 불만을 가진 자가 사격장에서 동료들에게 총질을 하여 살인자가 되는 사건이 적지 않았기 때문이다. 하지만 이런 참사도 완전히 막을 수는 없다. 국방을 위해서 이런 위험 부담은 감수해야 하는 것이지 그런 것이 무서워서 총을 묶어 놓거나 과도하게 통제하면 결국은 지금처럼 행정 군대로 전락할 수밖에 없는 것이다. 이는 국민들이 각자 판단하도록 해야 할 것이다.

외국 출장시 다른 장군들은 부관과 통역 그리고 실무 장교 한 명을 대동한다. 나는 통역이 필요 없었으므로 부사관에 대한 예우와 부대 사기 제고를 위해 통역 대신 주임원사를 데리고 갔다. 주임원사와 함께 가려니 예산이 부족하다고 했다. 나는 내 항공 마일리지를 써서 이준근 원사와 함께 미국과 튀르키예를 다녀왔다. 이준근 원사는 조용하고 책임감이 강하여 서로를 잘 보완하는 관계로 발전했다.

튀르키예 방문 때에 산 케말 아타튀르크의 흉상이 지금도 집에 있다. 동서고금의 역사를 돌이켜 보면 유능하고 병사와 민중들에게 인기 있는 장군은 정치가들에게 위험한 존재가 될 수밖에 없다. 따라서 그들이 걷는 길은 거의 둘 중 하나다. 숙청당하거나 자신이 집권하는 것이다. 전자의 경우 멀리 갈 것도 없이 우리나라만 보아도 이순신과 임경업 장군이 대표적이고, 채명신 장군 역시 당연히 참모총장이나 국방부 장관을 맡아야 했음에도 중장으로 군 경력을 마친 뒤 그리스, 브라질 대사 등 한직만 맡았다. 한신이나 악비, 한니발, 스키피오, 벨리사리우스, 롬멜, 펑더화이 등이 맞은 최후는 너무나 잘 알려져 있다. 반대로 조조나 카이사르, 왕건, 이성계, 나폴레옹 등은 왕조를 세웠다. 케말 아타튀르크도 그 경우에 해당되겠지만, 현재진행형인 튀르키예 공화국의 국부가 되었으니 그중에서도 격이 다르다 하겠다.

하루는 상급부대로부터 고 김오랑 중령(육25)의 훈장을 추서하는 행사를 준비하면 좋겠다는 전달이 왔다. 참모 중에는 우리가 행사를 치르게 된 데 대해 걱정하는 사람도 있었다. 나는 평소에도 고 김오랑 선배처럼 자신에게 주어진 임무를 투철히 수행한 사람이야말로 진정한 군인이고 육사인, 그리고 특전인이라고 생각했다. 특히 내가 근무하고 있던 사무실에서 그분이 돌아가신 일에 대한 생각도 늘 하고 있었다. 나는 참모들과 의논하여 추서식이 고인과 고인의 유족에게 의미 있고 명예로운 행사가 되도록 하자고 했다. 예하부대의 전여단장을 참석시키고 임석상관인 내가 스포트라이트를 받는 게 아니라 훈장과 수훈자의 가족이 주인공이 되도록 행사를 진행시켰다. 고 김오랑 중령의 형님께서 대신 전수받으셨는데, 굳은 표정이셨다.

애국충정의 정수를 보이고 전사하신 진정한 특전인 고 김오랑 중령의 훈장 추서식에서.
추서식은 최고의 예우를 다하였으며 고인의 형님 김태랑 옹께서 대리 수훈하셨다.

나는 한참 이후에나 그 이유를 알 수 있었고, 그나마 우리 행사를 통하여 위로를 받으셨다고 들었다.

특전사령관으로 18개월이 된 시점에서 나는 국방부에 더 이상 진급하지 않아도 좋으니 특전사령관을 더 하겠다고 요청했다. 하지만 국방부는 들은 척도 하지 않았다. 우리나라 군은 보직을 관리하는 행정 조직이지 싸우는 군대를 유지하는 조직이 아니다. 이러니 항상 미군에게 의존하기만 하면서도 알량한 자존심만 세우는 것이다.

군 생활을 마칠 즈음에 미군 통합특전사령부에서 통합특전사 훈장을 주었다. 내가 연합부대 사령관으로서 1,000여 명에 가까운 미군과 각종 장비를 지휘통제한 공로를 인정받은 것이다. 미 통합특전사훈장은 1994년에 제정되었으며 지난 20년 동안 100명도 받지 못했다. 수훈자 대부분은 미국인들이었고 외국인은 10명도 되지 않는다.

미 통합특수전사령부에서 수훈한 통합특전사훈장 증서. 외국인 수훈자는 10명도 되지 않는다.

나는 한국군 특전사령관으로서는 유일하게 이 훈장을 받은 것이다.

이후 특전사 경험이 없는 장성들이 내 후임이 되었고 여단장도 되었다. 이는 우리 군의 현주소를 말해 주는 단적인 예이다. 또한 내 후임은 내가 단행한 대부분의 개혁을 원위치시켰다. 나는 그가 왜 그렇게 했는지는 물어보지 않았다. 사실 그도 부담이 컸을 것이다. 그러나 모든 것이 허사였다고 생각하지는 않는다. 특히 육군의 워리어 플랫폼 사업은 나의 노력이 출발점이 되었다고 보기 때문이다. 특전 병과를 우리 군에 반드시 만들어야 하는 이유도 여기에 있다.

마지막 보직 : 제1군 부사령관

특전사령관 보직을 마치고 2015년 4월 원주에 있는 제1군 사령부의 부사령관 보직을 맡았다. 내 평생 부지휘관은 두 번째 보직이다.

하지만 준장 때 맡았던 제1사단 부사단장 시절에는 대부분의 시간을 서울대 연수에 보냈기에 이번에 처음으로 부지휘관을 제대로 맡게 된 것이다. 미군은 부지휘관에게 많은 권한과 책임을 주지만 우리나라는 있으나 마나한 존재이다. 이해할 수 없는 구조다. 하는 일이라고는 조용히 지내다 예하 부대 점검을 나가는 게 전부다. 하지만 나는 여전히 많은 이들이 4성 장군이 되리라고 믿고 있었기에 경우가 달랐다. 여유 시간을 갖고 미군 행사에 참석하는 등 활동을 이어 갔다.

재임 기간 중인 2015년 8월, 북한이 우리 GP 정찰로 위에 목함지뢰를 설치해 두 명의 하사가 발목을 절단당하는 중상을 입었다. 고강도의 긴장 상태가 이어졌다. 이런 상황에서 나는 장병들이 걱정되었기 때문에 사령부에만 앉아 있을 수 없어 전방에 갔다. 그렇지만 내가 가면 또 쓸데없는 의전을 할까 봐 걱정되기도 했다. 우리는 이런 상황이 되면 전투가 아니라 보고에 관심이 집중된다. 그러다 보니 지휘관들이 영상 회의가 가능한 지휘소에 위치한다. 즉 나가면 통신이 안 된다는 의미이다. 상황이 벌어지면 가장 위험한 곳에 있어야 하지만 우리는 지휘소에 대기해야 한다. 빨리 고쳐야 할 악습이 아닐 수 없다.

한번은 북한이 남쪽으로 포격을 한다는 보고가 들어왔다. 계획대로라면 북한으로 3,000발을 쏴야 하는 상황이다. 그런데 장준규 군사령관(육36)은 즉각 포격을 명령하지 않고 확인을 지시했다. 확인 결과 레이더 오작동으로 밝혀졌다. 지금 생각해 보니 우리가 북쪽에 3,000발을 쐈으면 어떻게 되었을까 궁금하기도 하다. 북한이 목함지뢰를 설치하여 우리 군을 도발한 것은 분명하지만 그 이후의 상호 포격전에 대한 의문을 가진 사람들이 많이 있다. 언제인지는 모르지만 역사는 사실을 밝힐 것이다.

근무 기간 중 낡은 UH-1H 헬기가 정비를 마치고 시험 비행 중 추락하여 전원 사망하는 참사가 벌어졌다. 나는 헬기 안에 있는 블랙

2015년 8월 위기 중 제22사단 시찰에서. 가족과 통화하도록 병사에게 휴대폰을 건네고 있다.

박스에 담긴 녹화 영상을 보고 눈물이 났다. 군인은 눈물을 흘려도 울지는 않는다. 나는 군인들이 노후한 장비를 운용하다가 죽는 현실을 보며 미국의 빌리 미첼 장군(Billy Mitchell)을 떠올렸다. 내가 할 일은 미첼 같은 장군이 되는 것이다. 미첼은 1차 세계대전 이후 미 육군의 준비 태세에 문제가 있다는 사실을 외부에 알려 군사재판에 회부된 인물이다. 이 사건은 훗날 게리 쿠퍼 주연으로 영화화되었다. 그는 공군의 중요성과 타국의 위협을 경고했으며 특히 진주만을 일본이 공격할 수 있다고 경고하기도 했다. 그는 유죄 판결을 받고 해임되었지만 이후 모든 것이 사실로 밝혀져 미국 최고의 훈장인 명예훈장을 받은 인물이기도 하다. 또 하나 잊을 수 없는 일이 있다. 교통사고로 선탑한 중위(박승규/학52)가 죽었다. 군을 감축하며 전투부대를 유지하느라 보급, 수송, 정비, 의무 그리고 통신과 공병 등은 반으로 줄어들어 이들 병과는 한 명이 열 사람 몫을 해야 한다. 나는 신병 운전 교육을 나갔다가 죽은 젊디젊은 박승규를 보며 내 자신이 죽고 싶다는 생각이 들 정도로 괴로웠다.

다시 진급이 눈앞에 왔다. 여론은 내가 연합사 부사령관 적임자라는 것이었다. 사실 반가운 얘기만은 아니었다. 나를 미군을 상대하는 사람으로 제한하려는 여론몰이의 성격도 있었기 때문이었다. 무슨 이유에서인지 이재수 장군은 기무사령관을 거쳤지만 4성 장군으로 선발되지 않을 것이라고 했다. 조금 있으니까 수방사령관과 작전본부장을 역임한 신원식 장군도 진급이 안 될 거라고 했다. 발표가 있던 날 나 역시 진급자 명단에서 빠졌다.

실망하지 않았다면 거짓말이겠지만, 한편으로는 이제는 해방이라는 생각도 들었다. 당장 그만두려고 했는데 후배들이 진급에서 누락되었다고 곧바로 던지고 나오면 좋지 못한 선례가 된다며 참으라고 하는 것이었다. 장준규 장군 후임으로 동기생인 김영식 장군이 사령관으로 온 것도 큰 부담이었다. 김 장군도 나하고 있는 것이 불편했을 텐데도 잘 대해 주었다.

군 생활을 마무리하면서 책임을 다하는 모습으로 후배 장교들의 기억에 남고 싶었다. 더욱 행동에 조심했다. 우연하게도 군사령부 국정감사가 있었다. 김광진, 윤후덕 그리고 안규백 의원은 국정감사장에서 나의 진급 탈락을 안타까워하는 발언을 해 주었다. 공적인 자리에서 야당 의원 3명이 이런 발언을 하는 것은 이례적이기도 했지만 나에게는 큰 위로가 되었다. 아이러니하게도 여당 의원 중에서는 단 한 사람도 위로의 말을 해 주지 않았다. 아내도 아쉬워했지만 수고했다고 했고 두 아들은 나라 걱정만 했다.

전역식은 자기가 근무했던 부대에서 실시한다. 장군도 전역식을 자기가 근무했던 부대에서 하는데 통상은 사단장 시절의 부대에서 한다. 많은 장군들은 부대에 폐를 끼치지 않기 위해서 생략하는 경

전역식에는 감사하게도 이기백 장군님을 비롯한 많은 귀빈께서 참석해 주셨다.
축사는 군번 없이 충성을 바쳤던 유격군을 대표하여 총연합회 이진복 부회장님께 부탁했다.

우가 많지만, 나는 이런 행사가 군의 사기와 군기에 큰 영향을 미친다
고 생각하여 하기로 했고 제 27보병사단보다는 특전사를 선택했다.

2016년 7월 28일, 경기도 이천 특수전사령부에서 전역식을 가졌
다. 당연히 이기백 장군님을 모셨는데 너무 많은 분들이 오셨다. 특히
미군들이 많이 왔다. 이 장군님이나 전직 국방장관, 육군 총장, 미군
사령관 등이 있었지만 나는 축사를 유격군 연합회 부회장님께 부탁
했다. 전역식을 하면서 너무나 고마운 부하들과 나를 보살펴 주고 이
해해 주었던 많은 상관들 그리고 가장 중요한 가족들에게 인사했다.
특히, 하나님의 은총을 느낀 순간이었다.

이 날은 군 생활이 끝나고 민간인으로 다시 태어나는 날이었지
만, 지금까지도 군인적인 가치를 갖고 살고 있다. 군인적 가치는 무엇
인가? 결국 군인 정신에서 찾을 수 있다. 군인복무규율에 의하면 군
인은 명예를 존중하고 투철한 충성심, 진정한 용기, 필승의 신념, 임

조국을 위한 35년의 복무를 마치고 군인 전인범에서 시민 전인범으로 복귀했다.
그러나 군인 정신은 지금도 삶의 가치관이며, 이후 명예를 지키며 사는 것을 목표로 삼았다.

전무퇴의 기상을 견지하며 죽음을 무릅쓰고 책임을 완수하는 숭고한 애국애족의 정신을 굳게 지녀야 한다. 이것이 바로 군인정신이다.

　　나는 38년 동안 이런 가치관을 갖고 살았다. 앞으로 얼마를 살지는 모르지만, 명예를 지키며 사는 것을 목표로 살겠다고 결심했다. 이러한 목표를 두고 세 가지 방향을 정했다. 우선, 힘이 될 때까지 한미관계를 유지하고 증진하려고 했다. 정직을 중심으로 미군과 진솔한 관계를 유지하려고 한다. 둘째는 후배 군인들의 복지와 기초 무기 개선에 노력하려고 한다. 마지막으로 반려동물과 개인 취미인 전쟁사 공부와 모형을 만들면서 노년을 보내려고 한다.

6부 ─────── 민간인으로 돌아와서

전역과 미국 유학

전역을 준비하면서 앞일은 하나님의 인도에 맡기기로 했다. 3성 장군으로 전역하면 연금액이 적지 않지만, 장군으로서의 체면과 위상을 유지하기에는 부족하다. 대략 현역 시절의 50% 수준이기 때문이다. 물론 장성 출신 인물 중에는 처음부터 장군이 되면 안 되는 사람들이 너무 많다. 군인적인 가치인 충성과 용기 그리고 의리는 간데없고 줄을 대고 책임을 회피하여 올라간 사람들이 많다. 어느 나라 군대든 마찬가지이고 어느 직종이던 똑같다. 하지만 공무원과 군인, 특히 공무원과 군인 중 고위직은 그리하면 안 된다. 차라리 장군을 하지 말지….

아무튼 생각할 시간이 필요하여 일단 미국에서 연구소에 몸담기로 했다. 그렇게 자유로이 드나들었던 미국도 군문을 떠나고 났더니 비자가 필요했다. 여러 곳을 알아 봤지만 이름이 거창한 연구소들의 상당수는 연구 목적이 아닌 골프 목적이라는 인상을 줄 정도였다. 선배들이 유명 연구소에 가서 골프만 친 결과였다. 나는 이럴 바에는

존스홉킨스 대학 한미연구소(USKI) 임은정 교수 및 세미나 학생들과.

안 가려고 했다.

그런데 갑자기 존스홉킨스 대학 소속 고등국제학대학(School of Advanced International Studies/SAIS)의 한미연구소(US Korea Institute/USKI)에서 방문교수 자격으로 초청을 받게 되었고, 얼마 있다가 브루킹스 연구소(Brookings Institute)에서 초청이 되었다. USKI의 구재회 소장은 나중에 엉뚱한 일에 휘말려 연구소 폐쇄까지 가고 말았지만, 나에게는 나를 알아봐 준 혜안을 가진 사람이었다. 문재인 정부의 큰 정책 실수로 돈으로는 만들 수 없는 연구소를 없앴다.

워싱턴에 도착하고 자리를 잡은 뒤에는 매일같이 라운드테이블에 참석했다. 또한 1주일에 평균 2~4번의 세미나에 초대되어 열심히 참석했다. 여가 시간에는 골프는 치지 않고 대신 사격장을 자주 들렀다. 어릴 때 고생하며 배우고 유지했던 영어 회화 능력 덕분에 어느 토론회에 가던 무슨 내용이던 이해하고 내가 원하면 의견을 제시할 수 있었다.

　나는 부모님께 받은 재산이 딱히 없었다. 어릴 때는 그런 부모님에 대해 서운함을 느끼기도 했지만, 지금 생각하면 두 분께 깨끗한 이름과 건강한 생명을 받았고 하나님으로부터는 영혼을 받았다. 그런데 미국에 가서 각종 세미나에 참석하고 강의를 하면서 어머니께서 주신 영어 실력의 가치를 굳이 돈으로 환산하자면 10억 원인지 100억 원인지 모르겠다는 생각이 들었다. 이런 능력과 기회를 주신 하나님과 부모님에게 고마웠다.

　나는 가는 곳마다 우리나라의 입장과 우리 군의 생각을 설명하고 설득하려 했다. 돈이 되는 일은 아니지만 보람찼다. 특히 한국과 국군 관련 내용에는 그 누구보다도 내 자신이 전문가라는 자신감을 가지게 되었다. 연구소 생활에서 가장 안타까웠던 점은 한국에 대한 토의를 할 때 정작 한국 사람은 없고 소위 지한파들이 우리가 있어야 할 자리를 대신하는 것이었다. 그럼에도 좋은 사람들도 많이 만났다.

문재인 '지지'의 오해와 자초지종

　군 생활을 마무리하는 중 당시 야당 대표 자리에서 물러났지만 여전히 야권의 유력 대선 주자로서 활동하던 문재인 전 대표 쪽에서 만나자는 연락이 왔다. 예상치 못했던 제안에 주변 사람들과 의논해보니 얼굴 한 번 보는 게 무슨 문제가 있겠냐는 반응이었다. 나는 얼마 후 강남 모처에서 문 전 대표를 만났다. 나는 미국과의 관계를 잘 유지하여야 한다는 것과 우리 군의 국방개혁을 얘기했다. 문 전 대표는 별 말이 없었다. 솔직히 말하면 본인도 나를 만나고 싶어서 만나는 것은 아니고, 궁금해서 만나는 분위기였다. 자리를 주선했던 사람에

2019 미 육군협회 연례 회의에서 군수사 참모장 정찬환 장군, 김진규·오장길 중령과.
전 한미연합사령관 제임스 서먼, 전 미8군 사령관 존 존슨, 버나드 샴포 장군이 함께했다.

게 그렇게 말했더니 원래 말수가 적고 반대만 하지 않으면 동의하는
거라는 답이 돌아왔다.

우리 군의 문제점을 어디서부터 풀어야 하나? 내가 보기에 진
보는 문제를 악화만 시키고 보수는 제대로 준비도 하지 않으면서 북
한을 약올리기만 한다. 다시 말하면 한쪽은 비겁한 평화를 추구하고
또 다른 한쪽은 핵무장한 북한을 우습게 보니 다 문제인 것이다,

나는 미국을 좀 더 알기 위해 앞서 말한 대로 존스 홉킨스 대학
국제관계연구소 산하 한미연구소의 방문학자로 한국을 떠났다. 동
시에 미국 브루킹스 연구소에도 적을 두고 세계 정치와 경제의 중심
지인 워싱턴 DC에서 활동했다. 또한 미 육군협회 회원으로 가입했
다. 사실 나는 중학교 때 이미 미 육군협회의 회원이 된 적이 있었다.
그 당시 미 육군협회는 매년 '그린북'이라는 것을 발간했는데, 그 책

에는 미 육군의 장비와 전술 그리고 부대 위치 등 모든 정보가 들어 있었다. 회원이 되기 위하여 어머니를 졸라 회비 5달러를 바꿔서 미국으로 보냈던 것이다. 다만 당시 내가 가입했던 회원 자격은 1년짜리였기에 그 뒤로는 자격 상실과 획득을 반복했다.

미 육군협회는 1950년에 창설되었는데, 미 육군의 현역, 예비역, 군인 가족 그리고 군무원 등의 목소리가 되는 것이 설립 목적이었다. 비영리 단체이자 이익 단체인 육군협회는 미 정부를 대상으로 로비가 가능한 공식 단체이기도 하다. 매년 실시하는 연례 회의에는 미 육군성 장관과 미 육참총장이 참석하며 미군의 단기 발전 방향을 알 수 있다. 협회장은 예비역 미 육군 대장이 맡는데, 나는 옛 미군 전우들을 만나기 위해 가입했던 것이다. 나는 2023년 미 육군협회의 석좌위원(Senior Fellow)으로 임명되었는데, 비 미국 국적자로서는 처음이다.

나는 이렇게 사귄 미국 지인들에게 문재인에 대한 인상을 물었다. 간단히 정리하자면 "누군지 몰라. 노무현 대통령과 똑같겠지. 그런 사람은 싫어." 라는 내용이었다. 그런데 도와 달라는 요청이 온다면 어떻게 해야 하냐고 묻자 의외로 도와주라는 대답이 돌아왔다. "아니, 방금 싫다고 해 놓고 도와주라는 것은 뭐냐?" 고 물었더니 지인들은 "네가 중간에서 역할을 해야 한다." 고 답하는 것이었다.

미국 유학길은 홀몸이었다. 아내는 학교 문제가 복잡하여 동행할 수 없었다. 아내는 학교의 소위 민주화 세력과 이사회의 공격을 받고 있었다. 6개월 있다가 한국에 한 번 들어가려고 하는데 문재인 쪽에서 연락이 왔다. 조금 일찍 올 수 있냐고 해서 불가하다고 했다. 그랬더니 귀국하는 날 보자고 했다. 나는 가족을 6개월이나 못 봤으니 다른 날은 안 되겠냐고 했더니 그날 꼭 좀 보자고 했다.

귀국하던 날 약속 시간보다 조금 늦게 도착했는데 문재인 전 대표가 와 있다는 것이다. 나는 20분 정도 있다가 가려니 했는데 2시간 이상 자리를 같이했다. 이 자리에는 박종환 전 치안감이 있었다. 경찰 출신으로 문재인과는 절친한 친구 사이였는데 두 사람은 엄청 친한 듯했고 박 전 치안감은 격의를 차리지 않고 문 전 대표 앞에서 얘기했다. 나는 그 모습이 보기 좋았다. 미국 생활 동안 들은 말에 대해 이야기했더니 문 전 대표는 자기 쪽의 안보 특보들에게도 그 말을 해 달라고 요청했다.

열흘 후 광화문의 한 식당에서 박종환 전 치안감과 전병헌 전 의원, 김기정, 최종건, 서훈, 그리고 박선원이 참석했다. 나는 사드와 관련하여 미국과 약속한 내용은 반드시 지켜야 하며 중국의 경제 압력에 굴하면 안 된다고 강조했다. 또한 전시작전통제권 이관은 함부로 추진하면 안 되고 조건이 맞아야 하며 병무 제도를 개혁하여 돈 있는 집안의 아들과 권력을 가진 사람들의 아들이 전방에 의무적으로 근무하게 해야 한다고 강력하게 주장했다. 두 시간이 지난 후 박종환 전 치안감에게 어땠냐고 물었다. 좋은 얘기를 많이 들었지만 삿대질을 많이 해서 기분 나빠한다고 답을 하는 것이었다. 그러거나 말거나….

박종환 전 치안감은 배포가 큰 대인이었다. 나는 문재인 전 대표보다 그를 훨씬 멋있게 봤다. 그의 부탁으로 미국 사람들을 문재인 팀에 소개했는데 미국과의 소통이 잘 안 되는 듯했다. 영어를 못해서가 아니라 신뢰가 구축되기도 전에 너무 속내를 밝히는 바람에 스스로 함정에 빠졌던 듯했다. 문 전 대표를 여러 차례 만나면서 아내가 학교에서 공격을 받고 있으니 내가 위험 요소가 될 수 있음을 설명했다. 문 전 대표는 괜찮다고 대답했다. 박종환 전 치안감을 통해서 여러 사람들을 만났는데 모두 괜찮은 사람들 같았다.

박 전 치안감은 나에게 문재인 지지를 공개적으로 해 달라고 요청했는데, 경희대학교에서 북 콘서트를 열 계획이니 그 자리에서 지지 선언을 해 달라는 것이었다. 나는 그 당시 보수가 분열한데다가 최순실 사건으로 박근혜 정부에 대해 국민들이 너무 큰 실망을 하고 있어 다음 대통령은 문 전 대표가 될 수밖에 없다고 판단했다. 그렇다면 나에게 도움을 청할 경우 국민을 위해서라도 참여할 수밖에 없다는 결론이 나왔다. 그러나 나 같은 스타일의 군인은 정치에 맞지 않기 때문에 부담스러웠다.

행사에 앞서 문재인 전 대표를 한번 만나자고 했다. 나는 문 전 대표에게 거짓말을 안 할 테니 항상 믿어 줄 것과 내가 흥분하여 말이 거칠어지더라도 이해해 달라고 했다. 또한 나는 국가와 국민에 충성을 다 할 것이며 문 전 대표가 국가와 국민에 충성하는 한 나와는 문제가 없을 것이라고 했다. 문재인 전 대표는 내 의향을 충분히 이해했으며 동의한다고 답했다. 이후 1시간 동안 나의 생각을 얘기했다. 나는 이승만, 박정희 전 대통령을 존경하고 전두환도 공과가 있는 대통령이라고 생각한다고 했다. 또한 김대중과 노무현 전 대통령은 우리나라 발전에 큰 획을 그은 분들이라고 말했다. 사드에 대한 내 생각과 더불어 대통령이 될 경우 전시작전통제권을 임기 중에 반드시 돌려받으려고 하면 안 된다고 강조했다. 문 전 대표는 자신도 전작권을 임기중에 꼭 돌려받을 생각은 없다고 답하여 나는 안심했다.

문재인 캠프에서는 경희대 행사에 작은 선물을 가져와 달라고 했다. 내 차례가 되었지만 문재인을 지지한다고는 차마 말할 수 없었다. 나는 국가와 국민에게 충성하지 개인에게는 그 어느 누구도 지지해 본 적이 없다. 나는 하나님과 국민에게만 허리를 숙이고 살았기 때문이다. 나는 지지한다는 말 대신 "저는 문재인이 빨갱이가 아니라고 생각합니다!" 라고 외쳤다. 환호성이 나왔다. 선물은 내가 쓰던 작은 플래시라이트를 주었다. 그러면서 "이 라이트로 전후방을 다니며 나라를 지켰는데, 이제 좋은 사람들을 찾아서 나라를 잘 이끌어 달라."

문재인 후보 북콘서트에서 플래시라이트를 선물했다. 이 일은 가족에게 큰 고난이 되었다.
결국 어머니와 마찬가지로 필자도 정치와는 맞지 않는다는 결론을 내릴 수밖에 없었다.

고 했다. 행사가 끝나고 나는 존칭 없이 '문재인'이라고 말한데다가 '빨갱이'라는 표현도 썼으니 끝장이라고 생각했는데 탁현민은 오히려 잘했다고 했다. 나는 이런 사람들하고는 함께 일할 수 있겠다고 생각했다. 노무현 정부도 진보 성향이었지만, 중간에서 제 역할을 해 준 사람들이 있었기에 미국과 대립각은 세웠어도 국익이 손상되지는 않았다. 그러나 민주당에 입당하지는 않았다.

그럼에도 "저는 문재인이 빨갱이가 아니라고 생각합니다."라는 말은 곧 지지 선언으로 받아들여졌다. 어머니는 자식으로 안 보겠다고 하셨고, 이기백 장군님은 전화를 끊어 버리셨다. 나에게 중요한 두 분에게 너무 미안했다. 정진태 장군님의 전화는 피했다. 사방에서 비난이 쏟아졌고 온갖 공격이 이어졌다. 보수단체에서는 내가 평소에도 예비역을 무시해 왔다는 말을 지어내고 심지어는 나더러 빨갱이라고 했다. 또 내가 지휘관 시절 예산을 횡령했다는 소문을 퍼뜨리고 온갖 거짓 공격을 했다. 내게 도움을 받았던 모 국회의원 선배가 이런 선동에 앞장서는 일도 있었다. 이때 공개적으로 나를 대변해 주신 분은 내가 중대장 시절 대대장이셨던 박현옥 예비역 대령(3사2기)뿐이었다.

아내의 고난과 후폭풍

평소처럼 아내와 내가 아침 인사를 나누고 헤어진 어느 날이었다. 그날 오전 11시경에 연락이 왔다. 아내가 법정구속이 되었다는 것이다. 나는 서울구치소로 달려갔는데, 아이러니하게도 얼마 전에 서울구치소를 구경했었다. 앞으로 내가 중요한 직책을 수행하게 되고 우리 군의 문제점을 해결하려면 현행법을 어길 가능성도 있고, 결국은 재판을 받고 감옥에 갈 수도 있기 때문에 미리 구치소 구경을 갔던 것이다. 그런데 아내가 구치소에 있다니 너무 기가 막히고 배신감까지 느꼈다. 그때 문재인 전 대표가 전화하여 "나 때문에 아내가 고생하게 되어 미안하다." 고 위로해 주는 것이었다. 적어도 이 순간만은 감동을 받지 않을 수 없었다. 나는 사법부와 검찰의 중요성을 알고 있지만 검사나 판사, 변호사는 부러운 직업이 아니라고 생각했다. 그들은 천당에 가기 어렵기 때문이다. 오죽하면 예수께서도 "율사들은 저주받을 것이다." 라고 하시지 않았던가….

오마이뉴스에서 인터뷰 요청이 들어왔다. 나는 박종환 전 치안감에게 참석해도 되겠냐고 물었고 괜찮다는 답을 들었다. 인터뷰는 두 시간 동안 진행되었다. 끝나는 마당에 5.18 관련 질문을 했는데, 제목을 전두환 전 대통령이 사격 명령을 하지 않았다고 한 나의 발언으로 뽑아 광주에 있는 사람들을 자극했다.

나는 이런 일이 황당했고, 결국 정치는 나와는 맞지 않는다는 사실을 인정할 수밖에 없었다. 문재인 쪽에서도 버거워하는 듯했다. 박종환 전 치안감도 난처해했다. 나는 사과문을 발표하고 미국으로 가기로 했다. 어차피 하고 싶지 않은 역할이었고, 내게는 아내 일이 급선무였기 때문이었다. 아내의 변호사는 무책임하고 실력도 의문이었지만 할 수 없이 그를 통하여 보석을 신청할 수밖에 없었고, 1주일 만에 아내는 석방되었다. 원래부터 아내는 학교의 분란이 학교의 명예와 학생들에게 미칠 영향만을 생각했다. 그녀는 학교만 잘 된다면 자신이 물러나겠다고 했다. 나는 자칭 민주화 세력이 학교를 잘 운영할 리 없다고 생각했기에 극렬히 반대했다. 그러나 아내는 학교를 위해서 사표를 냈다. 물론 이 과정에서 끝까지 의리를 지킨 사람도, 결국에는 자기 실속만 챙긴 자들도 있었다. 재미있는 세상이라고도 볼 수 있지만, 그때부터 7년이 지난 지금도 학교는 여전히 어지럽다.

　아내의 죄명은 횡령이었다. 그 액수는 총액 7억 4천만 원이었다. 사립학교법에 교비는 지정된 항목에만 사용하도록 되어 있는데, 그 항목에는 변호사비나 법률 자문료는 없다. 아내가 10년 동안 총장을 하면서 교비를 변호사비와 법률 자문료로 쓴 것을 "횡령."으로 기소한 것이다. 그 중 3.8억 원은 학교 건물을 신축한 이후 건설사의 200억 원이 넘는 추가 비용 지불 요구를 거절해서 법원에 가게 되었고, 결국 조정을 받아 100억 이상을 절감했음에도 학교 법인이 내야 할 돈이 없어 교비로 법조 비용을 낸 일을 책임지운 것이다. 앞에서 언급한 것처럼 교육부와 학교 법률 자문도 교비 사용에 문제가 없다고 했지만 법원은 유죄를 선고했고, 그나마 개인 유용이 아니라서 집행유예를 받았다. 가장 안타까왔던 것은 반대 세력이 학생들을 동원하여 2,000여 명이 총장의 퇴진을 요구한 일이다. 남을 비난하기 전에 사실이라도 알아야 할 것이다.

'소동' 이후 미국으로 돌아가 연수를 계속하며 한미동맹의 굳건한 발전과 한국 홍보에 힘썼다.

미국에서 연수를 마치는 순간 조지아 공대에서 초대장이 왔다. 조지아의 수도인 애틀랜타에 사시는 박선근 회장이 주선했던 것이다. 박선근 회장은 내가 대령이던 시절 미국 육군대학원에서 만난 인물이었다. 미 육군대학원에는 1주일 동안 전국 각지에서 안보에 관심 있는 지역 리더들을 초대하는 프로그램이 있었는데, 거기에서 그를 만났고 그때부터 각별한 사랑을 보내 주셨다. 덕분에 나는 조지아 공대의 샘 넌 국제관계연구소의 객원 연구원으로 7개월간 머무르며 워싱턴과 그 도시의 자력이 미치는 곳이 아닌 지방의 분위기와 시각을 배우는 소중한 시간을 가졌다. 또한 한인 사회의 명암도 보았다.

문재인은 예상대로 대통령이 되었다. 내가 귀국하자 청와대로 초대를 받았다. 나는 40분 동안 미국에서의 생활과 특히 트럼프에 대한 생각을 얘기했다. 문 대통령은 자기가 당면한 문제 중에 트럼프가 제일 다루기 쉬운 문제라고 하는 것이었다. 재미있는 대화였다. 나는 그 어떤 자리도 기대하지 않았고 제의를 받지도 않았다. 나는 비서진에게는 아내가 겪은 불합리와 문 정부의 교육부가 하는 비상식적인 결정을 강하게 질타했다. 속은 시원했지만 다시는 청와대로 초대되지 않았다. 그래도 문재인 전 대통령은 인간적인 사람이라고는 생각한다. 다만, 지도자로서는 노무현 전 대통령만큼은 할 줄 알았지만 내 기대에 크게 못 미쳤다.

박종환 전 치안감은 자유총연맹 총재가 되었다. 나에게 부총재를 해 달라고 해서 수락했다. 부총재는 총 12명이었는데 그중 한 명이었다. 하루는 회의를 하는데 어떤 사람이 "총재님이 문재인 친구라고 하는데 자총이 어떤 방향으로 가는 겁니까?" 라고 물었다. 박종환 총재는 "나는 문재인이 친구지 꼬붕이 아니다." 라고 답했다. 나는 자유총연맹 부총재를 하면서 월간지 자유마당에 내 생각을 자유롭게 썼다. 박종환 전 총재는 단 한 번도 나의 기대를 저버리지 않았던 진짜 사나이였다.

인생 제1막을 마치면서

내 마지막 목표는 명예롭게 죽는 것이다.

H.G. Wells의 소설 〈장님의 나라〉에서는 산골 안내인이 길을 잃어 산 속에서 헤매는 내용이 나온다. 그는 완전히 고립된 마을을 찾게 되고 그 마을 사람들은 모두 장님으로 태어나서 살다 죽는 곳이었다. 마을 사람들은 새의 소리를 천사들의 노래라고 믿고 하루를 따뜻한 시간(낮)과 차가운 시간(밤)으로 나눠 일하고 냄새와 소리로만 세상을 알고 있었다. 그는 그들에게 새는 동물이고 밤과 낮의 진실을 알려

군인정신을 바탕으로 한미관계 증진 및 후배 군인들의 복지 향상에 힘쓰고 명예를 지키며 여생을 보내는 것이 마지막 목표다. 반려동물과 개인 취미를 벗삼아 노년을 보내고자 한다.

주려고 하지만 마을 사람들은 그를 바보라고 생각한다.

이런 것이 세상의 이치이다. 정상적인 사람도 바보가 되는 것이 세상이다. 이런 세상이지만 우리는 각자의 위치를 찾고 인생의 의미와 보람을 찾아야 한다. 나는 부족한 게 많은 사람이다. 그렇기에 겸손하려고 노력했고 아랫사람들을 존중하려고 노력했다. 그럼에도 나의 교만함을 인정하지 않을 수 없다. 지금의 세상을 보면 답답할 만도 하지만 내가 분명히 알고 있는 것은 사람은 저마다 생긴 대로 살아야 하며 인생은 공평하다는 것이다. 또한 잘난 사람은 겸손하지 않으면 반드시 벌을 받는 게 세상의 도리일 것이다.

이제 나는 편한 곳에서 밤하늘의 별을 바라보며 시간을 보낼 것이다.

상훈내역

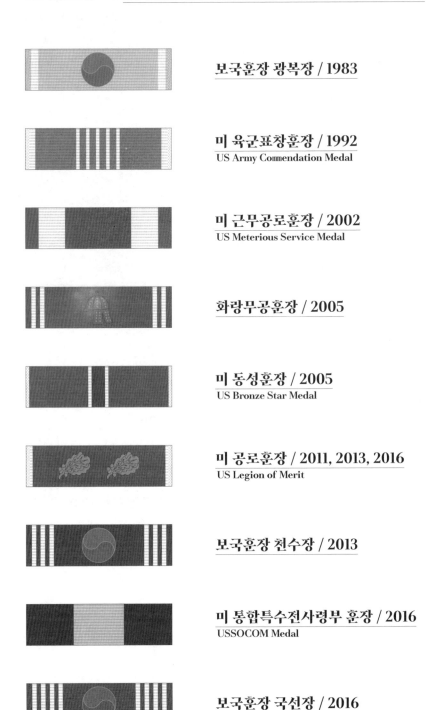

보국훈장 광복장 / 1983

미 육군표창훈장 / 1992
US Army Commendation Medal

미 근무공로훈장 / 2002
US Meterious Service Medal

화랑무공훈장 / 2005

미 동성훈장 / 2005
US Bronze Star Medal

미 공로훈장 / 2011, 2013, 2016
US Legion of Merit

보국훈장 천수장 / 2013

미 통합특수전사령부 훈장 / 2016
USSOCOM Medal

보국훈장 국선장 / 2016